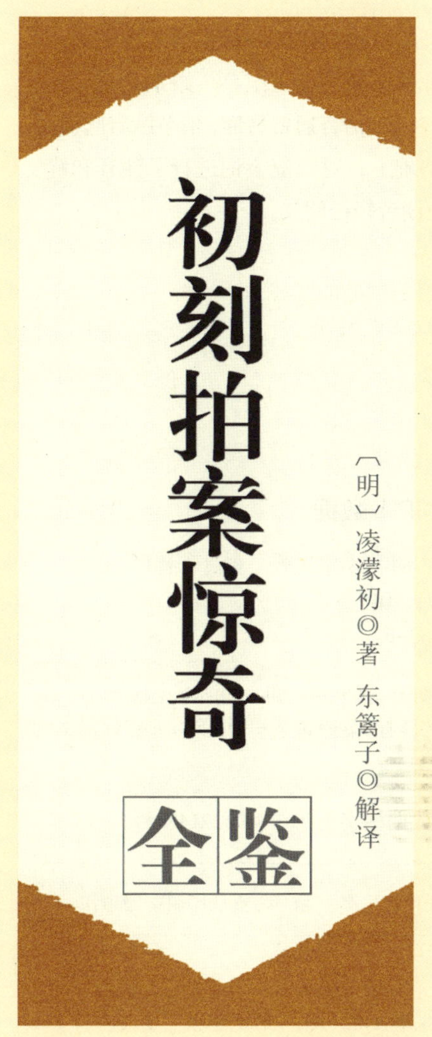

初刻拍案惊奇全鉴

〔明〕凌濛初◎著
东篱子◎解译

国家一级出版社 中国纺织出版社 全国百佳图书出版单位

内 容 提 要

《初刻拍案惊奇》是凌濛初创作的一部拟话本小说集，文中的故事主要描绘了晚明时期的商人纪事、婚姻爱情、神鬼奇谈、官场是非等社会百态，语言通俗易懂，情节跌宕起伏。本书在尊重原著作品的基础上，对晦涩字词进行了注音和解释，并加入了题解，以便读者轻松阅读。

图书在版编目（CIP）数据

初刻拍案惊奇全鉴 /（明）凌濛初著. 东篱子解译. --北京：中国纺织出版社，2019. 9

ISBN 978-7-5180-5433-6

Ⅰ. ①初… Ⅱ. ①凌… ②东… Ⅲ. ①话本小说—小说集—中国—明代 ②《初刻拍案惊奇》—注释③《初刻拍案惊奇》—译文 Ⅳ. ①I242. 3

中国版本图书馆CIP数据核字（2018）第221488号

策划编辑：陈　芳　　责任校对：高　涵　　责任印制：储志伟

中国纺织出版社出版发行

地址：北京市朝阳区百子湾东里 A407 号楼　邮政编码：100124

销售电话：010—67004422　传真：010—87155801

http：//www.c-textilep.com

E-mail：faxing@c-textilep.com

中国纺织出版社天猫旗舰店

官方微博 http://weibo.com/2119887771

北京华联印刷有限公司印刷　各地新华书店经销

2019 年 9 月第 1 版第 1 次印刷

开本：710 × 1000　1/16　印张：20

字数：350 千字　定价：48.00 元

凡购本书，如有缺页、倒页、脱页，由本社图书营销中心调换

前言

《初刻拍案惊奇》是明朝末年文学家凌濛初编著的拟话本小说集，与《二刻拍案惊奇》合称“二拍”。其故事多源自前人所流传下来的奇闻异事，再经过凌濛初二次创作所成。内容大多描写商人事迹、婚姻爱情、神鬼奇人、社会百态等，具有浓厚的晚明时代气息，在中国文学史上占有十分重要的位置。所谓的“初刻”是较后续的“二刻”，而冠以这样的前缀，相当于《拍案惊奇》书系列的第一部，“刻”相当于“部”“集”的意思。

由于篇幅有限，我们从原版中选取了经典篇目二十一卷汇编成册。这些篇目或充满现实警示意义，或情节生动不俗，或彰显人物个性，或展现时代风格。如厄运转好运，商人的冒险发财奇遇；盗亦有道，一饭之恩记一生的强盗之义；溺爱无度，子杀父的家庭人伦惨事；肆意杀生，堕入地府任鬼食的因果报应等。故事皆精彩纷呈，阅读价值高，有些甚至被拍成影视作品，为大众所熟知。

我们参考对比各个版本进行校对，以确保内容的准确性。在此基础上，我们在每一章卷的卷首加入“导读”版块，并对文中生僻字词做了相应注解，以帮助读者实现无障碍阅读，激发其阅读古典文学的兴趣。经典奇趣的故事内容加上精美的插图，不仅具有可读性，并且有一定的收藏价值，欢迎品读。

解译者

2019 年 4 月

序

语有之："少所见，多所怪。"今之人，但知耳目之外，牛鬼蛇神之为奇，而不知耳目之内，日用起居，其为谲诡（怪诞。谲，jué）幻怪非可以常理测者固多也。昔华人至异域，异域咤以牛粪金；随诘华之异者，则曰："有虫蠕蠕，而吐为彩缯锦绮，衣被天下。"彼舌挢（舌头举起，形容惊异的样子。挢，jiǎo）而不信，乃华人未之或奇也。则所谓必向耳目之外索谲诡幻怪以为奇，赘矣。

宋元时，有小说家一种，多采闾巷新事为宫闱承应谈资。语多俚近，意存劝讽。虽非博雅之派，要亦小道可观。近世承平日久，民佚志淫。一二轻薄恶少，初学拈笔，便思污蔑世界，广摭（zhí，拾取）诬造，非荒诞不足信，则亵秽不忍闻。得罪名教，种业来生，莫此为甚！而且纸为之贵，无翼飞，不胫走。有识者为世道忧之，以功令厉禁，宜其然也。

独龙子犹氏所辑《喻世》等诸言，颇存雅道，时著良规，一破今时陋习。而宋元旧种，亦被搜括殆尽。肆中人见其行世颇捷，意余当别有秘本，图出而衡之。不知一二遗者，皆其沟中之断芜，略不足陈已。因取古今来杂碎事可新听睹、佐谈谐者，演而畅之，得若干卷。其事之真与饰，名之实与赝，各参半。文不足征，意殊有属。凡耳目前怪怪奇奇，当亦无所不有，总以言之者无罪，闻之者足以为戒，则可谓云尔已矣。若谓此非今小史家所奇，则是舍吐丝蚕而问粪金牛，吾恶乎从罔象索之？

即空观主人题于浮樽

拍案惊奇凡例 计五则

一、每回有题，旧小说造句皆妙，故元人即以之为剧。今《太和正音谱》所载剧名，半犹小说句也。近来必欲取两回之不侔（móu）者，比而偶之，遂不免窜削旧题，亦是点金成铁。今每回用二句自相对偶，仿《水浒》《西游》旧例。

二、编矢不为风雅罪人。故回中非无语涉风情，然止存其事之有者，蕴藉数语，人自了了；绝不作肉麻秽口，伤风化，损元气。此自笔墨雅道当然，非迂腐道学态也。

三、小说中诗词等类，谓之蒜酪。强半出自新构；间有采用旧者，取一时切景而及之，亦小说家旧例，勿嫌剽窃。

四、事类多近人情日用，不甚及鬼怪虚诞。正以画犬马难，画鬼魅易，不欲为其易而不足征耳。亦有一二涉于神鬼幽冥，要是切近可信，与一味驾空说谎，必无是事者不同。

五、编主于劝戒，故每回之中，三致意焉。观者自得之，不能一一标出。

崇祯戊辰初冬 即空观主人识

目录

卷之一

转运汉遇巧洞庭红 波斯胡指破鼍龙壳

落魄商人文若虚随人出海，只花了一两银子买了一篓橘子，准备路上解渴。没想到橘子在吉零国竟被当成宝贝抢购一空，卖了一千多两银子。回国途中他又偶然捡到一个大龟壳，后被一个波斯商人用五万两银子买去，从此置办起家业，殷富不绝。

明代中叶后，随着商品经济的发展，人们对商人的看法有了显著的变化，商人作为正面形象出现在小说中，本篇便是个显著的例子。开篇简单讲述了金老失银的故事，叹出人生中财运的无常，接着便引出了文若虚由穷困倒霉汉摇身变成一代富商的传奇故事，借此肯定了商人冒险致富的精神。

词云：

日日深杯酒满，朝朝小圃花开。

自歌自舞自开怀，且喜无拘无碍。

青史几番春梦，红尘多少奇才。

不须计较与安排，领取而今见（xiàn，通“现”）在。

这首词乃宋朱希真（朱敦儒，南宋人士，有“词俊”之称）所作，词寄《西江月》。单道着人生功名富贵，总有天数，不如图一个见前（眼前）快活。试看往古来今，一部十六史中，多少英雄豪杰，该富的不得富，该贵的不得贵。能文的倚马千言，用不着时，几张纸盖不完酱瓿（bù，小瓮）。能武的穿杨百步，用不着时，几竿箭煮不熟饭锅。极至那痴呆懵董（懵懂）生来的有福分的，随他文学低浅，也会发科发甲（科考中试），随他武艺庸常，也会大请大受（享受优厚待遇）。真所谓时也，运也，命也！俗语有两句道得好：“命若穷，掘得黄金化作铜；命若富，拾着白纸变成布。”总来只听掌命司颠之倒之。所以吴彦高（吴激，金初词坛盟主）又有词云：“造化小儿无定据，翻来覆去，倒横直竖，眼见都如许。”僧晦庵（南宋僧人）亦有词云：“谁不愿黄金屋？谁不愿千钟粟？算五行不是这般题目。枉使心机闲计较，儿孙自有儿孙福。”苏东坡亦有词云：“蜗角虚名，蝇头微利，算来着甚干忙？事皆前定，谁弱又谁强？”这几位名人说来说去，都是一个意思。总不如古语云：“万事分已定，浮生空自忙。”说话的，依你说来，不须能文善武，懒惰的也只消天掉下前程；不须经商立业，败坏的也只消天挣与家缘（家业）。却不把人间向上的心都冷了？看官有所不知，假如人家出了懒惰的人，也就是命中该贱；出了败坏的人，也就是命中该穷，此是常理。却又自有转眼贫富出人意外，把眼前事分毫算不得准的哩。

且听说一人，乃宋朝汴京人氏，姓金，双名维厚，乃是经纪行（做生意的）中人。少不得朝晨起早，晚夕眠迟，睡醒来，千思想，万算计，拣有便宜的才做。后来家事挣得从容了，他便思想一个久远方法：手头用来用去的，只是那散碎银子；若是上两块头好银，便存着不动。约得百两，便熔成一大锭，把一综红线结成一绦，系在锭腰，放在枕边。夜来摩弄一番，方才睡下。积了一生，整整熔成八锭，以后也就随来随去，再积不成百两，他也罢了。

金老生有四子。一日，是他七十寿旦，四子置酒上寿。金老见了四子跻跻跄跄（恭敬有礼貌），心中喜欢，便对四子说道："我靠皇天覆庇，虽则劳碌一生，家事尽可度日。况我平日留心，有熔成八大锭银子永不动用的，在我枕边，现将绒线做对儿结着。今将拣个好日子分与尔等，每人一对，做个镇家之宝。"四子喜谢，尽欢而散。

是夜金老带些酒意，点灯上床，醉眼模糊，望去八个大锭，白晃晃排在枕边。摸了几摸，哈哈地笑了一声，睡下去了。睡未安稳，只听得床前有人行走脚步响，心疑有贼。又细听着，恰像欲前不前相让一般。床前灯火微明，揭帐一看，只见八个大汉身穿白衣，腰系红带，曲躬而前，曰："某等兄弟，天数派定，宜在君家听令。今蒙我翁过爱，抬举成人，不烦役使，珍重多年，宴数将满。待翁归天后，再觅去向。今闻我翁目下将以我等分役诸郎君。我等与诸郎君辈原无前缘，故此先来告别，往某县某村王姓某者投托。后缘未尽，还可一面。"语毕，回身便走。金老不知何事，吃了一惊。翻身下床，不及穿鞋，赤脚赶去。远远见八人出了房门。金老赶得性急，绊了房槛，扑的跌倒。飒然惊醒，乃是南柯一梦。急起挑灯明亮，点照枕边，已不见了八个大锭。细思梦中所言，句句是实。叹了一口气，哽咽了一会儿，道："不信我苦积一世，却没分与儿子每（们）受用，倒是别人家的？明明说有地方姓名，且慢慢跟寻下落则个（语气助词）。"一夜不睡。

次早起来，与儿子们说知。儿子中也有惊骇的，也有疑惑的。惊骇的道："不该是我们手里东西，眼见得作怪。"疑惑的道："老人家欢喜中说话，失许了我们，回想转来，一时间就不割舍得分散了，造此鬼话，也不见得。"金老见儿子们疑信不等，急急要验个实话。遂访至某县某村，果有王姓某者。叫门进去，只见堂前灯烛荧煌，三牲福物（祭祀用的牛、羊、猪），正在那里献神。金老便开口问道："宅上有何事如此？"家人报知，请主人出来。主人王老见金老，揖坐了，问其来因。金老道："老汉有一疑事，特造上宅来问消息。今见上宅正在此献神，必有所谓，敢乞明示。"王老道："老拙偶因寒荆（旧时谦称自己的妻子）小恙买卜（请人占卦），先生道移床即好。昨寒荆病中，恍惚见八个白衣大汉，腰系红束，对寒荆道：'我等本在金家，今在彼缘尽，来投身宅上。'言毕，俱钻入床下。寒荆惊出了一身冷汗，身体爽快了。及至移床，灰尘中得银八大锭，多用红绒系腰，不知是哪里来的。此皆神天福佑，故此买福物酬谢。今我丈来问，莫非晓得些来历么？"金老跌跌脚道："此老汉一生所积，因前日也做了一梦，就不见了。梦中也道出老丈姓名居址的确，故得访寻到此。可见天数已定，老汉也无怨处，但只求取出一看，也完了老汉心事。"王老道："容易。"笑嘻嘻地走进去，叫安童（童仆）四人，托出四个盘来。每盘两锭，多是红绒系束，正是

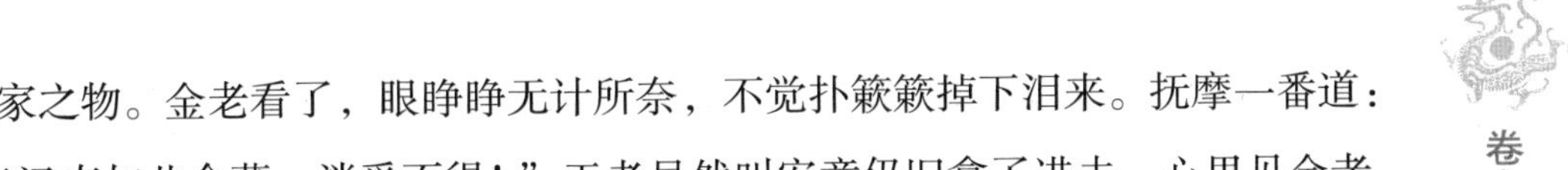

金家之物。金老看了，眼睁睁无计所奈，不觉扑簌簌掉下泪来。抚摩一番道："老汉直如此命薄，消受不得！"王老虽然叫安童仍旧拿了进去，心里见金老如此，老大不忍。另取三两零银封了，送与金老作别。金老道："自家的东西尚无福，何须尊惠（恩惠施舍）！"再三谦让，必不肯受。王老强纳在金老袖中，金老欲待摸出还了，一时摸个不着，面儿通红。又被王老央不过，只得作揖别了。直至家中，对儿子们一一把前事说了，大家叹息了一回。因言王老好处，临行送银三两。满袖摸遍，并不见有，只说路中掉了。却原来金老推逊时，王老往袖里乱塞，落在着外面的一层袖中。袖有断线处，在王老家摸时，已在脱线处落出在门槛边了。客去扫门，仍旧是王老拾得。可见一饮一啄，莫非前定。不该是他的东西，不要说八百两，就是三两也得不去。该是他的东西，不要说八百两，就是三两也推不出。原有的倒无了，原无的倒有了，并不由人计较。

而今说一个人，在实地上行，步步不着，极贫极苦的，渺渺茫茫做梦不到的去处，得了一主没头没脑的钱财，变成巨富。从来稀有，亘古新闻。有诗为证，诗曰：

分内功名匣里财，不关聪慧不关呆。
果然命是财官格，海外犹能送宝来。

话说国朝成化年间，苏州府长洲县阊门外有一人，姓文名实，字若虚。生来心思慧巧，做着便能，学着便会。琴棋书画，吹弹歌舞，件件粗通。幼年间，曾有人相他有巨万之富。他亦自恃才能，不十分去营求生产，坐吃山空，将祖上遗下千金家事，看看消下来。以后晓得家业有限，看见别人经商图利的，时常获利几倍，便也思量做些生意，却又百做百不着。

一日，见人说北京扇子好卖，他便合了一个伙计，置办扇子起来。上等金面精巧的，先将礼物求了名人诗画，免不得是沈石出（沈周，"明四家"之一）、文衡山（文徵明，“明四家”之一，“吴中四才子”之一）、祝枝山（明代书法家，“吴中四才子”之一）拓了几笔，便值上两数银子。中等的，自有一样乔人（骗子），一只手学写了这几家字画，也就哄得人过，将假当真的买了，他自家也兀自做得来的。下等的无金无字画，将就卖几十钱，也有对合利钱，是看得见的。拣个日子装了箱儿，到了北京。岂知北京那年，自交夏来，日日淋雨不晴，并无一毫暑气，发市（一天中第一次交易）甚迟。交秋（立秋）早凉，虽不见及时，幸喜天色却晴，有妆晃子弟（装腔作势的人）要买把苏做的扇子，袖中笼着摇摆。来买时，开箱一看，只叫得苦。原来北京历沴（器物受潮气而发霉。沴，lì）却在七八月，更加日前雨湿之气，斗着扇上胶墨之性，弄做了个“合而言之”，揭不开了。用力揭开，东粘一层，西缺一片，但是有字有画值价钱者，一毫无用。剩下等没字白扇，是不坏的，能值几何？将就卖了做盘费回家，本钱一空，频年（连续几年）做事，大概如此。不但自己折本，但是搭他非伴，连伙计也弄坏了。故此人起他一个混名，叫作“倒运汉”。不数年，把个家事干圆洁净了，连妻子也不曾娶得。终日间靠着些东涂西抹，东挨西撞，也

济不得甚事。但只是嘴头子诌得来，会说会笑，朋友家喜欢他有趣，游耍去处少他不得；也只好趁口（混饭吃），不是做家（持家节俭）的。况且他是大模大样过来的，帮闲（陪有钱人消遣）行里，又不十分入得队。有怜他的，要荐他坐馆教学，又有诚实人家嫌他是个杂板令（学无专长者），高不凑，低不就。打从帮闲的、处馆的两项人见了他，也就做鬼脸，把"倒运"两字笑他，不在话下。

一日，有几个走海泛货的邻近，做头的无非是张大、李二、赵甲、钱乙一班人，共四十余人，合了伙将行。他晓得了，自家思忖道："一身落魄，生计皆无。便附了他们航海，看看海外风光，也不枉人生一世。况且他们定是不却（拒绝）我的，省得在家忧柴忧米的，也是快活。"正计较间，恰好张大踱将来。原来这个张大名唤张乘运，专一做海外生意，眼里认得奇珍异宝，又且秉性爽慨，肯扶持好人，所以乡里起他一个混名，叫张识货。文若虚见了，便把此意一一与他说了。张大道："好，好。我们在海船里头不耐烦寂寞，若得兄去，在船中说说笑笑，有甚难过的日子？我们众兄弟料想多是喜欢的。只是一件，我们多有货物将去，兄并无所有，觉得空了一番往返，也可惜了。待我们大家计较，多少凑些出来助你，将就置些东西去也好。"文若虚便道："谢厚情，只怕没人如兄肯周全小弟。"张大道："且说说看。"一竟自去了。

恰遇一个瞽（gǔ，瞎）目先生敲着"报君知"（旧时算命盲人手里所敲打的竹板）走将来，文若虚伸手顺袋里摸了一个钱，扯他一卦问问财气看。先生道："此卦非凡，有百十分财气，不是小可（寻常）。"文若虚自想道："我只要搭去海外耍耍，混过日子罢了，哪里是我做得着的生意？要甚么赍（jī，送东西给人）助？就赍助得来，能有多少？便直恁地（nèndì，这么的）财爻（财运。爻，yáo）动？这先生也是混账。"只见张大气忿忿走来，说道："说着钱，便无缘。这些人好笑，说道你去，无不喜欢。说到助银，没一个则声（作声）。今我同两个好的弟兄，拼凑得一两银子在此，也办不成甚货，凭你买些果子，船里吃罢。日食之类，是在我们身上。”若虚称谢不尽，接了银子。张大先行，道：“快些收拾，就要开船了。”若虚道：“我没甚收拾，随后就来。”手中拿了银子，看了又笑，笑了又看，道：“置得甚货么？”信步走去，只见满街上箧（qiè，箱子）篮内盛着卖的：红如喷火，巨若悬星。皮未皲，尚有余酸；霜未降，不可多得。元殊苏并诸家树，亦非李氏千头奴。较广似曰难况，比福亦云具体。乃是太湖中有一洞庭山，地暖土肥，与闽广无异，所以广橘福橘，播名天下。洞庭有一样橘树绝与他相似，颜色正同，香气亦同。止是初出时，味略少酸，后来熟了，却也甜美。比福橘之价十分之一，名曰“洞庭红”。若虚看见了，便思想道：“我一两银子买得百斤有余，在船可以解渴，又可分送一二，答众人助我之意。”买成，装上竹篓，雇一闲的（xián de，旧时供雇用的城镇无业者），并行李挑了下船。众人都拍手笑道：“文先生宝货来也！”文若虚羞惭无地，只得吞声上船，再也不敢提起买橘的事。

开得船来，渐渐出了海口，只见：银涛卷雪，雪浪翻银。湍转则日月似惊，浪动则星河如覆。三五日间，随风漂去，也不觉过了多少路程。忽至一个地方，舟中望去，人烟凑聚，城郭巍峨，晓得是到了甚么国都了。舟人把船撑入藏风避浪的小港内，钉了桩橛，下了铁锚，缆好了。船中人多上岸。打一看，原来是来过的所在，名曰吉零国。原来这边中国（古代指中原地区）货物拿到那边，一倍就有三倍价。换了那边货物，带到中国也是如此。一往一回，却不便有八九倍利息，所以人都拼死走这条路。众人多是做过交易的，各有熟识经纪、歇家。通事人等，各自上岸找寻发货去了，只留文若虚在船中看船。路径不熟，也无走处。

正闷坐间，猛可想起道：“我那一篓红橘，自从到船中，不曾开看，莫不人气蒸烂了？趁着众人不在，看看则个。”叫那水手在舱板底下翻将起来，打开了篓看时，面上多是好好的。放心不下，索性搬将出来，都摆在艎板上面。也是合该发迹，时来福凑。摆得满船红焰焰的，远远望来，就是万点火光，一天星斗。岸上走的人，都拢（凑，靠近）将来问道："是甚么好东西呵？"文若虚只不答应。看见中间有个把一点头的，拣了出来，掐破就吃。岸上看的一发多了，惊笑道："原来是吃得的！"就中有个好事的，便来问价："多少一个？"文若虚不省得他们说话，船上人却晓得，就扯个谎哄他，竖起一个指头，说："要一钱一颗。"那问的人揭开长衣，露出那兜罗锦红裹肚来，一手摸出银钱一个来，道："买一个尝尝。"文若虚接了银钱，手中等等看，约有两把重。心下想道："不知这些银子，要买多少，也不见秤秤，且先把一个与他看样。"拣个大些的，红得可爱的，递一个上去。只见那个人接上手，颠了一颠道："好东西呵！"扑的就劈开来，香气扑鼻。连旁边闻着的许多人，大家喝一声彩。那买的不知好歹，看见船上吃法，也学他去了皮，却不分囊，一块塞在口里，甘水满咽喉，连核都不吐，吞下去了。哈哈大笑道："妙哉！妙哉！"又伸手到裹肚里，摸出十个银钱来，说："我要买十个进奉去。"文若虚喜出望外，拣十个与他去了。那看的人见那人如此买去了，也有买一个的，也有买两个、三个的，都是一般银钱。买了的，都千欢万喜去了。

原来彼国以银为钱，上有文采（艳丽错杂的色彩）。有等龙凤文的，最贵重，其次人物，又次禽兽，又次树木，最下通用的，是水草：却都是银铸的，分不异。适才买橘的，都是一样水草纹的，他道是把下等钱买了好东西去了，所以欢喜。也只是要小便宜肚肠，与中国人一样。须臾之间，三停（三成）里卖了二停（二成）。有的不带钱在身边的，老大懊悔，急忙取了钱转来。文若虚已此剩不多了，拿一个班道："而今要留着自家用，不卖了。"其人情愿再增一个钱，四个钱买了二颗。口中哓哓（xiāo，吵嚷）说："悔气！来得迟了。"旁边人见他增了价，就埋怨道："我每还要买个，如何把价钱增长了他的？"买的人道："你不听得他方才说，兀自不卖了？"正在议论间，只见首先买十个的那一个人，骑了一匹青骢马，飞也似奔到船边，下了马，分开人丛，对船上大喝道："不要零卖！不要零卖！是有的俺多要买。俺家头目要买去进克汗（kè hàn，可汗）哩。”看的人听见这话，便远远走开，站住了看。文若虚是伶俐的人，看见来势，已瞧科（看清，察觉）在眼里，晓得是个好主顾了。连忙把篓里尽数倾出来，只剩五十余颗。数了一数，又拿起班来说道：“适间讲过要留着自用，不得卖了。今肯加些价钱，再让几颗去罢。适间已卖出两个钱一颗了。”其人在马背上拖下一大囊，摸出钱来，另是一样树木纹的，说道：“如此钱一个罢了。”文若虚道：“不情愿，只照前样罢了。”那人笑了一笑，又把手去摸出一个龙凤纹的来道：“这样的一个如何？”文若虚又道：“不情愿，只要前样的。”那人又笑道：“此钱一个抵百个，料也没得与你，只是与你耍。你不要俺这一个，却要那等的，是个傻子！你那东西，肯都与俺了，俺再加你一个那等的，也不打紧。”文若虚数了一数，有五十二颗，准准地要了他一百五十六个水草银钱。那人连竹篓都要了，又丢了一个钱，把篓拴在马上，笑吟吟地一鞭去了。看的人见没得卖了，一哄而散。

文若虚见人散了，到舱里把一个钱称一称，有八钱七分多重。称过数个都是一般。总数一数，共有一千个差不多。把两个赏了船家，其余收拾在包里了。笑一声道：“那盲子好灵卦也！”欢喜不尽，只等同船人来对他说笑则个。

说话的，你说错了！那国里银子这样不值钱，如此做买卖，那久惯漂洋的带去多是绫罗缎匹，何不多卖了些银钱回来，一发百倍了？看官有所不知：那国里见了绫罗等物，都是以货交兑。我这里人也只是要他货物，才有利钱，若是卖他银钱时，他都把龙凤、人物的来交易，作了好价钱，分两也只得如此，反不便宜。如今是买吃口东西，他只认作把低钱交易，我却只管分两，所以得利了。说话的，你又说错了！依你说来，那航海的，何不只买吃口东西，只换他低钱，岂不有利？反着重本钱，置他货物怎地？看官，又不是这话。也是此人偶然有此横财，带去着了手。若是有心第二遭再带去，三五日不遇巧，等得稀烂。那文若虚运未通时卖扇子就是榜样。扇子还放得起的，尚且如此，何况果品？是这样执一论不得的。

闲话休题。且说众人领了经纪主人到船发货，文若虚把上头事说了一遍。众人都惊喜道："造化！造化！我们同来，到是你没本钱的先得了手也！"张大便拍手道："人都道他倒运，而今想是运转了！"便对文若虚道："你这些银钱此间置货，作价不多。除是转发在伙伴中，回他几百两中国货物，上去打换些土产珍奇，带转去有大利钱，也强如虚藏此银钱在身边，无个用处。"文若虚道："我是倒运的，将本求财，从无一遭不连本送的。今承诸公挈（qiè，带领）带，做此无本钱生意，偶然侥幸一番，真是天大造化了，如何还要生钱，妄想甚么？万一如前再做折了，难道再有洞庭红这样好卖不成？"众人多道："我们用得着的是银子，有的是货物。彼此通融，大家有利，有何不可？"文若虚道："一年吃蛇咬，三年怕草索。说到货物，我就没胆气了。只是守了这些银钱回去罢。"众人齐拍手道："放着几倍利钱不取，可惜！可惜！"随同众人一齐上去，到了店家交货明白，彼此兑换。约有半月光景，文若虚眼中看过了若干好东好西，他已志得意满，不放在心上。

众人事体完了，一齐上船，烧了神福，吃了酒，开洋。行了数日，忽然间天变起来。但见：乌云蔽日，黑浪掀天。蛇龙戏舞起长空，鱼鳖惊惶潜水底。艨艟（méng chōng）泛泛，只如栖不定的数点寒鸦；岛屿浮浮，便似没不煞的几双水鹅。舟中是方扬的米簸，舷外是正熟的饭锅。总因风伯太无情，以致篙师多失色。那船上人见风起了，扯起半帆，不问东西南北，随风势漂去。隐隐望见一岛，便带住篷脚，只看着岛边使来。看看渐近，恰是一个无人的空岛。但见：树木参天，草莱（杂生的草）遍地。荒凉径界，无非些兔迹狐踪；坦迤土壤，料不是龙潭虎窟。混茫内，未识应归何国辖；开辟来，不知曾否有人登。船上人把船后抛了铁锚，将桩橛泥犁上岸去钉停当了，对舱里道："且安心坐一坐，候风势则个。"

那文若虚身边有了银子，恨不得插翅飞到家里，巴不得行路，却如此守风呆坐，心里焦燥。对众人道："我且上岸去岛上望望则个。"众人道："一个荒岛，有何好看？”文若虚道：“总是闲着，何碍？”众人都被风颠得头晕，个个是呵欠连天，不肯同去。文若虚便自一个抖擞精神，跳上岸来，只因此一去，有分交：十年败壳精灵显，一介穷神富贵来。若是说话的同年生，并时长，有个未卜先知的法儿，便双脚走不动，也拄个拐儿随他同去一番，也不在的。

却说文若虚见众人不去，偏要发个狠扳藤附葛，直走到岛上绝顶。那岛也苦不甚高，不费甚大力，只是荒草蔓延，无好路径。到得上边打一看时，四望漫漫，身如一叶，不觉凄然掉下泪来。心里道：“想我如此聪明，一生命蹇（jiǎn，不顺）。家业消亡，剩得只身，直到海外。虽然侥幸有得千来个银钱在囊中，知他命里是我的不是我的？今在绝岛中间，未到实地，性命也还是与海龙王合着的哩！”正在感怆，只见望去远远草丛中一物突高。移步往前一看，却是床大一个败龟壳。大惊道：“不信天下有如此大龟！世上人哪里曾看见？说也不信的。我自到海外一番，不曾置得一件海外物事，今我带了此物去，也是一件稀罕的东西，与人看看，省得空日说着，道是苏州人会调谎。又且一件，锯将开来，一盖一板，各置四足，便是两张床，却不奇怪！”遂脱下两只裹脚接了，穿在龟壳中间，打个扣儿，拖了便走。

走至船边，船上人见他这等模样，都笑道：“文先生那里又跎（背负）了纤来？”文若虚道：“好教列位得知，这就是我海外的货了。”众人抬头一看，却便似一张无柱有底的硬床。吃惊道：“好大龟壳！你拖来何干？”文若虚道：“也是罕见的，带了他去。”众人笑道：“好货不置一件，要此何用？”有的道：“也有用处。有甚么天大的疑心事，灼（烧，炙）他一卦，只没有这样大龟药。”又有的道：“医家要煎龟膏，拿去打碎了煎起来，也当得几百个小龟壳。”文若虚道：“不要管有用没用，只是希罕，又不费本钱便带了回去。”当时叫个船上水手，一抬抬下舱来。初时山下空阔，还只如此；舱中看来，一发大了。若不是海船，也着不得这样狼犺（kàng，笨重）东西。众人大家笑了一回，说道：“到家时有人问，只说文先生做了偌大的乌龟买卖来了。”文若虚道：“不要笑，我好歹有一个用处，决不是弃物。”随他众人取笑，文若虚只是得意。取些水来内外洗一洗净，抹干了，却把自己钱包行李都塞在龟壳里面，两头把绳一绊，却当了一个大皮箱了。自笑道：“兀的不眼前就有用处了？”众人都笑将起来，道：“好算计！好算计！文先生到底是个聪明人。”

当夜无词。次日风息了，开船一走。不数日，又到了一个去处，却是福建地方了。才住定了船，就有一伙惯伺侯接海客的小经纪牙人，攒将拢来，你说张家好，我说李家好，拉的拉，扯的扯，嚷个不住。船上众人拣一个一向熟识的跟了去，其余的也就住了。

众人到了一个波斯胡大店中坐定。里面主人见说海客到了，连忙先发银子，唤厨户，包办酒席几十桌，吩咐停当，然后踱将出来。这主人是个波斯国里人，姓个古怪姓，是玛瑙的“玛”字，叫名玛宝哈，专一与海客兑换珍宝货物，不知有多少万数本钱。众人走海过的，都是熟主熟客，只有文若虚不曾认得。抬眼看时，原来波斯胡在中华住得久了，衣服言动都与中华不大分别。只是剃眉剪须，深眼高鼻，有些古怪。出来见了众人，行宾主礼，坐定了。两杯茶罢，站起身来，请到一个大厅上。只见酒筵多完备了，且是摆得济楚（整齐漂亮）。原来旧规，海船一到，主人家先折过这一番款待，然后发货讲价的。主人家手执着一副珐琅菊花盘盏，拱一拱手道："请列位货单一看，好定坐席。"

看官，你道这是何意？原来波斯胡以利为重，只看货单上有奇珍异宝值得上万者，就送在先席。余者看货轻重，挨次坐去，不论年纪，不论尊卑，一向做下的规矩。船上众人，货物贵的贱的，多的少的，你知我知，各自心照，差不多领了酒杯，各自坐了。单单剩得文若虚一个，呆呆站在那里。主人道："这位老客长不曾会面，想是新出海外的，置货不多了。"众人大家说道："这是我们好朋友，到海外耍去的。身边有银子，却不曾肯置货。今日没奈何，只得屈他在末席坐了。"文若虚满面羞惭，坐了末位。主人坐在横头。饮酒中间，这一个说道我有猫儿眼多少，那一个说我有祖母绿多少，你夸我逞。文若虚一发默默无言，自心里也微微有些懊悔道："我前日该听他们劝，置些货物来的是。今在有几百银子在囊中，说不得一句说话。"又自叹了口气道："我原是一些本钱没有的，今已大幸，不可不知足。"自思自忖，无心发兴吃酒。众人却猜掌行令，吃得狼藉。主人是个积年（经验丰富的人），看出文若虚不快活的意思来，不好说破，虚劝了他几杯酒。众人都起身道："酒勾了，天晚了，趁早上船去，明日发货罢。"别了主人去了。

主人撤了酒席，收拾睡了。明日起个清早，先走到海岸船边来拜这伙客人。主人登舟，一眼瞅去，那舱里狼狼犺犺这件东西，早先看见了。吃了一惊道："这是哪一位客人的宝货？昨日席上并不曾说起，莫不是不要卖的？"众人都笑指道："此敝友文兄的宝货。"中有一人衬道："又是滞货。"主人看了文若虚一看，满面挣得通红，带了怒色，埋怨众人道："我与诸公相处多年，如何恁地作弄我？教我得罪于新客，把一个末座屈了他，是何道理！"一把扯住文若虚，对众客道："且慢发货，容我上岸谢过罪着。"众人不知其故。有几个与文若虚相知些的，又有几个喜事的，觉得有些古怪，共十余人赶了上来，重到店中，看是如何。只见主人拉了文若虚，把交椅整一整，不

管众人好歹，纳他头一位坐下了，道："适间得罪得罪，且请坐一坐。"文若虚也心中镬铎（huó duò，糊涂），忖道："不信此物是宝贝，这等造化不成？"

主人走了进去，须臾出来，又拱众人到先前吃酒去处，又早摆下几桌酒，为首一桌，比先更齐整。把盏向文若虚一揖，就对众人道："此公正该坐头一席。你每枉自一船货，也还赶他不来。先前失敬失敬。"众人看见，又好笑，又好怪，半信不信的一带儿坐下了。酒过三杯，主人就开口道："敢问客长，适间此宝可肯卖否？"文若虚是个乖人（机灵的人），趁口答应道："只要有好价钱，为甚不卖？"那主人听得肯卖，不觉喜从天降，笑逐颜开，起身道："果然肯卖，但凭吩咐价钱，不敢吝惜。"文若虚其实不知值多少，讨少了，怕不在行；讨多了，怕吃笑。忖了一忖，面红耳热，颠倒讨不出价钱来。张大使与文若虚丢个眼色，将手放在椅子背上，竖着三个指头，再把第二个指空中一撇，道："索性讨他这些。"文若虚摇头，竖一指道："这些我还讨不出口在这里。"却被主人看见道："果是多少价钱？"张大捣一个鬼道："依文先生手势，敢象要一万哩！"主人呵呵大笑道："这是不要卖，哄我而已。此等宝物，岂止此价钱！"众人见说，大家目瞪口呆，都立起了身来，扯文若虚去商议道："造化！造化！想是值得多哩。我们实实不知如何定价，文先生不如开个大口，凭他还罢。"文若虚终是碍口说羞，待说又止。众人道："不要不老气（老成）！"主人又催道："实说说何妨？"文若虚只得讨了五万两。主人还摇头道："罪过，罪过。没有此话。"扯着张大私问他道："老客长们海外往来，不是一番了。人都叫你张识货，岂有不知此物就里的？必是无心卖他，莫落小肆罢了。"张大道："实不瞒你说，这个是我的好朋友，同了海外玩耍的，故此不曾置货。适间此物，乃是避风海岛，偶然得来，不是出价置办的，故此不识得价钱。若果有这五万与他，勾他富贵一生，他也心满意足了。"主人道："如此说，要你做个大大保人，当有重谢，万万不可翻悔！"遂叫店小二拿出文房四宝来，主人家将一张供单绵料纸折了一折，拿笔递与张大道："有烦老客长做主，写个合同文书，好成交易。"张大指着同来一人道："此位客人褚中颖，写得好。"把纸笔让与他。褚客磨得墨浓，展好纸，提起笔来写道："立合同议单张乘运等，今有苏州客人文实，海外带来大龟壳一个，投至波斯玛宝哈店，愿出银五万两买成。议定立契之后，一家交货，一家交银，各无翻悔。有翻悔者，罚契上加一。合同为照。"一样两纸，后边写了年月日，下写张乘运为头，一连把在坐客人十来个写去，褚中颖因自己执笔，写了落末。年月前边，空行中间，将两纸凑着，写了骑缝一行，两边各半乃是"合同议约"四字，下写"客人文实主人玛宝哈"，各押了花押。单上有名的，从后头写起，写到张乘运道："我们押字钱重些，这买卖才弄得成。"主人笑道："不敢轻，不敢轻。"

写毕，主人进内，先将银一箱抬出来道："我先交明白了用钱，还有说话。"众人攒将拢来。主人开箱，却是五十两一包，共总二十包，整整一千两。双手交与张乘运道："凭老客长收明，分与众位罢。"众人初然吃酒、写合同，大家撺哄鸟乱，心下还有些不信的意思；如今见他拿出精晃晃白银来做用钱，方知是实。文若虚恰像梦里醉里，话都说不出来，呆呆地看。张大扯他一把道："这用钱如何分散，也要文兄主张。"文若虚方说一句道："且完了正事慢处。"只见主人笑嘻嘻地对文若虚说道："有一事要与客长商议，价银现在里面阁儿上，都是向来兑过的，一毫不少，只消请客长一两位进去，将一包过一过目，兑一兑为谁，其余多不消兑得。却又一说，此银数不少，搬动也不是一时功夫，况且文客官是个单身，如何好将下船去？又要泛海回还，有许多不便处。"文若虚想了一想道："见教得极是。而今却待怎样？"主人道："依着愚见，文客官目下回去未得。小弟此间有一个缎匹铺，有本三千两在内。其前后大小厅屋楼房，共百余间，也是个大所在，价值二千两，离此半里之地。愚见就把本店货物及房屋文契，作了五千两，尽行交与文客官，就留文客官在此住下了，做此生意。其银也做几遭搬了过去，不知不觉。日后文客官要回去，这里可以托心腹伙计看守，便可轻身往来。不然小店支出不难，文客官收贮却难也。愚意如此。”说了一遍，说得文若虚与张大跌足道：“果然是客纲客纪（出门人应遵守的规矩），句句有理。”文若虚道：“我家里原无家小，况且家业已尽了，就带了许多银子回去，没处安顿。依了此说，我就在这里，立起个家缘来，有何不可？此番造化，一缘一会，都是上天作成的，只索随缘做去。便是货物房产价钱，未必有五千，总是落得的。”便对主人说：“适间所言，诚是万全之算，小弟无不从命。”

主人便领文若虚进去阁上看，又叫张、褚二人：“一同来看看。其余列位不必了，请略坐一坐。”他四人进去。众人不进去的，个个伸头缩颈，你三我四说道：“有此异事！有此造化！早知这样，懊悔岛边泊船时节也不去走走，或者还有宝贝，也不见得。”有的道：“这是天大的福气，撞将来的，如何强得？”

正欣羡间，文若虚已同张、褚二客出来了。众人都问：“进去如何了？”张大道：“里边高阁，是个土库，放银两的所在，都是捅子盛着。适间进去看了，十个大桶，每桶四千；又五个小匣，每个一千，共是四万五千。已将文兄的封皮记号封好了，只等交了货，就是文兄的。”主人出来道：“房屋文书、缎匹账目，俱已在此，凑足五万之数了。且到船上取货去。”一拥都到海船来。

文若虚于路对众人说：“船上人多，切勿明言！小弟自有厚报。”众人也只怕船上人知道，要分了用钱去，各各心照。文若虚到了船上，先向龟壳中把自己包裹被囊取出了。手摸一摸壳，口里暗道：“侥幸！侥幸！”主人便叫店内后生二人来抬此壳，吩咐道：“好生抬进去，不要放在外边。”船上人见抬了此壳去，便道：“这个滞货也脱手了，不知卖了多少？”文若虚只不做声，一手提了包裹，往岸上就走。这起初同上来的几个，又赶到岸上，将龟壳从头到尾细看了一遍，又向壳内张了一张，捞了一捞，面面相觑道：“好处在那里？”

主人仍拉了这十来个一同上去。到店里，说道："而今且同文客官看了房屋铺面来。"众人与主人一同走到一处，正是闹市中间，一所好大房子。门前正中是个铺子，旁有一弄，走进转个弯，是两扇大石板门，门内大天井，上面一所大厅，厅上有一匾，题曰"来琛堂"。堂旁有两楹侧屋，屋内三面有橱，橱内都是绫罗各色缎匹。以后内房，楼房甚多。文若虚暗道："得此为住居，王侯之家不过如此矣。况又有缎铺营生，利息无尽，便做了这里客人罢了，还思想家里做甚？"就对主人道："好却好，只是小弟是个孤身，毕竟还要寻几房使唤的人才住得。"主人道："这个不难，都在小店身上。"

文若虚满心欢喜，同众人走归本店来。主人讨茶来吃了，说道："文客官今晚不消船里，就在铺中住下了。使唤的人铺中现有，逐渐再讨便是。"众客人多道："交易事已成，不必说了。只是我们毕竟有些疑心，此壳有何好处，值价如此？还要主人见教一个明白。"文若虚道："正是，正是。"主人笑道："诸公在了海上走了多遭，这些也不识得！列位岂不闻说龙有九子乎？内有一种是鼍（tuò，扬子鳄）龙，其皮可以幔鼓，声闻百里，所以谓之鼍鼓。鼍龙万岁，到底蜕下此壳成龙。此壳有二十四肋，按天上二十四气，每肋中间节内有大珠一颗。若是肋未完全时节，成不得龙，蜕不得壳。也有生捉得他来，只好将皮幔鼓，其肋中也未有东西。直待二十四肋完全，节节珠满，然后蜕了此壳变龙而去。故此是天然蜕下，气候俱到，肋节俱完的，与生擒活捉、寿数未满的不同，所以有如此之大。这个东西，我们肚中虽晓得，知他几时蜕下？又在何处地方守得他着？壳不值钱，其珠皆有夜光，乃无价宝也！今天幸遇巧，得之无心耳。”众人听罢，似信不信。只见主人走将进去了一会儿，笑嘻嘻地走出来，袖中取出一西洋布的包来，说道：“请诸公看看。”解开来，只见一团绵裹着寸许大一颗夜明珠，光彩夺目。讨个黑漆的盘，放在暗处，其珠滚一个不定，闪闪烁烁，约有尺余亮处。众人看了，惊得目瞪口呆，伸了舌头收不进来。主人回身转来，对众客逐个致谢道：“多蒙列位作成了。只这一颗，拿到咱国中，就值方才的价钱了；其余多是尊惠。”众人个个心惊，却是说过的话又不好翻悔得。主人见众人有些变色，取了珠子，急急走到里边，又叫抬出一个缎箱来。除了文若虚，每人送与缎子二端，说道：“烦劳了列位，做两件道袍穿穿，也见小肆中薄意。”袖中摸出细珠十数串，每送一串道：“轻鲜（些小薄物），轻鲜，备归途一茶罢了。”文若虚处另是粗些的珠子四串，缎子八匹，道是：“权且做几件衣服。”文若虚同众人欢喜作谢了。

主人就同众人送了文若虚到缎铺中，叫铺里伙计后生们都来相见，说道：“今番是此位主人了。”主人自别了去，道：“再到小店中去去来。”只见须臾间数十个脚夫拉了好些杠来，把先前文若虚封记的十桶五匣都发来了。文若虚搬在一个深密谨慎的卧房里头去处，出来对众人道：“多承列位挈带，有此一套意外富贵，感谢不尽。”走进去把自家包裹内所卖洞庭红的银钱倒将出来，每人送他十个，止有张大与先前出银助他的两三个，分外又是十个。道：“聊表谢意。”

此时文若虚把这些银钱看得不在眼里了。众人却是快活，称谢不尽。文若虚又拿出几十个来，对张大说："有烦老兄将此分与船上同行的人，每位一个，聊当一茶。小弟在此间，有了头绪，慢慢到本乡来。此时不得同行，就此为别了。"张大道："还有一千两用钱，未曾分得，却是如何？须得文兄分开，方没得说。"文若虚道："这倒忘了。"就与众人商议，将一百两散与船上众人，余九百两照现在人数，另外添出两股，派了股数，各得一股。张大为头的，褚中颖执笔的，多分一股。众人千欢万喜，没有说话。内中一人道："只是便宜了这回回（泛指外国人），文先生还该起个风，要他些不敷才是。"文若虚道："不要不知足，看我一个倒运汉，做着便折本的，造化到来，平空地有此一主财爻。可见人生分定（本分所定，命定），不必强求。我们若非这主人识货，也只当得废物罢了；还亏他指点晓得，如何还好昧心争论？"众人都道："文先生说得是。存心忠厚，所以该有此富贵。"大家千恩万谢，各各赍（带着）了所得东西，自到船上发货。

从此，文若虚做了闽中一个富商，就在那里娶了妻小，立起家业。数年之间，才到苏州走一遭，会会旧相识，依旧去了。至今子孙繁衍，家道殷富不绝。正是：

运退黄金失色，时来顽铁生辉。
莫与痴人说梦，思量海外寻龟。

姚滴珠避羞惹羞
郑月娥将错就错

天下事就是无巧不成书。富家女姚滴珠因受不了公婆欺负，回娘家途中遭骗子汪锡引诱，误入歧途做了他人小妾；烟花女郑月娥因外貌酷似滴珠，而被哥哥将错就错带回家中。然而，故事并没有因此画上句号，其一波三折的过程充满了十足的趣味性，不失为饭后笑谈。

此故事的“奇”因两女子容貌相像而引发，却不止于容貌一事。从姚滴珠和郑月娥身上，我们能隐约看到当时徽州女性对爱情的向往和对幸福生活的追求，以及对命运及礼教的反抗，虽然这种意识还很脆弱，但也确实在某种程度上认可了女性的情感需求。

诗云：

自古人心不同，尽道有如其面。

假饶容貌无差，毕竟心肠难变。

话说人生只有面貌最是不同，盖因各父母所生，千支万派，哪能够一模一样的？就是同父合母的兄弟，同胞双生的儿子，道是相象得紧，毕竟仔细看来，自有些少不同去处。却又作怪（离奇古怪），尽有途路各别、毫无干涉的人，蓦地有人生得一般无二、假充得真的。从来正书上面说，孔子貌似阳虎以致匡人之围，是恶人像了圣人。传奇上边说，周坚死替赵朔以解下宫之难，是贱人像了贵人：是个解不得的道理。

按《西湖志余》上面，宋时有一事，也为面貌相像，骗了一时富贵，享用十余年，后来事败了的。却是靖康年间，金人围困汴梁，徽、钦二帝蒙尘（皇帝在外流亡）北狩，一时后妃公主被虏去的甚多。内中有一公主名曰柔福，乃是钦宗之女，当时也被掳去。后来高宗南渡称帝，改号建炎。四年，忽有一女子诣阙（yì què，赴朝堂）自陈，称是柔福公主，自虏中逃归，特来见驾。高宗心疑道："许多随驾去的臣宰尚不能逃，公主鞋弓袜小，如何脱离得归来？"颁诏令旧时宫人看验，个个说道："是真的，一些不差。"及问他宫中旧事，对答来皆合；几个旧时的人，他都叫得姓名出来。只是众人看见一双足，却大得不像样，都道："公主当时何等小足，今却这等，止有此不同处。"以此回复圣旨。高宗临轩亲认，却也认得，诘问他道："你为何恁般一双脚了？"女子听得，啼哭起来，道："这些臊羯奴（胡人）聚逐便如牛马一般。今乘间脱逃，赤脚奔走，到此将有万里。岂能尚保得一双纤足，如旧时模样耶？"高宗听得，甚是惨然。颁诏特加号福国长公主，下降（公主出嫁）高世綮，做了附马都尉。其时江龙溪草制，词曰："彭城方急，鲁元尝困于面驰；江左既兴，益寿宜充于禁脔。"那鲁元是汉高帝的公主，在彭

城失散，后来复还的。益寿是晋驸马谢混的小名，江左中兴，元帝公主下降的。故把来比他两人甚为初当。自后夫荣妻贵，恩赍无算。

其时高宗为母韦贤妃在虏中，年年费尽金珠求赎，遥尊（对已死了的人追加封号）为显仁太后。和议既成，直到绍兴十二年自虏中回銮，听见说道："柔福公主进来相见。"太后大惊道："那有此话？柔福在虏中受不得苦楚，死已多年，是我亲看见的。那得又有一个柔福？是何人假出来的？"发下旨意，着法司严刑究问。法司奉旨，提到人犯，用起刑来。那女子熬不得，只得将真情招出道："小的每本是汴梁一个女巫。靖康之乱，有宫中女婢逃出民间，见了小的每，误认做了柔福娘娘，口中厮唤。小的每惊问，他便说小的每实与娘娘面貌一般无二。因此小的每有了心，日逐（每天）将宫中旧事问他，他日日衍说得心下习熟了，故大胆冒名自陈，贪享这几时富贵，道是永无对证的了。谁知太后回銮，也是小的每福尽灾生，一死也不枉了。"问成罪名。高宗见了招伏（招认），大骂："欺君贼婢！"立时押付市曹处决，抄没家私入官。总计前后锡赉（lài，赏赐）之数，也有四十六万缗（mín，古代计量单位）钱。虽然没结果，却是十余年间，也受用得勾了。只为一个容颜厮像，一时骨肉旧人都认不出来，若非太后复还，到底被他瞒过，那个再有疑心的？就是死在太后未还之先，也是他便宜多了。天理不容，自然败露。

今日再说一个容貌厮像弄出好些奸巧稀奇的一场官司来。正是：

自古唯传伯仲偕，谁知异地巧安排。
试看一样滴珠面，惟有人心再不谐。

话说国朝万历年间，徽州府休宁县荪田乡姚氏有一女，名唤滴珠。年方十六，生得如花似玉，美冠一方。父母俱在，家道殷富，宝惜异常，娇养过度。凭媒说合，嫁与屯溪潘甲为妻。看来世间听不得的最是媒人的口。他要说了穷，石崇也无立锥之地。他要说了富，范丹也有万顷之财。正是：富贵随口定，美丑趁心生。再无一句实话的。那屯溪潘氏虽是个旧姓人家，却是个破落户，家道艰难，外靠男子出外营生，内要女人亲操井臼，吃不得闲饭过日的了。这个潘甲虽是人物也有几分像样，已自弃儒为商。况且公婆甚是狠戾，动不动出口骂詈（lì，骂），毫没些好歹。滴珠父母误听媒人之言，道他是好人家，把一块心头的肉嫁了过来。少年夫妻却也过得恩爱，只是看了许多光景，心下好生不然（不以为是），如常偷掩泪眼。潘甲晓得意思，把些好话偎他过日子。

却早成亲两月，潘父就发作儿子道："如此你贪我爱，夫妻相对，白白过世不成？如何不想去做生意？"潘甲无奈，与妻滴珠说了，两个哭一个不住，说了一夜话。次日潘父就逼儿子出外去了。滴珠独自一个，越越凄惶（悲伤不安），有情无绪。况且是个娇美的女儿，新来的媳妇，摸头路不着，没个是处，终日闷闷过了。潘父潘母看见媳妇这般模样，时常急聒（guō，争吵），骂道："这婆娘想甚情人？害相思病了！"滴珠生来在父母身边如珠似玉，何曾听得这般声气？不敢回言，只得忍着气，背地哽哽咽咽，哭了一会儿罢了。

一日，因滴珠起得迟了些个，公婆朝饭要紧，粹地答应不迭。潘公开口骂道："这样好吃懒做的淫妇，睡到这等日高才起来！看这自由自在的模样，

除非去做娼妓，倚门卖俏，掩哄子弟，方得这样快活象意。若要做人家，是这等不得！”滴珠听了，便道：“我是好人家儿女，便做道有些不是，直得如此作贱说我！”大哭一场，没分诉处。到得夜里睡不着，越思量越恼，道：“老无知！这样说话，须是公道上去不得。我忍耐不过，且跑回家去告诉爹娘。明明与他执论，看这话是该说的不该说的！亦且借此为名，赖在家多住几时，也省了好些气恼。”算计定了。侵晨未及梳洗，将一个罗帕兜头扎了，一口气跑到渡口来。说话的，若是同时生、并年长晓得他这去不尴尬，拦腰抱住，擗（pǐ，连续拍打）胸扯回，也不见得后边若干事件来。只因此去，天气却早，虽是已有行动的了，人踪尚稀，渡口悄然。这地方有一个专一做不好事的光棍，名唤汪锡，绰号“雪里蛆”，是个冻饿不怕的意思。也是姚滴珠合当悔气，撞着他独自个溪中乘了竹筏，未到渡口，望见了个花朵般后生妇人，独立岸边，又见头不梳裹，满面泪痕，晓得有些古怪。在筏上问道：“娘子要渡溪么？”滴珠道：“正要过去。”汪锡道：“这等，上我筏来。”一口叫：“放仔细些！”一手去接他下来。上得筏，一篙撑开，撑到一个僻静去处，问道：“娘子，你是何等人家？独自一个要到那里去？”滴珠道：“我自要到苏田娘家去。你只送我到溪口上岸，我自认得路，管我别管做甚？”汪锡道：“我看娘子头不梳，面不洗，泪眼汪汪，独身自走，必有跷蹊作怪的事。说得明白，才好渡你。”滴珠在个水中央了，又且心里急要回去，只得把丈夫不在家了、如何受气的上项事，一头说，一头哭，告诉了一遍。汪锡听了，便心下一想，转身道：“这等说，却渡你去不得。你起得没好意了，放你上岸，你或是逃去，或是寻死，或是被别人拐了去，后来查出是我渡你的，我却替你吃没头官司。”滴珠道：“胡说！我自是娘家去，如何是逃去？若我寻死路，何不投水，却过了渡去自尽不成？我又认得娘家路，没得怕人拐我！”汪锡道：“却是信你不过，既要娘家去，我舍下甚近，你且上去我家中坐了，等我走去对你家说了，叫人来接你去，却不两边放心得下？”滴珠道：“如此也好。”正是女流之辈，无大见识，亦且一时无奈，拗他不过。还只道好心，随了他来。

上得岸时，转弯抹角，到了一个去处。引进几重门户，里头房室甚是幽静清雅。但见：明窗净几，锦帐文茵。庭前有数种盆花，座内有几张素椅。壁间纸画周之冕，桌上砂壶时大彬。窄小蜗居，虽非富贵王侯宅；清闲螺径，也异寻常百姓家。原来这个所有是这汪锡一个囮子，专一设法良家妇女到此，认作亲戚，拐那一等浮浪子弟、好扑花行径的，引他到此，勾搭上了，或是片时取乐，或是迷了的，便做个外宅居住，赚他银子无数。若是这妇女无根蒂的，他等有贩水客人（人贩子）到，肯出一主大钱，就卖了去为娼。已非一日。今见滴珠行径，就起了个不良之心，骗她到此。那滴珠是个好人家儿女，心里尽爱清闲，只因公婆凶悍，不要说日逐做烧火、煮饭、熬锅、打水的事，只是油盐酱醋，她也拌得头疼了。见了这个干净精致所在，不知一个好歹，心下倒有几分喜欢。那汪锡见她无有慌意，反添喜状，便觉动火。走到跟前，双膝跪下求欢。滴珠就变了脸起来："这如何使得？我是好人家儿女，你原说留我到此坐着，报我家中；青天白日，怎地拐人来家，要行局骗？若逼得我紧，我如今真要自尽了！"说罢，看见桌上有点灯铁签，捉起来望喉间就刺。汪锡慌了手脚，道："再从容说话，小人不敢了。"原来汪锡只是拐人骗财，利心为重，色上也不十分要紧，恐怕真个做出事来，没了一场好买卖。吃这一惊，把那一点勃勃的春兴，丢在爪哇国（zhǎo wā，借指遥远虚无之处）去了。

他走到后头去好些时，叫出一个老婆子来，道："王嬷嬷，你陪这里娘子坐坐，我到他家去报一声就来。"滴珠叫他转来，说明了地方及父母名姓，叮嘱道："千万早些叫他们来，我自有重谢。"汪锡去了，那老奶奶去掇盆脸水，拿些梳头家伙出来，叫滴珠梳洗。立在旁边呆看，插口问道："娘子何家宅眷（女眷）？因何到此？"滴珠把上项事，是长是短，说了一遍。那婆子就故意跌跌脚道："这样老杀才（骂老年人的话）不识人！有这样好标致娘子做了媳妇，折杀了你不羞，还舍得出毒口骂她，也是个没人气（感情）

的！如何与他一日相处？”滴珠说着心事，眼中滴泪。婆子便问道：“今欲何往？”滴珠道：“今要到家里告诉爹娘一番，就在家里权避几时，待丈夫回家再处。”婆子就道：“官人几时回家？”滴珠又垂泪道：“做亲两月，就骂着逼出去了，知他几时回来？没个定期。”婆子道：“好没天理！花枝般一个娘子，叫她独守，又要骂她。娘子，你莫怪我说。你而今就回去得几时，少不得要到公婆家去的。你难道躲得在娘家一世不成？这腌臢（ā za，地方口语，让人不痛快）烦恼是日长岁久的，如何是了？”滴珠道：“命该如此，也没奈何了。”婆子道：“依老身愚见，只教娘子快活享福，终身受用。”滴珠道：“有何高见？”婆子道：“老身往来的是富家大户公子王孙，有的是斯文俊俏少年子弟。娘子，你不消问得的，只是看得中意的，拣上一个。等我对他说成了，他把你像珍宝一般看待，十分爱惜。吃自在食，着自在衣，纤手不动，呼奴使婢，也不枉了这一个花枝模样。强如守空房、做粗作、淘闲气万万倍了。”那滴珠是受苦不过的人，况且小小年纪，妇人水性，又想了夫家许多不好处，听了这一片话，心里动了，便道：“使不得，有人知道了，怎好？”婆子道：“这个所在，外人不敢上门，神不知，鬼不觉，是个极密的所在。你住两日起来，天上也不要去了。”滴珠道：“适间已叫那撑筏的，报家里去了。”婆子道：“那是我的干儿，恁地不晓事，去报这个冷信。”正说之间，只见一个人在外走进来，一手揪住王婆道：“好！好！青天白日，要哄人养汉，我出首去。”滴珠吃了一惊，仔细看来，却就是撑筏的那一个汪锡。滴珠见了道：“曾到我家去报不曾？”汪锡道：“报你家的鸟！我听得多时了也。王嬷嬷的言语是娘子下半世的受用，万全之策，凭娘子斟酌。”滴珠叹口气道：“我落难之人，走入圈套，没奈何了。只不要误了我的事。”婆子道：“方才说过的，凭娘子自拣，两相情愿，如何误得你？”滴珠一时没主意，听了哄语，又且房室精致，床帐齐整，恰便似：因过竹院逢僧话，偷得浮生半日闲。放心的悄悄住下。那婆子与汪锡两个殷殷勤勤，代替伏侍，要茶就茶，要水就水，唯恐一些不到处。那滴珠一发喜欢忘怀了。

过得一日，汪锡走出去，撞见本县商山地方一个大财主，叫得吴大郎。那大郎有百万家私，极是个好风月的人。因为平日肯养闲汉，认得汪锡，便问道："这儿时有甚好乐地么？"汪锡道："好教朝奉（对富豪的称呼）得知，我家有个表侄女新寡，且是生得娇媚，尚未有个配头，这却是朝奉店里货，只是价钱重哩。"大郎道："可肯等我一看否？"汪锡道："不难，只是好人家害羞，待我先到家与他堂中说话，你劈面撞进来，看个停当便是。"吴大郎会意了。

汪锡先回来，见滴珠坐在房中，默默呆想。汪锡便道："小娘子便到堂中走走，如何闷坐在房里？"王婆子在后面听得了，也走出来道："正是。娘子外头来坐。"滴珠依言，走在外边来。汪锡就把房门带上了，滴珠坐了道："奶奶，还不如等我归去休。"奶奶道："娘子不要性急，我们只是爱惜娘子人材，不割舍得你吃苦，所以劝你。你再耐烦些，包你有好缘分到也。正说之间，只见外面闯进一个人来。你道他怎生打扮？但见：头戴一顶前一片后一片的竹简巾儿，旁缝一对左一块右一块的蜜蜡金儿，身上穿一件细领大袖青绒道袍儿，脚下着一双低跟浅面红绫僧鞋儿。若非宋玉墙边过，定是潘安车上来。一直走进堂中道："小汪在家么？”滴珠慌了，急掣（chè，快速）身起，已打了个照面，急奔房门边来，不想那门先前出来时已被汪锡暗拴了，急没躲处。那王婆笑道：“是吴朝奉，便不先开个声！”对滴珠道：“是我家老主顾，不妨。”又对吴大郎道：“可相见这位娘子。”吴大郎深深唱个喏（对人作揖，同时出声致敬）下去，滴珠只得回了礼。偷眼看时，恰是个俊俏可喜的少年郎君，心里早看上了几分了。吴大郎上下一看，只见不施脂粉，淡雅梳妆，自然内家气象，与那胭花队里的迥别。他是个在行的，知轻识重，如何不晓得？也自酥了半边，道：“娘子请坐。”滴珠终究是好人家出来的，有些羞耻，只叫王嬷嬷道：“我们进去则个。”嬷嬷道：“慌做甚么？”就同滴珠一面进去了。

出来为对吴大郎道：“朝奉看得中意否？”吴大郎道：“嬷嬷作成作成，不敢有忘。”王婆道：“朝奉有的是银子，兑出千把来，娶了回去就是。”大郎道：“又不是衏衏（háng yuàn，妓院）人家，如何要得许多？”嬷嬷道：“不多。你看了这个标致模样，今与你做个小娘子，难道消不得千金？”大郎道：“果要千金，也不打紧。只是我大孺（妻）人狠，专会作贱人，我虽不怕她，怕难为这小娘子，有些不便，取回去不得。”婆子道：“这个何难？另税一所房子住了，两头做大可不是好？前日江家有一所花园空着，要典与人，老身替你问问看，如何？”大郎道：“好便好，只是另住了，要家人使唤，丫鬟伏侍，另起烟爨（cuàn，灶），这还小事；少不得瞒不过家里了，终日厮闹，赶来要同住，却了不得。”婆子道：“老身更有个见识，朝奉拿出聘礼娶下了，就在此间成了亲。每月出几两盘缠，替你养着，自有老身伏侍陪伴。朝奉在家，推个别事出外，时时到此来住，密不通风，有何不好？”大郎笑道：“这个却妙，这个却妙！”议定了财礼银八百两，衣服首饰办了送来，自不必说，也合着千金。每月盘缠连房钱银十两，逐月支付。大郎都应允，慌忙去拿银子了。

王婆转进房里来，对滴珠道：“适才这个官人，生得如何？”原来滴珠先前虽然怕羞，走了进去，心中却还舍不得，躲在黑影里张来张去，看得分明。吴大郎与王婆一头说话，一眼觑着门里，有时露出半面，若非是有人在面前，又非是一面不曾识，两下里就做起光来了。滴珠见王婆问他，他就随口问道："这是那一家？"王婆道："是徽州府有名的商山吴家，他又是吴家第一个财主'吴百万'吴大朝奉。他看见你，好不喜欢哩！他要娶你回去，有些不便处；他就要娶你在此间住下，你心下如何？"滴珠心里喜欢这个干净房卧，又看上了吴大郎人物。听见说就在此间住，就像是他家里一般的，心下倒有十分中意了。道："既到这里，但凭妈妈，只要方便些，不露风声便好。"婆子道："如何得露风声？只是你久后相处，不可把真情与他说，看得低了。只认我表亲，暗地快活便了。"

只见吴大郎抬了一乘轿，随着两个俊俏小厮，捧了两个拜匣，竟到汪锡家来。把银子支付停当了，就问道："几时成亲？"婆子道："但凭朝奉尊便，或是拣个好日，或是不必拣日，就是今夜也好。"吴大郎道："今日我家里不曾做得工夫，不好造次住得。明日我推说到杭州进香取帐，过来住起罢了。拣甚么日子？"吴大郎只是色心为重，等不得拣日。若论婚姻大事，还该寻一个好日辰。今鲁莽乱做，不知犯何凶煞，以致一两年内，就拆散了。这是后话。

却说吴大郎支付停当，自去了，只等明日快活。婆子又与汪锡计较定了，来对滴珠说："恭喜娘子，你事已成了。"就拿了吴家银子四百两，笑嘻嘻地道："银八百两，你取一半，我两人分一半做媒钱。"摆将出来，摆得桌上白晃晃的，滴珠可也喜欢。说话的，你说错了，这光棍牙婆见了银子，如苍蝇见血，怎还肯人心天理分这一半与他？看官，有个缘故。他一者要在滴珠面前夸耀富贵，买下他心；二者总是在他家里，东西不怕他走那里去了，少不得逐渐哄得出来，仍旧元在。若不与滴珠些东西，后来吴大郎相处了，怕他说出真情，要倒他们的出来，反为不美。这正是老虔婆神机妙算。

吴大郎次日果然打扮得一发精致，来汪锡家成亲。他怕人知道，也不用傧相（行婚礼时赞礼的人），也不动乐人，只托汪锡办下两桌酒，请滴珠出

来同坐，吃了进房。滴珠起初害羞，不肯出来；后来被强不过，勉强略坐得一坐，推个事故走进房去，扑地把灯吹息，先自睡了，却不关门。婆子道："还是女儿家的心性，害羞，须是我们凑他趣则个。"移了灯，照吴大郎进房去，仍旧把房中灯点起了，自家走了出去，把门拽上。吴大郎是个精细的人，把门拴了，移灯到床边，揭帐一看，只见兜头睡着，不敢惊动他，轻轻地脱了衣服，吹熄了灯，衬进被窝里来。滴珠叹了一口气，缩做一团，被吴大郎甜言媚语，轻轻款款，扳将过来，腾地跨上去，滴珠颤笃笃地承受了。高高下下，往往来来，弄得滴珠浑身快畅，遍体酥麻。原来滴珠虽然嫁了丈夫两月，那是不在行的新郎，不曾得知这样趣味。吴大郎风月场中招讨使，被窝里事多曾占过先头的。温柔软款，自不必说。滴珠只恨相见之晚。两个千恩万爱，过了一夜。明日起来，王婆、汪锡都来叫喜，吴大郎各各赏赐了他。自此与姚滴珠快乐，隔个把月才回家去走走，又来住宿，不题。

说话的，难道潘家不见了媳妇就罢了，凭他自在那里快活不成？看官，话有两头，却难这边说一句，那边说一句。如今且听说那潘家。自从那日早起不见媳妇煮朝饭，潘婆只道又是晏起（很晚才起床），走到房前厉声叫他，见不则声，走进房里，把窗推开了，床里一看，并不见滴珠踪迹。骂道："这贱淫妇那里去了？"出来与潘公说了。潘公道："又来作怪！"料道是他娘家去，急忙走到渡口问人来。有人说道："绝大清早有一妇人渡河去，有认得的，道是潘家媳妇上筏去了。"潘公道："这妮子！昨日说了他几句，就待告诉他爹娘去。恁般心性泼辣！且等他娘家住，不要去接他采他，看他待要怎的？"忿忿地跑回去与潘婆说了。

将有十来日，姚家记挂女儿，办了几个盒子，做了些点心，差一男一妇，到潘家来问一个信。潘公道："他归你家十来日了，如何到来这里问信？"那送礼的人吃了一惊，道："说那里话？我家姐姐自到你家来，才得两月多，我家又不曾来接，他为何自归？因是放心不下，叫我们来望望。如何反如此说？"潘公道："前日因有两句口面（斗嘴，争吵），他使一个性子，跑了回家。有人在渡口见他的。他不到你家，到哪里去？”那男女道：“实实不曾回家，不要错认了。”潘公炮燥道：“想是他来家说了甚么谎，您家要悔赖了别嫁人，故装出圈套，反来问信么？”那男女道：“人在你家不见了，颠倒这样说，这事必定跷蹊。”潘公听得“跷蹊”两字，大骂：“狗男女！我少不得当官告来，看你家赖了不成！”那男女见不是势头，盒盘也不出，仍旧挑了，走了回家，一五一十地对家主说了。姚公姚妈大惊，啼哭起来道：“这等说，我那儿敢被这两个老杀才逼死了？打点告状，替他要人去。”一面来与个讼师商量告状。

那潘公、潘婆死认定了姚家藏了女儿，叫人去接了儿子来家。两家都进状，都准了。那休宁县李知县提一干人犯到官。当堂审问时，你推我，我推你。知县大怒，先把潘公夹起来。潘公道：“现有人见他过渡的。若是投河身死，须有尸首踪影，明白是他家藏了赖人。”知县道：“说得是。不见了人十多日，若是死了，岂无尸首？毕竟藏着的是。”放了潘公，再把姚公夹起来。姚公道：“人在他家，去了两月多，自不曾归家来。若是果然当时走回家，这十来日间潘某何不着人来问一声，看一看下落？人长六尺，天下难藏。小的若是藏过了，后来就别嫁人，也须有人知道，难道是瞒得过的？老爷详察则个。”知县想了一想，道：“也说得是。如何藏得过？便藏了，也成何用？多管是与人有奸，约的走了。”潘公道：“小的媳妇虽是懒惰娇痴，小的闺门也严谨，却不曾有甚外情。”知县道：“这等，敢是有人拐的去了，或是躲在亲眷家，也不见得。”便对姚公说：“是你生得女儿不长进；况来踪去迹毕竟是你做爷的晓得，你推不得干净。要你跟寻出来，同缉捕人役五日一比较（要和捕快一样每五天报告一次）。”就把潘公父子讨了个保，姚公肘押了出来。

姚公不见了女儿，心中已自苦楚，又经如此冤枉，叫天叫地，没个道理。只帖个寻人招子，许下赏钱，各处搜求，并无影响（音信）。且是那个潘甲不见了妻子，没出气处，只是逢五逢十就来禀官比较捕人，未免连姚公陪打了好些板子。此事闹动了一个休宁县，城郭乡村，无不传为奇谈。亲戚之间，尽为姚公不平，却没个出豁（解决办法）。

却说姚家有个极密的内亲，叫作周少溪。偶然在浙江衢州做买卖，闲游柳巷花街。只见一个娼妇，站在门首献笑，好生面染（面熟）。仔细一想，却与姚滴珠一般无二。心下想道："家里打了两年没头官司，他却在此！"要上前去问个的确，却又忖道："不好，不好。问他未必肯说真情。打破了网，娼家行径没根蒂的，连夜走了，那里去寻？不如报他家中知道，等他自来寻访。"原来衢州与徽州虽是分个浙、直，却两府是联界的。苦不多日到了，一一与姚公说知。姚公道："不消说得，必是遇着歹人，转贩为娼了。"叫其子姚乙，密地拴了百来两银子，到衢州去赎身。又商量道："私下取赎，未必成事。"又在休宁县告明缘由，使用些银子，给了一张广缉文书在身，倘有不谐，当官告理。姚乙听命，姚公就央了周少溪作伴，一路往衢州来。那周少溪自有旧主人，替姚乙另寻了一个店楼，安下行李。周少溪指引他到这家门首来，正值他在门外。姚乙看见果然是妹子，连呼他小名数声；那娼妇只是微微笑看，却不答应。姚乙对周少溪道："果然是我妹子。只是连连叫他，并不答应，却像不认得我的。难道在此快乐了，把个亲兄弟都不招

揽了？”周少溪道：“你不晓得，凡娼家龟鸨，必是生狠的。你妹子既来历不明，他家必紧防漏泄，训戒在先，所以他怕人知道，不敢当面认账。”姚乙道：“而今却怎么通得个信？”周少溪道：“这有何难？你做个要嫖他的，设了酒，将银一两送去，外加轿钱一包，抬他到下处来，看个备细。是你妹子，密地相认了，再做道理（打算）。不是妹子，睡他娘一晚，放他去罢！”姚乙道：“有理，有理。”周少溪在衢州久做客人，都是熟路，去寻一个小闲来，拿银子去，霎时一乘轿抬到下处。那周少溪忖道：“果是他妹子，不好在此陪得。”推个事故，走了出去。姚乙也道是他妹子，有些不便，却也不来留周少溪。只见那轿里袅袅婷婷，走出一个娼妓来。但见：一个道是妹子来，双眸注望；一个道是客官到，满面生春。一个疑道：“何不见他走近身，急认哥哥？”一个疑道：“何不见他迎着轿，忙呼姐姐？”

却说那姚乙向前看看，分明是妹子。那娼妓却笑容可掬，佯佯地道了个万福。姚乙只得坐了，不敢就认，问道：“姐姐，尊姓大名，何处人氏？”那娼妓答道：“姓郑，小字月娥，是本处人氏。”姚乙看他说出话来一口衢音，声气也不似滴珠，已自疑心了。那郑月娥就问姚乙道：“客官何来？”姚乙道：“在下是徽州府休宁县荪田姚某，父某人，母某人。”恰像那查他的脚色（底细），三代籍贯都报将来。也还只道果是妹子，他必然承认，所以如此。那郑月娥见他说话牢叨，笑了一笑道：“又不曾盘问客官出身，何故通三代脚色？”姚乙满面通红，情知不是滴珠了。

摆上酒来，三杯两盏，两个对吃。郑月娥看见姚乙，只管相他面庞一会儿，又自言自语一会儿，心里好生疑惑。开口问道：“奴自不曾与客官相会，只是前口门前见客官走来走去，见了我指手点脚的，我背地同妹妹暗笑。今承宠召过来，却又屡屡机觑，却像有些委决不下的事，是什么缘故？”姚乙把言语支吾，不说明白。那月娥是个久惯接客乖巧不过的人，看此光景，晓得有些尴尬，只管盘问。姚乙道：“这话也长，且到床上再说。”两个人各自收拾上床睡了，免不得云情雨意，做了一番的事。

那月娥又把前话提起，姚乙只得告诉他：家里事如此如此，这般这般。“因见你厮像，故此假做请你，认个明白，那知不是。”月娥道：“果然像否？”姚乙道：“举止外像一些不差，就是神色里边，有些微不像处。除是至亲骨肉终日在面前的，用意体察才看得出来，也算是十分像的了。若非是声音各别，连我方才也要认错起来。”月娥道：“既是这等厮像，我就做你妹子罢。”姚乙道：“又来取笑。”月娥道：“不是取笑，我与你熟商量。你家不见了妹子，如此打官司不得了结，毕竟得妹子到了官方住。我是此间良人家儿女，在姜秀才家为妾，大娘不容，后来连姜秀才贪利忘恩，竟把来卖与这郑妈妈家了。那龟儿、鸨儿，不管好歹，动不动非刑拷打。我被他摆布不过，正要想个讨策脱身。你如今认定我是你失去的妹子，我认定你是哥哥，两一同声当官去告理，一定断还归宗。我身既得脱，仇亦可雪。到得你家，当了你妹子，官事也好完了，岂非万全之算？”姚乙道：“是倒是，只是声音大不相同。且既到吾家，认做妹子，必是亲戚族属逐处明白，方像真的，这却不便。”月娥道：“人只怕面貌不像，那个声音随他改换，如何做得准？你妹子相失两年，假如真在衢州，未必不与我一般乡语了。亲戚族属，你可教导得我的。况你做起事来，还等待官司发落，日子长远，有得与你相处，乡音也学得你些。家里事务，日逐教我熟了，有甚难处？”姚乙心里先只要家里息讼要紧，细思月娥说话尽可行得，便对月娥道：“吾随身带有广缉文书，当官一告，断还不难。只是要你一口坚认到底，却差池不得的。”月娥道：“我也为自身要脱离此处，趁此机会，如何好改得口？只是一件，你家妹夫是何等样人？我可跟得他否？”姚乙道：“我妹夫是个做客的人，也还少年老实，你跟了他也好。”月娥道：“凭他怎么，毕竟还好似（胜过）为娼。况且一夫一妻，又不似先前做妾，也不误了我事了。”姚乙又与他两个赌一个誓信，说：“两个同心做此事，各不相负；如有破泄者，神明诛之！”两人说得着，已觉道快活，又弄了一火，搂抱了睡到天明。

姚乙起来，不梳头就走去寻周少溪，连他都瞒了，对他说道：“果是吾妹子，如今怎处？”周少溪道：“这衙衙人家不长进，替他私赎，必定不肯。待我去纠合本乡人在此处的十来个，做张呈子到太守处呈了，人众则公，亦且你有本县广缉滴珠文书可验，怕不立刻断还？只是你再送几两银子过去，与他说道：‘还要留在下处几日。’使他不疑，我们好做事。”姚乙一一依言停当了。周少溪就合着一伙徽州人同姚乙到府堂，把前情说了一遍。姚乙又将县间广缉文书当堂验了。太守立刻签了牌，将郑家乌龟、老妈都拘将来。郑月娥也到公庭，一个认哥哥，一个认妹子。那众徽州人除周少溪外，也还有个把认得滴珠的，齐声说道：“是。”那乌龟分毫不知一个情由，劈地价来，没做理会，口里乱嚷。太守只叫：“拿嘴！”又研问他是那里拐来的。乌龟不敢隐讳，招道：“是姜秀才家的妾，小的八十两银子讨的是实，并非拐的。”太守又去拿姜秀才。姜秀才情知理亏，躲了不出见官。太守断姚乙出银四十两还他乌龟身价，领妹子归宗。那乌龟买良为娼，问了应得罪名，连姜秀才前程都问革了。郑月娥一口怨气先发泄尽了。姚乙欣然领回下处，等衙门文卷叠成，银子交库给主，及零星使用，多完备了，然后起程。这几时落得与月娥同眠同起，见人说是兄妹，背地自做夫妻。枕边絮絮叨叨，把说话见识都教道得停停当当了。

在路不则一日，将到苏田，有人见他兄妹一路来了，

拍手道："好了，好了，这官司有结局了。"有的先到他家里报了的，父母俱迎出门来。那月娥装作个认得的模样，大剌剌走进门来，呼爷叫娘，都是姚乙教熟的。况且娼家行径，机巧灵变，一些不错。姚公道："我的儿！那里去了这两年？累煞你爹也！"月娥假作硬咽痛哭，免不得说道："爹妈这儿时平安么？"姚公见他说出话来，便道："去了两年，声音都变了。"姚妈伸手过来，拽他的手出来，抢了两抢道："养得一手好长指甲了，去时没有的。"大家哭了一会儿，只有姚乙与月娥心里自明白。姚公是两年间官司累怕了，他见说女儿来了，心里放下了一个大疙瘩，那里还辨仔细？况且十分相像，分毫不疑。至于来踪去迹，他已晓得在娼家赎归，不好细问得。巴到天明，就叫儿子姚乙同了妹子到县里来见。

知县升堂，众人把上项事，说了一遍。知县缠了两年，已自明白，问滴珠道："那个拐你去的，是何等人？"假滴珠道："是一个不知姓名的男子，不由分说，逼卖与衢州姜秀才家。姜秀才转卖了出来，这先前人不知去向。"知县晓得事在衢州，隔省难以追求，只要完事，不去根究了。就抽签去唤潘甲并父母来领。那潘公、潘婆到官来，见了假滴珠道："好媳妇呵！就去了这些时。"潘甲见了道："惭愧！也还有相见的日子。"各各认明了，领了回去。出得县门，两亲家两亲妈，各自请罪，认个悔气。都道一桩事完了。

隔了一晚，次日，李知县升堂，正待把潘甲这宗文卷注销立案，只见潘甲又来告道："昨日领回去的，不是真妻子。"那知县大怒道："刁奴才！你累得丈人家也勾了，如何还不肯休歇？"喝令扯下去打了十板。那潘甲只叫冤屈。知县道："那衢州公文明白，你舅子亲自领回，你丈人、丈母认了不必说，你父母与你也当堂认了领去的，如何又有说话？"潘甲道："小人争论，只要争小人的妻，不曾要别人的妻。今明明不是小人的妻，小人也不好要得，老爷也不好强小人要得。若必要小人将假作真，小人情愿不要妻子了。"知县道："怎见得不是？"潘甲道："面貌颇相似，只是小人妻子相与之间，有好些不同处了。"知县道："你不要呆！敢是做过了娼妓一番，身份不比良家了。”潘甲道：“老爷，不是这话。不要说日常夫妻间私语一句也不对，至于肌体隐微，有好些不同。小人心下自明白，怎好与老爷说得？若果然是妻子，小人与他才得两月夫妻，就分散了，巴不得见他，难道说不是来混争闲非不成？老爷青天详察，主鉴（明鉴）不错。”知县见他说这一篇有情有理，大加惊诧，又不好自从断错，密密吩咐潘甲道：“你且从容，不要性急。就是父母亲戚面前，俱且糊涂，不可说破，我自有处。”

李知县吩咐该房（值班的人）写告示出去遍贴，说道：“姚滴珠已经某月某日追寻到官，两家各息词讼，无得再行告扰！”却自密地悬了重赏，着落应捕十余人，四下分缉，若看了告示，有些动静，即便体察，拿来回话。

不说这里探访。且说姚滴珠与吴大郎相处两年，大郎家中看看有些知道，不肯放他等闲出来，踪迹渐来得稀了。滴珠身伴要讨个丫鬟服侍，曾对吴大郎说，转托汪锡。汪锡拐带惯了的，那里想出银钱去讨？因思个便处，要弄将一个来。日前见歙（shè）县汪汝鸾家有个丫头，时常到溪边洗东西，想在心里。

一日，汪锡在外行走，闻得县前出告示，道滴珠已寻见之说。急忙里，来对王婆说：“不知那一个顶了缺，我们这个货，稳稳是自家的了。”王婆不信，要看个的实。一同来到县前，看了告示。汪锡未免指手画脚，点了又点，念与王婆听。早被旁边应捕看在眼里，尾了他去。到了僻静处，只听得两个私下道：“好了，好了，而今睡也睡得安稳了。”应捕魆（xū，忽然）地跳将出来道：“你们干得好事！今已败露了，还走那里去？”汪锡慌了手脚道：“不要恐吓我！且到店中坐坐去。”一同王婆，邀了应捕，走到酒楼上坐了吃酒。汪锡推讨嗄饭（á fàn，丰盛的饭菜），一道烟走了。单剩个王婆与应捕处了多时，酒肴俱不见来，走下问时，汪锡已去久了。应捕就把王婆拴将起来道：“我与你去见官。”王婆跪下道：“上下饶恕，随老妇到家中取钱谢你。”那应捕只是见他们行迹跷蹊，故把言语吓着，其实不知甚么根由。怎当得虚心病的，露出马脚来。应捕料得有些滋味，押了他不舍，随去，到

得汪锡家里叩门。一个妇人走将出来开了，那应捕一看，着惊道："这是前日衢州解来的妇人！"猛然想道："这个必是真姚滴珠了。"也不说破，吃了茶，凭他送了些酒钱罢了。王婆自道无事，放下心了。

应捕明日竟到县中出首。知县添差应捕十来人，急命拘来。公差如狼似虎，到汪锡家里门口，发声喊打将进去。急得王婆悬梁高了。把滴珠登时捉到公庭。知县看了道："便是前日这一个。"又飞一签令唤潘甲与妻子同来。那假的也来了，同在县堂，真个一般无二。知县莫辨，因令潘甲自认。潘甲自然明白，与真滴珠各说了些私语，知县唤起来研问明白。真滴珠从头供称被汪锡骗哄情由，说了一遍。知县又问："曾引人奸骗你不？"滴珠心上有吴大郎，只不说出，但道："不知姓名。"又叫那假滴珠上来，供称道："身名郑月娥，自身要报私仇，姚乙要完家讼，因言貌像伊妹，商量做此一事。"知县急拿汪锡，已此在逃了。做个照提，叠成文卷，连人犯解府。

却说汪锡自酒店逃去之后，撞着同伙程金，一同做伴，走到歙县地方。正见汪汝鸾家丫头在溪边洗裹脚，一手扯住他道："你是我家使婢，逃了出来，却在此处！"便夺他裹脚，拴了就走。要扯上竹筏，那丫头大喊起来。汪锡将袖子掩住他口，丫头尚自呜哩呜喇的喊。程金便一把叉住喉咙，又得手重，口头又不得通气，一霎呜呼哀哉了。地方人走将拢来，两个都擒住了，送到县里。那歙县方知县问了程金绞罪，汪锡充军，解上府来。正值滴珠一起也解到。一同过堂之时，真滴珠大喊道："这个不是汪锡？"那太守姓梁，极是个正气的，见了两宗文卷，都为汪锡，大怒道："汪锡是首恶，如何只问充军？"喝交皂隶，重责六十板，当下绝气。真滴珠给还原夫宁家，假滴珠官卖。姚乙认假作真，倚官拐骗人口，也问了一个"太上老"（充军）。只有吴大郎广有世情，闻知事发，上下使用，并无名字干涉，不致惹着，朦胧过了。

潘甲自领了姚滴珠仍旧完聚。那姚乙定了卫所，发去充军。拘妻签解，姚乙未曾娶妻。只见那郑月娥晓得了，大哭道："这是我自要脱身泄气，造成此谋，谁知反害了姚乙？今我生死跟了他去，也不枉了一场话把。"姚公心下不舍得儿子，听得此话，即使买出人来，诡名（捏造假名）纳价，赎了月娥，改了姓氏，随了儿子做军妻解去。后来遇赦还乡，遂成夫妇。这也是郑月娥一点良心不泯处。姑嫂两个到底有些厮像，徽州至今传为笑谈。有诗为证：

一样良家走歧路，又同歧路转良家。

面庞怪道能相似，相法看来也不差。

刘东山夸技顺城门 十八兄奇踪村酒肆

诸葛亮曾言："不傲才以骄人。"这句话告诉我们，不能因为自己能力高强就骄傲自满，而不把别人放在眼里。也就是说，做人要讲究一个"谦"，所谓"满招损，谦受益"，把自己摆在一个正确的位置，谦虚待人，不论是古代还是现代都是一种优秀的品格。

奈何本篇的主人公刘东山不懂这个道理，仗着自己的本事和名声，夸夸其谈，狂妄自大，结果被一个武艺超群的少年吓得屁滚尿流，从此不敢再吹嘘。好在他及时醒悟，再加上少年乃真性情之人，此事才没有酿成惨剧。叹：人外有人，天外有天！

诗云：

弱为强所制，不在形巨细。

蝍蛆（jí jū）带是甘，何曾有长喙？

话说天地间，有一物必有一制，夸不得高，恃不得强。这首诗所言“蝍蛆”是甚么？就是那赤足蜈蚣，俗名“百脚”，又名百足之虫。这“带”又是甚么？是那大蛇。其形似带一般，故此得名。岭南多大蛇，长数十丈，专要害人。那边地方里居民，家家蓄养蜈蚣，有长尺余者，多放在枕畔或枕中。若有蛇至，蜈蚣便啧啧作声。放他出来，他鞠起腰来，首尾着力，一跳有一丈来高，便搭住在大蛇七寸内，用那铁钩也似一对钳来钳住了，吸他精血，至死方休。这数十丈长、斗来大的东西，反缠死在尺把长、指头大的东西手里，所以古语道“蝍蛆甘带”，盖谓此也。

汉武帝延和三年，西胡月支国献猛兽一头，形如五六十日新生的小狗，不过比狸猫般大，拖一个黄尾儿。那国使抱在手里，进门来献。武帝见他生得猥琐，笑道：“此小物，何谓猛兽？”使者对曰：“夫威加于百禽者，不必计其大小。是以神麟为巨象之王，凤凰为大鹏之宗，亦不在巨细也。”武帝不信，乃对使者说：“试叫他发声来朕听。”使者乃将手一指，此兽舐唇摇首一会儿，猛发一声，便如平地上起一个霹雳，两目闪烁，放出两道电光来。武帝登时颠出亢金椅子，急掩两耳，颤一个不住。侍立左右及羽林摆立仗下军士，手中所拿的东西悉皆震落。武帝不悦，即传旨意，教把此兽付上林苑中，待群虎食之。上林苑令遵旨，只见拿到虎圈边放下，群虎一见，皆缩做一堆，双膝跪倒。上林苑令奏闻，武帝愈怒，要杀此兽。明日连使者与猛兽皆不见了。猛悍到了虎豹，却乃怕此小物。所以人之膂（lǚ）力强弱，智术长短，没个限数。正是：强中更有强中手，莫向人前夸大口。

唐时有一个举子，不记姓名地方。他生得膂力过人，武艺出众。一生豪侠好义，真正路见不平，拔刀相助。他进京会试，不带仆从，恃着一身本事，鞴（bèi）着一匹好马，腰束弓箭短剑，一鞭独行。一路收拾些雉兔野味，到店肆中宿歇，便安排下酒。

一日在山东路上，马跑得快了，赶过了宿头（借宿之处）。至一村庄，天已昏黑，自度不可前进。只见一家人家开门在那里，灯光射将出来。举子下了马，一手牵着，挨近看时，只见进了门，便是一大空地，空地上有三四块太湖石叠着，正中有三间正房，有两间厢房，一老婆子坐在中间绩麻（搓麻线）。听见庭中马足之声，起身来问。举子高声道："妈妈，小生是失路借宿的。"那老婆子道："官人，不方便，老身做不得主。"听他言辞中间，带些凄惨。举子有些疑心，便问道："妈妈，你家男人多在那里去了？如何独自一个在这里？"老婆子道："老身是个老寡妇，夫亡多年，只有一子，在外做商人去了。"举子道："可有媳妇？"老婆子蹙着眉头道："是有一个媳妇，赛得过男子，尽挣得家住。只是一身大气力，雄悍异常，且是气性粗急，一句差池，经不得一指头，擦着便倒。老身虚心冷气，看他眉头眼后，常是

不中意，受他凌辱的。所以官人借宿，老身不敢做主。”说罢，泪如雨下。举子听得，不觉双眉倒竖，两眼圆睁道：“天下有如此不平之事！恶妇何在？我为尔除之。”遂把马拴在庭中太湖石上了，拔出剑来。老婆子道：“官人不要太岁头上动土，我媳妇不是好惹的。他不习女工针指，每日午饭已毕，便空身走去山里寻几个獐鹿兽兔还家，腌腊起来，卖与客人，得几贯钱。常是一二更天气才得回来。日逐用度，只靠着他这些，所以老身不敢逆他。”举子按下剑，入了鞘，道：“我生平专一欺硬怕软，替人出力。谅一个妇女，到得那里？既是妈妈靠他度日，我饶他性命不杀他，只痛打他一顿，教训他一番，使他改过性子便了。”老婆子道：“他将次（将要）回来了，只劝官人莫惹事的好。”举子气愤愤地等着。

只见门外一大黑影，一个人走将进来，将肩上叉口也似一件东西往庭中一摔，叫道：“老嬷，快拿火来，收拾行货。”老婆子战兢兢地道：“是甚好物事呵？”把灯一照，吃了一惊，乃是一只死了的斑斓猛虎。说时迟，那时快，那举子的马在火光里，看见了死虎，惊跳不住起来。那人看见，便道：“此马何来？”举子暗里看时，却是一个黑长妇人。见他模样，又背了个死虎来，忖道：“也是个有本事的。”心里就有几分惧他。忙走去带开了马，缚住了，走向前道：“小生是失路的举子，赶过宿头，幸到宝庄，见门尚未阖，斗胆求借一宿。”那妇人笑道：“老嬷好不晓事！既是个贵人，如何更深时候，叫他在露天立着？”指着死虎道：“贱婢今日山中，遇此泼花团，争持多时，才得了当。归得迟些个，有失主人之礼，贵人勿罪。”举子见他语言爽恺，礼度周全，暗想道：“也不是不可化诲的。”连应道：“不敢，不敢。”妇人走进堂，提一把椅来，对举子道：“该请进堂里坐，只是妇姑两人，都是女流，男女不可相混，屈在廊下一坐罢。”又掇张桌来，放在面前，点个灯来安下。然后下庭中来，双手提了死虎，到厨下去了。须臾之间，烫了一壶热酒，托出一个大盘来，内有热腾腾的一盘虎肉，一盘鹿脯，又有些腌腊雉兔之类五六碟，道：“贵人休嫌轻亵（轻视怠慢）则个。”举子见他殷勤，接了自斟自饮。须臾间酒尽肴完，举子拱手道："多谢厚款。"那妇人道："惶愧，惶愧。"便将了盘子来收拾桌上碗盏。举子乘间便说道："看娘子如此英雄，举止恁地贤明，怎么尊卑分上觉得欠些个？"那妇人将盘一搠（shuó，用力推），且不收拾，怒目道："适间老死魅曾对贵人说些甚谎么？"举子忙道："这是不曾，只是看见娘子称呼词色之间，甚觉轻倨，不像个婆媳妇道理。及见娘子待客周全，才能出众，又不像个不近道理的，故此好言相问一声。"那妇人见说，一把扯了举子的衣袂，一只手移着灯，走到太湖石边来道："正好告诉一番。"举子一时间挣扎不脱，暗道："等他说得没理时，算计打他一顿。"只见那妇人倚着太湖石，就在石上拍拍手道："前日有一事，如此如此，这般这般，是我不是，是他不是？"道罢，便把一个食指向石上一划道："这是一件了。"划了一划，只见那石皮乱爆起来，已自抠去了一寸有余深。连连数了三件，划了三划，那太湖石便似锥子凿成一个"川"字，斜看来又是"三"字，足足皆有寸余，就像镵（chán，凿）刻的一般。那举子惊得

浑身汗出，满面通红，连声道："都是娘子的是。"把一片要与他分个皂白的雄心，好像一桶雪水当头一淋，气也不敢抖了。

妇人说罢，擎出一张匡床来与举子自睡，又替他喂好了马。却走进去与老婆子关了门，熄了火睡了。举子一夜无眠，叹道："天下有这等大力的人！早是不曾与他交手，不然，性命休矣。"巴到天明，鞴了马，作谢了，再不说一句别的话，悄然去了。自后收拾了好些威风，再也不去惹闲事管，也只是怕逢着唓嗻（chē zhē，传说中守庙门的鬼，东边门的称"唓"，西边门的称"嗻"）似他的吃了亏。

今日说一个恃本事说大话的，吃了好些惊恐，惹出一场话柄来。正是：

虎为百兽尊，百兽伏不动。

若逢狮子吼，虎又全没用。

话说国朝嘉靖年间，北直隶河间府交河县一人姓刘名嵚（qīn），叫作刘东山，在北京巡捕衙门里当一个缉捕军校的头。此人有一身好本事，弓马熟娴，发矢再无空落，人号他连珠箭。随你异常狠盗，逢着他便如瓮中捉鳖，手到拿来。因此也积趱（亦作"积攒"）得有些家事。年三十余，觉得心里不耐烦做此道路，告脱了，在本县去别寻生理。

一日，冬底残年，赶着驴马十余头到京师转卖，约卖得一百多两银子。交易完了，至顺城门（即宣武门）雇骡归家。在骡马主人店中，遇见一个邻舍张二郎入京来，同在店买饭吃。二郎问道："东山何往？"东山把前事说了一遍，道："而今在此雇骡，今日宿了，明日走路。"二郎道："近日路上好生难行，良乡、鄚（mào）州一带，盗贼出没，白日劫人。老兄带了偌多银子，没个做伴，独来独往，只怕着了道儿，须放仔细些！"东山听罢，不觉须眉开动，唇齿奋扬，把两只手捏了拳头，做一个开弓的手势，哈哈大笑道："二十年间，张弓追讨，矢无虚发，不曾撞个对手。今番收场买卖，定不到

得折本。”店中满座听见他高声大喊，尽回头来看。也有问他姓名的，道：“久仰，久仰。”二郎自觉有些失言，作别出店去了。

东山睡到五更头，爬起来，梳洗结束。将银子紧缚裹肚内，扎在腰间，肩上挂一张弓，衣外跨一把刀，两膝下藏矢二十簇，拣一个高大的健骡，腾地骑上，一鞭前走。走了三四十里，来到良乡，只见后头有一人奔马赶来，遇着东山的骡，便按辔少驻（短暂停留）。东山举目觑他，却是一个二十岁左右的美少年，且是打扮得好。但见：黄衫毡笠，短剑长弓。箭房中新矢二十余支，马额上红缨一大簇。裹腹闹装（金银珠宝杂缀而成的腰带或鞍辔之类饰物）灿烂，是个白面郎君。恨人紧辔喷嘶（马嘘气嘶叫），好匹高头骏骑！

东山正在顾盼之际，那少年遥叫道：“我们一起走路则个。”就向东山拱手道：“造次行途，愿问高姓大名。”东山答应“小可姓刘名嵚，别号东山，人只叫我是刘东山。”少年道：“久仰先辈大名，如雷贯耳，小人有幸相遇。今先辈欲何往？”东山道：“小可要回本藉交河县去。”少年道：“恰好，恰好。小人家住临淄，也是旧族子弟，幼年颇曾读书，只因性好弓马，把书本丢了。三年前带了些资本往京贸易，颇得些利息。今欲归家婚娶，正好与先辈做伴同路行去，放胆壮些。直到河间府城，然后分路。有幸，有幸。”东山一路看他腰间沉重，语言温谨，相貌俊逸，身材小巧，谅道不是歹人。且路上有伴，不至寂寞，心上也欢喜，道：“当得相陪。”是夜一同下了旅店，同一处饮食歇宿，如兄若弟，甚是相得（相处得很好）。

明日，并辔出涿州。少年在马上问道：“久闻先辈最善捕贼，一生捕得多少？也曾撞着好汉否？”东山正要夸逞自家手段，这一问揉着痒处，且量他年小可欺，便侈口（夸口）道：“小可生平两只手一张弓，拿尽绿林中人，也不记其数，并无一个对手。这些鼠辈，何足道哉！而今中年心懒，故弃此道路。倘若前途撞着，便中拿个把儿你看手段！”少年但微微冷笑道：“原来如此。”就马上伸手过来，说道：“借肩上宝弓一看。”东山在骡上递将过来，少年左手把住，右手轻轻一拽就满，连放连拽，就如一条软绢带。东山大惊失色，也借少年的弓过来看。看那少年的弓，约有二十斤重，东山用尽平生之力，面红耳赤，不要说扯满，只求如初八夜头的月，再不能勾。东山惶恐无地，吐舌道："使得好硬弓也！"便向少年道："老弟神力，何至于此！非某所敢望也。"少年道："小人之力，可足称神？先辈弓自太软耳。"东山赞叹再三，少年极意谦谨。晚上又同宿了。

至明日又同行，日西时过雄县。少年拍一拍马，那马腾云也似前面去了。东山望去，不见了少年。他是贼窠（kē，巢穴）中弄老了的，见此行止，如何不慌？私自道："天教我这番倒了架！倘是个不良人，这样神力，如何敌得？势无生理。"心上正如十五个吊桶打水，七上八落的。没奈何，迍迍（zhūn，行动迟缓貌）行去。行得一二铺（十里为一铺），遥望见少年在百步外，正弓挟矢，扯个满月，向东山道："久闻足下手中无敌，今日请先听箭风。"言未罢，飕的一声，东山左右耳根但闻肃肃如小鸟前后飞过，只不伤着东山。又将一箭引满，正对东山之面，大笑道："东山晓事人，腰间骡马钱快送我罢，休得动手。"东山料是敌他不过，先自慌了手脚，只得跳下鞍来，解了腰间所系银袋，双手捧着，膝行至少年马前，叩头道："银钱谨奉好汉将去，

只求饶命！”少年马上伸手提了银包，大喝道：“要你性命做甚？快走！快走！你老子有事在此，不得同儿子前行了。”掇（duō，挪）转马头，向北一道烟跑，但见一路黄尘滚滚，霎时不见踪影。

东山呆了半晌，捶胸顿足起来道：“银钱失去也罢，叫我如何做人？一生好汉名头，到今日弄坏，真是张天师吃鬼迷了。可恨！可恨！”垂头丧气，有一步没一步的，空手归交河。到了家里，与妻子说知其事，大家懊恼一番。夫妻两个商量，收拾些本钱，在村郊开个酒铺，卖酒营生，再不去张弓挟矢了。又怕有人知道，坏了名头，也不敢向人说着这事，只索罢了。

过了三年，一日，正值寒冬天道，有词为证：霜瓦鸳鸯，风帘翡翠，今年早是寒少。矮钉明窗，侧开朱户，断莫乱教人到。重阴未解，云共雪商量不了。青帐垂毡要密，红幕放围宜小。词寄《天香前》。

却说冬日间，东山夫妻正在店中卖酒，只见门前来了一伙骑马的客人，共是十一个。个个骑的是自鞴的高头骏马，鞍辔鲜明。身上俱紧束短衣，腰带弓矢刀剑。次第下了马，走入肆中来，解了鞍舆。刘东山接着，替他赶马归槽。后生自去剉（cuó）草煮豆，不在话下。内中只有一个未冠的人，年纪可有十五六岁，身长八尺，独不下马，对众道：“弟十八自向对门住休。”众人都答应一声道：“咱们在此少住，便来伏侍。”只见其人自走对门去了。

十人自来吃酒，主人安排些鸡、豚、牛、羊肉来做下酒。须臾之间，狼飧（sūn，吃）虎咽，算来吃勾有六七十斤的肉，倾尽了六七坛的酒，又教主人将酒肴送过对门楼上，与那未冠的人吃。众人吃完了店中东西，还叫未畅，遂开皮囊，取出鹿蹄、野雉、烧兔等物，笑道：“这是我们的东道，可叫主人来同酌。”东山推逊（谦让）一回，才来坐下。把眼去逐个瞧了一瞧，瞧到北面左手那一人，毡笠儿垂下，遮着脸不甚分明。猛见他抬起头来，东山仔细一看，吓得魂不附体，只叫得苦。你道那人是谁？正是在雄县劫了骡马钱去的那一个同行少年。东山暗想道：“这番却是死也！我些些生计，怎禁得他要起？况且前日一人尚不敢敌，今人多如此，想必个个一般英雄，如何是了？”心中忒忒（tuī，象声词，形容心脏的异常跳动）地跳，真如小鹿儿撞，面向酒杯，不敢则一声。众人多起身与主人劝酒。坐定一会儿，只见北面左手坐的那一个少年把头上毡笠一掀，呼主人道：“东山别来无恙么？往昔承挈同行周旋（照顾），至今想念。”东山面如土色，不觉双膝跪下道：“望好汉恕罪！”少年跳离席间，也跪下去，扶起来挽了他手道：“快莫要作此状！快莫要作此状！羞死人。昔年俺们众兄弟在顺城门店中，闻卿自夸手段天下无敌。众人不平，却教小弟在途间作此一番轻薄事，与卿作耍，取笑一回。然负卿之约，不到得河间。魂梦之间，还记得与卿并辔任丘道上。感卿好情，今当还卿十倍。”言毕，即向囊中取出千金，放在案上，向东山道：“聊当别来一敬，快请收进。”东山如醉如梦，呆了一晌，怕又是取笑，一时不敢应承。那少年见他迟疑，拍手道：“大丈夫岂有欺人的事？东山也是个好汉，直如此胆气虚怯！难道我们弟兄直到得真个取你的银子不成？快收了去。”刘东山见他说话说得慷慨，料不是假，方才如醉初醒，如梦方觉，不敢推辞。走进去与妻子说了，就叫他出来同收拾了进去。

安顿已了，两人商议道：“如此豪杰，如此恩德，不可轻慢。我们再须杀牲开酒，索性留他们过宿顽要几日则个。”东山出来称谢，就把此意与少年说了，少年又与众人说了。大家道：“即是这位弟兄故人，有何不可？只是还要去请问十八兄一声。”便一齐走过对门，与未冠的那一个说话。东山也随了去看，这些人见了那个未冠的，甚是恭谨。那未冠的待他众人甚是庄重。众人把主人要留他们过宿顽要的话说了，未冠的说道：“好，好，不妨。只是酒醉饭饱，不要贪睡，负了主人殷勤之心；少有动静，俺腰间两刀有血吃了。”众人齐声道：“弟兄们理会得。”东山一发莫测其意。

众人重到肆中，开怀再饮，又携酒到对门楼上。众人不敢陪，只是十八兄自饮。算来他一个吃的酒肉，比得店中五个人。十八兄吃阑（尽），自探囊中取出一个纯银笊篱（zhào lí）来，煽起炭火做煎饼自啖。连啖了百余个，收拾了，大踏步出门去，不知所向。直到天色将晚，方才回来，重到对门住

下，竟不到刘东山家来。众人自在东山家吃耍，走去对门相见，十八兄也不甚与他们言笑，大是倨傲（高傲自大）。

东山疑心不已，背地扯了那同行少年问他道："你们这个十八兄，是何等人？"少年不答应，反去与众人说了，咯咯大笑起来。不说来历，但高声吟诗曰："杨柳桃花相间出，不知若个是春风？"吟毕，又大笑。住了三日，俱各作别了，结束上马。未冠的在前，其余众人在后，一拥而去。东山到底不明白，却是骤得了千来两银子，手头从容，又怕生出别事来，搬在城内，另做营运去了。后来见人说起此事，有识得的道："详他两句语意，是个'李'字；况且又称十八兄，想必未冠的那人姓李，是个为头的了。看他对众的说话，他恐防有人暗算，故在对门，两处住了，好相照察。亦且不与十人做伴同食，有个尊卑的意思。夜间独出，想又去做甚么勾当来，却也没处查他的确。"

那刘东山一生英雄，遇此一番，过后再不敢说一句武艺上头的话，弃弓折箭，只是守着本分营生度日，后来善终。可见人生一世，再不可自恃高强。那自恃的，只是不曾逢着狠主子哩。有诗单说这刘东山道：

生平得尽弓矢力，直到下场逢

大敌。

人世休夸手段高，霸王也有悲歌日。

又有诗说这少年道：

英雄从古轻一掷，盗亦有道真堪述。

笑取千金偿百金，途中竟是好相识。

程元玉店肆代偿钱 十一娘云冈纵谭侠

本篇塑造了一个魅力的侠女形象——韦十一娘。《诗经》中说“投我以桃，报之以李”，传统观念中更有“滴水之恩当涌泉相报”的说法，十一娘便是这么一位有恩必报的女子。商人程元玉为十一娘代付饭钱，这一小小善举竟换了自己一命，程元玉非但没有死于山野之中，还被十一娘请回家中做客，由此听到了一番精彩的关于剑术和行侠的论述。

包含韦十一娘在内，通篇共讲述了十位侠女的奇闻逸事，她们个个身怀绝技、勇敢不屈，大胆地实现自己的追求，这里暗含了当时女性对家庭和社会的反抗意识，故事情节亦充满了浓厚的传奇色彩。

赞曰：

红线下世，毒哉仙仙。隐娘出没，跨黑白卫。香丸袅袅，游刃香烟。崔妾白练，夜半忽失。侠妪（yù，年老的女人）条裂，宅众神耳。贾妻断婴，离恨以豁。解洵娶妇，川陆毕具。三鬟携珠，塔户严扃（jiōng，上闩）。车中飞度，尺余一孔。

这一篇《赞》，都是序着从前剑侠女子的事。从来世间有这一家道术，不论男女，都有习他的。虽非真仙的派，却是专一除恶扶善；功行透了的，也就借此成仙。所以好事的，类集（相关的汇集在一起）他做《剑侠传》。又有专把女子类成一书，做《侠女传》。前面这《赞》上说的，都是女子。

那红线就是潞州薛嵩节度家小青衣。因为魏博节度田承嗣养三千外宅儿男，要吞并潞州，薛嵩日夜忧闷。红线闻知，弄出剑术手段，飞身到魏博，夜漏三时，往返七百里，取了他床头金盒归来。明日，魏博搜捕金盒，一军忧疑（忧虑疑惧），这里却教了使人送还他去。田承嗣一见惊慌，知是剑侠，恐怕取他首级，把邪谋都息了。后来，红线说出前世是个男子，因误用医药杀人，故此罚为女子，今已功成，修仙去了。这是红线的出处。

那隐娘姓聂，魏博大将聂锋之女。幼年撞着乞食老尼，摄去教成异术。后来嫁了丈夫，各跨一蹇驴（跛蹇驽弱的驴子。蹇，jiǎn），一黑一白。蹇驴是卫地所产，故又叫作“卫”。用时骑着，不用时就不见了，原来是纸做的。他先前在魏帅左右，魏帅与许帅刘昌裔不和，要隐娘去取他首级。不想那刘节度善算，算定隐娘夫妻该入境，先叫卫将早至城北候他。约道：“但是一男一女，骑黑白二驴的便是。可就传我命拜迎。”隐娘到许，遇见如此，服刘公神明，便弃魏归许。魏帅知道，先遣精精儿来杀他，反被隐娘杀了。又使妙手空空儿来。隐娘化为蠛蠓（miè měng，虫），飞入刘节度口中，教刘节度将于阗（tián）国美玉围在颈上。那空空儿三更来到，将匕首项下一划，

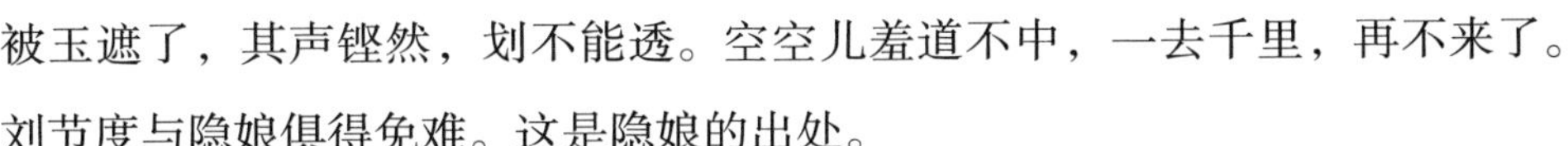

被玉遮了，其声铿然，划不能透。空空儿羞道不中，一去千里，再不来了。刘节度与隐娘俱得免难。这是隐娘的出处。

那香丸女子同一侍儿住观音里，一书生闲步，见他美貌心动。旁有恶少年数人，就说他许多淫邪不美之行，书生贱（轻视）之。及归家与妻言及，却与妻家有亲，是个极高洁古怪的女子，亲戚都是敬畏他的。书生不平，要替他寻恶少年出气，未行，只见女子叫侍儿来谢道："郎君如此好心，虽然未行，主母（女主人）感恩不尽。"就邀书生过去，治酒请他独酌。饮到半中间，侍儿负一皮袋来，对书生道："是主母相赠的。"开来一看，乃是三四个人头，颜色未变，都是书生平日受他侮害的仇人。书生吃了一惊，怕有累及，急要逃去。侍儿道："莫怕，莫怕！"怀中取出一包白色有光的药来，用小指甲挑些些弹在头断处，只见头渐缩小，变成李子大。侍儿一个个撮在口中吃了，吐出核来，也是李子。侍儿吃罢，又对书生道："主母也要郎君替他报仇，杀这些恶少年。"书生谢道："我如何干得这等事？"侍儿进一香丸道："不劳郎君动手，但扫净书房，焚此香于炉中，看香烟那里去，就跟了去，必然成事。"又将先前皮袋与他道："有人头尽纳在此中，仍旧随烟归来，不要惧怕。"书生依言做去，只见香烟袅袅，行处有光，墙壁不碍。每到一处，遇恶少年，烟绕颈三匝，头已自落，其家不知不觉，书生便将头入皮袋中。如此数处，烟袅袅归来，书生已随了来。到家尚未三鼓，恰如做梦一般。事完，香丸飞去。侍儿已来取头弹药，照前吃了。对书生道："主母传语郎君：这是畏关。此关一过，打点共做神仙便了。"后来不知所往。这女子、书生都不知姓名，只传得有《香丸志》。

那崔妾是：唐贞元年间，博陵崔慎思应进士举，京中赁房居住。房主是个没丈夫的妇人，年止三十余，有容色。慎思遣媒道意，要纳为妻。妇人不肯，道："我非宦家之女，门楣不对，他日必有悔，只可做妾。"遂随了慎思。二年，生了一子。问他姓氏，只不肯说。一日崔慎思与他同上了床，睡至半夜，忽然不见。崔生疑心有甚奸情事了，不胜愤怒，遂走出堂前。走来走去，正自彷徨，忽见妇人在屋上走下来，白练缠身，右手持匕首，左手提一个人头，对崔生道："我父昔年被郡守枉杀，求报数年未得，今事已成，不可久留。"遂把宅子赠了崔生，逾墙而去。崔生惊惶。少顷又来，道是再哺孩子些乳去。须臾出来，道："从此永别。"竟自去了。崔生回房看看，儿子已被杀死。他要免心中记挂，故如此。所以说"崔妾白练"的话。

那侠妪的事，乃元雍妾修容自言：小时，里中（家中）盗起，有一老妪来对他母亲说道："你家从来多阴德，虽有盗乱，不必惊怕，吾当藏过你等。"袖中取出黑绫二尺，裂作条子，教每人臂上系着一条，道："但随我来！"修容母子随至一道院，老妪指一个神像道："汝等可躲在他耳中。"叫修容母子闭了眼背了他进去。小小神像，他母子住在耳中，却像一间房中，毫不窄隘。老妪朝夜来看，饮食都是他送来。这神像耳孔，只有指头大小，但是饮食到来，耳孔便大起来。后来盗平，仍如前负了归家。修容要拜为师，誓修苦行，报他恩德。老妪说："仙骨尚微。"不肯收他，后来不知那里去了。所以说"侠妪神耳"的说话。

那贾人妻的，与崔慎思妾差不多。但彼是余干县尉王立，调选流落，遇着美妇，道是元系贾人妻子，夫亡十

年，颇有家私，留王立为婿，生了一子。后来，也是一日提了人头回来，道："有仇已报，立刻离京。"去了复来，说是"再乳婴儿，以豁（消散）离恨"。抚毕便去。回灯褰（qiān，揭）帐，小儿身首已在两处。所以说"贾妻断婴"的话，却是崔妻也曾做过的。

那解（xiè）洵是宋时的武职官，靖康之乱，陷在北地，孤苦零落。亲戚怜他，替他另娶一妇为妻。那妇人妆奁（嫁妆。奁，lián）丰厚，洵得以存活。偶逢重阳日，想起旧妻坠泪。妇人问知欲归本朝，便替他备办水陆之费，毕具，与他同行。一路水宿山行，防闲营护，皆得其力。到家，其兄解潜军功累积，已为大帅，相见甚喜，赠以四婢。解洵宠爱了，与妇人渐疏。妇人一日酒间责洵道："汝不记昔年乞食赵魏时事乎？非我，已为饿殍（piǎo，饿死的人）。今一旦得志，便尔忘恩，非大丈夫所为。"洵已有酒意，听罢大怒，奋起拳头，连连打去。妇人忍着，冷笑。洵又唾骂不止。妇人忽然站起，灯烛皆暗，冷气袭人，四妾惊惶仆地。少顷，灯烛复明，四妾才敢起来，看时，洵已被杀在地上，连头都没了。妇人及房中所有，一些不见踪影。解潜闻知，差壮勇三千人各处追捕，并无下落。这叫作"解洵娶妇"。

那三鬟女子，因为潘将军失却玉念珠，无处访寻，却是他与朋侪（朋辈。侪，chái）作戏，取来挂在慈恩寺塔院相轮（贯串在塔身上的圆环）上面。后潘家悬重赏，其舅王超问起，他许取还。时寺门方开，塔户尚锁，只见他势如飞鸟，已在相轮上，举手示超，取了念珠下来，王超自去讨赏。明日女子已不见了。

那车中女子又是怎说？因吴郡有一举子入京应举，有两少年引他到家，坐定，只见门迎一车进内，车中走出一女子，请举子试技。那举子只会着靴在壁上行得数步。女子叫坐中少年，各呈妙技：有的在壁上行，有的手撮椽子（屋面基层的最底层构件。椽，chuán）行，轻捷却像飞鸟。举子惊服，辞去。数日后，复见前两少年来借马，举子只得与他。明日，内苑失物，唯收得驮物的马，追问马主，捉举子到内侍省勘问。驱入小门，吏自后一推，倒落深坑数丈。仰望屋顶七八丈，唯见一孔，才开一尺有多。举子苦楚间，忽见一物如鸟，飞下到身边，看时却是前日女子。把绢重系举子胳膊讫（qì），绢头系女子身上，女子腾身飞出宫城。去门数十里乃下，对举子云："君且归，不可在此！"举人乞食寄宿，得达吴地。这两个女子，便都有些盗贼意思，不比前边这几个报仇雪耻，救难解危，方是修仙正路。然要晓世上有此一种人，所以历历可纪，不是脱空的说话。

而今再说一个有侠术的女子，救着一个落难之人，说出许多剑侠的议论，从古未经人道的，真是精绝。有诗为证：

念珠取却犹为戏，若似车中便累人。

试听韦娘一席话，须知正直乃为真。

话说徽州府有一商人，姓程名德瑜，表字元玉。禀性简默端重，不妄言笑，忠厚老成。专一走川、陕做客贩货，大得利息。一日，收了货钱，待要归家，与带去仆人收拾停当，行囊丰满，自不必说。自骑一匹马，仆人骑了牲口，起身行路。来过文阶道中，与一伙做客的人同落一个饭店，买酒饭吃。正吃之间，只见一个妇人骑了驴儿，也到店前下了，走将进来。程元玉抬头看时，却是三十来岁的模样，面颜也尽标致，只是装束气质，带些武气，却是雄纠纠的。饭店中客人，个个颠头耸脑，看他说他，胡猜乱语，只有程元玉端坐不瞧。那妇人都看在眼里，吃罢了饭，忽然举起两袖，抖一抖道："适才忘带了钱来，今饭多吃过了主人的，却是怎好？"那店中先前看他这些人，都笑将起来。有的道："原来是个骗饭吃的。"有的道："敢是真个忘了？"有的道："看他模样，也是个江湖上人，不像个本分的，骗饭的事也有。"那店家后生，见说没钱，一把扯住不放。店主又发作道："青天白日，难道有得你吃了饭不还钱不成！"妇人只说："不带得来，下次补还。"店主道："谁认得你！"正难分解，只见程元玉便走上前来，说道："看此娘子光

景，岂是要少这数文钱的？必是真失带了出来。如何这等逼他？”就把手腰间去摸出一串钱来道：“该多少，都是我还了就是。”店家才放了手，算一算账，取了钱去。那妇人走到程元玉跟前，再拜道：“公是个长者，愿闻高姓大名，好加倍奉还。”程元玉道：“些些小事，何足挂齿！还也不消还得，姓名也不消问得。”那妇人道：“休如此说！公去前面，当有小小惊恐，妾将在此处出些力气报公，所以必要问姓名，万勿隐讳。若要晓得妾的姓名，但记着韦十一娘便是。”程元玉见他说话有些尴尬，不解其故，只得把名姓说了。妇人道：“妾在城西去探一个亲眷，少刻就到东来。”跨上驴儿，加上一鞭，飞也似去了。

程元玉同仆人出了店门，骑了牲口，一头走，一头疑心。细思适间之话，好不蹊跷。随又忖道：“妇人之言，何足凭谁！况且他一顿饭钱，尚不能预备，就有惊恐，他如何出力相报得？”以口问心，行了几里。只见途间一人，头戴毡笠，身背皮袋，满身灰尘，是个惯走长路的模样，或在前，或在后，参差不一，时常撞见。程元玉在马上问他道：“前面到何处可以宿歇？”那人道：“此去六十里，有杨松镇，是个安歇客商的所在，近处却无宿头。”程元玉也晓得有个杨松镇，就问道：“今日晏（迟，晚）了些，还可到得那里么？”那人抬头把日影看了一看道：“我到得，你到不得。”程元玉道：“又来好笑了。我每是骑马的，反到不得，你是步行的，反说到得，是怎的说？”那人笑道：“此间有一条小路，斜抄去二十里，直到河水湾，再二十里，就是镇上。若你等在官路上走，迂迂曲曲，差了二十多里，故此到不及。”程元玉道：“果有小路快便，相烦指示同行，到了镇上买酒相谢。”那人欣然前行道：“这等，都跟我来。”

那程元玉只贪路近，又见这厮是个长路人，信着不疑，把适间妇人所言惊恐都忘了。与仆人策马，跟了那人前进。那一条路来，初时平坦好走。走得一里多路，地上渐渐多是山根顽石，驴马走甚不便。再行过去，有陡峻高山遮在面前。绕山走去，多是深密村子，仰不见天。程元玉主仆俱慌，埋怨那人道："如何走此等路？"那人笑道："前边就平了。"程元玉不得已，又随他走，再度过一个冈子，一发比前崎岖了。程元玉心知中计，叫声"不好！不好！"急掣转马头回走。忽然那人唿哨一声，山前涌出一干人来：狰狞相貌，劣撅（粗夯。撅，jué）身躯。无非月黑杀人，不过风高放火。盗亦有道，大曾偷习儒者虚声；师出无名，也会剽窃将家实用。人间偶而中为盗，世上于今半是君。

程元玉见不是头，自道必不可脱。慌慌忙忙，下了马，躬身作揖道："所有财物，但凭太保取去，只是鞍马衣装，须留下做归途盘费则个。"那一伙强盗听了说话，果然只取包裹来，搜了银两去了。程元玉急回身寻时，那马散了缰，也不知那里去了。仆人躲避，一发不知去向。凄凄惶惶，剩得一身，拣个高冈立着，四围一望。不要说不见强盗出没去处，并那仆马消息，杳然无踪。四无人烟，且是天色看看黑将下来，没个道理。叹一声道："我命休矣！"

正急得没出豁（无法解脱），只听得林间树叶窣窣价声响。程元玉回头看时，却是一个人扳藤附葛而来，甚是轻便。走到面前，是个女子，程元玉见了个人，心下已放下了好些惊恐。正要开口问他，那女子忽然走到程元玉面前来，稽首道："儿乃韦十一娘弟子青霞是也。吾师知公有惊恐，特教我在此等候。吾师只在前面，公可往会。"程元玉听得说韦十一娘，又与惊恐之说相合，心下就有些望他救答意思，略放胆大些了。随着青霞前往，行不到半里，那饭店里遇着的妇人来了。迎着道："公如此大惊，不早来相接，甚是有罪！公货物已取还，仆马也在，不必忧疑。"程元玉是惊坏了的，一时答应不出。十一娘道："公今夜不可前去。小庵不远，且到庵中一饭，就在此寄宿罢了。前途也去不得。"程元玉不敢违，随了去。

过了两个冈子，前见一山陡绝，四周并无联属，高峰插于云外。韦十一娘以手指道："此是云冈，小庵在其上。"引了程元玉，攀萝附木，一路走上。到了陡绝处，韦与青霞共来扶掖（扶持），数步一歇。程元玉气喘当不

得，他两个就如平地一般。程元玉抬头看高处，恰似在云雾里；及到得高处，云雾又在下面了。约有十数里，方得石磴（dèng，石头台阶）。磴有百来级，级尽方是平地。有茅堂一所，甚是清雅。请程元玉坐了，十一娘又另唤一女童出来，叫作缥云，整备茶果、山簌、松醪（用松肪或松花酿制的酒），请元玉吃。又叫整饭，意甚殷勤。程元玉方才性定，欠身道："程某自不小心，落了小人圈套。若非夫人相救，那讨性命？只是夫人有何法木制得他，讨得程某货物转来？"十一娘道："吾是剑侠，非凡人也。适间在饭店中，见公修雅，不像他人轻薄，故此相敬。及看公面上气色有滞，当有忧虞，故意假说乏钱还店，以试公心。见公颇有义气，所以留心，在此相候，以报公德。适间鼠辈无礼，已曾晓谕他过了。"程元玉见说，不觉欢喜敬羡。他从小颇看史鉴，晓得有此一种法术。便问道："闻得剑术起自唐时，到宋时绝了。故自元朝到国朝，竟不闻有此事。夫人在何处学来的？"十一娘道："此术非起于唐，亦不绝于宋。自黄帝受兵符于九天玄女，便有此术。其臣风后习之，所以破得蚩尤。帝以此术神奇，恐人妄用，且上帝立戒甚严，不敢宣扬。但拣一二诚笃之人，口传心授。故此术不曾绝传，也不曾广传。后来张良募来击秦皇，梁王遣来刺袁盎，公孙述使来杀

来、岑，李师道用来杀武元衡，皆此术也。此术既不易轻得，唐之藩镇羡慕仿效，极力延致（招来，邀请）奇踪异迹之人，一时罔利（用不正当的手段谋取利益）之辈，不顾好歹，皆来为其所用，所以独称唐时有此。不知彼辈诸人，实犯上帝大戒，后来皆得惨祸。所以彼时先师复申前戒，大略：不得妄传人、妄杀人；不得替恶人出力害善人；不得杀人而居其名。此数戒最大。故赵元昊所遣刺客，不敢杀韩魏公；苗傅、刘正彦所遣刺客，不敢杀张德远，也是怕犯前戒耳。”

程元玉道：“史称黄帝与蚩尤战，不说有术；张良所募力士，亦不说术；梁王、公孙述、李师道所遣，皆说是盗，如何是术？”十一娘道：“公言差矣！此正吾道所谓不居其名也。蚩尤生有异像，且挟奇术，岂是战阵可以胜得？秦始皇万乘之主，仆从仪卫，何等威严？且秦法甚严，谁敢击他？也没有击了他，可以脱身的。至如袁盎官居近侍，来、岑身为大帅，武相位在台衡（宰辅大臣），或取之万众之中，直戕（qiāng，杀害）之辇毂（niǎn gǔ，皇帝的车舆）之下，非有神术，怎做得成？

且武元衡之死，并其颅骨也取了去，那时慌忙中，谁人能有此闲工夫？史传元自明白，公不曾详玩（揣摩）其旨耳。”程元玉道：“史书上果是如此。假如太史公所传刺客，想正是此术？至荆轲刺秦王，说他剑术生疏，前边这几个刺客，多是有术的了？”十一娘道：“史迁（对司马迁的尊称）非也。秦诚无道，亦是天命真主，纵有剑术，岂可轻施？至于专诸、聂政诸人，不过义气所使，是个有血性好汉，原非有术。若这等都叫作剑术，世间拼死杀人，自身不保的，尽是术了！”程元玉道：“昆仑摩勒如何？”十一娘道：“这是粗浅的了。聂隐娘、红线方是至妙的。摩勒用形，但能涉历险阻，试他矫健手段。隐娘辈用神，其机玄妙，鬼神莫窥，针孔可度，皮郛（fú）可藏，倏忽（忽而间。倏，shū）千里，往来无迹，岂得无术？”程元玉道：“吾看《虬髯（qiú rán）客传》，说他把仇人之首来吃了，剑术也可以报得私仇的？”十一娘道：“不然。虬髯之事寓言，非真也。就是报仇，也论曲直。若曲在我，也是不敢用术报得的。”程元玉道：“假如术家所谓仇，必是何等为最？”十一娘道：“仇有几等，皆非私仇。世间有做守令官，虐使小民的，贪其贿又害其命的；世间有做上司官，张大威权，专好谄奉，反害正直的；世间有做将帅，只剥军饷，不勤武事，败坏封疆的；世间有做宰相，树置心腹，专害异己，使贤奸倒置的；世间有做试官，私通关节，贿赂徇私，黑白混淆，使不才侥幸，才士屈抑的：此皆吾术所必诛者也！至若舞文的滑吏，武断的土豪，自有刑宰主之；忤逆之子，负心之徒，自有雷部司之，不关我事。”程元玉曰：“以前所言几等人，曾不闻有显受刺客剑仙杀戮的。”十一娘笑道：“岂可使人晓得的？凡此之辈，杀之之道非一。重者或径取其首领及其妻子，不必说了；次者或入其咽，断其喉，或伤其心腹，其家但知为暴死，不知其故；又或用术摄其魂，使他颠蹶（颠狂）狂谬，失志（失去神智）而死；或用术迷其家，使他丑秽迭出，愤郁而死；其有时未到的，但假托神异梦寐，使他惊惧而已。”程元玉道：“剑可得试令吾一看否？”十一娘道：“大者不可妄用，且怕惊坏了你。小者不妨试试。”乃呼青霞、缥云二女童至，吩咐道：

“程公欲观剑，可试为之。就此悬崖旋制便了。”二女童应诺。十一娘袖中摸出两个丸子，向空一掷，其高数丈，才坠下来，二女童即跃登树枝梢上，以手接着，毫发不差。各接一丸来，一拂便是雪亮的利刃。程元玉看那树枝，樛（jiū，向下弯曲的树木）曲倒悬，下临绝壑，窅（yǎo，深远）不可测。试一俯瞰，神魂飞荡，毛发森竖，满身生起寒栗子来。十一娘言笑自如，二女童运剑为彼此击刺之状。初时犹自可辨，到得后来，只如两条白练，半空飞绕，并不看见有人。有顿饭时候，然后下来，气不喘，色不变。程无玉叹道：“真神人也！”

时已夜深，乃就竹榻上施衾褥（卧具。衾，qīn），命程在此宿卧，仍加以鹿裘覆之。十一娘与二女童作礼而退，自到石室中去宿了。时方八月天气，程元玉拥裘伏衾，还觉寒凉，盖缘（因为）居处高了。

天未明，十一娘已起身，梳洗毕。程元玉也梳洗了，出来与他相见，谢他不尽。十一娘道：“山居简慢，恕罪则个。”又供了早膳。复叫青霞操弓矢下山寻野味作昼馔（zhuàn，饮食）。青霞去了一会儿，无一件将来，回说：“天气早，没有。”再叫缥云去。坐谭未久，缥云提了一雉一兔上山来。十一娘大喜，叫青霞快整治供客。程元玉疑问道：“雉兔山中岂少？何乃难得如此？”十一娘道：“山中元不少，只是潜藏难求。”程元玉笑道：“夫人神术，何求不得，乃难此雉兔？”十一娘道：“公言差矣！吾术岂可用来伤物命以充口腹乎？不唯神理不容，也如此小用不得。雉兔之类，原要挟弓矢，尽人力取之方可。”程元玉深加叹服。

须臾，酒至数行。程元玉请道：“夫人家世，愿得一闻。”十一娘踧踖（cù jí，恭敬而不安）沉吟道：“事多可愧。然公是忠厚人，言之亦不妨。妾本长安人，父母贫，携妾寄寓平凉，手艺营生。父亡，独与母居。又二年，将妾嫁同里郑氏子，母又转嫁了人去。郑子佻达（轻薄放荡）无度，喜侠游，妾屡屡谏他，遂至反目。因弃了妾，同他一伙无籍（无赖汉）人到边上立功去，竟无音耗回来了。伯子（丈夫的哥哥）不良，把言语调戏我，我正

色拒之。一日，潜走到我床上来，我提床头剑刺之，着了伤走了。我因思我是一个妇人，既与夫不相得，弃在此间，又与伯同居不便，况且今伤了他，住此不得了。曾有个赵道姑自幼爱我，他有神术，道我可传得。因是父母在，不敢自由，而今只索投他去。次日往见道姑，道姑欣然接纳。又道：‘此地不可居。吾山中有庵，可往住之。’就挈我登一峰颠，较此处还险峻，有一团瓢（团焦，圆形草屋）在上，就住其中，教我法术。至暮，径下山去，只留我独宿，戒我道：‘切勿饮酒及淫色。’我想道：‘深山之中，那得有此两事？’口虽答应，心中不然，遂宿在团瓢中床上。至更余，有一男子逾墙而入，貌绝美。我遽（jù，急，仓促）惊起，问了不答，叱他不退。其人直前将拥抱我，我不肯从，其人求益坚（更加坚定）。我抽剑欲击他，他也出剑相刺。他剑甚精利，我方初学，自知不及，只得丢了剑，哀求他道：‘妾命薄，久已灰心，何忍乱我？且师有明戒，誓不敢犯。’其人不听，以剑加我颈，逼要从他。我引颈受之，曰：‘要死便死，吾志不可夺！’其人收剑，笑道：‘可知子心不变矣！’仔细一看，不是男子，原来是赵道姑，作此试我的。因此道我心坚，尽把术来传了。我术已成，彼自远游，我便居此山中了。”程元玉听罢，愈加钦重。

日已将午。辞了十一娘要行。因问起昨日行装仆马，十一娘道：“前途自有人送还，放心前去。”出药一囊送他，道：“每岁服一丸，可保一年无病。”送程下山，直至大路方别。才别去，行不数步，昨日群盗将行李仆马已在路旁等候奉还。程元玉将银钱分一半与他，死不敢受；减至一金做酒钱，也必不受。问是何故？群盗道：“韦家娘子有命，虽千里之外，不敢有违。违了他的，他就知道。我等性命要紧，不敢换货用。”程元玉再三叹息，仍旧装束好了，主仆取路前进，此后不闻十一娘音耗，已是十余年。

一日，程元玉复到四川。正在栈道中行，有一少妇人，从了一个秀士行走，只管把眼来瞧他。程元玉仔细看来，也像个素相识的，却是再想不起，不知在那里会过。只见那妇人忽然道：“程丈（对老年男子的尊称）别来无恙乎？还记得青霞否？”程元玉方悟是韦十一娘的女童，乃与青霞及秀士相见。青霞对秀士道：“此丈便是吾师所重程丈，我也多曾与你说过的。”秀士再与程叙过礼。程问青霞道：“尊师今在何处？此位又是何人？”青霞道：“吾师如旧。吾丈别后数年，妾奉师命嫁此士人。”程问道：“还有一位缥云何在？”青霞道：“缥云也嫁人了。吾师又另有两个弟子了。我与缥云，但逢着时节，才去问省一番。”程又问道：“娘子今将何往？”青霞道：“有些公事在此要做，不得停留。”说罢作别。看他意态甚是匆匆，一竟去了。

过了数日，忽传蜀中某官暴卒。某官性诡谲（狡诈。谲，jué）好名，专一暗地坑人夺人。那年进场做房考，又暗通关节，卖了举人，屈了真才，有像十一娘所说必诛之数。程元玉心疑道：“分明是青霞所说做的公事了。”却不敢说破，此后再也无从相闻。此是吾朝成化年间事。秣陵胡太史汝嘉有《韦十一娘传》。诗云：

侠客从来久，韦娘论独奇。
双丸虽有术，一剑本无私。
贤佞能精别，恩仇不浪施。
何当时假腕，划尽负心儿！

感神媒张德容遇虎
凑吉日裴越客乘龙

此篇便是著名的“虎媒”故事。算命老人李知微为张镐女儿卜算出婚期延迟一事，张镐不信，谁知喜前被贬，果真迫使婚期延迟，此为第一次阻碍；张镐女婿裴越客乘船赴婚约，却于半路被困，眼看婚期又误，此为第二次阻碍；张小姐游玩被老虎掳去，张家以为女儿无生还希望，此为第三次阻碍。所有阻碍全在老虎驮张小姐到裴越客歇脚处后被化解，二人婚事艰难，结局却是皆大欢喜，正应了李知微的卜算。

整个故事印证了那句“有缘千里来相会，无缘对面不相逢”，传达出唐代人婚姻命定的观念，展现了当时百姓所崇尚的浓厚的民俗信仰，故事情节跌宕，蕴含无限的奇趣味道。

诗曰：

每说婚姻是宿缘，定经月老把绳牵。

非徒配偶难差错，时日犹然不后先。

话说婚姻事皆系前定，从来说月下老赤绳系足，虽千里之外，到底相合；若不是姻缘，眼面前也强求不得的。就算是因缘了，时辰来到，要早一日，也不能勾；时辰已到，要迟一日，也不能勾。多是氤氲大使（掌管婚姻的神）暗中主张，非人力可以安排也。

唐朝时有一个弘农县尹，姓李。生一女，年已及笄（女子到了可以许配的年龄。笄，jī），许配卢生。那卢生生得炜貌长髯，风流倜傥，李氏一家尽道是个快婿。一日，选定日子，赘他入宅。

当时有一个女巫，专能说未来事体，颇有应验，与他家往来得熟，其日因为他家成婚行礼，也来看看耍子（玩耍）。李夫人平日极是信他的，就问他道："你看我家女婿卢郎，官禄厚薄如何？"女巫道："卢郎不是那个长髯后生么？"李母道："正是。"女巫道："若是这个人，不该是夫人的女婿。夫人的女婿，不是这个模样。"李夫人道："吾女婿怎么样的？"女巫道："是一个中形白面，一些髭髯也没有的。"李夫人失惊道："依你这等说起来，我小姐今夜还嫁人不成哩！"女巫道："怎么嫁不成？今夜一定嫁人。"李夫人道："好胡说！既是今夜嫁得成，岂有不是卢郎的事？"女巫道："连我也不晓得缘故。"道言未了，只听得外面鼓乐喧天，卢生来行纳采礼，正在堂前拜跪。李夫人拽着女巫的手，向后堂门缝里指着卢生道："你看这个行礼的，眼见得今夜成亲了，怎么不是我女婿？好笑！好笑！"那些使女养娘们见夫人说罢，大家笑道："这老妈妈惯扯大谎，这番不准了。"女巫只不作声。

须臾之间，诸亲百眷都来看成婚盛礼。原来唐时衣冠人家，婚礼极重。合卺（旧时结婚男女同杯饮酒之礼，后泛指结婚。卺，jǐn）之夕，凡属两姓

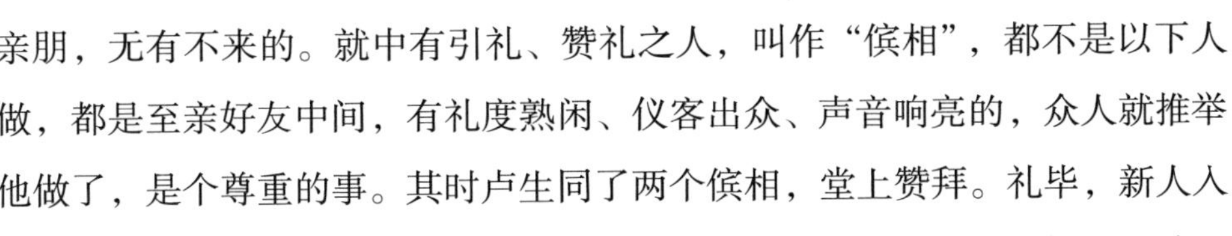

亲朋，无有不来的。就中有引礼、赞礼之人，叫作“傧相”，都不是以下人做，都是至亲好友中间，有礼度熟闲、仪客出众、声音响亮的，众人就推举他做了，是个尊重的事。其时卢生同了两个傧相，堂上赞拜。礼毕，新人入房。卢生将李小姐灯下揭巾一看，吃了一惊，打一个寒噤，叫声“呵呀！”往外就走。亲友问他，并不开口，直走出门，跨上了马，连加两鞭，飞也似去了。

宾友之中，有几个与他相好的，要问缘故。又有与李氏至戚的，怕有别话错了时辰，要成全他的，多来追赶。有的赶不上罢了，那赶着的，问他劝他，只是摇手道：“成不得！成不得！”也不肯说出缘故来，抵死不肯回马。众人计无所出，只得走转来，把卢生光景，说了一遍。那李县令气得目瞪口呆，大喊道：“成何事体！成何事体！”自思女儿一貌如花，有何作怪？今且在众亲友面前说明，好教他们看个明白。因请众亲戚都到房门前，叫女儿出来拜见。就指着道：“这个便是许卢郎的小女，岂有惊人丑貌？今卢郎一见就走，若不教他见见众位，到底认做个怪物了！”众人抬头一看，果然丰姿冶丽，绝世无双。这些亲友也有说是卢郎无福的，也有说卢郎无缘的，也有道日子差池犯了凶煞的，议论一个不定。李县令气愤愤地道：“料那厮不能成就，我也不伏气与他了。我女儿已奉见宾客，今夕嘉礼不可虚废。宾客里面有愿聘的，便赴今夕佳期。有众亲在此作证明，都可做大媒。”只见傧相之中，有一人走近前来，不慌不忙道：“小子不才，愿事门馆。”众人定睛看时，那人姓郑，也是拜过官职的了。面如敷粉，唇若涂朱，下颏（kē）上真个一根髭须也不曾生，且是标致。众人齐喝一声采道：“如此小姐，正该配此才郎！况且年貌相等，门阀相当。”就中推两位年高的为媒，另择一个年少的代为傧相，请出女儿，交拜成礼，且应佳期。一应未备礼仪，婚后再补。是夜竟与郑生成了亲。郑生容貌果与女巫之言相合，方信女巫神见。

成婚之后，郑生遇着卢生，他两个原相交厚的，问其日前何故如此。卢生道：“小弟揭巾一看，只见新人两眼通红，大如朱盏，牙长数寸，爆出口外两边。那里是个人形？与殿壁所画夜叉无二。胆俱吓破了，怎不惊走？”郑生笑道：“今已归小弟了。”卢生道：“亏兄如何熬得？”郑生道：“且请到弟家，请出来与兄相见则个。”卢生随郑生到家，李小姐梳妆出拜，天然绰约，绝非房中前日所见模样，懊悔无及。后来闻得女巫先曾有言，如此如此，晓得是有个定数，叹往罢了。正合着古话两句道：

有缘千里能相会，无缘对面不相逢。

而今再说一个唐时故事：乃是乾元年间，有一个吏部尚书，姓张名镐（hào）。有第二位小姐，名唤德容。那尚书在京中任上时，与一个仆射（pú yè，官名）姓裴名冕的，两个往来得最好。裴仆射有第三个儿子，曾做过蓝田县尉的，叫作裴越客。两家门当户对，张尚书就把这个德容小姐许下了他亲事，已拣定日子成亲了。

却说长安西市中有个算命的老人，是李淳风的族人，叫作李知微，星数精妙。凡看命起卦，说人吉凶祸福，必定断下个日子，时刻不差。一日，有个姓刘的，是个应袭（承袭）赁子，到京师袭荫求官，数年不得。这一年已自钻求要紧关节，叮嘱停当（妥当），吏部试判已毕，道是必成。闻西市李老之名，特来请问。李老卜了一封，笑道："今年求之不得，来年不求自得。"刘生不信，只见吏部出榜，为判上落了字眼，果然无名。到明年又在吏部考试，他不曾央得人情，抑且自度书判中下，未必合式，又来西市问李老。李老道："我旧岁就说过的，君官必成，不必忧疑。"刘生道："若得官，当在何处？"李老道："禄在大梁地方。得了后，你可再来见我，我有话说。"吏部榜出，果然选授开封县尉。刘生惊喜，信之如神，又去见李老。李老道："君去为官，不必清俭，只消恣意求取，自不妨得。临到任满，可讨个差使，再入京城，还与君推算。"刘生记着言语，别去到任。那边州中刺史见他旧家人物，好生委任他。刘生想着李老之言，广取财贿，毫无避忌。上下官吏都喜欢他，再无说话。到得任满，贮积千万。遂见刺史，讨个差使。刺史依允，就教他将着本州租税解京。到了京中，又见李老。李老道："公三日内即要迁官。"刘生道："此番进京，实要看个机会，设法迁转。却是三日内，如何能够？况未得那升迁日期，这个未必准了。"李老道："决然不差，迁官也就在彼郡。得了后，可再来相会，还有说话。"刘生去了，明日将州中租赋到左藏库交纳。正到库前，只见东南上诺大一只五色鸟飞来库藏屋顶住着，文彩辉煌，百鸟喧噪，弥天而来。刘生大叫："奇怪！奇怪！"一时惊动了内官宫监。大小人等，都来看嚷。有识得的道："此是凤凰也！"那大鸟住了一会，听见喧闹之声，即时展翅飞起，百鸟渐渐散去。此话闻至天子面前，龙颜大喜。传出敕命来道："那个先见的，于原身官职加升一级改用。"内官查得真实，却是刘生先见，遂发下吏部，迁授浚仪县丞。果是三日，又就在此州。刘生愈加敬信李老，再来问此去为官之方。李老云"只须一如前政"。刘生依言，仍旧恣意贪取，又得了千万。任满赴京听调，又见李老。

李老曰："今番当得一邑正官，分毫不可取了。慎之！慎之！"刘生果授寿春县宰。他是两任得惯了的手脚，那里忍耐得住？到任不久，旧性复发，把李老之言，丢过一边。偏生前日多取之言好听，当得个谨依来命；今日不取之言迂阔（不切实际事理），只推道未可全信。不多时上官论刻追赃，削职了。又来问李老道："前两任只叫多取，今却叫不可妄取，都有应验，是何缘故？"李老道："今当与公说明，公前世是个大商，有二千万资财，死在汴州，财散在人处。公去做官，原是收了自家旧物，不为妄取，所以一些无事。那寿春一县之人，不曾欠公的，岂可过求？如今强要起来，就做坏了。"刘生大伏，惭悔而去。凡李老之验，如此非一，说不得这许多，而今且说正话。

那裴仆射家拣定了做亲日期，叫媒人到张尚书家来通信道日。张尚书闻得李老许多神奇灵应，便叫人接他过来，把女儿八字与婚期，教他合一合看，怕有什么冲犯不宜。李老接过八字，看了一看，道："此命喜事不在今年，亦不在此方。"尚书道："只怕日子不利，或者另改一个也罢，那有不在今年之理？况且男女两家，都在京中，不在此方，便在何

处？”李老道：“据看命数已定，今年决然不得成亲，吉日自在明年三月初三日。先有大惊之后，方得会合，却应在南方。冥数已定，日子也不必选，早一日不成，迟一日不得。”尚书似信不信地道：“那有此话？”叫管事人封个赏封，谢了去。见出得门，裴家就来接了去，也为婚事将近，要看看休咎（吉凶）。李老到了裴家占了一卦道：“怪哉！怪哉！此封恰与张尚书家的命数，正相符合。”遂取文房四宝出来，写了一柬道：“三月三日，不迟不疾。水浅舟胶，虎来人得。惊则大惊，吉则大吉。”裴越客看了，不解其意，便道：“某正为今年尚书府亲事只在早晚，问个吉凶。这‘三月三日’之说，何也？”李老道：“此正是婚期。”裴越客道：“日子已定了，眼见得不到那时了。不准，不准！”李老道：“郎君不得性急。老汉所言，万无一误。”裴越客道：“‘水浅舟胶，虎来人得。’大略是不祥的说话了。”李老道：“也未必不祥，应后自见。”作别过了。

正待要欢天喜地指日成亲，只见补阙拾遗（补录缺失遗漏的内容）等官，为选举不公，文章论刻吏部尚书。奉圣旨：谪贬张镐为扆（yǐ）州司户，即日就道。张尚书叹道：“李知微之言，验矣！”便教媒人回复裴家，约定明年三月初三，到定州成亲。自带了家眷，星夜到贬处去了。原来唐时大官谪贬甚是萧条，亲眷避忌，不十分肯与往来的，怕有朝廷不测，时时忧恐。张尚书也不把裴家亲事在念了。裴越客得了张家之信，吃了一惊，暗暗道：“李知微好准卦！毕竟要依他的日子了。”真是到手佳期却成虚度，闷闷不乐过了年节。一开新年，便打点束装，前赴扆州成婚。

那越客是豪奢公子，规模不小。坐了一号大座船，满载行李辎重，家人二十多房，养娘七八个，安童七八个，择日开船。越客恨不得肋生双翅，脚下腾云，就到扆州。行了多日，已是二月尽边，皆因船只狼犺（笨重），行李沉重，一日行不上百来里路，还有搁着浅处弄了几日才弄得动的，还差扆州三百里远近。越客心焦，恐怕张家不知他在路上，不打点的，错过所约日子。一面舟行，一面打发一个家人，在岸路驿中讨了一匹快马，先到扆州报信。家人星夜不停，报入泉州来。

那张尚书身在远方，时怀忧闷，况且不知道裴家心下如何，未知肯不嫌路远来赴前约否。正在思忖不定，得了此报，晓得裴郎已在路上将到，不胜之喜。走进衙中，对家眷说了，俱各欢喜不尽。

此时已是三且初二日了，尚书道："明日便是吉期。如何来得及？但只是等裴郎到了，再定日未迟。"是夜因为德容小姐佳期将近，先替他簪了髻，设宴在后花园中，会集衙中亲丁女眷，与德容小姐添妆把盏。那花园离衙斋将有半里，泉州是个山深去处。虽然衙斋左右多是些丛林密箐（jīng，一种小竹），与山林之中无异，可也幽静好看。那德容小姐同了衙中姑姨姊妹，尽意游玩。酒席既阑，日色已暮，都起身归衙。众女眷或在前，或在后，大家一头笑语，一头行走。正在喧哄之际，一阵风过，竹林中腾地跳出一个猛虎来，擒了德容小姐便走。众女眷吃了一惊，各各逃窜。那虎已自跳入翳荟（yì huì，丛生的杂草）之处，不知去向了。

众人性定，奔告尚书得知，合家啼哭得不耐烦。那时夜已昏黑，虽然聚得些人起来，四目相视，束手无策。无非打了火把，四下里照得一照，知他在何路上可以救得？干闹嚷了一夜，一毫无干。到得天晓，张尚书噙着眼泪，点起人夫（受雇用的人），去寻骸骨。漫山遍野，无处不到，并无一些下落。张尚书又恼又苦，不在话下。

且说裴越客已到泉州界内石阡江中。那江中都是些山根石底，重船到处触碍，一发行不得。已是三月初二日了，还差几十里。越客道："似此行去，如何赶得明日到？"心焦背热，与船上人发极嚷乱。船上人道："这是用不得性的！我们也巴不得到了讨喜酒吃，谁耐烦在此延挨？"裴越客道："却是明日吉期，这等担阁怎了？"船上人道："只是船重得紧，所以只管搁浅。若要行得快，除非人上岸去，等船轻了好行。"越客道："有理，有理。"他自家着了急的，叫住了船，一跳便跳上了岸，招呼众家人起来。那些家人见主人已自在岸上了，谁敢不上？一定就走了二十多人起来，那船早自轻了。越客在前，众家人在后，一路走去。那船好转动，不比先前，自在江中相傍着行。

行得四五里，天色将晚。看见岸旁有板屋一间，屋内有竹床一张，越客就走进屋内，叫童仆把竹床上扫拂一扫拂，尘了歇一歇气再走。这许多童仆，都站立左右，也有站立在门外的。正在歇息，只听得树林中飕飕的风响。于时一线月痕和着星光，虽不甚明白，也微微看得见，约莫风响处，有一物行走甚快。将到近边，仔细看去，却是一个猛虎背负一物而来。众人惊惶，连忙都躲在板屋里来。其虎看看至近，众人一齐敲着板屋呐喊，也有把马鞭子打在板上，振得一片价响（不停发生声响）。那虎到板屋侧边，放下背上的东西，抖抖身子，听得众人叫喊，像似也有些惧怕，大吼一声，飞奔入山去了。

众人在屋缝里张着，看那放下的东西，恰像个人一般，又恰像在那里有些动。等了一会儿，料虎去远了，一齐捏把汗出来看时，却是一个人，口中还微微气喘。来对越客说了，越客吩咐众人救他，慌忙叫放船拢岸。众人扛扶其人上了船，叫快快解了缆开去，恐防那虎还要寻来。船行了半响，越客叫点起火来看。舱中养娘们各拿蜡烛点起，船中明亮。看那人时，却是：眉湾杨柳，脸绽芙蓉。喘吁吁吐气不齐，战兢兢惊神未定。头垂发乱，是个醉扶上马的杨妃；目闭唇张，好似死乍还魂的杜丽。面庞勾可十六八，美艳从来无二三。越客将这女子上下看罢，大惊说道："看他容颜衣服，决不是等闲村落人家的。"叫众养娘好生看视。众养娘将软褥铺衬，抱他睡在床上，解看衣服，尽被树林荆刺抓破，且喜身体毫无伤痕。一个养娘替他将乱发理清梳通了，挽起一髻，将一个手帕替他扎了。拿些姜汤灌他，他微微开口，咽下去了。又调些粥汤来灌他。弄了三四更天气，看看苏醒，神安气集。忽然抬起头来，开目一看，看见面前的人一个也不认得，哭了一声，依旧眠倒了。这边养娘们问他来历、缘故及遇虎根由，那女子只不则声，凭他说来说去，竟不肯答应一句。

渐渐天色明了，岸上有人走动，这边船上也着水夫上纤。此时离州城只有三十里了。听得前面来的人，纷纷讲说道："张尚书第二位小姐，昨夜在后花园中游赏，被虎扑了去，至今没寻尸骸处。"有的道："难道连衣服都吃尽了不成？"水夫闻得此言，想着夜来的事，有些奇怪，商量道："船上那话儿莫不正是？"就着一个下船来，把路上人来的说话，禀知越客。越客一发惊异道："依此说话，被虎害的正是我定下的娘子了。这船中救得的，可是不是？"连忙叫一个知事的养娘来，吩咐他道："你去对方才救醒的小娘子说，问可是张家德容小姐不是。"养娘依言去问，只见那女子听得叫出小名来，便大哭将起来，道："你们是何人，晓得我的名字？"养娘道："我们正是裴官人家的船，正为来赴小姐佳期，船行的迟，怕赶日子不迭，所以官人只得上岸行走，谁知却救了小姐上船，也是天缘分定。"那小姐方才放下了心，便说："花园遇虎，一路上如腾云驾雾，不知行了多少路，自拼必死，被虎放下地时，已自魂不附体了。后来不知如何却在船上。"养娘把救他的始末说了一遍。来复越客道："正是这个小姐。"越客大喜，写了一书，差一个人飞报到州里尚书家来。

尚书正为女儿骸骨无寻，又且女婿将到，伤痛无奈，忽见裴家苍头（奴仆）有书到，愈加感切。拆开来看，上写道："趋赴嘉礼，江行舟涩。从陆倍道，忽遇虎负爱女至。惊逐之顷，虎去而人不伤。今完善在舟，希示进止（命令）！子婿裴越客百拜。"尚书看罢，又惊又喜。走进衙中说了，满门叹异。尚书夫人便道："从来罕闻奇事。想是为吉日赶不及了，神明所使。今小姐既在裴郎船上，还可赶得今朝成亲。"尚书道："有理，有理。"就叫鞴一匹快马，带了仪从，不上一个时辰，赶到船上来。翁婿相见，甚喜。见了女儿，又悲又喜，安慰了一番。尚书对裴越客道："好教贤婿得知，今日之事，旧年间李知微已断定了，说成亲毕竟要今日。昨晚老夫见贤婿不能够就到，道是决赶不上今日这吉期，谁想有此神奇之事，把小女竟送到尊舟？如今若等尊舟到州城，水路难行，定不能够。莫若就在尊舟，结了花烛，成了亲事，明日慢慢回衙，这吉期便不挫过了。"裴越客见说，便想道："若非岳丈之言，小婿几乎忘了旧年李知微题下六句。首二句道：'三月三日，不迟不疾。'若是小婿在舟行时，只疑迟了，而今虎送将来，正应着今日。中二句道：'水浅舟胶，虎来人得。'小婿起初道不祥之言，谁知又应着这奇事。后来二句：'惊则大惊，吉则大吉。'果然这一惊不小，谁知反因此凑着吉期。李知微真半仙了！"张尚书就在船边分派人，唤起傧相，办下酒席，先在舟中花烛成亲，合卺饮宴。礼毕，张尚书仍旧骑马先回，等他明日舟到，接取女儿女婿。

是夜，裴越客遂同德容小姐就在舟中共入鸳帏欢聚。少年夫妇，极尽于飞之乐（夫妻间亲密和谐）。明日舟到，一同上岸，拜见丈母诸亲。尚书夫人及姑姨姊妹、

合衙人等，看见了德容小姐，恰似梦中相逢一般，欢喜极了，反有堕下泪来的。人人说道："只为好日来不及，感得神明之力，遣个猛虎做媒，把百里之程顷刻送到。从来无此奇事。"这话传出去，个个奇骇，道是新闻。民间各处，立起个"虎媒之祠"。但是有婚姻求合的，虔诚祈祷，无有不应。至今黔峡之间，香火不绝。于时有六句口号：

仙翁知微，判成定数。
虎是神差，佳期不挫。
如此媒人，东道难做。

乌将军一饭必酬 陈大郎三人重会

强盗并不都是恶人，君子也并不都是贤者。纵观三百六十行，贼人不少，有的比强盗恶霸还要狠毒千倍百倍，而强盗之中，却有不少重情重义的。

王生经商屡遭盗贼劫抢，然而那盗贼却是有良心的，抢了银钱去却将远超过银钱价值的货物赠予了他，使得王生因祸得福，富裕一生。陈大郎因为好奇心作祟，本是带着捉弄的心理请大胡子的乌将军吃饭喝酒，乌将军却是记下了这“一饭之恩”，重重酬谢报答陈大郎。所谓“盗亦有道”，有时候强盗飞贼比那伪善君子更有人情味，本篇极力刻画了知恩图报、重情重义的盗贼形象，让人读来不禁觉得暖心。此外，商人的冒险探索和奋发求富的形象再次在本篇中得到了肯定，从中可见明中叶后民间对商业的日益重视。

诗曰：

每讶衣冠多资贼，谁知盗贼有英豪？

试观当日及时雨，千古流传义气高。

话说世人最怕的是个“强盗”二字，做个骂人恶语。不知这也只见得一边。若论起来，天下那一处没有强盗？假如有一等做官的，误国欺君，侵剥百姓，虽然官高禄厚，难道不是大盗？有一等做公子的，倚靠着父兄势力，张牙舞爪，诈害乡民，受投献（进献礼物），窝赃私，无所不为，百姓不敢声冤，官司不敢盘问，难道不是大盗？有一等做举人秀才的，呼朋引类，把持官府，起灭词讼，每有将良善人家拆得烟飞星散的，难道不是大盗？只论衣冠（绅士）中，尚且如此，何况做经纪客商、做公门（衙门）人役？三百六十行中人尽有狼心狗行，狠似强盗之人在内，自不必说。所以当时李涉（唐代诗人，文宗大和中，任国子博士，世称“李博士”）博士遇着强盗，有诗云：暮雨潇潇江上村，绿林豪客夜知闻。相逢何用藏名姓？世上于今半是君。这都是叹笑世人的话。世上如此之人，就是至亲切友，尚且反面无情，何况一饭之恩，一面之识？倒不如《水浒传》上说的人，每每自称好汉英雄，偏要在绿林中挣气，做出世人难到的事出来。盖为这绿林中也有一贫无奈，借此栖身的。也有为义气上杀了人，借此躲难的。也有朝廷不用，沦落江湖，因而结聚的。虽然只是歹人多，其间仗义疏财的，到也尽有。当年赵礼让肥，反得粟米之赠；张齐贤遇盗，更多金帛之遗：都是古人实事。

且说近来苏州有个王生，是个百姓人家。父亲王三郎，商贾营生，母亲李氏，又有个婶母杨氏，却是孤孀无子的，几口儿一同居住。王生自幼聪明乖觉（机警灵敏），婶母甚是爱惜他，不想年纪七八岁时，父母两口相继而亡。多亏得这杨氏殡葬完备，就把王生养为己子，渐渐长成起来，转眼间又是十八岁了。商贾事体，是件（件件）伶俐。

一日，杨氏对他说道："你如今年纪长大，岂可坐吃山空？我身边有的家资，并你父亲剩下的，尽够营运。待我凑成千来两，你到江湖上做些买卖，也是正经。"王生欣然道："这个正是我们本等。"杨氏就收拾起千金东西，交付与他。

王生与一班为商的计议定了，说南京好做生意，先将几百两银子置了些苏州货物。拣了日子，雇下一只长路的航船，行李包裹多收拾停当。别了杨氏起身，到船烧了神福利市，就便开船。一路无话。

不则一日，早到京口，趁着东风过江。到了黄天荡内，忽然起一阵怪风，满江白浪掀天，不知把船打到一个甚么去处。天已昏黑了，船上人抬头一望，只见四下里多是芦苇，前后并无第二只客船。王生和那同船一班的人正在慌张，忽然芦苇里一声锣响，划出三四只小船来。每船上各有七八个人，一拥地跳过船来。王生等喘作一块，叩头讨饶。那伙人也不来和你说话，也不来害你性命，只把船中所有金银货物，尽数卷掳过船，叫声"聒噪"，双桨齐发，飞也似划将去了。满船人惊得魂飞魄散，目瞪口呆。王生不觉的大哭起来，道："我直如此命薄！"就与同行的商量道："如今盘缠行李俱无，到南京何干？不如各自回家，再作计

较。”卿卿哝哝了一会儿，天色渐渐明了。那时已自风平浪静，拨转船头望镇江进发。到了镇江，王生上岸，往一个亲眷人家借得几钱银子做盘费，到了家中。

杨氏见他不久就回，又且衣衫零乱，面貌忧愁，已自猜个八九分。只见他走到面前，唱得个诺，便哭倒在地。杨氏问他仔细，他把上项事说了一遍。杨氏安慰他道：“儿呀，这也是你的命。又不是你不老成花费了，何须如此烦恼？且安心在家两日，再凑些本钱出去，务要趁出前番的来便是。”王生道：“已后只在近处做些买卖罢，不担这样干系（牵涉责任的关系）远处去了。”杨氏道：“男子汉千里经商，怎说这话！”

住在家一月有余，又与人商量道：“扬州布好卖。松江置买了布到扬州就带些银子籴（dí，买进粮食）了米豆回来，甚是有利。”杨氏又凑了几百两银子与他。到松江买了百来筒布，独自写（租赁）了一只满风梢的船，身边又带了几百两籴米豆的银子，合了一个伙计，择日起行。

到了常州，只见前边来的船，只只气叹口渴道：“挤坏了！挤坏了！”忙问缘故，说道：“无数粮船，阻塞住丹阳路。自青年铺直到灵口，水泄不通。买卖船莫想得进。”王生道：“怎么好！”船家道：“难道我们上前去看他挤不成？打从孟河走他娘罢。”王生道：“孟河路怕恍惚。”船家道：“拼得只是日里行，何碍？不然守得路通，知在何日？”因遂依了船家，走孟河路。果然是天青日白时节，出了孟河。方欢喜道：“好了，好了。若在内河里，几时能挣得出来？”正在快活间，只见船后头水响，一只三橹八桨船，飞也似赶来。看看至近，一挠钩搭住，十来个强人手执快刀、铁尺、金刚圈，跳将过来。原来孟河过东去，就是大海，日里也有强盗的，唯有空船走得。今见是买卖船，又悔气恰好撞着了，怎肯饶过？尽情搬了去。怪船家手里还捏着橹，一铁尺打去，船家抛橹不及。王生慌忙之中把眼瞅去，认得就是前日黄天荡里一班人。王生一里喊道：“大王！前日受过你一番了，今日如何又在此相遇？我前世直如此少你的！”那强人内中一个长大的说道：“果然如此，

还他些做盘缠。”就把一个小小包裹撩将过来，掉开了船，一道烟反望前边江里去了。

王生只叫得苦，拾起包裹，打开看时，还有十来两零碎银子在内。噙着眼泪冷笑道：“且喜这番不要借盘缠，侥幸！侥幸！”就对船家说道：“谁叫你走此路，弄得我如此？回去了罢。”船家道：“世情变了，白日打劫，谁人晓得？”只得转回旧路，到了家中。杨氏见来得快，又一心惊。天生泪汪汪地走到面前，哭诉其故。难得杨氏是个大贤之人，又眼里识人，自道侄儿必有发迹之日，并无半点埋怨，只是安慰他，教他守命（安于命运），再做道理（另行打算）。

过得几时，杨氏又凑起银子，催他出去，道：“两番遇盗，多是命里所招。命该失财，便是坐在家里，也有上门打劫的。不可因此两番，堕了家传行业。”王生只是害怕。杨氏道：“侄儿疑心，寻一个起课（占卜问事）的问个吉凶，讨个前路便是。”果然寻了一个先生到家，接连占卜了几处做生意，都是下卦，唯有南京是个上上卦。又道：“不消到得南京，但往南京一路上去，自然财爻旺相。”杨氏道：“我的儿，‘大胆天下去得，小心寸步难行。’苏州到南京不上六七站路，许多客人往往来来，当初你父亲、你叔叔都是走熟的路，你也是悔气，偶然撞这两遭盗。难道他们专守着你一个，遭遭打劫不成？占卜既好，只索放心前去。”王生依言，仍旧打点动身。也是他前数注定，合当如此。正是：箧（qiè，箱子）底东西命里财，皆由鬼使共神差。强徒不是无因至，巧弄他们送福来。

王生行了两日，又到扬子江中。此日一帆顺风，真个两岸万山如走马，直抵龙江关口。然后天晚，上岸不及了，打点湾船。他每是惊弹的鸟，傍着一只巡哨号船边拴好了船，自道万分无事，安心歇宿。到得三更，只听一声锣响，火把齐明，睡梦里惊醒。急睁眼时，又是一伙强人，跳将过来，照前搬个罄（qìng，尽）尽。看自己船时，不在原泊处所，已移在大江阔处来了。火中仔细看他们抢掳，认得就是前两番之人。王生硬着胆，扯住前日还他包裹这个长大的强盗，跪下道："大王！小人只求一死！"大王道："我等誓不伤人性命，你去罢了，如何反来歪缠？"王生哭道："大王不知，小人幼无父母，全亏得婶娘重托，出来为商。刚出来得三次，恰是前世欠下大王的，三次都撞着大王夺了去，叫我何面目见婶娘？也那里得许多银子还他？就是大王不杀我时，也要跳在江中死了，决难回去再见恩婶之面了。"说得伤心，大哭不住。那大王是个有义气的，觉得可怜他，便道："我也不杀你，银子也还你不成，我有道理。我昨晚劫得一只客船，不想都是打捆的苎（zhù）麻，且是不少，我要他没用，我取了你银子，把这些与你做本钱去，也勾相当了。"王生出于望外，称谢不尽。那伙人便把苎麻乱抛过船来，王生与船家慌忙并叠，不及细看，约莫有二三百捆之数。强盗抛完了苎麻，已自胡哨一声，转船去了。船家认着江中小港门，依旧把船移进宿了。

候天大明。王生道："这也是有人心的强盗，料道这些苎麻也有差不多千金了。他也是劫了去不好发脱（脱手），故此与我。我如今就是这样发行去卖，有人认出，反为不美；不如且载回家，打过了捆，改了样式，再去别处货卖么！"仍旧把船开江，下水船快，不多时，到了京口闸，一路到家。

见过婶婶，又把上项事一一说了。杨氏道："虽没了银子，换了偌多苎麻来，也不为大亏。"便打开一捆来看，只见一层一层解到里边，捆心中一块硬的，缠束甚紧。细细解开，乃是几层绵纸，包着成锭的白金。随开第二捆，捆捆皆同。一船苎麻，共有五千两有余。乃是久惯大客商，江行防盗，假意货苎麻，暗藏在捆内，瞒人眼目的。谁知被强盗不问好歹劫来，今日却富了王生。那时杨氏与王生叫声："惭愧！"虽然受两三番惊恐，却平白地得此横财，比本钱加倍了，不胜之喜。自此以后，出去营运，遭遭顺利。不上数年，遂成大富之家。这个虽是王生之福，却是难得这大王一点慈心。可见强盗中未尝没有好人。

如今再说一个，也是苏州人，只因无心之中，结得一个好汉，后来以此起家，又得夫妻重会。有诗为证：

说时侠气凌霄汉，听罢奇文冠古今。
若得世人皆仗义，贪泉自可表清心。

却说景泰年间，苏州府吴江县有个商民，复姓欧阳，妈妈是本府崇明县曾氏，生下一女一儿。儿年十六岁，未婚；那女儿二十岁了，虽是小户人家，倒也生得有些姿色，就赘本村陈大郎为婿。家道不富不贫，在门前开小小的一片杂货店铺，往来交易，陈大郎和小舅两人管理。他们翁婿夫妻郎舅之间，你敬我爱，做生意过日。忽遇寒冬天道，陈大郎往苏州置些货物，在街上行走，只见纷纷洋洋，下着国家祥瑞。古人有诗说得好，道是：尽道丰年瑞，丰年瑞若何？长安有贫者，宜瑞不宜多！那陈大郎冒雪而行，正要寻一个酒店沽酒暖寒，忽见远远地一个人走将来，你道是怎生模样？但见：身上紧穿着一领青服，腰间暗悬着一把钢刀。形状带些威雄，面孔更无细肉。两颊无非“不亦悦”（胡须），遍身都是“德輶如”（毛。輶，yòu）。那个人生得身长七尺，膀阔三停。大大一个面庞，大半被长须遮了。可煞作怪，没有须的所在，又多有毛，长寸许，剩却眼睛外，把一个嘴脸遮得缝地也无了。正合着古人笑话：“髭髯不仁，侵扰乎其旁而不已，于是面之所余无几。”陈大郎见了，吃了一惊，心中想道：“这人好生古怪！只不知吃饭时如何处置这些胡须，露得个口出来？”又想道：“我有道理，拼得费钱把银子，请他到酒店中一坐，便看出他的行

动来了。”他也只是见他异样，要作个耍，连忙躬身向前唱诺，那人还礼不迭。陈大郎道：“小可欲邀老丈酒楼小叙一杯。”那人是个远来的，况兼落雪天气，又饥又寒，听见说了，喜逐颜开。连忙道：“素昧平生，何劳厚意！”陈大郎搗个鬼道：“小可见老丈骨格非凡，必是豪杰，敢扳一话。”那人道：“却是不当。”口里如此说，却不推辞。两人一同上酒楼来。

陈大郎便问酒保打了几角酒，回了一腿羊肉，又摆上些鸡鱼肉菜之类。陈大郎正要看他动口，就举杯来相劝。只见那人接了酒盏放在桌上，向衣袖取出一对小小的银扎钩来，挂在两耳，将须毛分开扎起，拔刀切肉，恣其饮啖。又嫌杯小，问酒保讨个大碗，连吃了几壶，然后讨饭。饭到，又吃了十来碗。陈大郎看得呆了。那人起身拱手道：“多谢兄长厚情，愿闻姓名乡贯。”陈大郎道：“在下姓陈名某，本府吴江县人。”那人一一记了。陈大郎也求他姓名，他不肯还个明白，只说：“我姓乌，浙江人。他日兄长有事到敝省，或者可以相会。承兄盛德，必当奉报，不敢有忘。”陈大郎连称不敢。当下算还酒钱，那人千恩万谢，出门作别自去了。陈大郎也只道是偶然的说话，那里认真？归来对家中人说了，也有信他的，也有疑他说谎的，俱各

笑了一场。不在话下。

又过了两年有余。陈大郎只为做亲了数年，并不曾生得男女，夫妻两个发心，要往南海普陀洛伽山观音大士处烧香求子，尚在商量未决。忽一日，欧公有事出去了，只见外边有一个人走进来叫道：“老欧在家么？”陈大郎慌忙出来答应，却是崇明县的褚敬桥。施礼罢，便问：“令岳在家否？”陈大郎道：“少出。”褚敬桥道：“令亲外太妈陆氏身体违和，特地叫我寄信，请你令岳母相伴几时。”大郎闻言，便进来说与曾氏知道。曾氏道：“我去便要去，只是你岳父不在，眼下不得脱身。”便叫过女儿、儿子来，吩咐道：“外婆有病。你每好弟两人，可到崇明去服侍几日。待你父亲归家，我就来换你们便了。”当下商议已定，便留褚敬桥吃了午饭，央他先去回复。

又过了两日，姊弟二人收拾停当，叫下一只艡（dāng）船起行。那曾氏又吩咐道：“与我上复外婆，须要宽心调理。可说我也就要来的。虽则不多日路，你两人年小，各要小心。”二人领诺，自望崇明去了。只因此一去，有分教：绿林此日逢娇冶，红粉从今遇险危。

却说陈大郎自从妻、舅去后十日有余，欧公已自归来，只见崇明又央人寄信来，说道：“前日褚敬桥回复道叫外甥们就来，如何至今不见？”那欧公夫妻和陈大郎，都吃了一大惊。便道：“去已十日了，怎说不见？”寄信的道：“何曾见半个影来？你令岳母到也好了，只是令爱、令郎是甚缘故？”陈大郎忙去寻那载去的船家问他，船家道：“到了海滩边，船进去不得，你家小官人与小娘子说道：‘上岸去，路不多远，我们认得的，你自去罢。’此时天色将晚，两个急急走了去，我自摇船回了，如何不见？”那欧公急得无计可施，便对妈妈道：“我在此看家，你可同女婿探望丈母，就访访消息归来。”

他每两个心中慌忙无措，听得说了，便一刻也迟不得，急忙备了行李，雇了船只。第二日早早到了崇明，相见了陆氏妈妈，问起缘由，方知病体已渐痊可，只是外甥儿女毫不知些踪迹。那曾氏便是“心肝肉”的放声大哭起来。陆氏及邻舍妇女们惊来问信的，也不知陪了多少眼泪。

陈大郎是个性急的人，敲台拍凳的怒道："我晓得，都是那褚敬桥寄甚么鸟信！是他趁伙打劫，用计拐去了。"便不管三七二十一，忿气走到褚家。那褚敬桥还不知甚么缘由，劈面撞着，正要问个来历，被他劈胸揪住，喊道："还我人来！还我人来！"就要扯他到官。此时已闹动街坊人，齐拥来看。那褚敬桥面如土色，嚷道："有何得罪，也须说个明白！"大郎道："你还要白赖！我好好的在家里，你寄甚么信，把我妻子、舅子拐在那里去了？"褚敬桥拍着胸膛道："真是冤天屈地，要好成歉（比喻好心得不到好报，将恩作仇）。吾好意为你寄信，你妻子自不曾到，今日这话，却不知祸从天上来！"大郎道："我妻、舅已自来十日了，怎不见到？"敬桥道："可又来！我到你家寄信时，今日算来十二日了。次日傍晚到得这里以后，并不曾出门。此时你妻、舅还在家未动身哩！我在何时拐骗？如今四邻八舍都是证见，若是我十日内曾出门到那里，这便都算是我的缘故。"众人都道："那有这事！这不撞着拐子，就撞着强盗了。不可冤屈了平人（平民）！"

陈大郎情知不关他事，只得放了手，忍气吞声跑回曾家。就在崇明县进了状词；又到苏州府进了状词，批发本县捕衙缉访；又各处粉墙上贴了招子，许出赏银二十两；又寻着原载去的船家，也拉他到巡捕处，讨了个保，押出挨查。仍旧到崇明与曾氏共住二十余日，并无消息。不觉的残冬将尽，新岁又来，两人只得回到家中。欧公已知上项事了，三人哭作一堆，自不必说。别人家多欢欢喜喜过年，独有他家烦烦恼恼。

一个正月，又匆匆的过了，不觉又是二月初头，依先没有一些影响。陈大郎猛然想着道："去年要到普陀进香，只为要求儿女，如今不想连儿女的母亲都不见了，我直如此命蹇（命运不好）！今月十九日是观音菩萨生日，何不到彼进香还愿？一来祈求得观音报应；二来看些浙江景致，消遣闷怀，就便做些买卖。"算计已定，对丈人说过，托店铺与他管了，收拾行李，取路望杭州来。过了杭州钱塘江，下了海船，到普陀上岸。三步一拜，拜到大士殿前。焚香顶礼已过，就将分离之事通诚了一番，重复叩头道："弟子虔

诚拜祷，伏望菩萨大慈大悲，救苦救难，广大灵感，使夫妻再得相见！”拜罢下船，就泊在岩边宿歇。睡梦中见观音菩萨口授四句诗道：合浦珠还自有时，惊危目下且安之。姑苏一饭酬须重，人海茫茫信可期。陈大郎飒然惊觉，一字不忘。他虽不甚精通文理，这几句却也解得。叹口气道：“菩萨果然灵感！依他说话，相逢似有可望。但只看如此光景，那得能够？”心下悒怏（yì yàng，忧郁不快），那一饭的事，早已不记得了。

清早起来，开船归家。行不得数里，海面忽地起一阵飓风，吹得天昏地暗，连东西南北都不见了。舟人牢把船舵，任风飘去。须臾之间，飘到一个岛边，早已风恬日朗。那岛上有小喽罗数百，正在那里使枪弄棒，比箭抡拳，一见有海船漂到，正是老鼠在猫口边过，如何不吃？便一伙的都抢下船来，将一船人身边银两行李尽数搜出。那多是烧香客人，所有不多，不满众意，提起刀来吓他要杀。陈大郎情急了，大叫：“好汉饶命！”那些喽罗听是东路声音，便问道：“你是那里人？”陈大郎战兢兢道：“小人是苏州人。”喽罗们便说道：“既如此，且绑到大王面前发落，不可便杀。”因此连众人都饶了，齐齐绑到聚义厅来。陈大郎此时也不知是何主意，总之，这条性命，一大半是阎家的了。闭着泪眼，口里只念“救苦救难观世音菩萨！”只见那厅上一个大王，慢慢地踱下厅来，将大郎细看了一看。大惊道：“原来是吾故人到此，快放了绑！”陈大郎听得此话，才敢偷眼看那大王时节，正是那两年前遇着多须多毛、酒楼上请他吃饭这个人。喽罗连忙解脱绳索，大王便扯一把交椅过来，推他坐了，纳头便拜道：“小孩儿每不知进退，误犯仁兄，望乞恕罪！”陈大郎还礼不迭，说道：“小人触冒山寨，理合就戮，敢有他言！”大王道：“仁兄怎如此说？小可感仁兄雪中一饭之恩，于心不忘。屡次要来探访仁兄，只因山寨中多事不便。日前曾吩咐孩儿们，凡遇苏州客商，不可轻杀，今日得遇仁兄，天假之缘也。”陈大郎道：“既蒙壮士不弃小人时，乞将同行众人包裹行李见还，早回家乡，誓当衔环结草。”大王道：“未曾尽得薄情，仁兄如何就去？况且有一事要与仁兄慢讲。”回头吩咐小喽罗：

宽了众人的绑，还了行李货物，先放还乡。众人欢天喜地，分明是鬼门关上放将转来，把头似捣蒜的一般，拜谢了大王，又谢了陈大郎，只恨爹娘少生了两只脚，如飞的开船去了。

大王便叫摆酒与陈大郎压惊。须臾齐备，摆上厅来。那酒肴内，山珍海味也有，人肝人脑也有。大王定席之后，饮了数杯，陈大郎开口问道：“前日仓卒有慢，不曾备细请教壮士大名，伏乞详示。”大王道：“小可生在海边，姓乌名友。少小就有些膂力，众人推我为尊，权主此岛。因见我须毛太多，称我做乌将军。前日由海道到崇明县，得游贵府，与仁兄相会。小可不是餔啜（bū chuó，吃喝）之徒，感仁兄一饭，盖因我辈钱财轻义气重，仁兄若非尘埃之中，深知小可，一个素不相识之人，如何肯欣然款纳？所谓‘士为知己者死’，仁兄果为我知己耳！”大郎闻言，又惊又喜，心里想道：“好侥幸也！若非前日一饭，今日连性命也难保。”又饮了数杯，大王开言道：“动问仁兄，宅上有多少人口？”大郎道：“只有岳父母、妻子、小舅，并无他人。”大王道：“如今各平安否？”大郎下泪道：“不敢相瞒，旧岁荆妻、妻

弟一同往崇明探亲，途中有失，至今不知下落。”大王道：“既是这等，尊嫂定是寻不出了。小可这里有个妇女也是贵乡人，年貌与兄正当，小可欲将他来奉仁兄箕帚（jī zhǒu，借指妻子），意下如何？”大郎恐怕触了大王之怒，不敢推辞。大王便大喊道：“请将来！请将来！”只见一男一女，走到厅上。大郎定睛看时，原来是不别人，正是妻子与小舅，禁不住相持痛哭一场。大王便教增了筵席，三人坐了客位，大王坐了主位，说道：“仁兄知道尊嫂在此之故否？旧岁冬间，孩儿每往崇明海岸无人处，做些细商道路，见一男一女傍晚同行，拿着前来。小可问出根由，知是仁兄宅眷，忙令各馆别室，不敢相轻。于今两月有余。急忙里无个缘便，心中想道：‘只要得邀仁兄一见，便可用小力送还。’今日不期而遇，天使然也！”三人感谢不尽。

那妻子与小舅私对陈大郎说道：“那日在海滩上望得见外婆家了，打发了来船。姊弟正走间，遇见一伙人，捆缚将来，道是性命休矣！不想一见大王，查问来历，我等一一实对，便把我们另眼相看，我们也不知其故。今日见说，却记得你前年间曾言苏州所遇，果非虚话了。”陈大郎又想道：“好侥幸也！前日若非一饭，今日连妻子也难保。”

酒罢起身，陈大郎道：“妻父母望眼将穿。既蒙壮士厚恩完聚，得早还家为幸。”大王道：“既如此，明日送行。”当夜送大郎夫妇在一个所在，送小舅在一个所在，各歇宿了。次日，又治酒相饯，三口拜谢了要行。大王又教喽罗托出黄金三百两，白银一千两，彩缎货物在外，不计其数。陈大郎推辞了几番道：“重承厚赐，只身难以持归。”大王道：“自当相送。”大郎只得拜受了。大王道：“自此每年当一至。”大郎应允。大王相送出岛边，喽罗们已自驾船相等。他三人欢欢喜喜，别了登舟。那海中是强人出没的所在，怕甚风涛险阻！只两日，竟由海道中送到崇明上岸，那船自去了。

他三人竟走至外婆家来，见了外婆，说了缘故，老人家肉天肉地地叫，欢喜无极。陈大郎又叫了一只船，三人一同到家，欧公欧妈，见儿女、女婿都来，还道是睡里梦里！大郎便将前情告诉了一遍，各各悲欢了一场。欧公

道："此果是乌将军义气，然若不遇飓风，何缘得到岛中？普陀大士真是感应！"大郎又说着大士梦中四句诗，举家叹异。

从此大郎夫妻年年到普陀进香，都是乌将军差人从海道迎送，每番多则千金，少则数百，必致重负而返。陈大郎也年年往他州外府，觅些奇珍异物奉承，乌将军又必加倍相答，遂做了吴中巨富之家，乃一饭之报也。后人有诗赞曰：

胯下曾酬一饭金，谁知剧盗有情深。
世间每说奇男女，何必儒林胜绿林！

宣徽院仕女秋千会 清安寺夫妇笑啼缘

由于封建礼教的束缚，古代青年男女婚姻多受阻碍，少不得被硬生生拆散、生离死别的苦命鸳鸯，本篇便通过描写种种机缘巧合，借死后还魂使有情人终成眷属。

刘氏子为人胆大，与朋友打赌在坟地试胆，无意中背了女尸回家，同宿一室，谁想尸体竟复活，女子不是别人，正是刘氏子曾经求亲被拒的王家女儿，两人成就姻缘。另一故事讲的是官宦公子拜住与千金小姐速哥失里两家结下婚约，拜住一家家道中落，女方一家悔婚，速哥失里抗争不过，另嫁之日自杀殉情。拜住哭棺之时，速哥失里竟奇迹重生，二人结为夫妻。故事歌颂美好爱情和个性解放，鼓励年轻男女与礼教做抗争，这点值得肯定，然而抗争之法不得不依靠鬼神，也暗含了种种无奈。

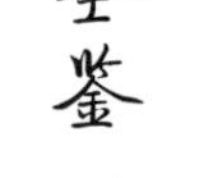

诗曰：

闻说氤氲使（掌管婚姻的神），专司夙世缘。

岂徒生作合，惯令死重还。

顺局不成幻，逆施方见权。

小儿称造化，于此信其然。

话说人世婚姻前定，难以强求，不该是姻缘的，随你用尽机谋，坏尽心术，到底没收场。及至该是姻缘的，虽是被人扳障（阻碍），受人离间，却又散的弄出合来，死的弄出活来。从来传奇小说上边，如《倩女离魂》，活的弄出魂去，成了夫妻。如《崔护渴浆》，死的弄转魂来，成了夫妻。奇奇怪怪，难以尽述。

只如《太平广记》上边说，有一个刘氏子，少年任侠，胆气过人，好的是张弓挟矢、驰马试剑、飞觞蹴鞠诸事。交游的人，总是些剑客、博徒、杀人不偿命的亡赖子弟。一日游楚中，那楚俗习尚，正与相合。就有那一班儿意气相投的人，成群聚党，如兄若弟往来。有人对他说道："邻人王氏女，美貌当今无比。"刘氏子就央座中人为媒去求聘他。那王家道："虽然此人少年英勇，却闻得行径古怪，有些不务实，恐怕后来惹出事端，误了女儿终身。"坚执不肯。那女儿久闻得此人英风义气，到有几分慕他，只碍着爹娘做主，无可奈何。那媒人回复了刘氏子，刘氏子是个猛烈汉子，道："不肯便罢，大丈夫怕没有好妻！愁他则甚？"一些不放在心上。

又到别处闲游了几年。其间也就说过几家亲事，高不凑，低不就，一家也不曾成得，仍旧到楚中来。那邻人王氏女虽然未嫁，已许下人了。刘氏子闻知也不在心上。这些旧时朋友见刘氏子来了，都来访他，仍旧联肩叠背，日里合围打猎，猎得些樟鹿雉兔，晚间就烹庖起来，成群饮酒，没有三四鼓不肯休歇。

一日打猎归来，在郭外十余里一个村子里，下马少憩。只见树木阴惨

（阴森），境界荒凉，有六七个坟堆，多是雨淋泥落，尸棺半露，也有棺木毁坏，尸骸尽见的。众人看了道："此等地面，亏是日间，若是夜晚独行，岂不怕人！"刘氏子道："大丈夫神钦鬼伏，就是黑夜，有何怕惧？你看我今日夜间，偏要到此处走一遭。"众人道："刘兄虽然有胆气，怕不能如此。"刘氏子道："你看我今夜便是。"众人道："以何物为信？"刘氏子就在古墓上取墓砖一块，题起笔来，把同来众人名字多写在上面，说道："我今带了此砖去，到夜间我独自送将来。"指着一个棺木道："放在此棺上，明日来看便是。我送不来，我输东道，请你众位；我送了来，你众位输东道，请我。见放着砖上名字，挨名派分，不怕少了一个。"众人都笑道："使得，使得。"说罢，只听得天上隐隐雷响，一齐上马回到刘氏子下处。又将射猎所得，烹宰饮酒。

霎时间雷雨大作，几个霹雳，震得屋宇都是动的。众人戏刘氏子道："刘兄，日间所言，此时怕铁好汉也不敢去。"刘氏子道："说那里话？你看我雨略住就走。"果然阵头过，雨小了，刘氏子持了日间墓砖出门就走。众人都笑道："你看他那里演帐演帐（闲逛），回来捣鬼，我们且落得吃酒。"果然刘氏子使着酒性，一口气走到日间所歇墓边，笑道："你看这伙懦夫！不知有何惧怕，便道到这里来不得。"此时雷雨已息，露出星光微明，正要将砖放在棺上，见棺上有一件东西蹲踞在上面。刘氏子摸了一摸道："奇怪！是甚物件？"暗中手捻捻看，却像是个衣衾之类裹着甚东西。两手合抱将来，约有七八十斤重。笑道："不拘是甚物件，且等我背了他去，与他们看看，等他们就晓得，省得直到明日才信。"他自恃膂力，要吓这班人，便把砖放了，一手拖来，背在背上，大踏步便走。

到得家来，已是半夜。众人还在那里呼五叫六地吃酒，听得外边脚步响，晓得刘氏子已归，恰像负着重东西走的。正在疑虑间，门开处，刘氏子直到灯前，放下背上所负在地。灯下一看，却是一个簇新衣服的女人死尸。可也奇怪，挺然卓立，更不僵仆。一座之人猛然抬头见了，个个惊得屁滚尿流，有的逃躲不及。刘氏子再把灯细细照着死尸面孔，只见脸上脂粉新施，形容甚美，只是双眸紧闭，口中无气，正不知是甚么缘故。众人都怀惧怕道：“刘兄恶取笑，不当人子（罪过）！怎么把一个死人背在家里来吓人？快快仍背了出去！”刘氏子大笑道：“此乃吾妻也！我今夜还要与他同衾共枕，怎么舍得负了出去？”说罢，就裸起双袖，一抱抱将上床来，与他做了一头，口对了口，果然做一被睡下了。他也只要在众人面前卖弄胆壮，故意如此做作。众人又怕又笑，说道：“好无赖贼，直如此大胆不怕！拼得输东道与你罢了，何必做出此渗濑（丑陋）勾当？”刘氏子凭众人自说，只是不理，自睡了，众人散去。

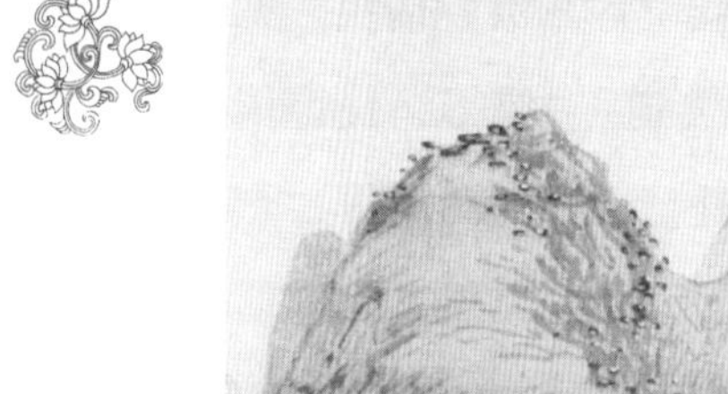

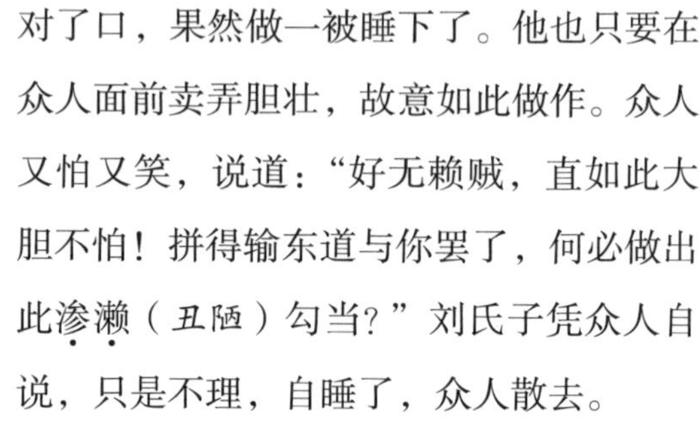

刘氏子与死尸睡到了四鼓，那死尸得了生人之气，口鼻里渐渐有起气来，刘氏子骇异，忙把手摸他心头，却是温温的。刘氏子道：“惭愧！敢怕还活转来？”正在疑惑间，那女人四肢已自动了。刘氏子越吐着热气接他，果然翻个身活将起来，道：“这是那里？我却在此！”刘氏子问其姓名，只是含羞不说。

须臾之间，天大明了。只见昨晚同席这干人有几个走来道：“昨夜死尸在那里？原来有这样异事。”刘氏子且把被遮着女人，问道：“有何异事？”那些人道：“原来昨夜邻人王氏之女嫁人，梳妆已毕，正要上轿，猛然急心疼死了。未及殡殓，只听得一声雷响，不见了尸首，至今无寻

处。昨夜兄背来死尸，敢怕就是？”刘氏子大笑道：“我背来是活人，何曾是死尸！”众人道：“又来调喉（调唇弄舌）！”刘氏子扯开被与众人看时，果然是一个活人。众人道：“又来奇怪！”因问道：“小姐子谁氏之家？”那女子见人多了，便说出话来，道：“奴是此间王家女。因昨夜一个头晕，跌倒在地，不知何缘在此？”刘氏子又大笑道：“我昨夜原说道是吾妻，今说将来，便是我昔年求聘的了。我何曾吊谎？”众人都笑将起来道：“想是前世姻缘，我等当为撮合。”

此话传闻出去，不多时王氏父母都来了，看见女儿是活的，又惊又喜。那女儿晓得就是前日求亲的刘生，便对父母说道：“儿身已死，还魂转来，却遇刘生。昨夜虽然是个死尸，已与他同寝半夜，也难另嫁别人了，爹妈做主则个。”众人都撺掇道：“此是天意，不可有违！”王氏父母遂把女儿招了刘氏子为婿，后来偕老。可见天意有定，如此作合。倘若这夜不是暴死、大雷，王氏女已是别家媳妇了；又非刘氏子试胆作戏，就是因雷失尸，也有何涉？只因是夙世前缘，故此奇奇怪怪，颠之倒之，有此等异事。

这是个父母不肯许的，又有一个父母许了又悔的，也弄得死了活转来。一念坚贞，终成夫妇。留下一段佳话，名曰《秋千会记》。正是：

精诚所至，金石为开。
贞心不寐，死后重谐。

这本话乃是元朝大德年间的事。那朝有个宣徽院使叫作孛（bò）罗，是个色目人，乃故相齐国公之子。生在相门，穷极富贵，第宅宏丽，莫与为比。却又读书能文，敬礼贤士，一时公卿间，多称诵他好处。他家住在海子桥西，与佥（qiān）判奄都剌、经历东平王荣甫三家相联，通家往来。宣徽私居后有花园一所，名曰杏园，取“春色满园关不住，一枝红杏出墙来”之意。那杏园中花卉之奇，亭榭之好，诸贵人家所不能仰望。每年春，宣徽诸妹诸女，邀院判、经历两家宅眷，于园中设秋千之戏，盛陈饮宴，欢笑竟日。各家亦隔一日设宴还答，自二月末至清明后方罢，谓之“秋千会”。

于时有个枢密院同佥帖木儿不花的公子，叫作拜住，骑马在花园墙外走过。只闻得墙内笑声，在马上欠身一望，正见墙内秋千竞就，欢哄方浓。遥望诸女，都是绝色。拜住勒住了马，潜身在柳荫中，恣意偷觑，不觉多时。那管门的老园公听见墙外有马铃响，走出来看，只见有一个骑马郎君呆呆地对墙里觑着。园公认得是同佥公子，走报宣徽，宣徽急叫人赶出来。那拜住才撞见园公时，晓得有人知觉，恐怕不雅，已自打上了一鞭，去得远了。

拜住归家来，对着母夸说此事，盛道宣徽诸女个个绝色。母亲解意，便道：“你我正是门当户对，只消遣媒求亲，自然应允，何必望空羡慕？”就央个媒婆到宣徽家来说亲。宣徽笑道：“莫非是前日骑马看秋千的？吾正要择婿，教他到吾家来看看。才貌若果好，便当许亲。”媒婆归报同佥，同佥大喜，便叫拜住盛饰仪服，到宣徽家来。

宣徽相见已毕，看他丰神俊美，心里已有几分喜欢。但未知内蕴才学如何，思量试他，遂对拜住道：“足下喜看秋千，何不以此为题，赋《菩萨蛮》一调？老夫要请教则个。”拜住请笔砚出来，一挥而就。词曰：红绳画板柔荑指，东风燕子双双起。夸俊要争高，更将裙系牢。牙床和困睡，一任金钗坠。推枕起来迟，纱窗月上时。宣徽见他才思敏捷，韵句铿锵，心下大喜，吩咐安排盛情款待。筵席完备，待拜住以子侄之礼，送他侧首坐下，自己坐了主席。饮酒中间，宣徽想道：“适间咏秋千词，虽是流丽，或者是那日看过秋千，便已有此题咏，今日偶合着题目的。不然如何恁般来得快？真个六步之才也不过如此。待我再试他一试看。”恰好听得树上黄莺巧啭，就对拜住道：“老夫再欲求教，将《满江红》调赋《莺》一首。望不吝珠玉，意下如何？”拜住领命，即席赋成，拂拭剡藤（浙江传统名纸。剡，yǎn），挥洒晋字，呈上宣徽，词曰：嫩日舒晴，韶光艳、碧天新霁。正桃腮半吐，莺声初试。孤枕乍闻弦索悄，曲屏时听笙簧细。爱绵蛮柔舌韵东风，愈娇媚。幽

梦醒，闲愁泥。残杏褪，重门闭。巧音芳韵，十分流丽。入柳穿花来又去，欲求好友真无计。望上林，何日得双栖？心迢递。宣徽看见词翰两工，心下已喜，及读到末句，晓得是见景生情，暗藏着求婚之意。不觉拍案大叫道："好佳作！真吾婿也！老夫第三夫人有个小女，名唤速哥失里，堪配君子，待老夫唤出相见则个。"就传云板请三夫人与小姐上堂。当下拜住见了岳母，又与小姐速哥失里相见了，正是秋千会里女伴中最绝色者。拜住不敢十分抬头，已自看得较切，不比前日墙外影响，心中喜乐不可名状。相见罢，夫人同小姐回步。

却说内宅女眷，闻得堂上请夫人、小姐时，晓得是看中了女婿。别位小姐都在门背后缝里张着，看见拜住一表非俗，个个称羡。见速哥失里进来，私下与他称喜道："可谓门阑多喜气，女婿近乘龙也。"合家赞美不置。

拜住辞谢了宣徽，回到家中，与父母说知，就择吉日行聘。礼物之多，词翰之雅，喧传都下，以为盛事。谁知好事多磨，风云不测，台谏官员看见同佥富贵豪宕，上本参论他赃私。奉圣旨发下西台御史勘问，免不得收下监中。那同佥是个受用（享受）的人，怎吃得牢狱之苦？不多几日生起病来。原来元朝大臣在狱有病，例许题请释放。同佥幸得脱狱，归家调治，却病得重了，百药无效，不上十日，呜呼哀哉，举家号痛。谁知这病是惹的牢瘟，同佥既死，阖门（全家）染了此症，没几日就断送一个，一月之内弄个尽绝，止剩得拜住一个不死。却又被西台追赃入官，家业不勾赔偿，真个转眼间冰消瓦解，家破人亡。

宣徽好生不忍，心里要收留拜住回家成亲，教他读书，以图出身。与三夫人商议，那三夫人是个女流之辈，只晓得炎凉世态，那里管甚么大道理？心里怫然（愤怒）不悦。原来宣徽别房虽多，唯有三夫人是他最宠爱的，家里事务都是他主持。所以前日看上拜住，就只把他的女儿许了，也是好胜处。今日见别人的女儿，多与了富贵之家，反是他女婿家里凋弊了，好生不伏气，一心要悔这头亲事，便与女儿速哥失里说知。速哥失里不肯，哭谏母亲道："结亲结义，一与定盟，终不可改。儿见诸姊妹家荣盛，心里岂不羡慕？但寸丝为定，鬼神难欺。岂可因他贫贱，便想悔赖前言？非人所为。儿誓死不敢从命！"宣徽虽也道女儿之言有理，怎当得三夫人撒娇撒痴，把宣徽的耳朵掇了转来，那里管女儿肯不肯，别许了平章阔阔出之子僧家奴。拜住虽然闻得这事，心中懊恼，自知失势，不敢相争。

那平章家择日下聘，比前番同佥之礼更觉隆盛。三夫人道："争得气来，心下方才快活。"只见平章家，拣下言期，花娇到门。速哥失里不肯上娇，众夫人，众妹妹各来相劝。速哥失里大哭一场，含着眼泪，勉强上娇。到得平章家里，傧相念了诗赋，启请新人出轿。伴娘开帘，等待再三，不见抬身。攒头轿内看时，叫声："苦也！"原来速哥失里在轿中偷解缠脚纱带，缢颈而死，已此绝气了。慌忙报与平章，连平章没做道理处，叫人去报宣徽。那三夫人见说，儿天儿地哭将起来，急忙叫人追轿回来，急解脚缠，将姜汤灌下去，牙关紧闭，眼见得不醒。三夫人哭得昏晕了数次，无可奈何，只得买了一副重价的棺木，尽将平日房奁（嫁妆。奁，lián）首饰珠玉及两番夫家聘物，尽情纳在棺内入殓，将棺木暂寄清安寺中。

且说拜住在家，闻得此变，情知小姐为彼而死。晓得柩寄清安寺中，要去哭他一番。是夜来到寺中，见了棺柩，不觉伤心，抚膺大恸，真是哭得三生诸佛都垂泪，满房禅侣尽长吁。哭罢，将双手扣棺道："小姐阴灵不远，拜住在此。"只听得棺内低低应道："快开了棺，我已活了。"拜住听得明白，欲要开时，将棺木四周一看，漆钉牢固，难以动手。乃对本房主僧说道："棺中小姐，原是我妻屈死。今棺中说道已活，我欲开棺，独自一人难以着力，须求师父们帮助。"僧道："此宣徽院小姐之棺，谁敢私开？开棺者须有罪。"拜住道："开棺之罪，我一力当之，不致相累，况且暮夜无人知觉。若小姐果活了，放了出来，棺中所有，当与师辈共分；若是不活，也等我见他一面，仍旧盖上，谁人知道？"那些僧人见说共分所有，他晓得棺中随殓之物甚厚，也起了利心；亦且拜住兴头（兴旺）时与这些僧人也是门徒施主，

不好违拗。便将一把斧头，把棺盖撬将开来。只见划然一声，棺盖开处，速哥失里便在棺内坐了起来。见了拜住，彼此喜极。拜住便说道："小姐再生之庆，果是真数，也亏得寺僧助力开棺。"小姐便脱下手上金钏（chuàn，镯）一对及头上首饰一半，谢了僧人，剩下的还直数万两。拜住与小姐商议道："本该报宣徽得知，只是恐怕百变。而今身边有财物，不如瞒着远去，只央寺僧买些漆来，把棺木仍旧漆好，不说出来。神不知，鬼不觉，此为上策。"寺僧受了重贿，无有不依，照旧把棺木漆得光净牢固，并不露一些风声。拜住挈了速哥失里，走到上都寻房居住。那时身边丰厚，拜住又寻了一馆，教着蒙古生数人，复有月俸，家道从容，尽可过日。夫妻两个，你恩我爱，不觉已过一年。也无人晓得他的事，也无人晓得甚么宣徽之女，同佥之子。

却说宣徽自丧女后，心下不快，也不去问拜住下落。好些时不见了他，只说是流离颠沛，连存亡不可保了。一日旨意下来，拜宣徽做开平尹，宣徽带了家眷赴任。那府中事体烦杂，宣徽要请一个馆客做记室（秘书的代称），代笔札之劳。争奈上都是个极北夷方，那里寻得个儒生出来？访有多日，有人对宣徽道："近有个士人，自大都挈家寓此，也是个色目人，设账民间，极有学问。府君若要觅西宾，只有此人可以充得。"宣徽大喜，差个人拿帖去，快请了来。

拜住看见了名帖，心知正是宣徽。忙对小姐说知了，穿着整齐，前来相见，宣徽看见，认得是拜住，吃了一惊，想道："我几时不见了他，道是流落死亡了，如何得衣服济楚，容色充盛

如此？”不觉追念女儿，有些伤感起来。便对拜住道：“昔年有负足下，反累爱女身亡，惭恨无极！今足下何因在此？曾有亲事未曾？”拜住道：“重蒙垂念，足见厚情。小婿不敢相瞒，令爱不亡，见同在此。”宣徽大惊道：“那有此话！小女当日自就缢，今尸棺见寄清安寺中，那得有个活的在此间？”拜住道：“令爱小姐与小婿实是夙缘未绝，得以重生。今见在寓所，可以即来相见，岂敢有诳！”

宣徽忙走进去与三夫人说了，大家不信。拜住又叫人去对小姐说了，一乘轿竟抬入府衙里来。惊得合家人都上前来争看，果然是速哥失里。那宣徽与三夫人不管是人是鬼，且抱着头哭作了一团。哭罢，定睛再看，看去身上穿戴的，还是殓时之物，行步有影，衣衫有缝，言语有声，料想真是个活人了。那三夫人道：“我的儿，就是鬼，我也舍不得放你了！”只有宣徽是个读书人见识，终是不信。疑心道：“此是屈死之鬼，所以假托人形，幻惑年少。”口里虽不说破，却暗地使人到大都清安寺问僧家的缘故。僧家初时抵赖，后见来人说道已自相逢厮认了，才把真心话一一说知。来人不肯便信，僧家把棺木撬开与他看，只见是个空棺，一无所有。回来报知宣徽道：“此情是实。”宣徽道：“此乃宿世前缘也！难得小姐一念不移，所以有此异事。早知如此，只该当初依我说，收养了女婿，怎见得有此多般？”三夫人见说，自觉没趣，懊悔无极，把女婿越看待得亲热，竟赘他在家中终身。

后来速哥失里与拜住生了三子。长子教化，仕至辽阳等处行中省左丞；次子忙古歹，幼子黑厮，俱为内怯薛带御器械。教化与忙古歹先死，黑厮直做到枢密院使。天兵至燕，元顺帝御清宁殿，集三宫皇后太子同议避兵。黑厮与丞相失列门哭谏道：“天下着，世祖之天下也，当以死守。”顺帝不听，夜半开建德门遁去，黑厮随入沙漠，不知所终。

平章府轿抬死女，清安寺漆整空棺。

若不是生前分定，几曾有死后重欢！

韩秀才乘乱聘娇妻
吴太守怜才主姻簿

春秋郑国有一徐家小姐，很会相人，上大夫公孙黑和大夫公孙楚二兄弟都欲娶她为妻，徐小姐只看面相举止便知公孙黑不得善终，公孙楚才是可嫁之人，果然日后应验，公孙黑作乱惨死，公孙楚时来运转显贵一生，与徐小姐二人白头偕老。关于择婿的趣闻下面又详细讲了一例。金朝奉为避“点绣女”之祸，将女儿许配给穷书生韩子文，却在风头过后悔婚，又将女儿许给自家侄子，幸得吴太守清正廉明，智断此案，韩子文得以娶得娇妻。

本篇故事反映了当时民间对于婚姻嫁娶的一般标准，批判了社会世俗对于择婿娶亲嫌贫爱富的观念。因贫富无定数，哪晓得富人日后不财尽人亡，穷人将来不青云显赫？因此选婿识人最为重要，而不要只看当前富贵。

诗曰：

嫁女须求女婿贤，贫穷富贵总由天。

姻缘本是前生定，莫为炎凉轻变迁！

话说人生一世，沧海变为桑田，目下的贱贵穷通都做不得准的。如今世人一肚皮势利念头，见一个人新中了举人、进士，生得女儿，便有人抢来定他为媳，生得男儿，便有人挨来许他为婿。万一官卑禄薄，一旦夭亡，仍旧是个穷公子、穷小姐，此时懊悔，已自迟了。尽有贫苦的书生，向富贵人家求婚，便笑他阴沟洞里思量天鹅肉吃。忽然青年高第，然后大家懊悔起来，不怨怅自己没有眼睛，便嗟叹女儿无福消受。所以古人会择婿的，偏拣着富贵人家不肯应允，却把一个如花似玉的爱女，嫁与那酸黄齑（咸菜。齑，jī）、烂豆腐的秀才，没有一人不笑他呆痴，道是："好一块羊肉，可惜落在狗口里了！"一朝天子招贤，连登云路，五花诰、七香车，尽着他女儿受用，然后服他先见之明。这正是：凡人不可貌相，海水不可斗量。只在论女婿的贤愚，不在论家势的贫富。当初韦皋（gāo）、吕蒙正多是样子。

却说春秋时，郑国有一个大夫，叫作徐吾犯。父母已亡，只有一同胞妹子。那小姐年方十六，生得肌如白雪，脸似樱桃，鬓若堆鸦，眉横丹凤。吟得诗，作得赋，琴棋书画，女工针指，无不精通。还有一件好处，那一双娇滴滴的秋波，最会相人。大凡做官的与他哥哥往来，他常在帘中偷看，便识得那人贵贱穷通，终身结果，分毫没有差错，所以一发名重当时。却有大夫公孙楚聘他为妇，尚未成婚。

那公孙楚有个从兄，叫作公孙黑，官居上大夫之职。闻得那小姐貌美，便央人到徐家求婚。徐大夫回他已受聘了。公孙黑原是不良之徒，便倚着势力，不管他肯与不肯，备着花红酒礼，笙箫鼓乐，送上门来。徐大夫无计可施，次日备了酒筵，请他兄弟二人来，听妹子自择。公孙黑晓得要看女

婿，便浓妆艳服而来，又自卖弄富贵，将那金银彩缎，排列一厅。公孙楚只是常服，也没有甚礼仪。旁人观看的，都赞那公孙黑，暗猜道："一定看中他了。"酒散，二人谢别而去。小姐房中看过，便对哥哥说道："公孙黑官职又高，面貌又美，只是带些杀气，他年决不善终。不如嫁了公孙楚，虽然小小有些折挫，久后可以长保富贵。"大夫依允，便辞了公孙黑，许了公孙楚。择日成婚已毕。

那公孙黑怀恨在心，奸谋又起。忽一日穿了甲胄，外边用便服遮着，到公孙楚家里来，欲要杀他，夺其妻子。已有人通风与公孙楚知道，急忙执着长戈起出。公孙黑措手不及，着了一戈，负痛飞奔出门，便到宰相公孙侨处告诉。此时大夫都聚，商议此事，公孙楚也来了。争辩了多时，公孙侨道："公孙黑要杀族弟，其情未知虚实。却是论官职，也该让他；论长幼，也该让他。公孙楚卑幼，擅动干戈，律当远窜（流放边土）。"当时定了罪名，贬在吴国安置。公孙楚回家，与徐小姐抱头痛哭而行。公孙黑得意，越发耀武扬威了。外人看见，都懊怅徐小姐不嫁得他，就是徐大夫也未免世俗之见。小姐全然不以为意，安心等守。

却说郑国有个上卿游吉，该是公孙侨之后轮着他为相。公孙黑思想夺他权位，日夜蓄谋，不时就要作起反来。公孙侨得知，便疾忙乘其未发，差官数了他的罪恶，逼他自缢而死。这正合着徐小姐"不善终"的话了。

那公孙楚在吴国住了三载，赦罪还朝，就代了那上大夫职位，富贵已极，遂与徐小姐偕老。假如当日小姐贪了上大夫的声势，嫁着公孙黑，后来做了叛臣之妻，不免守几十年之寡。即此可见目前贵贱都是论不得的。说话的，你又差了，天下好人也有穷到底的，难道一个个为官不成？俗语道得好："赊得不如现得。"何如把女儿嫁了一个富翁，且享此目前的快活。看官有所不知，就是会择婿的，也都要跟着命走。一饮一啄，莫非前定。却毕竟不如嫁了个读书人，到底不是个没望头的。

如今再说一个生女的富人，只为倚富欺贫，思负前约，亏得太守廉明，成其姻事。后来妻贵夫荣，遂成佳话。有诗一首为证：

当年红拂困闺中，有意相随李卫公。
日后荣华谁可及？只缘双目识英雄。

话说国朝正德年间，浙江台州府天台县有一秀才，姓韩名师愈，表字子文。父母双亡，也无兄弟，只是一身。他十二岁上就游庠（儒生经考试取入府、州、县学为生员。庠，xiáng）的，养成一肚皮的学问，真个是：才过子建、貌赛潘安。胸中博览五车，腹内广罗千古。他日必为攀桂客，目前尚作采芹人。

那韩子文虽是满腹文章，却不过家道消乏，在人家处馆（在私塾中教书），勉强糊口。所以年过二九，尚未有亲。一日遇着端阳节近，别了主人家回来，住在家里了数日。忽然心中想道："我如今也好议亲事了。据我胸中的学问，就是富贵人家把女儿匹配，也不免屈了他。却是如今世人谁肯？"又想了一回道："说便是这样说，难道与我一样的儒家，我也还对他的女儿不过？"当下开了拜匣，称出束脩（肉干，借指送给老师的酬金。脩，xiū）银伍钱，做个封筒封了。放在匣内，教书潼拿了随着，信步走到王媒婆家里来。

那王媒婆接着，见他是个穷鬼，也不十分动火他的。吃过了一盏茶，便开口问道："秀才官人，几时回家的？甚风推得到此？"子文道："来家五日了。今日到此，有些事体相央。"便在家手中接过封筒，双手递与王婆道："薄意伏乞笑纳，事成再有重谢。"王婆推辞一番便接了，道："秀才官人，敢是要说亲么？"子文道："正是。家下贫穷，不敢仰攀富户，但得一样儒家女儿，可备中馈（家中供膳诸事）、延子嗣足矣。积下数年束脩，四五十金聘礼也好勉强出得。乞妈妈与我访个相应的人家。"王婆晓得穷秀才说亲，自然高来不成，低来不就的，却难推拒他，只得回复道："既承官人厚惠，且请回家，待老婢子慢慢的寻觅。有了话头，便来回报。”那子文自回家去了。

一住数日，只见王婆走进门来，叫道：“官人在家么？”子文接着，问道：“姻事如何？”王婆道：“为着秀才官人，鞋子都走破了。方才问得一家，乃是县前许秀才的女儿，年纪十六岁。那秀才前年身死，娘子寡居在家里，家事虽不甚富，却也过得。说起秀才官人，倒也有些肯了。只是说道：‘我女儿嫁个读书人，尽也使得。但我们妇人家，又不晓得文字，目今提学要到台州岁考，待官人考了优等，就出吉帖便是。’”子文自恃才高，思忖此事十有八九，对王婆道：“既如此说，便待考过议亲不迟。”当下买几杯白酒，请了王婆。自别去了。

子文又到馆中，静坐了一月有余，宗师起马牌（旧时高级官吏出巡或上任时向沿途地方官府先行发下的通知牌）已到。那宗师姓梁，名士范，江西人。不一日，到了台州。那韩子文头上戴了紫菜的巾，身上穿了腐皮的衫，腰间系了芋艿的绦，脚下穿了木耳的靴，同众生员迎接入城。行香讲书已过，便张告示，先考府学及天台、临海两县。到期，子文一笔写完，甚是得意。出场来，将考卷誊写出来，请教了几个先达、几个朋友，无不叹赏。又自己玩了几遍，拍着桌子道：“好文字！好文字！就做个案元帮补也不为过，何况优等？”又把文字来鼻头边闻一闻道：“果然有些老婆香！”

却说那梁宗师是个不识文字的人，又且极贪，又且极要奉承乡官及上司。前日考过杭、嘉、湖，无一人不骂他的，几乎吃秀才们打了。曾编着几句口号道：“道前梁，中人姓富，出卖生儒，不误主顾。”又有一个对道：“公子笑欣欣，喜弟喜兄都入学；童生愁惨惨，恨祖恨父不登科。”又把《四书》几语，做着几股道：“君子学道公则悦，小人学道尽信书。不学诗，不学礼，有父兄在，如之何其废之！诵其诗，读其书，虽善不尊，如之何其可也！”那韩子文是个穷儒，那有银子钻刺？十日后发出案来，只见公子富翁都占前列了。你道那韩师愈的名字却在那里？正是：“似‘王’无一竖，如‘川’却又眠。”曾有一首《黄莺儿》词，单道那三等的苦处：无辱又无荣，论文章是弟兄，鼓声到此如春梦。高才命穷，庸才运通，廪生到此便宜贡。且从容，一边站立，看别个赏花红。

那韩子文考了三等，气得目瞪口呆。把那梁宗师乌龟王八的骂了一场，不敢提起亲事，那王婆也不来说了。只得勉强自解，叹口气道：“娶妻莫恨无良媒，书中有女颜如玉。”发落已毕，只得萧萧条条，仍旧去处馆，见了主人家及学生，都是面红耳热的，自觉没趣。

又过了一年有余，正遇着正德爷爷崩了，遗诏册立兴王。嘉靖爷爷就藩邸召入登基，年方一十五岁。妙选良家子女，充实掖庭（宫中旁舍，宫女居住的地方）。那浙江纷纷的讹传道：“朝廷要到浙江各处点绣女。”那些愚民，一个个信了。一时间嫁女儿的，讨媳妇的，慌慌张张，不成礼体。只便宜了那些卖杂货的店家，吹打的乐人，服侍的喜娘，抬轿的脚夫，赞礼的傧相。还有最可笑的，传说道：“十个绣女要一个寡妇押送。”赶得那七老八十的，都起身嫁人去了。但见十三四的男儿，讨着二十四五的女子；十二三的女子，嫁着三四十的男儿。粗蠢黑的面孔，还恐怕认做了绝世芳姿；宽定宕（dàng）的东西，还恐怕认做了含花嫩蕊。自言节操凛如霜，做不得二夫烈女；不久形躯将就木，再拼个一度春风。当时无名子有一首诗，说得有趣：

一封丹诏未为真，三杯淡酒便成亲。夜来明月楼头望，唯有嫦娥不嫁人。

那韩子文恰好归家，见民间如此慌张，便闲步出门来玩景。只见背后一个人，将子文忙忙地扯一把。回头看时，却是开典当的徽州金朝奉。对着子文施个礼，说道："家下有一小女，今年十六岁了，若秀才官人不弃，愿纳为室。"说罢，也不管子文要与不要，摸出吉帖，望子文袖中乱摔。子文道："休得取笑。我是一贫如洗的秀才，怎承受得令爱起？"朝奉皱着眉道："如今事体急了，官人如何说此懈话？若略迟些，恐防就点了去。我们夫妻两口儿，只生这个小女，若远远地到北京去了，再无相会之期，如何割舍得下？官人若肯俯从，便是救人一命。"说罢便思量要拜下去。

子文分明晓得没有此事，他心中正要妻子，却不说破。慌忙一把搀起道："小生囊中只有四五十金，就是不嫌孤寒，聘下令爱时，也不能够就完姻事。"朝奉道："不妨，不妨。但是有人定下的，朝廷也就不来点了。只须先行谢吉之礼，等事平之后，慢慢做亲。"子文道："这倒也使得。却是说开，后来不要翻悔！"那朝奉是情急的，就对天设起誓来，道："若有翻悔，就在台州府堂上受刑。"子文道："设誓倒也不必，只是口说无凭，请朝奉先回，小生即刻去约两个敝友，同到宝铺来。先请令爱一见，就求朝奉写一纸婚约，待敝友们都押了花字，一同做个证见。纳聘之后，或是令爱的衣裳，或是头发，或是指甲，告求一件，藏在小生处，才不怕后来变卦。"那朝奉只要成事，满担应承道："何消如此多疑！使得，使得。一唯尊命，只求快些。"一头走，一头说道："专望！专望！"自回铺子里去了。

韩子文便望学中，会着两个朋友，乃是张四维、李俊卿，说了缘故，写着拜帖，一同望典铺中来。朝奉接着，奉茶寒温已罢，便唤出女儿朝霞到厅。你道生得如何？但见：眉如春柳，眼似秋波。几片夭桃脸上来，两枝新笑裙间露。即非倾国倾城色，自是超群出众人。子文见了女子的姿客，已自欢喜。一一施礼已毕，便自进房去了。子文又寻个算命先生合一合婚，说道："果是大吉，只是将婚之前，有些闲气。"那金朝奉一味要成，说道："大吉便自十分好了，闲气自是小事。”便取出一幅全帖，上写道：“立婚约金声，系徽州人。生女朝霞，年十六岁，自幼未曾许聘何人。今有台州府天台县儒生韩子文礼聘为妻，实出两愿。自受聘之后，更无他说。张、李二公，与闻斯言。嘉靖元年月日。立婚约金声。同议友人张安国、李文才。”写罢，三人都画了花押，付子文藏了。这也是子文见自己贫困，作此不得已之防，不想他日果有负约之事，这是后话。

当时便先择个吉日，约定行礼。到期，子文将所积束脩五十余金，粗粗的置几件衣服首饰，其余的都是现银，写着：“奉申纳市之敬，子婿韩师愈顿首百拜。”又送张、李二人银各一两，就请他为媒，一同行聘，到金家铺来。那金朝奉是个大富之家，与妈妈程氏，见他礼不丰厚，虽然不甚喜欢，为是点绣女头里，只得收了，回盘（旧时婚俗，女家回礼，把礼物放在托盘、抬盒里）甚是整齐。果然依了子文之言，将女儿的青丝细发，剪了一缕送来。子文一一收好，自想道：“若不是这一番哄传，连妻子也不知几时定得，况且又有妻财之分。”心中甚是快活不题。

光阴似箭，岁月如梭。暑往寒来，又是大半年光景。却早嘉靖二年，点绣女的讹传，已自息了。金氏夫妻见安平无事，不舍得把女儿嫁与穷儒，渐渐地懊悔起来。那韩子

文行礼一番，已把囊中所积束脩用个罄尽，所以还不说起做亲。

一日，金朝奉正在当中算账，只见一个客人跟着个十六八岁孩子走进铺来，叫道："姊夫姊姊在家么？"原来是徽州程朝奉，就是金朝奉的舅子，领着亲儿阿寿，打从徽州来，要与金朝奉合伙开当的。金朝奉慌忙迎接，又引程氏、朝霞都相见了。叙过寒温，便教暖酒来吃。程朝奉从容问道："外甥女如此长成得标致了，不知曾受聘未？不该如此说，犬子尚未有亲，姊夫不弃时，做个中表夫妻也好。"金朝奉叹口气道："便是呢，我女儿若把与内侄为妻，有甚不甘心处？只为旧年点绣女时，心里慌张，草草的将来许了一个什么韩秀才。那人是个穷儒，我看他满脸饿文，一世也不能够发迹。前年梁学道来，考了一个三老官，料想也中不成。教我女儿如何嫁得他？也只是我女儿没福，如今也没处说了。"程朝奉沉吟了半晌，问道："姊夫姊姊，果然不愿与他么？"金朝奉道："我如何说谎？"程朝奉道："姊夫若是情愿把甥女与他，再也休题；若不情愿时，只须用个计策，要官府断离，有何难处？"金朝奉道："计将安出？"程朝奉道："明日待我台州府举一状词，告着姊夫。只说从幼中表约为婚姻，近因我羁滞徽州，姊夫就赖婚改适，要官府断与我儿便了。犬子虽则不才，也强如那穷酸饿鬼。"金朝奉道："好便好，只是前日有亲笔婚书及女儿头发在彼为证，官府如何就肯断与你儿？况且我先有一款不是了。"程朝奉道："姊夫真是不惯衙门事体！我与你同是徽州人，又是亲眷，说道从幼结儿女姻，也是容易信的。常言道：'有钱使得鬼推磨。'我们不少的是银子，匡得将来买上买下。再央一个乡官在太守处说了人情，婚约一纸，只须一笔勾销。剪下的头发，知道是何人的？哪怕他不如我愿！既有银子使用，你也自然不到得吃亏的。"金朝奉拍手道："妙哉！妙哉！明日就做。"当晚酒散，各自安歇了。

次日天明，程朝奉早早梳洗，讨些朝饭吃了。请个法家，商量定了状词。又寻一个姓赵的，写做了中证。同着金朝奉，取路投台州府来。这一来，有分教：丽人指日归佳士，诡计当场受苦刑。

到得府前，正值新太守吴公弼升堂。不逾时抬出放告牌来，程朝奉随着牌进去。太守教义民官接了状词，从头看道："告状人程元，为赖婚事。万恶金声，先年曾将亲女金氏许元子程寿为妻，六礼已备。讵恶远徙台州，背负前约。于去年六月间，擅自改许天台县儒生韩师愈。赵孝等证。人伦所系，风化攸关，恳乞天合明断，使续前姻。上告。原告：程元，徽州府系歙（shè）县人。被犯：金声，徽州府歙县人；韩师愈，台州府天台县人。干证：赵孝，台州府天台县人。本府大爷施行！"

太守看罢，便叫程元起来，问道："那金声是你甚么人？"程元叩头庄"青天爷爷，是小人嫡亲姊夫。因为是至亲至眷，恰好儿女年纪相若，故此约为婚姻。"太守道："他怎么就敢赖你？"程元道："那金声搬在台州住了，小的却在徽州，路途先自遥远了。旧年相传点绣女，金声恐怕真有此事，就将来改适韩生。小的近日到台州探亲，正打点要完姻事，才知负约真情。他也只为情急，一时错做此事。小人却如何平白地肯让一个媳妇与别人了？若不经官府，那韩秀才如何又肯让与小人？万乞天台老爷做主！"太守见他说得有些根据，就将状子当堂批准。吩咐道："十日内听审。"程元叩头出去了。

金朝奉知得状子已准，次日便来寻着张、李二生，故意做个慌张的景象，说道："怎么好？怎么好？当初在下在徽州的时节，妻弟有个儿子，已将小女许嫁他，后来到贵府，正值点绣女事急，只为远水不救近火，急切里将来许了贵相知，原是二公为媒说合的。不想如今妻弟到来，已将在下的姓名告在府间，如何处置？"那二人听得，便怒从心上起，恶向胆边生。骂道："不知生死的老贼驴！你前日议亲的时节，誓也不知罚了许多！只看婚约是何人写的？如今却放出这个屁来！我晓得你嫌韩生贫穷，生此奸计。那韩生是才子，须不是穷到底的。我们动了三学朋友去见上司，怕不打断你这老驴的腿！管教你女儿一世不得嫁人！"金朝奉却待分辨，二人毫不理他，一气走到韩家来，对子文说知缘故。

那子文听罢，气得呆了半晌，一句话也说不出。又定了一会儿，张、李

二人只是气愤愤的要拉了子文，合起学中朋友见官。到是子文劝他道："二兄且住！我想起来，那老驴既不愿联姻，就是夺得那女子来时，到底也不和睦。吾辈若有寸进，怕没有名门旧族来结丝萝？这一个富商，又非大家，直恁稀罕！况且他有的是钱财，官府自然为他的。小弟家贫，也那有闲钱与他打官司？他年有了好处，不怕没有报冤的日子。有烦二兄去对他说，前日聘金原是五十两，若肯加倍赔还，就退了婚也得。"二人依言。

子文就开拜匣，取了婚书吉帖与那头发，一同的望着典铺中来。张、李二人便将上项的言语说了一遍。金朝奉大喜道："但得退婚，免得在下受累，哪在乎这几十两银子！"当时就取过天平，将两个元宝共兑了一百两之数，交与张、李二人收着，就要子文写退婚书，兼讨前日婚约、头发。子文道："且完了官府的事情，再来写退婚书及奉还原约未迟。而今官事未完，也不好轻易就是这样还得。总是银子也未就领去不妨。"程朝奉又取二两银子，送了张、李二生，央他出名归息。二生就讨过笔砚，写了息词（申请撤销诉讼的状词），同着原告、被告、中证一行人进府里来。

吴太守方坐晚堂，一行人就将息词呈上。太守从头念一遍道："劝息人张四维、李俊卿，系天台县学生。窃微人金声，有女已受程氏之聘，因迁居天台，道途修阻，女年及笄，程氏音信不通，不得已再许韩生，以致程氏斗争成讼。兹金声愿还聘礼，韩生愿退婚姻，庶不致寒盟于程氏。维等忝（tiǎn，有愧于）为亲戚，意在息争，为此上禀。"原来那吴太守是闽中一个名家，为人公平正直，不爱那有"贝"字的"财"，只爱那无"贝"字的"才"。自从前日准过状子，乡绅就有书来，他心中已晓得是有缘故的了。当下看过息词，抬头看了韩子文风采堂堂，已自有几分欢喜。便教："唤那秀才上来。"韩子文跪到面前，太守道："我看你一表人才，决不是久困风尘的。就是我招你为婿，也不枉了。你却如何轻聘了金家之女，今日又如何就肯轻易退婚？"那韩子文是个点头会意的人。他本等不做指望了，不想着太守心里为他，便转了口道："小生如何舍得退婚！前日初聘的时节，金声朝天设誓，犹恐怕不足为信，复要金声写了亲笔婚约，张、李二生都是同议的。如今现有‘不曾许聘他人’句可证。受聘之后，又回却青丝发一缕，小生至今藏在身边，朝夕把玩，就如见我妻子一般。如今一旦要把萧郎做个路人看待，却如何甘心得过？程氏结姻，从来不曾见说。只为贫不敌富，所以无端生出是非。”说罢，便噙下泪来。恰好那吉帖、婚书、头发都在袖中，随即一并呈上。

太守仔细看了，便教把程元、赵孝远远的另押在一边去。先开口问金声道：“你女儿曾许程家么？”金声道：“爷爷，实是许的。”又问道：“既如此，不该又与韩生了。”金声道：“只为点绣女事急，仓促中，不暇思前算后，做此一事，也是出于无奈。”又问道：“那婚约可是你的亲笔？”金声道：“是。”又问道：“那上边写道‘自幼不曾许聘何人’，却怎么说？”金声道：“当时只要成事，所以一一依他，原非实话。”太守见他言辞反复，已自怒形于色。又问道：“你与程元结亲，却是几年几月几日？”金声一时说不出来，想了一回，只得扭捏道是某年某月某日。

太守喝退了金声，又叫程元上来问道：“你聘金家女儿，有何凭据？”程元道：“六礼既行，便是凭据了。”又问道：“原媒何在？”程元道：“原媒自在徽州，不曾到此。”又道：“你媳妇的吉帖，拿与我看。”程元道：“一时失带在身边。”太守冷笑了一声，又问道：“你何年何月何日与他结姻的？”程元也想了一回，信口诌道是某年某月某日。与金声所说日期，分毫不相合了。太守心里已自了然，便再唤那赵孝上来问道：“你做中证，却是哪里人？”赵孝道：“是本府人。”又问道：“既是台州人，如何晓得徽州事体？”赵孝道：“因为与两家有亲，所以知道。”太守道：“既如此，你可记得何年月日结姻的？”赵孝也约莫着说个日期，又与两人所言不相对了。原来他三人见投了息词，便道不消费得气力，把那答应官府的说话都不曾打得照会。谁想太爷一个个地盘问起来，那些衙门中人虽是受了贿赂，因惮太守严明，谁敢在旁边帮衬一句！自然露出马脚。

那太守就大怒道："这一班光棍奴才，敢如此欺公罔法！且不论没有点绣女之事，就是愚民惧怕时节，金声女儿若果有程家聘礼为证，也不消再借韩生做躲避之策了。如今韩生吉帖、婚书并无一毫虚谬；那程元却都是些影响之谈。况且既为完姻而来，岂有不与原媒同行之理？至于三人所说结姻年月日期，各自一样，这却是何缘故？那赵孝自是台州人，分明是你们要寻个中证，急切里再没有第三个徽州人可央，故此买他出来的。这都只为韩生贫穷，便起不良之心，要将女儿改适内侄。一时通同合计，遭此奸谋，再有何说？"便伸手抽出签来，喝叫把三人各打三十板。三人连声叫苦。韩子文便跪上禀道："大人既与小生做主，成其婚姻，这金声便是小生的岳父了。不可结了冤仇，伏乞饶恕。"太守道："金声看韩生分上，饶他一半；原告、中证，却饶不得。"当下各各受责，只为心里不打点得，未曾用得杖钱，一个个打得皮开肉绽，叫喊连天。那韩子文、张安国、李义才三人在旁边，暗暗的欢喜。这正应着金朝奉往年所设之誓。

太守便将息词涂坏，提笔判曰："韩子贫惟四壁，求淑女而未能；金声富累千箱，得才郎而自弃。只缘择婿者，原乏知人之鉴，遂使图婚者，爰（yuán，于是）生速讼之奸。程门旧约，两两无凭；韩氏新姻，彰彰可据。百金即为婚具，幼女准属韩生。金声、程元、赵孝构衅（制造争端）无端，各行杖警！"判毕，便将吉帖、婚书、头发一齐付了韩子文。

一行人辞了太守出来。程朝奉做事不成，羞惭满面，却被韩子文一路千老驴万老驴的骂，又道："做得好事！果然做得好事！我只道打来是不痛的。"程朝奉只得忍气吞声，不敢回答一句。又害那赵孝打了屈棒，免不得与金朝奉共出些遮羞钱与他，尚自喃喃呐呐的怨怅。这教做"赔了夫人又折兵"。当下各自散讫。

韩子文经过了一番风波，恐怕又有甚么变卦，便疾忙将这一百两银子，备了些催装速嫁之类，择个吉日，就要成亲。仍旧是张李二生请期通信。金朝奉见太守为他，不敢怠慢，欲待与舅子到上司做些手脚，又少不得经由府县的，正所谓敢怒而不敢言，只得一一听从。花烛之后，朝霞见韩生气宇轩昂，丰神俊朗，才貌甚是相当，那里管他家贫。自然你恩我爱，少年夫妇，极尽颠鸾倒凤之欢，倒怨怅父亲多事。真个是：早知灯是火，饭熟已多时。自此无话。

次年，宗师田洪录科，韩子文又得吴太守一力举荐，拔为前列。春秋两闱，联登甲第，金家女儿已自做了夫人。丈人思想前情，惭悔无及。若预先知有今日，就是把女儿与他为妾也情愿了。有诗为证：

蒙正当年也困穷，休将肉眼看英雄！
堪夸仗义人难得，太守廉明即古洪。

赵六老舐犊丧残生 张知县诛枭成铁案

百行孝为先，每个人都是父母所生，父母所养，若违背了孝德伦理，那便是天理不容，终会尝得报应滋味！在“孝”与“不孝”这个问题上，本篇的故事十分发人深省。

赵聪从小被赵六老夫妻溺爱无度，婚后与父母分开居住，完全不行赡养父母之责，赵老娘病死，赵聪连棺材钱都不肯出，赵六老穷困孤苦，还背着为儿子娶亲时的债务。奈何讨债人上门，赵六老无钱可出，只好半夜去盗儿子财物，结果被赵聪当作贼人活活砍死。此案按理来讲，赵聪本无有意杀人之罪，然知县张晋为人公正，判赵聪不孝之罪，令人拍手称快！

诗曰：

从来父子是天伦，凶暴何当逆自亲？

为说慈乌能反哺，应教飞鸟骂伊人。

话说人生极重的是那“孝”字，盖因为父母的，自乳哺三年，直盼到儿子长大，不知费尽了多少心力。又怕他三病四痛，日夜焦劳。又指望他聪明成器，时刻注意。抚摩鞠育，无所不至。《诗》云：“哀哀父母，生我劬（qú，过分劳苦）劳。欲报之德，昊天罔极。”说到此处，就是卧冰、哭竹、扇枕温衾，也难报答万一。况乃锦衣玉食，归之自己，担饥受冻，委之二亲，漫然视若路人，甚而等之仇敌，败坏彝伦（人伦），灭绝天理，直狗彘之所不为也！

如今且说一段不孝的故事，从前寡见，近世罕闻。正德年间，松江府城有一富民姓严，夫妻两口儿过活。三十岁上无子，求神拜佛，无时无处不将此事挂在念头上。忽一夜，严娘子似梦非梦间，只听得空中有人说道：“求来子，终没耳；添你丁，减你齿。”严娘子分明听得，次日，即对严公说知，却不解其意。自此以后，严娘子便觉得眉低眼慢，乳胀腹高，有了身孕。怀胎十月，历尽艰辛，生下一子，眉清目秀。夫妻二人，欢喜倍常。万事多不要紧，只愿他易长易成。光阴荏苒，又早三年。那时也倒聪明俗俐，做爷娘的百依百顺，没一事违拗了他。休说是世上有的物事，他要时定要寻来，便是天上的星，河里的月，也恨不得爬上天捉将下来，钻入河捞将出去。似此情状，不可胜数。又道是：“棒头出孝子，箸头出忤逆。”为是严家夫妻养娇了这孩儿，到得大来，就便目中无人，天王也似的大了。却是为他有钱财使用，又好结识那一班惨刻狡滑、没天理的衙门中人，多只是奉承过去，那个敢与他一般见识？却又极好樗蒲（赌博。樗，chū），搭着一班儿伙伴，多是高手的赌贼。那些人贪他是出钱施主，当面只是甜言蜜语，谄笑胁肩，赚他

上手。他只道众人真心喜欢，且十分帮衬，便放开心地，大胆呼卢（赌博），把那黄白之物，无算的暗消了去。严公时常苦劝，却终久溺着一个爱字，三言两语，不听时也只索罢了。岂知家私有数，经不得十博九空。似此三年，渐渐凋耗。

严公原是积攒上头起家的，见了这般情况，未免有些肉痛。一日，有事出外，走过一个赌访，只见数十来个人团聚一处，在那里喧嚷。严公望见，走近前来伸头一看，却是那众人裹着他儿子讨赌钱。他儿子分说不得，你拖我扯，无计可施。严公看了，恐怕伤坏了他，心怀不忍，挨开众人。将身蔽了孩儿，对众人道："所欠钱物，老夫自当赔偿。众弟兄各自请回，明日到家下拜纳便是。"一头说，一手且扯了儿子，怒愤愤的投家里来。关上了门，采了他儿子头发，硬着心，做势要打，却被他挣扎脱了。严公赶去扯住不放，他掇转身来，望严公脸上只一拳，打了满天星，昏晕倒了。儿子也自慌张，只得将手扶时，原来打落了两个门牙，流血满胸。儿子晓得不好，且望外一溜走了。严公半响方醒，愤恨之极，道："我做了一世人家，生这样逆子，荡了家私，又几乎害我性命，禽兽也不如了！还要留他则甚？"一径走到府里来，却值知府升堂，写着一张状子，以打落牙齿为证，告了忤逆。知府准了状，当日退堂，老儿且自回去。

却有严公儿子平日最爱的相识，一个外郎，叫做丘三，是个极狡黠奸诈的。那时见准了这状，急急出衙门，寻见了严公儿子，备说前事。严公儿子着忙，恳求计策解救。丘三故意作难。严公儿子道："适带得赌钱三两在此，权为使用，是必打点救我性命则个。"丘三又故意迟延了半晌，道："今日晚了，明早府前相会，我自有话对你说。"严公儿子依言，各自散讫。

次早，俱到府前相会。严公儿子问："有何妙计？幸急救我！"丘三把手招他到一个幽僻去处，说道："你来，你来。对你说。"严公儿子便以耳接着丘三的口，等他讲话。只听得趷啅（kē zhuò，象声词）一响，严公儿子大叫一声，疾忙掩耳，埋怨丘三道："我百般求你解救，如何倒咬落我的耳朵？却不恁地与你干休！"丘三冷笑道："你耳朵原来却恁地值钱？你家老儿牙齿恁地不值钱？不要慌！如今却真对你说话，你慢些只说如此如此，便自没事。"严公儿子道："好计！虽然受些痛苦，却得干净了身子。"

随后府公开厅，严公儿子带到。知府问道："你如何这般不孝，只贪赌傅，怪父教诲，甚而打落了父亲门牙，有何理说？"严公儿了位道："爷爷青天在上，念小的焉敢悖伦胡行？小的偶然出外，见赌房中争闹，立定闲看。谁知小的父亲也走将来，便疑小的亦落赌场，采了小的回家痛打。小的吃打不过，不合伸起头来，父亲便将小的毒咬一口，咬落耳朵。老人家齿不坚牢，一时性起，遂至坠落。岂有小的打落之理？望爷爷明镜照察！"知府教上去验看，果然是一只缺耳，齿痕尚新，上有凝血。信他言词是实，微微的笑道："这情是真，不必再问了。但看赌钱可疑，父齿复坏，贵杖十板，赶出免拟。"

严公儿子喜得无恙归家，求告父母道："孩儿愿改从前过失，侍奉二亲。官府已贵罚过，任父亲发落。"老儿昨日一口气上到府告宫，过了一夜，又见儿子已受了官刑，只这一番说话，心肠已自软了。他老夫妻两个原是极溺爱这儿子的，想起道："当初受孕之时，梦中四句言语说：'求来子，终没耳；添你丁，减你齿。'今日老儿落齿，儿子啮（niè，咬）耳，正此验也。这也

是天数，不必说了。”自此，那儿子当真守分孝敬二亲，后来却得善终。这叫作改过自新，皇天必宥（yòu，宽容）。

如今再说一个肆行不孝，到底不悛，明彰报应的。

某朝某府某县，有一人姓赵，排行第六，人多叫他做赵六老。家声清白，囊橐（口袋。橐，tuò）肥饶。夫妻两口，生下一子，方离乳哺，是他两人心头的气，身上的肉。未生下时，两人各处许下了诸多香愿。只此一节上，已为这儿子费了无数钱财。不期三岁上出起痘来，两人终夜无寐，遍访名医，多方觅药，不论资财。只求得孩儿无恙，便杀了身己，也自甘心。两人忧疑惊恐，巴得到痘花回好，就是黑夜里得了明珠，也没得这般欢喜。看看调养得精神完固，也不知服了多少药料，吃了多少辛勤，坏了多少钱物。殷殷抚养，到了六七岁，又要送他上学。延（请）一个老成名师，择日叫他拜了先生，取个学名唤作赵聪。先习了些《神童》《千家诗》，后习《大学》。两人又怕儿子辛苦了，又怕先生拘束他，生出病来，每日不上读得几句书便歇了。那赵聪也倒会体贴他夫妻两人的意思，常只是诈病佯疾，不进学堂；两人却是不敢违拗了他。那先生看了这些光景，口中不语，心下思量道：“这真叫作禽犊之爱！适所以害之耳。养成于今日，后悔无及矣。”却只是冷眼旁观，任主人家措置。

过了半年三个月，忽又有人家来议亲，却是一个宦户人家，姓殷，老儿曾任太守，故了。赵六老却要扳高，央媒求了口帖，选了吉日，极浓重地下了一副谢允礼（旧俗男方答谢女方同意订婚所送的财礼）。自此聘下了殷家女子。逢时致时，逢节致节，往往来来，也不知费用了多少礼物。

韶光短浅，赵聪因为娇养，直挨到十四岁上才读完得经书，赵六老还道是他出人头地，欢喜无限。十五六岁，免不得教他试笔作文。六老此时为这儿子面上，家事已弄得七八了。没奈何，要儿子成就，情愿借贷延师，又重币延请一个饱学秀才，与他引导。每年束脩五十金，其外节仪（节日礼物）与夫供给之盛，自不必说。那赵聪原是个极贪安宴（安逸），十日九不在书房里的，做先生到落得吃自在饭，得了重资，省了气力。为此就有那一班不成才、没廉耻的秀才，便要谋他馆谷（酬金）；自有那有志向诚实的，往往却之不就。此之谓贤愚不等。

话休絮烦，转眼间又过了一个年头。却值文宗考童生，六老也叫赵聪没张没致地前去赴考。又替他钻刺央人情，又在自折了银子。考事已过，六老又思量替儿了毕姻，却是手头委实有些窘迫了，又只得央中写契，借到某处银四百两。那中人叫作王三，是六老平日专托他做事的。似此借票，已写过了几纸，多只是他居间。其时在刘上户家借了四百银子，交与六老，便将银备办礼物，择日纳采，订了婚期。过了两月，又近吉日，却又欠接亲之费。六老只得东挪西凑，寻了几件衣饰之类，往典铺中解了四十两银子，却也不勾使用，只得又寻了王三，写了一纸票，又往褚员外家借了六十金，方得发迎会亲。殷公子送妹子过门，赵六老极其殷勤谦让，吃了五七日筵席，各自散了。

小夫妻两口恩爱如山，在六老间壁一个小院子里居住，快活过日。殷家女子到百般好，只有些儿毛病：专一恃贵自高，不把公婆看在眼里；且又十分悭吝，一文半贯，惯会唆那丈夫做些惨刻（凶狠恶毒）之事。若是殷家女子贤慧时，劝他丈夫学好，也不到得后来惹出这场大事了！自古妻贤夫祸少，应知子孝父心宽。这是后话。

却说那殷家嫁资丰富，约有三千金财物。殷氏收拿，没一些

儿放空。赵六老供给儿媳，唯恐有甚不到处，反十分小心；儿媳两个，倒嫌长嫌短的不象意。光阴迅速，又早三年。赵老娘因害痰火病，起不得床，一发把这家事托与媳妇拿管。殷氏承当了，供养公婆，初时也尚像样，渐渐半年三个月，要茶不茶，要饭不饭。两人受淡不过，有时只得开口，勉强取讨得些，殷氏便发话道："有什么大家事交割与我？却又要长要短，原把去自当不得？我也不情愿当这样的吃苦差使，到终日搅得不清净。"赵六老闻得，忍气吞声。实是没有什么家计分授与他，如何好分说得？叹了口气，对妈妈说了。妈妈是个积病之人，听了这些声响，又看了儿媳这一番怠慢光景，手中又十分窘迫，不比三年前了。且又索债盈门，箱笼中还剩得有些衣饰，把来偿利，已准过七八了。就还有几亩田产，也只好把与别人做利。赵妈妈也是受用过来的，今日穷了，休说是外人，嫡亲儿媳也受他这般冷淡。回头自思，怎得不恼？一气气得头昏眼花，饮食多绝了。儿媳两个也不到床前去看视一番，也不将些汤水调养病人，每日三餐，只是这几碗黄齑，好不苦恼！挨了半月，痰喘大发，呜呼哀哉，伏维尚飨（去世）了。儿媳两个免不得干号了几声，就走了过去。

赵六老跌脚捶胸，哭了一回，走到间壁去，对儿子道："你娘今日死了，实是囊底无物，送终之具，一无所备。你可念母子亲情，买口好棺木盛殓，后日择块坟地殡葬，也见得你一片孝心。"赵聪道："我哪里有钱买棺？不要说是好棺木价重买不起，便是那轻敲杂树的，也要二三两一具，叫我哪得东西去买？前村李作头家，有一口轻敲些的在那里，何不去赊了来？明日再做理会。"六老噙着眼泪，怎敢再说？只得出门到李作头家去了。

且说赵聪走进来对殷氏道："俺家老儿，一发不知进退了，对我说要讨件好棺木盛殓老娘。我回说道：'休说好的，便是歹的，也要二三两一个。'我叫他且到李作头赊了一具轻敲的来，明日还价。"殷氏便接口道："那个还价？"赵聪道："便是我们舍个头痛，替他胡乱还些罢。"殷氏怒道："你哪里有钱来替别人买棺材？买与自家了不得？要买时，你自还钱！老娘却是没有。我又不曾受你爷娘一分好处，没事便兜揽这些来打搅人！松了一次，便有十次，还他十个没有，怕怎地！”赵聪顿口无言，道：“娘子说得是，我则不还便了。”随后，六老雇了两个人，抬了这具棺材到来，盛殓了妈妈。大家举哀了一场，将一杯水酒浇奠了，停柩在家。儿媳两个也不守灵，也不做什么盛羹饭，每日仍只是这几碗黄齑，夜间单留六老一人冷清清的在灵前伴宿。六老有好气没好气，想了便哭。

过了两七，李作头来讨棺银。六老道：“去替我家小官人讨。”李作头依言去对赵聪道：“官人家赊了小人棺木，幸赐价银则个。”赵聪光着眼，啐了一声道：“你莫不见鬼了！你眼又不瞎，前日是那个来你家赊棺材，便与那个讨，却如何来与我说？”李作头道：“是你家老官来赊的。方才是他叫我来与官人讨。”赵聪道：“休听他放屁！好没廉耻！他自有钱买棺材，如何图赖得人？你去时便去，莫要讨老爷怒发！”且背叉着手，自进去了。李作头回来，将这段话对六老说知。六老纷纷泪落，忍不住哭起来。李作头劝住了道：“赵老官，不必如此！没有银子，便随分什么东西准两件与小人罢了。”赵六老只得进去，翻箱倒笼，寻得三件冬衣，一根银鏾（xiàn）子，把来准与李作头去了。

忽又过了七七四十九，赵六老原也有些不知进退，你看了买棺一事，随你怎么，也不可求他了。到得过了断七，又忘了这段光景，重复对儿子道：“我要和你娘寻块坟地，你可主张则个。”赵聪道：“我晓得甚么主张？我又不是地理师，哪晓寻甚么地？就是寻时，难道有人家肯白送？依我说时，只好拣个日子送去东村烧化了，也倒稳当。”六老听说，默默无言，眼中吊泪。赵聪也不再说，竟自去了。六老心下思量道：“我妈妈做了一世富家之妻，岂知死后无葬身之所？罢！罢！这样逆子，求他则甚！再检箱中，看有些少物件解当些来买地，并作殡葬之资。”六老又去开箱，翻前翻后，检得两套衣服，一只金钗，当得六两银子，将四两买了三分地，余二两唤了四个和尚，做些功果，雇了几个扛夫抬出去殡葬了。六老喜得完事，且自归家，随

缘度日。

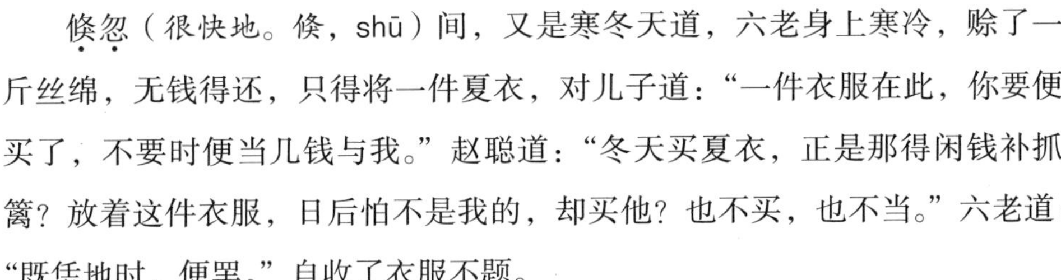

倏忽（很快地。倏，shū）间，又是寒冬天道，六老身上寒冷，赊了一斤丝绵，无钱得还，只得将一件夏衣，对儿子道：“一件衣服在此，你要便买了，不要时便当几钱与我。”赵聪道：“冬天买夏衣，正是那得闲钱补抓篱？放着这件衣服，日后怕不是我的，却买他？也不买，也不当。”六老道：“既恁地时，便罢。”自收了衣服不题。

却说赵聪便来对殷氏说了，殷氏道：“这却是你呆了！他见你不当时，一定便将去解铺中解了，日后一定没了。你便将来胡乱当他几钱，不怕没便宜。”赵聪依允，来对六老道：“方才衣服，媳妇要看一看，或者当了，也不可知。”六老道：“任你将去不妨，若当时只是七钱银子也罢。”赵聪将衣服与殷氏看了，殷氏道：“你可将四钱去，说如此时便足了，要多时回他便罢。”赵聪将银付与六老，六老哪里敢嫌多少，欣然接了。赵聪便写一纸短押，上写“限五月没”，递与六老去了。六老看了短押，紫涨了面皮，把纸扯得粉碎，长叹一声道：“生前作了罪过，故令亲子报应。天也！天也！”怨恨了一回，过了一夜。次日起身梳洗，只见那作中的王三蓦地走将进来，六老心头吃了一跳，面如土色。正是：入门休问荣枯事，观看容颜便得知。王三施礼了，便开口道：“六老莫怪惊动！便是褚家那六十两头，虽则年年清利，却则是些贷钱准折，又还得不爽利。今年他家要连本利清楚。小人却是无说话回他，六老遮莫（莫要）做一番计较，清楚了这一项，也省多少口舌，免得门头不清净。”六老叹口气道：“当初要为这逆子做亲，负下了这几主重债，年年增利，囊橐一空。欲待在逆子处那借来奉还褚家，争奈他两个丝毫不肯放空。便是老夫身衣口食，日常也不能如意，那有钱来清楚这一项银？王兄幸作方便，善为我辞，宽限几时，感恩非浅！”王三变了面皮道：“六老，说那里话？我为褚家这主债上，馋唾多分说干了。你却不知他家上门上户，只来寻我中人。我却又不得了几许中人钱，没来由讨这样不自在吃？只是当初做差了事，没摆布了。他家动不动要着人来坐催，你却还说这般懈话！就是你手头来不及时，当初原为你儿子做亲借的，便和你儿子那借来还，有甚么不是处？我如今不好去回话，只坐在这里罢了。”六老听了这一番话，眼泪汪汪，无言可答，虚心冷气地道：“王兄见教极是，容老夫和这逆子计议便了。王兄暂请回步，来早定当报命。”王三道，“是则是了，却是我转了背，不可就便放松！又不图你一碗儿茶，半钟儿酒，着甚来历？”摊手摊脚，也不作别，竟走出去了。

六老没极奈何，寻思道：“若对赵聪说时，又怕受他冷淡；若不去说时，实是无路可通。老王说也倒是，或者当初是为他借的，他肯挪移也未可知。”要一步，不要一步，走到赵聪处来，只见他们闹闹热热，炊烟盛举。六老问道：“今日为甚事忙？”有人答应“殷家大公子到来，留住吃饭，故此忙。”六老垂首丧气，只得回身。肚里思量道：“殷家公子在此留饭，我为父的也不值得带挈（照顾）一带挈？且看他是如何。”停了一会儿，只见依旧搬将那平时这两碗黄糙饭来，六老看了喉咙气塞，也吃不落。

那日，赵聪和殷公子吃了一口酒，六老不好去唐突，只得歇了。次早走将过去，回说：“赵聪未曾起身。”六老呆呆地等了个把时辰，赵聪走出来道：“清清早早，有甚话说？”六老倒赔笑道：“这时候也不早了。有一句紧要说话，只怕你不肯依我。”赵聪道：“依得时便说，依不得时便不必说！有什么依不依？”六老半嗫半嚅地道：“日前你做亲时，曾借下了褚家六十两银子，年年清利。今年他家连本要还，我却怎地来得及？本钱料是不能勾，只好依旧上利。我实在是手无一文，别样本也不该对你说，却是为你做亲借的，为此只得与你挪借些还他利钱则个。”赵聪怫然变色，摊着手道：“这却不是笑话！恁他说时，原来人家讨媳妇多是儿子自己出钱？等我去各处问一问看，是如此时，我还便了。”六老又道：“不是说要你还，只是目前挪借些个。”赵聪道：“有甚挪借不挪借？若是后日有得还时，他们也不是这般讨得紧了。昨日殷家阿勇有准盒礼银五钱在此，待我去问媳妇，肯时，将去做个东道，请请中人，再挨几时便是。”说罢自进去了。六老想道：“五钱银子干

什么事？况又去与媳妇商量，多分是水中捞月了。”

等了一会儿，不见赵聪出来，只得回去。却见王三已自坐在那里，六老欲待躲避，早被他一眼瞧见。王三迎着六老道：“昨日所约如何？褚家又是三五替人我家来过了。”六老舍着羞脸说道：“我家逆子，分毫不肯通融。本钱实是难处，只得再寻些货物，谁过今年利钱，容老夫徐图。望乞方便。”一头说，一头不觉地把双膝屈了下去。王三歪转了头，一手扶六老，口里道：“怎地是这样！既是有货物准得过时，且将去准了。做我不着，又回他过几时。”六老便走进去，开了箱子，将妈妈遗下几件首饰衣服，并自己穿的这几件直身，捡一个空，尽数将出来，递与王三。王三宽打料账，结勾了二分起息十六两之数，连箱子将了去了。六老此后身外更无一物。

话休絮烦。隔了两日，只见王三又来索取那刘家四百两银子利钱，一发重大。六老手足无措，只得诡说道：“已和我儿子借得两个元宝在此，待将去倾销一倾销，且请回步，来早拜还。”王三见六老是个诚实人，况又不怕他走了那里去，只得回家。六老想道：“虽然哄了他去，这疖少不得要出脓，怎赖得过？”又走过来对赵聪道：“今日王三又来索刘家的利钱，吾如今实是

只有这一条性命了，你也可怜见我生身父母，救我一救！”赵聪道：“没事又将这些说话来恐吓人，便有些得替还了不成？要死便死了，活在这里也没干！”六老听罢，扯住赵聪，号天号地地哭，赵聪奔脱了身，竟进去了。有人劝住了六老，且自回去。六老千思万想，若王三来时，怎生措置？人极计生，六老想了半日，忽然地道：“有了，有了。除非如此如此，除了这一件，真便死也没干。”看看天色晚来，六老吃了些夜饭自睡。

却说赵聪夫妻两个，吃罢了夜饭，洗了脚手，吹灭了火去睡。赵聪却睡不稳，清眠在床。只听得房里有些脚步响，疑是有贼，却不作声。原来赵聪因有家资，时常防贼，做整备的。听了一会儿，又闻得门儿隐隐开响，渐渐有些窸窣之声，将近床边。赵聪只不作声，约莫来得切近，悄悄的床底下拾起平日藏下的斧头，趁着手势一劈，只听得扑地一响，望床前倒了。赵聪连忙爬起来，踏住身子，再加两斧，见寂然无声，知是已死。慌忙叫醒殷氏道：“房里有贼，已砍死了。”点起火来，恐怕外面还有伴贼，先叫破了地方邻舍。多有人走起来救护，只见墙门左侧老大一个壁洞，已听见赵聪叫道：

“砍死了一个贼在房里。”一齐拥进来看，果然一个死尸，头劈做了两半。众人看了，有眼快地叫道：“这却不是赵六老！”众人仔细齐来相了一回，多道：“是也，是也。却为甚做贼偷自家的东西？却被儿子杀了，好蹊跷作怪的事！”有的道：“不是偷东西，敢是老没廉耻要扒灰（公公与儿媳通奸），儿子愤恨，借这个贼名杀了。”那老成的道：“不要胡嘈！六老平生不是这样人。”赵聪夫妻实不知是什么缘故，饶你平时好猾，到这时节不由你不呆了。一头假哭，一头分说道：“实不知是我家老儿，只认是贼，为此不问事由杀了。只看这墙洞，须知不是我故意的。”众人道：“既是做贼来偷，你夜晚间不分皂白，怪你不得。只是事体重大，免不得报官。”哄了一夜，却好天明。众人押了赵聪到县前去。这里殷氏也心慌了，收拾了些财物暗地到县里打点去使用。

那知县姓张，名晋，为人清廉正直，更兼聪察非常。那时升堂，见众人押这赵聪进来，问了缘故，差人相验了尸首。张晋道是：“以子杀父，该问十恶重罪。”旁边走过一个承行孔目，禀道：“赵聪以子杀父，罪犯宜重；却实是夤夜（寅时的黑夜，为凌晨三点至五点。夤，yín）拒盗，不知是父，又不宜坐大辟（死刑）。”那些地方里邻也是一般说话。张晋由众人说，径提起笔来判道：“赵聪杀贼可恕，不孝当诛！子有余财，而使父贫为盗，不孝明矣！死何辞焉？”判毕，即将赵聪重责四十，上了死囚枷，押入牢里。众人谁敢开口？况赵聪那些不孝的光景，众人一向久闻。见张晋断得公明，尽皆心服。张晋又责令收赵聪家财，买棺殡殓了六老。殷氏纵有扑天的本事，敌国的家私，也没门路可通，只好多使用些银子，时常往监中看觑赵聪一番。不想进监多次，惹了牢瘟，不上一个月死了，赵聪原是受享过来的，怎熬得囹圄之苦？殷氏既死，没人送饭，饿了三日，死在牢中。拖出牢洞，抛尸在千人坑里。这便是那不孝父母之报。

张晋更着将赵聪一应家财入官，那时刘上户、褚员外并六老平日的债主，多执了原契，禀了张晋。一一多派还了，其余所有，悉行入库。他两个

刻剥了这一生，自己的父母也不能勾近他一文钱钞，思量积攒来传授子孙为永远之计。谁知家私付之乌有，并自己也无葬身之所。要见天理昭彰，报应不爽。正是：

由来天网恢恢，何曾漏却阿谁？
王法还须推勘，神明料不差池。

张溜儿熟布迷魂局
陆蕙娘立决到头缘

礼教言：女子当从一而终。若是嫁一个拐人口诈人财的恶人为妻，再去遵循那礼教便是理也难容，只有及时斩断孽缘才是正道，断不可与之狼狈为奸。

陆蕙娘虽嫁于拐子张溜儿为妻，但不甘沉沦，见赴考书生沈灿若可依靠，便当即做下决定，变骗婚为真婚，随了灿若而去，最后竟做了知县夫人，实在是“慧眼识郎”。

女性抛开传统世俗观念，大胆寻求自己的幸福，自己解救自己于苦海之中，值得敬佩！本篇便刻画了这么一位解放天性、勇敢坚强的女性形象，我们可从陆蕙娘身上体会出一种新型的家庭伦理观念，具有十分深刻的社会意义。

诗曰：

深机密械总徒然，诡计奸谋亦可怜。

赚得人亡家破日，还成捞月在空川。

话说世间最可恶的是拐子。世人但说是盗贼，便十分防备他。不知那拐子，便与他同行同止也识不出弄喧（耍花招）捣鬼，没形没影的做将出来，神仙也猜他不到，倒在怀里信他。直到事后晓得，已此追之不及了。这却不是出跳（出挑，出众）的贼精，隐然的强盗？

今说国朝万历十六年，浙江杭州府北门外一个居民，姓扈，年已望六（快六十岁）。妈妈新亡，有两个儿子，两个媳妇，在家过活。那两个媳妇，俱生得有些颜色，且是孝敬公公。一日，爷儿三个多出去了，只留两个媳妇在家。闭上了门，自在里面做生活。那一日大雨淋漓，路上无人行走。日中时分，只听得外面有低低哭泣之声，十分凄惨悲咽，却是妇人声音。从日中哭起，直到日没，哭个不住。两个媳妇听了半日，忍耐不住，只得开门同去外边一看。正是：闭门家里坐，祸从天上来。若是说话的与他同时生，并肩长，便劈手扯住，不放他两个出去，纵有天大的事，也惹他不着。原来大凡妇人家，那闲事切不可管，动止最宜谨慎。丈夫在家时还好，若是不在时，只宜深闺静处，便自高枕无忧，若是轻易揽着个事头，必要缠出些不妙来。

那两个媳妇，当日不合开门出来，却见是一个中年婆娘，人物也倒生得干净。两个见是个妇人，无甚妨碍，便动问道："妈妈何来？为甚这般苦楚？可对我们说知则个。"那婆娘掩着眼泪道："两位娘子听着：老妻在这城外乡间居住。老儿死了，只有一个儿子和媳妇。媳妇是个病块，儿子又十分不孝，动不动将老身骂詈（lì，骂），养赡又不周全，有一顿，没一顿的。今日别口气，与我的兄弟相约了去县里告他忤逆，他叫我前头先走，随后就来。谁想等了一日，竟不见到。雨又落得大，家里又不好回去，枉被儿子媳妇耻笑，左右两难。为此想起这般命苦，忍不住伤悲，不想惊动了两位娘子。多承两位娘子动问，不敢隐瞒，只得把家丑实告。”他两个见那婆娘说得苦恼，又说话小心，便道：“如此，且在我们家里坐一坐，等他来便了。”两个便扯了那婆子进去。说道：“妈妈宽坐一坐，等雨住了回去。自亲骨肉虽是一时有些不是处，只宜好好宽解，不可便经官动府，坏了和气，失了体面。”那婆娘道：“多谢两位相劝，老身且再耐他几时。”一递一句，说了一回，天色早黑将下来。婆娘又道：“天黑了，只不见来，独自回去不得，如何好？”两个又道：“妈妈，便在我家歇一夜，何妨？粗茶淡饭，便吃了餐把，那里便费了多少？”那婆娘道：“只是打搅不当。”那婆娘当时就裸起双袖，到灶下去烧火，又与他两人量了些米煮夜饭。揩（kāi，擦）台抹凳，担汤担水，一揽包收，多是他上前替力。两人道：“等媳妇们服侍，甚么道理到要妈妈费气力？”妈妈道：“在家里惯了，是做时便倒安乐，不做时便要困倦。娘子们但有事，任凭老身去做不妨。”当夜洗了手脚，就安排他两个睡了，那婆娘方自去睡。次日清早，又是那婆娘先起身来，烧热了汤，将昨夜剩下米煮了早饭，拂拭净了椅桌。力力碌碌，做了一朝，七了八当（形容十分妥帖）。两个媳妇起身，要东有东，要西有西，不费一毫手脚，便有七八分得意了。便两个商议道：“那妈妈且是熟分肯做，他在家里不象意，我们这里正少个人相帮。公公常说要娶个晚婆婆，我每劝公公纳了他，岂不两便？只是未好与那妈妈启得齿。但只留着他，等公公来再处。”

不一日，爷儿三个回来了，见家里有这个妈妈，便问媳妇缘故。两个就把那婆娘家里的事，依他说了一遍。又道：“这妈妈且是和气，又十分勤谨。他已无了老儿，儿子又不孝，无所归了。可怜！可怜！”就把妯娌商量的见识，叫两个丈夫说与公公知道。扈老道：“知他是甚样人家？便好如此草草！且留他住几时着。”口里一时不好应承，见这婆娘干净，心里也欲得的。又过了两日，那老儿没搭煞（不谨慎），黑暗里已自和那婆娘模上了。媳妇们看见了些动静，对丈夫道：“公公常是要娶婆婆，何不就与这妈妈成了这事？省得又去别寻头脑，费了银子。”儿子每也道：“说得是。”多去劝着父亲，媳妇们已自与那婆娘说通了，一让一个肯。摆个家筵席儿，欢欢喜喜，大家吃了几杯，两口儿成合。

过得两日，只见两个人问将来。一个说是妈妈的兄弟，一个说是妈妈的儿子。说道：“寻了好几日，方问得着是这里。”妈妈听见走出来，那儿子拜跪讨饶，兄弟也替他请罪。那妈妈怒色不解，千咒万骂。扈老从中好言劝开。兄弟与儿子又劝他回去。妈妈又骂儿子道：“我在这里吃口汤水，也是安乐的，倒回家里在你手中讨死吃？你看这家媳妇，待我如何孝顺？”儿子见说这话，已此晓得娘嫁了这老儿了。扈老便整酒留他两人吃。那儿子便拜扈老道：“你便是我继父了。我娘喜得终身有托，万千之幸。”别了自去。似此两三个月中，往来了几次。

忽一日，那儿子来说：“孙子明日行聘，请爹娘与哥嫂一门同去吃喜酒。”那妈妈回言道：“两位娘子怎好轻易就到我家去？我与你爷、两位哥哥同来便了。”次日，妈妈同他父子去吃了一日喜酒，欢欢喜喜，醉饱回家。又过了一个多月，只见这个孙子又来登门，说道：“明日毕姻，来请阖家尊长同观花烛。”又道：“是必求两位大娘同来光辉一光辉。”两个媳妇巴不得要认妈妈家里，还悔道前日不去得，赔下笑来应承。

次日盛壮了，随着翁妈丈夫一同到彼。那妈妈的媳妇出来接着，是一个黄瘦有病的。日将下午，那儿子请妈妈同媳妇迎亲，又要请两位嫂子同去。说道：“我们乡间风俗，是女眷都要去的。不然只道我们不敬重新亲。”妈妈对儿子道：“汝妻虽病，今日已做了婆婆了，只消自去，何必烦劳二位嫂

子？”儿子道：“妻子病中，规模不雅，礼数不周，恐被来亲轻薄。两位嫂子既到此了，何惜往迎这片时？使我们好看许多。”妈妈道：“这也是。那两个媳妇，也是巴不得去看看耍子的。妈妈就同他自己媳妇，四人作队儿，一伙下船去了。更余不见来，儿子道：“却又作怪！待我去看一看来。”又去一回，那孙子穿了新郎衣服，也说道：“公公宽坐，孙儿也出门望望去。”摇摇摆摆，踱了出来，只剩得爷儿三个在堂前灯下坐着。等候多时，再不见一个来了。肚里又饥，心下疑惑，两个儿子走进灶下看时，清灰冷火，全不像个做亲的人家。出来对父亲说了，拿了堂前之灯，到里面一照，房里空荡荡，并无一些箱笼衣衾之类，只有几张椅桌，空着在那里。心里大惊道：“如何这等？”要问邻舍时，夜深了，各家都关门闭户了。三人却像热地上蝼蚁，钻出钻入。乱到天明，才问得个邻舍道：“他每一班何处去了？”邻人多说不知。又问：“这房子可是他家的？”邻人道：“是城中杨衙里的，五六月前，有这一家子来租他的住，不知做些甚么。你们是亲眷，来往了多番，怎么倒不晓得细底，却来问我们？”问了几家，一般说话。有个把有见识地道：“定是一伙大拐子，你们着了他道儿，把媳妇骗的去了。”父子三人见说，忙忙若丧家之狗，踉踉跄跄，跑回家去，分头去寻，哪里有个去向？只得告了一纸状子，出个广捕，却是渺渺茫茫的事了。那扈老儿要娶晚婆，他道是白得的，十分便宜。谁知倒为这婆子白白里送了两个后生媳妇！这叫作“贪小失大”，所以为人切不可做那讨便宜苟且之事。正是：

莫信直中直，须防仁不仁。
贪看天上月，失却世间珍。

这话丢过一边。如今且说一个拐儿，拐了一世的人，倒后边反着了一个道儿。这本话，却是在浙江嘉兴府桐乡县内。有一秀才，姓沈名灿若，年可二十岁，是嘉兴有名才子。容貌魁峨（高大壮伟），胸襟旷达。娶妻王氏，姿色非凡，颇称当对。家私丰裕，多亏那王氏守把。两个自道佳人才子，一双两好，端的是如鱼似水，如胶似漆价相得。只是王氏生来娇怯、厌厌弱病尝不离身的。灿若十二岁上进学，十五岁超增补廪，少年英锐，自恃才高一世，视一第何啻（何止。啻，chì）拾芥（事情不费多大气力就能办到）！平时与一班好朋友，或以诗酒娱心，或以山水纵目，放荡不羁。其中独有四个秀才，情好更笃。自古道："惺惺惜惺惺，才子惜才子。"却是嘉善黄平之，秀水何澄，海盐乐尔嘉，同邑方昌，都一般儿你羡我爱，这多是同郡朋友。那他州外府与灿若往来的，不计其数，大约不过是并时的才人。那本县知县姓稽，单讳一个清字，常州江阴县人。平日敬重斯文，喜欢才士，也道灿若是个青云决科之器，与他认了师生，往来相好。是年正是大比（乡试）之年，有了科举。灿若归来打叠衣装，上杭应试，与王氏话别。王氏挨着病躯，整顿了行李，眼中流泪道："官人前程远大，早去早回。奴未知有福分能够与你同享富贵与否？"灿若道："娘子说哪里话？你有病在身，我去后须十分保重！"也不觉掉下泪来。二人执手分别，王氏送出门外，望灿若不见，掩泪自进去了。

灿若一路行程，心下觉得不快。不一日，到了杭州，寻客店安下。匆匆的进过了三场，颇称得意。一日，灿若与众好朋友游了一日湖，大醉回来睡了。半夜，忽听得有人扣门，披衣而起。只见一人高冠敞袖，似是道家壮扮。灿若道："先生贪夜至此，何以教我？

那人道："贫道颇能望气，亦能断人阴阳祸福。偶从东南来此，暮夜无处投宿，因扣尊扃（jiōng，门），多有惊动！"灿若道："既先生投宿，便同榻何妨。先生既精推算，目下榜期在迩，幸将贱造（对自己生辰八字的谦称）推算，未知功名有分与否，愿决一言。"那人道："不必推命，只须望气。观君丰格，功名不患无缘，但必须待尊阃（kǔn，妻室）天年之后，便得如意。我有二句诗，是君终身遭际，君切记之：鹏翼抟（tuán）时歌六忆，鸾胶续处舞双凫（fú）。"灿若不解其意，方欲再问，外面猫儿捕鼠，扑地一响，灿若吃了一跳，却是南柯一梦。灿若道："此梦甚是诧异！那道人分明说，待我荆妻亡故，功名方始称心。我情愿青衿没世也罢，割恩爱而博功名，非吾愿也。"两句诗又明明记得，翻来覆去睡不安稳。又道："梦中言语，信他则甚！明日倘若榜上无名，作速回去了便是。"正想之际，只听得外面叫喊连天，锣声不绝，扯住讨赏，报灿若中了第三名经魁。灿若写了票，众人散讫。慌忙梳洗上轿，见座主，会同年去了。那座师却正是本县稽清知县，那时解元何澄，又是极相知的朋友。黄平之、乐尔嘉、方昌多已高录，俱各欢喜。灿若理了正事，天色傍晚，乘轿回寓。只见那店主赶着轿，慌慌地叫道："沈相公，宅上有人到来，有紧急家信报知，候相公半日了。"灿若听了"紧急家信"四字，一个冲心，忽思量着梦中言语，却似十五个吊桶打水，七上八落。正是：青龙白虎同行，吉凶全然未保。

到得店中下轿，见了家人沈文，穿一身素净衣服，便问道："娘子在家安否？谁着你来寄信？"沈文道："不好说得，是管家李公着寄信来。官人看书便是。"灿若接过书来，见书封筒逆封，心里有如刀割。拆开看罢，方知是王氏于二十六日身故，灿若惊得呆了。却似：分开八片顶阳骨，倾下半桶雪水来。半晌作声不得，蓦然倒地。众人唤醒，扶将起来。灿若咽住喉咙，千妻万妻的哭，哭得一店人无不流泪。道："早知如此，就不来应试也罢，谁知便如此永诀了！"问沈文道："娘子病重，缘何不早来对我说？"沈文道："官人来后，娘子只是旧病恹恹，不为甚重。不想二十六日，忽然晕倒不醒，为此星夜赶来报知。”灿若又硬咽了一回，疾忙叫沈文雇船回家去，也顾不得他事了。暗思一梦之奇，二十七日放榜，王氏却于二十六日间亡故，正应着那“鹏翼抟时歌六忆”这句诗了。

当时整备离店，行不多路，却遇着黄平之抬将来。二人又是同门，相见罢，黄平之道：“观兄容貌，十分悲惨，未知何故？”灿若噙着眼泪，将那得梦情由，与那放榜报丧、今赶回家之事，说了一遍。平之嗟叹不已道：“尊兄且自宁耐，毋得过伤。待小弟见座师与人同袍为兄代言其事，兄自回去不妨。”两人别了。

灿若急急回来，进到里面，抚尸恸哭，几次哭得发昏。择时入殓已毕，停柩在堂。夜间灿若只在灵前相伴。不多时，过了三、四七。众朋友多来吊唁，就中便有说着会试一事的，灿若漠然不顾，道：“我多因这蜗角虚名，赚得我连理枝分，同心结解，如今就把一个会元撇在地下，我也无心去拾他了。”这是王氏初丧时的说话。转眼间，又过了断七。众亲友又相劝道：“尊阃既已夭逝，料无起死回生之理。兄在自灰其志，竟亦何益！况在家无聊，未免有孤栖之叹，同到京师，一则可以观景舒怀，二则人同袍剧谈（畅谈）竟日，可以解愠。岂可为无益之悲，误了终身大事？”灿若吃劝不过，道：“既承列位佳意，只得同走一遭。”那时就别了王氏之灵，嘱咐李主管照管饔饭、香火，同了黄、何、方、乐四友登程，正是那十一月中旬光景。

五人夜住晓行，不则一日来到京师。终日成群挈队，诗歌笑傲，不时往花街柳陌，闲行遣兴。只有灿若没一人看得在眼里。韶华迅速，不觉地换了一个年头，又早上元节过，渐渐的桃香浪暖。那时黄榜动，选场开，五人进过了三场，人人得意，个个夸强。沈灿若始终心下不快，草草完事。过不多时揭晓，单单奚落了灿若，他也不在心上。黄、何、方、乐四人自去传胪（明代称科举第二、三甲第一名为传胪），何澄是二甲，选了兵部主事，带了家眷在京。黄平之到是庶吉士，乐尔嘉选了太常博士，方昌选了行人。稽清知县也行取做刑科给事中，各守其职不题。

灿若又游乐了多时回家，到了桐乡。灿若进得门来，在王氏灵前拜了两拜，哭了一场，备羹饭浇奠了。又隔了两月，请个地理先生，择地殡葬了王氏已讫，那时便渐渐有人来议亲。灿若自道是第一流人品，王氏恁地一个娇妻，兀自无缘消受，再那里寻得一个厮对的出来？必须是我目中亲见，果然象意，方才可议此事。以此多不着紧。

光阴似箭，日月如梭。有话即长，无话即短。却又过了三个年头，灿若又要上京应试，只恨着家里无人照顾。又道是“家无主，屋倒竖”。灿若自王氏亡后，日间用度，箸长碗短，十分的不象意。也思量道：“须是续弦一个掌家娘子方好。只恨无其配偶。”心中闷闷不已。仍把家事，且付与李主管照顾，收拾起程。那时正是八月间天道，金风乍转，时气新凉，正好行路。夜来皓魄当空，澄波万里，上下一碧，灿若独酌无聊，触景伤怀，遂尔口占一曲：露摘野塘秋，下帘笼不上钩，徒劳明月穿窗牖（yǒu）。鸳衾远丢，孤身远游，浮槎（chá）怎得到阳台右？漫凝眸，空临皓魄，人不在月中留。——一词寄《黄莺儿》。吟罢，痛饮一醉，舟中独寝。

话休絮烦，灿若行了二十余日，来到京中。在举厂东边，租了一个下处，安顿行李已好。一日同几个朋友到齐化门外饮酒。只见一个妇人，穿一身缟素衣服，乘着蹇驴，一个闲的，挑了食檑（多层供盛食物、有提梁的盒子。檑，léi）随着，恰像那里去上坟回来的。灿若看那妇人，生得：敷粉太白，施朱太赤。加一分太长，减一分太短。十相具足，是风流占尽无余；一味温柔，差丝毫便不厮称！巧笑倩兮，笑得人魂灵颠倒；美目盼兮，盼得你心意痴迷。假使当时逢妒妇，也言“我见且犹怜”。

灿若见了此妇，却似顶门上丧了三魂，脚底下荡了七魄。他就撇了这些朋友，也雇了一个驴，一步步赶将去，呆呆地尾着那妇人只顾看。那妇人在驴背上，又只顾转一对秋波过来看那灿若。走上了里把路，到一个僻静去处，那妇人走进一家人家去了。灿若也下了驴，心下不舍，钉住了脚在门首呆看。看了一晌，不见那妇人出来。正没理会处，只见内里走出一个人来道：

“相公只望门内观看，却是为何？”灿若道：“造才同路来，见个白衣小娘子走进此门去，不知这家是甚等人家？那娘子是何人？无个人来问问。”那人道：“此妇非别，乃舍表妹陆蕙娘，新近寡居在此，方才出去辞了夫墓，要来嫁人。小人正来与他作伐。”灿若道：“足下高姓大名？”那人道：“小人姓张，因为做事是件顺溜，为此人起一个混名，只叫小人张溜儿。”灿若道：“令表妹要嫁何等样人？肯嫁在外方去否？”溜儿道：“只要是读书人后生些的便好了，地方不论远近。”灿若道：“实不相瞒，小生是前科举人，来此会试。适见令表妹丰姿绝世，实切想慕，足下肯与作媒，必当重谢。”溜儿道：“这事不难，料我表妹见官人这一表人才，也决不推辞的，包办在小人身上，完成此举。”灿若大喜道：“既如此，就烦足下往彼一通此情。”在袖中摸出一锭银子，递与溜儿道：“些小薄物，聊表寸心。事成之后，再容重谢。”溜儿推逊了一回，随即接了。见他出钱爽快，料他囊底充饶，道：“相公，明日来讨回话。”灿若欢天喜地回下处去了。

次日，又到郊外那家门首来探消息，只见溜儿笑嘻嘻地走将来道：“相公喜事上头，恁地出门的早哩！昨日承相公吩咐，即便对表妹说知。俺妹子已自看上了相公，不须三回五次，只说着便成了。相公只去打点纳聘做亲便了。表妹是自家做主的，礼金不计论，但凭相公出得手罢了。”灿若依言，取三十两银子，折了衣饰送将过去，那家也不争多争少，就许定来日过门。

灿若看见事体容易，心里倒有些疑惑起来。又想是北方再婚，说是鬼妻，所以如此相应。至日鼓吹灯轿，到门迎接陆蕙娘。蕙娘上轿，到灿若下处来做亲。灿若灯下一看，正是前日相逢之人，不觉大喜过望，方才放下了心。拜了天地，吃了喜酒，众人俱各散讫。两人进房，蕙娘只去椅上坐着。约莫一更时分，夜阑人静，灿若久旷之后，欲火燔灼（烧灼。燔，fán），便开言道：“娘子请睡了罢。”蕙娘啭莺声吐燕语道：“你自先睡。”灿若只道蕙娘害羞，不去强他，且自先上了床，哪里睡得着？又歇了半个更次，蕙娘兀自坐着。灿若只得又央及道：“娘子日来困倦，何不将息将息？只管独

坐，是甚意思？”蕙娘又道：“你自睡。”口里一头说，眼睛却不转地看那灿若。灿若怕新来的逆了他意，依言又自睡了一会儿，又起来款款问道：“娘子为何不睡？”蕙娘又将灿若上上下下仔细看了一会儿，开口问道：“你京中有甚势要相识否？”灿若道：“小生交游最广。同袍、同年，无数在京，何论相识？”蕙娘道：“既如此，我而今当真嫁了你罢。”灿若道：“娘子又说得好笑。小生千里相遇，央媒纳聘，得与娘子成亲，如何到此际还说个当真当假？”蕙娘道：“官人有所不知，你却不晓得此处张溜儿是有名的拐子。妾身岂是他表妹？便是他浑家。为是妻身有几分姿色，故意叫妻赚人到门，他却只说是表妹寡居，要嫁人，就是他做媒。多有那慕色的，情愿聘娶妾身，他却不受重礼，只要哄得成交，就便送你做亲。叫妾身只做害羞，不肯与人同睡，因不受人点污。到了次日，却合了一伙棍徒，图赖你奸骗良家女子，连人和箱笼尽抢将去。那些被赚之人，客中怕吃官司，只得忍气吞声，明受火囤（利用女色设圈套骗人），如此也不止一个了。前日妾身哭母墓而归，原非新寡。天杀的撞见宫人，又把此计来使。妾每每自思，此岂终身道理？有朝一日惹出事来，并妾此身付之乌有。况以清白之身，暗地迎新送旧，虽无所染，情何以堪！几次劝取丈夫，他只不听。以此妾之私意，只要将计就计，倘然遇着知音，愿将此身许他，随他私奔了罢。今见官人态度非凡，抑且志诚软款，心实欢羡；但恐相从奔走，或被他找着，无人护卫，反受其累。今君既交游满京邸，愿以微躯托之官人。官人只可连夜便搬往别处好朋友家谨密所在去了，方才娶得妾安稳。此是妾身自媒以从官人，官人异日弗忘此情！

灿若听罢，呆了半晌道：“多亏娘子不弃，见教小生。不然，几受其祸。”连忙开出门来，叫起家人打叠行李，把自己喂养的一个蹇驴，驮了蕙娘，家人挑箱笼，自己步行。临出门，叫应主人道：“我们有急事回去了。”晓得何澄带家眷在京，连夜敲开他门，细将此事说与。把蕙娘与行李都寄在何澄寓所。那何澄房尽空阔，灿若也就一宅两院做了下处，不题。

却说张溜儿次日果然纠合了一伙破落户，前来抢人。只见空房开着，人影也无。忙问下处主人道："昨日成亲的举人哪里去了？"主人道："相公连夜回去了。"众人各各呆了一回，大家嚷道："我们随路追去。"一哄地往张家湾乱奔去了。却是诺大所在，何处找寻？原来北京房子，惯是见租与人住，来来往往，主人不来管他东西去向，所以但是搬过了，再无处跟寻的。灿若在何澄处看了两月书，又早是春榜动，选场开。灿若三场满志，正是专听春雷第一声，果然金榜题名，传胪三甲。灿若选了江阴知县，却是稽清的父母。不一日领了凭，带了陆蕙娘起程赴任。却值方昌出差苏州，竟坐了他一只官船到任。陆蕙娘平白地做了知县夫人，这正是"鸾胶续处舞双凫"之验也。灿若后来做到开府而止。蕙娘生下一子，后亦登第。至今其族繁盛，有诗为证：

女侠堪夸陆蕙娘，能从萍水识檀郎。

巧机反借机来用，毕竟强中手更强。

丹客半黍九还 富翁千金一笑

潘富翁不满足于已有财富，贪求更富，便相信了丹客点铅汞为金银的炼丹术，结果中了对方圈套，损了大量钱财。而后并不醒悟，一而再，再而三地求人炼丹，散尽金银不说，还合伙去坑骗别人，最终落得个身无分文、四处行乞的下场。这才终于不再信那炉火之事、黄白之术。

本篇借潘富翁的故事，告诫世人不可贪得无厌，亦不可轻信那点石成金、炼汞成银的美事，求财富应本本分分、勤勤恳恳，以正当手段发家致富，金钱取之有道才是正途。

诗曰：

破布衫巾破布裙，逢人惯说会烧银。

自家何不烧些用？担水河头卖与人。

这四句诗，乃是国朝唐伯虎解元所作。世上有这一伙烧丹炼汞之人，专一设立圈套，神出鬼没，哄那贪夫痴客，道能以药草炼成丹药，铅铁为金，死汞为银。名为“黄白之术”，又叫得“炉火之事”。只要先将银子为母，后来觑个空儿，偷了银子便走，叫作“提罐”。曾有一个道人将此术来寻唐解元，说道：“解元仙风道骨，可以做得这件事。”解元贬驳他道：“我看你身上褛，你既有这仙术，何不烧些来自己用度，却要作成别人？”道人道：“贫道有的是术法，乃造化所忌；却要寻个大福气的，承受得起，方好与他作为。贫道自家却没这些福气，所以难做。看见解元正是个大福气的人，来投合伙，我们术家，叫作‘访外护’。”唐解元道：“这等与你说过：你的法术施为，我一些都不管，我只管出着一味福气帮你；等丹成了，我与你平分便是。”道人见解元说得蹊跷，晓得是奚落他，不是主顾，飘然而去了。所以唐解元有这首诗，也是点明世人的意思。

却是这伙里的人，更有花言巧语，如此说话说他不倒的。却是为何？他们道：“神仙必须度世，妙法不可自私。必竟有一种具得仙骨，结得仙缘的，方可共炼共修，内丹成，外丹亦成。”有这许多好说话。这些说话，何曾不是正理？就是炼丹，何曾不是仙法？却是当初仙人留此一种丹砂化黄金之法，只为要广济世间的人。尚且纯阳吕祖虑他五百年后复还原质，误了后人，原不曾说道与你置田买产，蓄妻养子，帮做人家的。只如杜子春遇仙，在云台观炼药将成，寻他去做“外护”，只为一点爱根不断，累他丹鼎飞败。如今这些贪人，拥着娇妻美妾，求田问舍，损人肥己，掂斤播两，何等肚肠！寻着一伙酒肉道人，指望炼成了丹，要受用一世，遗之子孙，岂不痴

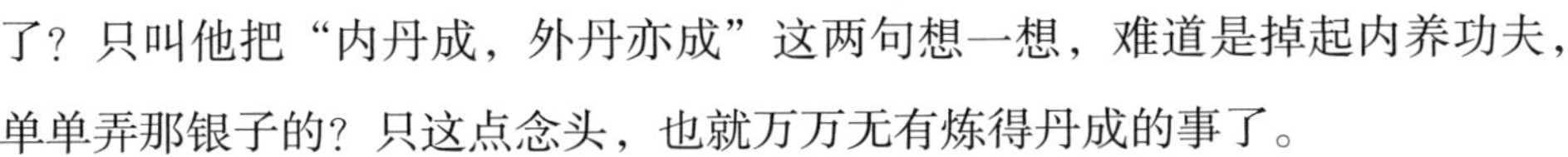

了？只叫他把“内丹成，外丹亦成”这两句想一想，难道是掉起内养功夫，单单弄那银子的？只这点念头，也就万万无有炼得丹成的事了。

看官，你道小子说到此际，随你愚人，也该醒悟这件事没影响，做不得的。却是这件事，偏是天下一等聪明的，要落在圈套里，不知何故！

今小子说一个松江富翁，姓潘，是个国子监监生。胸中广博，极有口才，也是一个有意思的人。却有一件癖性，酷信丹术。俗语道：“物聚于所好。”果然有了此好，方士源源而来。零零星星，也弄掉了好些银子，受过了好些丹客的骗。他只是一心不悔，只说：“无缘遇不着好的，从古有这家法术，岂有做不来的事？毕竟有一日弄成了，前边些小所失，何足为念？”把这事越好得紧了。这些丹客，我传与你，你传与我，远近尽闻其名。左右是一伙的人，推班出色，没一个不思量骗他的。

一日秋间，来到杭州西湖上游赏，赁一个下处住着。只见隔壁园亭上歇着一个远来客人，带着家眷，也来游湖。行李甚多，仆从齐整。那女眷且是生得美貌，打听来是这客人的爱妾。日日雇了天字一号的大湖船，摆了盛酒，吹弹歌唱俱备。携了此妾下湖，浅斟低唱，觥筹交举。满桌摆设酒器，多是些金银异巧式样，层见迭出。晚上归寓，灯火辉煌，赏赐无算。潘富翁在隔壁寓所，看得呆了。想道：“我家里也算是富的，怎能够到得他这等挥霍受用？此必是个陶朱、猗（yī）顿之流，第一等富家了。”心里艳慕，渐渐教人通问，与他往来相拜。通了姓名，各道相慕之意。

富翁乘间问道：“吾丈如此富厚，非人所及。”那客人谦让道：“何足挂齿！”富翁道：“日日如此用度，除非家中有金银高北斗，才能象意；不然，也有尽时。”客人道：“金银高北斗，若只是用去，要尽也不难。须有个用不尽的法儿。”富翁见说，就有些着意了，问道：“如何是用不尽的法？”客人道：“造次（片刻）之间，不好就说得。”富翁道：“毕竟要请教。”客人道：“说来吾丈未必解，也未必信。”富翁见说得跷蹊，一发殷勤求恳，必要见教。客人屏去左右从人，附耳道：“吾有‘九还丹’，可以点铅汞为黄金。只

要炼得丹成，黄金与瓦砾同耳，何足贵哉？”富翁见说是丹术，一发投其所好，欣然道：“原来吾丈精于丹道，学生于此道最为心契，求之不得。若吾丈果有此术，学生情愿倾家受教。”客人道：“岂可轻易传得？小小试看，以取一笑则可。”便教小童炽起炉炭，将几两铅汞熔化起来。身边腰袋里摸出一个纸包，打开来都是些药末，就把小指甲挑起一些来，弹在罐里，倾将出来，连那铅汞不见了，都是雪花也似的好银。

看官，你道药末可以变化得铜铅做银，却不是真法了？原来这叫得“缩银之法”，他先将银子用药炼过，专取其精，每一两直缩做一分少些。今和铅汞在火中一烧，铅汞化为青气去了，遗下糟粕之质，见了银精，尽化为银。不知原是银子的原分量，不曾多了一些。丹客专以此术哄人，人便死心塌地信他，道是真了。

富翁见了，喜之不胜，道：“怪道他如此富贵受用！原来银子如此容易。我炼了许多时，只有折了的。今番有幸遇着真本事的了，是必要求他去替我炼一炼这个。”遂问客人道：“这药是如何炼成的？”客人道：“这叫作母银生子。先将银子为母，不拘多少，用药锻炼，养在鼎中。须要九转，火候足了，先生了黄芽，又结成白雪。启炉时，就扫下这些丹头来。只消一黍米大，便点成黄金白银。那母银仍旧分毫不亏的。”富翁道：“须得多少母银？”客人道：“母银越多，丹头越精。若炼得有半合许丹头，富可敌国矣。”富翁道：“学生家事虽寒，数千之物还尽可办。若肯不吝大教，拜迎到家下，点化一点化，便是生平愿足。”客人道：“我术不易传人，亦不轻与人烧炼。今观吾丈虔心，又且骨格有些道气，难得在此联寓，也是前缘，不妨为吾丈做一做。但见教高居何处，异日好来相访。”富翁道：“学生家居松江，离此处只有两三日路程。老丈若肯光临，即此收拾，同到寒家便是。若此间别去，万一后会不偶，岂不当面错过了？”客人道：“在下是中州人，家有老母在堂，因慕武林（杭州）山水佳胜，携了小妾，到此一游。空身出来，游赏所需，只在炉火，所以乐而忘返。今遇吾丈知音，不敢自秘。但直须带了小妾回家安顿，兼就看看老母，再赴吾丈之期，未为迟也。”富翁道：“寒舍有别馆园亭，可贮尊眷。何不就同携到彼住下，一边做事，岂不两便？家下虽是看待不周，决不至有慢尊客，使尊眷有不安之理。只求慨然俯临，深感厚情。”客人方才点头道：“既承吾丈如此真切，容与小妾说过，商量收拾起行。”

富翁不胜之喜，当日就写了请帖，请他次日下湖饮酒。到了明日，殷殷勤勤，接到船上。备将胸中学问，你夸我逞，谈得津津不倦，只恨相见之晚，宾主尽欢而散。又送着一桌精洁酒肴，到隔壁园亭上去，请那小娘子。来日客人答席，分外丰盛。酒器家伙都是金银，自不必说。

两人说得好着，游兴既阑，约定同到松江。在关前雇了两个大船，尽数搬了行李下去，一路相傍同行。那小娘子在对船舱中，隔帘时露半面。富翁偷眼看去，果然生得丰姿美艳，体态轻盈。只是：盈盈一水间，脉脉不得语。又裴航赠同舟樊夫人诗云：同舟吴越犹怀想，况遇天仙隔锦屏。但得玉京相会去，愿随鸾鹤入青冥。此时富翁在隔船，望着美人，正同此景，所恨无一人通音问耳。

话休絮烦，两只船不一日至松江。富翁已到家门首，便请丹客上岸。登堂献茶已毕，便道：“此是学生家中，往来人杂不便。离此一望之地，便是学生庄舍，就请尊眷同老丈至彼安顿，学生也到彼外厢书房中宿歇。一则清净，可以省烦杂；二则谨密，可以动炉火。尊意如何？”丹客道：“炉火之事，最忌俗嚣，又怕被外人触犯。况又小妾在身伴，一发宜远外人。若得在贵庄住止，行事最便了。”富翁便指点移船到庄边来，自家同丹客携手步行。

来到庄门口，门上一匾，上写“涉趣园”三字。进得园来，但见：古木干霄，新篁夹径。榱题（屋椽的端头，通常伸出屋檐，因通称出檐。榱，cuī）虚敞，无非是月榭风亭；栋宇幽深，饶有那曲房邃室。叠叠假山数仞，可藏太史之书；层层岩洞几重，疑有仙人之箓（道教记载上天神名的书）。若还奏曲能招风，在此观棋必烂柯。丹客观玩园中景致，欣然道：“好个幽雅去处，正堪为修炼之所，又好安顿小妾，在下便可安心与吾丈做事了。看来吾丈果是有福有缘的。”富翁就叫人接了那小娘子起来，那小姐子乔妆了，带着两个丫头，一个唤名春云，一个唤名秋月，摇摇摆摆，走到园亭上来。富翁欠身回避，丹客道：“而今是通家了，就等小妾拜见不妨。”就叫那小娘子与富翁相见了。富翁对面一看，真个是沉鱼落雁之容，闭月羞花之貌。天下凡是有钱的人，再没一个不贪财好色的。富翁此时好像雪狮子向火，不觉软瘫了半边，炼丹的事又是第二着了。便对丹客道：“园中内室尽宽，凭尊嫂拣个象意的房子住下了。人少时，学生还再去唤几个妇女来服侍。”丹客就同那小娘子去看内房了。

富翁急急走到家中，取了一对金钗，一双金手镯，到园中奉与丹客道：“些小薄物，奉为尊嫂拜见之仪。望勿嫌轻鲜。”丹客一眼估去，见是金的，反推辞道：“过承厚意，只是黄金之物，在下颇为易得，老丈实为重费，于心不安，决不敢领。”富翁见他推辞，一发不过意道：“也知吾丈不稀罕此些微之物，只是尊嫂面上，略表芹意，望吾丈鉴其诚心，乞赐笑留。”丹客道：“既然这等美情，在下若再推托，反是见外了。只得权且收下，容在下竭力炼成丹药，奉报厚惠。”笑嘻嘻走入内房，叫个丫头捧了进去，又叫小娘子出来，再三拜谢。富翁多见得一番，就破费这些东西，也是心安意肯的。口

里不说，心中想道："这个人有此丹法，又有此美姬，人生至此，可谓极乐。且喜他肯与我修炼，丹成料已有日。只是见放着这等美色在自家庄上，不知可有些缘法否？若一发勾搭得上手，方是心满意足的事。而今拼得献些殷勤，做工夫不着，磨他去，不要性急。且一面打点烧炼的事。"便对丹客道："既承吾丈不弃，我们几时起手？"丹客道："只要有银为母，不论早晚，可以起手。"富翁道："先得多少母银？"丹客道："多多益善，母多丹多，省得再费手脚。"富翁道："这等，打点将二千金下炉便了。今日且偏陪，在家下料理。明日学生搬过来，一同做事。"是晚就具酌在园亭上款待过，尽欢而散。又送酒肴内房中去，殷殷勤勤，自不必说。

次日，富翁准准兑了二千金，将过园子里来，一应炉器家伙之类，家里一向自有，只要搬将来。富翁是久惯这事的，颇称在行，铅汞药物，一应俱备，来见丹客。丹客道："足见主翁留心，但在下尚有秘妙之诀，与人不同，炼起来便见。"富翁道："正是秘妙之诀，要求相传。"丹客道："在下此丹，名为九转还丹，每九日火候一还，到九九八十一开炉，丹物已成。那时节主翁大福到了。"富翁道："全仗提携则个。"丹客就叫跟来一个家童，依法动手，炽起炉火，将银子渐渐放将下去，取出丹方与富翁看了，将几件稀奇药料放将下去，烧得五色烟起，就同富翁封住了炉。又唤这跟来几个家人吩咐道："我在此将有三个月日耽搁，你们且回去回复老奶奶一声再来。"这些人只留一二个惯烧炉的在此，其余都依话散去了。从此家人日夜烧炼，丹客频频到炉边看火色，却不开炉。闲了却与富翁清谈，饮酒下棋。宾主相得，自不必说。又时时送长送短到小娘子处讨好，小娘子也有时回敬几件知趣的东西，彼此致意。

如此二十余日，忽然一个人，穿了一身麻衣，浑身是汗，闯进园中来。众人看时，却是前日打发去内中的人。见了丹客，叩头大哭道："家里老奶奶没有了，快请回去治丧！"丹客大惊失色，哭倒在地。富翁也一时惊惶，只得从旁劝解道："令堂天年有限，过伤无益，且自节哀。"家人催促道：

"家中无主，作速起身！"丹客住了哭，对富翁道："本待与主翁完成美事，少尽报效之心，谁知遭此大变，抱恨终天！今势既难留，此事又未终，况是间断不得的，实出两难。小妾虽是女流，随侍在下已久，炉火之候，尽已知些底里，留她在此看守丹炉才好。只是年幼，无人管束，须有好些不便处。"富翁道："学生与老丈通家至交，有何妨碍？只须留下尊嫂在此，此炼丹之所，又无闲杂人来往，学生当唤几个老成妇女前来陪伴，晚间或是接到拙荆处一同寝处。学生自在园中安歇看守，以待吾丈到来。有何不便？至于茶饭之类，自然不敢有缺。"丹客又踌躇了半晌，说道："今老母已死，方寸乱矣！想古人多有托妻寄子的，既承高谊，只得敬从。留她在此看看火候；在下回去料理一番，不日自来启炉。如此方得两全其事。"

富翁见说肯留妾，心里恨不得许下了半边的天，满面笑容应承道："若得如此，足见有始有终。"丹客又进去与小娘子说了来因，并要留他在此看炉的话，一一吩咐了，就叫小娘子出来，再见了主翁，嘱托与他了。叮咛道："只好守炉，万万不可私启。倘有所误，悔之无及！"富翁道："万一尊驾来迟，误了八十一日之期，如何是好？"丹客道："九还火候已足，放在炉中多养得几日，丹头愈生得多，就迟些开也不妨的。"丹客又与小娘子说了些衷肠密语，忙忙而去了。

这里富翁见丹客留下了美妾，料他不久必来，丹事自然有成，不在心上。却是趁他不在，亦且同住园中，正好勾搭，机会不可错过。时时亡魂失魄，只思量下手。方在游思妄想，可可的那小娘子叫个丫头春云来道："俺家娘请主翁到丹房看炉。"富翁听得，急整衣巾，忙趋到房前来请道："适才尊婢传命，小子在此伺候尊步同往。那小娘子啭莺声、吐燕语道："主翁先行，贱妾随后。"只见袅袅娜娜走出房来，道了万福。富翁道："娘子是客，小子岂敢先行？"小娘子道："贱妾女流，怎好僭妄？"推逊了一回，单不扯手扯脚的相让，已自觌（dí，见）面谈唾相接了一回，有好些光景。毕竟富翁让他先走了，两个丫头随着。富翁在后面看去，真是步步生莲花，不由人不动火。来到丹房边，转身对两个丫头说道："丹房忌生人，你们只在外住着，单请主翁进来。"主翁听得，三脚两步跑上前去。同进了丹房，把所封之炉，前后看了一回。富翁一眼估定这小娘子，恨不得寻口水来吞他下肚去，哪里还管炉火的青红皂白？可惜有这个烧火的家童在旁，只好调调眼色，连风话也不便说得一句。直到门边，富翁才老着脸皮道："有劳娘子尊步。尊夫不在时，娘子回房须是寂寞。"那小娘子口不答应，微微含笑，此番却不推逊，竟自冉冉而去。

富翁愈加狂荡，心里想道："今日丹房中若是无人，尽可撩拨她的。只可惜有这个家童在内。明日须用计遣开了他，然后约那人同出看炉，此时便可用手脚了。"是夜即吩咐从人："明日早上备一桌酒饭，请那烧炉的家童，说道一向累他辛苦了，主翁特地与他浇手（用酒菜犒劳别人）。要灌得烂醉方住。"吩咐已毕，是夜独酌无聊，思量美人只在内室，又念着日间之事，心中痒痒，彷徨不已。乃吟诗一首道："名园富贵花，移种在山家。不道栏杆外，春风正自赊。"走至堂中，朗吟数遍，故意要内房里听得。只见内房走出一个丫头秋月来，手捧一盏茶来送道："俺家娘听得主翁吟诗，恐怕口渴，特奉清茶。”富翁笑逐颜开，再三称谢。秋月进得去，只听得里边也朗诵：“名花谁是主？飘泊任春风。但得东君惜，芳心亦自同。”富翁听罢，知是有意，却不敢造次闯进去。又只听里边关门响，只得自到书房睡了，以待天明。

次日早上，从人依了昨日之言，把个烧火的家童请了去。他日逐守着炉灶边，原不耐烦，见了酒杯，哪里肯放？吃得烂醉，就在外边睡着了。富翁已知他不在丹房了，即走到内房前，自去请看丹炉。那小娘子听得，即便移步出来，一如昨日在前先走。走到丹房门边，丫头仍留在外，止是富翁紧随入门去了。到得炉边看时，不见了烧火的家童。娘子假意失惊道：“如何没人在此，却歇了火？”富翁笑道：“只为小子自家要动火，故叫他暂歇了火。”小娘子只做不解道：“这火须是断不得的。”富翁道：“等小子与娘子坎离交媾（gòu），以真火续将起来。”小娘子正色道：“炼丹学道之人，如何兴此邪念，说此邪话？”富翁道：“尊夫在这里，与小娘子同眠同起，少不得也要炼丹，难道一事不做，只是干夫妻不成？”小娘子无言可答，道：“一场正事，如此歪缠！”富翁道：“小子与娘子夙世姻缘，也是正事。”一把抱住，双膝跪将下去。小娘子扶起道：“拙夫家训颇严，本不该乱做的，承主翁如此殷勤，贱妾不敢自爱，容晚间约着相会一话罢。”富翁道：“就此恳赐一欢，方见娘子厚情。如何等得到晚？”小娘子道：“这里有人来，使不得。”富翁道：“小子专为留心要求小娘子，已着人款住了烧火的了。别的也不敢进来。况且丹房邃密，无人知觉。”小娘子道：“此间须是丹炉，怕有触犯，悔之无及。决使不得！”富翁此时兴已勃发，哪里还顾什么丹炉不丹炉！只是紧紧抱住道：“就是要了小子的性命，也说不得了。只求小娘子救一救！”不由他肯不肯，㩉（gé，两手合抱）到一只醉翁椅上，扯脱裤儿，就舞将进去，此时快乐何异登仙。但见：独弦琴一翕一张，无孔萧统上统下。红炉中拨开邪火，玄关内走动真铅。舌搅华池，满口馨香尝玉液；精穿牝屋，浑身酥快吸琼浆。何必丹成入九天？即此魂销归极乐。

两下云雨已毕，整了衣服。富翁谢道：“感谢娘子不弃，只是片时欢娱，

晚间愿赐通宵之乐。”扑的又跪下去。小娘子急抱起来道：“我原许下你晚间的，你自喉急等不得。哪里有丹鼎旁边就弄这事起来？”富翁道：“错过一时，只恐后悔无及。还只是早得到手一刻，也是见成的了。”小娘子道：“晚间还是我到你书房来，你到我卧房来？”富翁道：“但凭娘子主见。”小娘子道：“我处须有两个丫头同睡，你来不便；我今夜且瞒着他们自出来罢。待我明日叮嘱丫头过了，然后接你进来。”是夜，果然入静后，小娘子走出堂中来，富翁也在那里伺候，接至书房，极尽衾枕之乐。以后或在内，或在外，总是无拘无管。

富翁以为天下奇遇，只愿得其夫一世不来，丹炼不成也罢了。绸缪了十数宵，忽然一日，门上报说：“丹客到了。”富翁吃了一惊。接进寒温毕，他就进内房来见了小娘子，说了好些话。出外来对富翁道：“小妾说丹炉不动。而今九还之期已过，丹已成了，正好开看。今日匆匆，明日献过了神启炉罢。”富翁是夜虽不得再望欢娱，却见丹客来了，明日启炉，丹成可望。还赖有此，心下自解自乐。

到得明日，请了些纸马福物，祭献了毕，丹客同富翁刚走进丹房，就变色沉吟道：“如何丹房中气色恁等的有些诧异？”便就亲手启开鼎炉一看，跌足大惊道：“败了，败了！真丹走失，连银母多是糟粕了！此必有做交感污秽之事，触犯了的。”富翁惊得面如土色，不好开言。又见道着真相，一发慌了。丹客懊怒，咬得牙齿跄跄（kē）的响，问烧火的家童道：“此房中别有何人进来？”家童道：“只有主翁与小娘子，日日来看一次，别无人敢进来。”丹客道：“这等，如何得丹败了？快去叫小娘子来问。”家童走去，请了出来。丹客厉声道：“你在此看炉，做了甚事？丹俱败了！”小娘子道：“日日与主翁来看，炉是原封不动的，不知何故。”丹客道：“谁说炉动了封？你却动了封了！”又问家童道：“主翁与娘子来时，你也有时节不在此么？”家童道：“止有一日，是主翁怜我辛苦，请去吃饭，多饮了几杯，睡着在外边了。只这一日，是主翁与小娘子自家来的。”丹客冷笑道：“是了！是了！”

忙走去行囊里抽出一根皮鞭来，对小娘子道：“分明是你这贱婢做出事来了！”一鞭打去，小娘子闪过了，哭道：“我原说做不得的，主人翁害了奴也！”富翁直着双眼，无言可答，恨没个地洞钻了进去。丹客怒目直视富翁道：“你前日受托之时，如何说的？我去不久，就干出这样昧心的事来，原来是狗彘不值（连猪狗都不如。彘，zhì）的！如此无行的人，如何妄思烧丹炼药？是我眼里不识人。我只是打死这贱婢罢，羞辱门庭，要你怎的！”拿着鞭一赶赶来，小娘子慌忙走进内房。亏得两个丫头拦住，劝道：“官人耐性。”每人接了一皮鞭，却把皮鞭捽断了。

富翁见他性发，没收场，只得跪下去道：“是小子不才，一时干差了事。而今情愿弃了前日之物，只求宽恕罢！”丹客道：“你自作自受，你干坏了事，走失了丹，是应得的，没处怨怅。我的爱妾可是与你解馋的？受了你点污，却如何处？我只是杀却了，不怕你不偿命！”富翁道：“小子情愿赎罪罢。”即忙叫家人到家中拿了两个元宝，跪着讨饶。丹客只是佯着眼不瞧道：“我银甚易，岂在于此！”富翁只是磕头，又加了二百两道：“如今以此数，再娶了一位如夫人也够了。实是小子不才，望乞看平日之面，宽恕尊嫂罢。”丹客道：“我本不希罕你银子，只是你这样人，不等你损些己财，后来不改前非。我偏要拿了你的，将去济人也好。”就把三百金拿去，装在箱里了，叫齐了小娘子与家童、丫头等，急把衣装行李尽数搬出，下在昨日原来的船里，一径出门。口里喃喃骂道：“受这样的耻辱！可恨！可恨！”骂詈（lì，骂）不止，开船去了。

富翁被他吓得魂不附体，恐怕弄出事来。虽是折了些银子，得他肯去，还自道侥幸。至于炉中之银，真个认做触犯了他，丹鼎走败。但自侮道：“忒性急了些！便等丹成了，多留他住几时，再图成此事，岂不两美？再不然，不要在丹房里头弄这事，或者不妨也不见得。多是自己莽撞了，枉自破了财物也罢，只是遇着真法，不得成丹，可惜！可惜！”又自解自乐道：“只这一个绝色佳人受用了几时，也是风流话柄，赏心乐事，不必追悔了。”却不知多是丹客做成圈套。当在西湖时，原是打听得潘富翁上杭，先装成这些行径来炫惑他的。及至请他到家，故意要延缓，却像没甚要紧。后边那个人来报丧之时，忙忙归去，已自先把这二千金提了罐去了。留着家小，使你不疑。后来勾搭上场，也都是他教成的计较，把这堆狗屎堆在你鼻头上，等你开不得口，只好自认不是，没工夫与他算账了。那富翁是破财星照，堕其计中。先认他是巨富之人，必有真丹点化，不知那金银器皿都是些铜铅为质，金银汁粘裹成的。酒后灯下，谁把试金石来试？一时不辨，都误认了。此皆神奸诡计也。

富翁遭此一骗，还不醒悟。只说是自家不是，当面错了。越好那丹术不已。一日，又有个丹士到来，与他谈着炉火，甚是投机，延接在家。告诉他道：“前日有一位客人，真能点铁为金，当面试过，他已此替我烧炼了。后来自家有些得罪于他，不成而去，真是可惜。”这丹士道：“吾术岂独不能？”便叫把炉火来试，果然与前丹客无二：些少药末，投在铅汞里头，尽化为银。富翁道：“好了，好了。前番不着，这番着了。”又凑千金与他烧炼。丹士呼朋引类，又去约了两三个帮手来做。富翁见他银子来得容易，放胆大了，一些也不防他，岂知一个晚间，提了罐走了。次日又捞了个空。

富翁此时连被拐去，手内已窘，且怒且羞道：“我为这事费了多少心机，弄了多少年月，前日自家错过，指望今番是了，谁知又遭此一闪？我不问那里寻将去，他不过又往别家烧炼，或者撞得着也不可知。纵不然，或者另遇着真正法术，再得炼成真丹，也不见得。”自此收拾了些行李，东游西走。

忽然一日，在苏州阊门人丛里劈面撞着这一伙人。正待开口发作，这伙人不慌不忙，满面生春，却像他乡遇故知的一般，一把邀了那富翁，邀到一个大酒肆中，一副洁净座头上坐了，叫酒保烫酒取嗄饭来，殷勤谢道：“前日有负厚德，实切不安。但我辈道路如此，足下勿以为怪！今有一法与足下计较，可以偿足下前物，不必别生异说。”富翁道：“何法？”丹士道：“足下前日之银，吾辈得来随手费尽，无可奉偿。今山东有一大姓，也请吾辈烧炼，已有成约。只待吾师到来，才交银举事。奈吾师远游，急切未来。足下若权认作吾师，等他交银出来，便取来先还了足下前物，直如反掌之易！不然，空寻我辈也无干。足下以为何如？”富翁道：“尊师是何人物？”丹士道：“是个头陀。今请足下略剪去了些头发，我辈以师礼事奉，径到彼处便了。”

富翁急于得银，便依他剪发做一齐了。彼辈殷殷勤勤，直侍奉到山东。引进见了大姓，说道是他师父来了。大姓致敬，迎接到堂中，略谈炉火之事。富翁是做惯了的，亦且胸中原博，高谈阔论，尽中机宜。大姓深相敬服，是夜即兑银二千两，约在明日起火。只管把酒相劝，

吃得酩酊，扶去另在一间内书房睡着。到得天明，商量安炉。富翁见这伙人科派，自家晓得些，也在里头指点。当日把银子下炉烧炼，这伙人认做徒弟守炉。大姓只管来寻师父去请教，攀话饮酒，不好却得。这些人看个空儿，又提了罐，各各走了，单撇下了师父。

大姓只道师父在家不妨，岂知早晨一伙都不见了，就拿住了师父，要去送在当官，捉拿余党。富翁只得哭诉道："我是松江潘某，元非此辈同党。只因性好烧丹，前日被这伙人拐了。路上遇见他，说道在此间烧炼，得来可以赔偿。又替我剪发，叫我装作他师父来的。指望取还前银，岂知连宅上多骗了，又撇我在此？"说罢大哭。大姓问其来历详细，说得对科，果是松江富家，与大姓家有好些年谊的。知被骗是实，不好难为得他，只得放了。一路无了盘缠，倚着头陀模样，沿途乞化回家。

到得临清码头上，只见一只大船内，帘下一个美人，揭着帘儿，露面看着街上。富翁看见，好些面熟，仔细一认，却是前日丹客所带来的妾与他偷情的。疑道："这人缘何在这船上？"走到船边，细细访问，方知是河南举人某公子包了名娼，到京会试的。富翁心里想道："难道当日这家的妾毕竟卖了？"又疑道："敢是面庞相像的？"不离船边，走来走去只管看。忽见船舱里叫个人出来，问他道："官舱里大娘问你可是松江人？"富翁道："正是松江。"又问道："可姓潘否？"富翁吃了一惊道："怎晓得我的姓？"只见舱里人说："叫他到船边来。"富翁走上前去。帘内道："妾非别人，即前日丹客所认为妾的便是，实是河南妓家。前日受人之托，不得不依他嘱咐的话，替他捣鬼，有负于君。君何以流落至此？"富翁大恸，把连次被拐，今在山东回来之由，诉说一遍。帘内人道："妾与君不能无情，当赠君盘费，作急回家。此后遇见丹客，万万勿可听信。妾亦是骗局中人，深知其诈。君能听妾之言，是即妾报君数宵之爱也。"言毕，着人拿出三两一封银子来递与他，富翁感谢不尽，只得收了。自此方晓得前日丹客美人之局，包了娼妓做的，今日却亏他盘缠。

到得家来，感念其言，终身不信炉火之事。却是头发纷披，亲友知其事者，无不以为笑谈。奉劝世人好丹术者，请以此为鉴：

丹术须先断情欲，尘缘岂许相驰逐？
贪淫若是望丹成，阴沟洞里天鹅肉。

卷十二

李公佐巧解梦中言　谢小娥智擒船上盗

自古便有“巾帼不让须眉”一说，意为有才德有胆识的女子并不输给男儿，例如能文的班婕妤，能武的夫人城，善能识人的卓文君，替父从军的花木兰等，这些奇女子个个都被世人传为千古佳话。本篇为夫父报仇的谢小娥便是如此一位奇女子。

富商千金谢小娥跟随丈夫、父亲行船到鄱阳湖，遇到一伙江洋大盗，除了小娥幸免，其余人全部遇难。小娥的父亲和丈夫托梦留给她两句字谜，其中暗含仇人姓名，经高人解谜小娥才知道杀父杀夫仇人乃申兰、申春二人，小娥便女扮男装去寻仇人，忍辱负重，终于等到机会杀死申兰、智擒申春，报了深仇。连朝廷都被她孝行节行感动，赦免其杀人之罪，求亲的也是络绎不绝，小娥不愿再嫁，皈依了佛门。故事颂扬了谢小娥过人的毅力与勇谋，字里行间充满着浓厚的女性关怀意识。

赞云：

士或巾帼，女或弁冕（礼帽。弁，biàn）。

行不逾阈（yù，界限），谟（mò，计谋）能致远。

睹彼英英，惭斯谫谫（jiǎn，十分浅薄）。

这几句赞是赞那有智妇人，赛过男子。假如有一种能文的女子，如班婕妤、曹大家、鱼玄机、薛校书、李季兰、李易安、朱淑真之辈，上可以并驾班、扬，下可以齐驱卢、骆。有一种能武的女子，如夫人城、娘子军、高凉冼氏、东海吕母之辈，智略可方韩、白，雄名可赛关、张。有一种善能识人的女子，如卓文君、红拂妓、王浑妻钟氏、韦皋妻母苗氏之辈，俱另具法眼，物色尘埃。有一种报仇雪耻女子，如孙翊（yì）妻徐氏、董昌妻申屠氏、庞娥亲、邹仆妇之辈，俱中怀胆智，力歼强梁（勇武有力的人）。又有一种希奇作怪，女扮为男的女子，如秦木兰、南齐东阳娄逞、唐贞元孟妪、五代临邛（qióng）黄崇嘏（jiǎ），俱以权济变，善藏其用，窜身仕宦，既不被人识破，又能自保其身，多是男子汉未必做得来的，算得是极巧极难的了。而今更说一个遭遇大难、女扮男身、用尽心机、受尽苦楚、又能报仇、又能守志、一个绝奇的女人，真个是千古罕闻。有诗为证：

侠概惟推古剑仙，除凶雪恨只香烟。

谁知估客生奇女，只手能翻两姓冤。

这段话文，乃是唐元和年间，豫章郡有个富人姓谢，家有巨产，隐名在商贾间。他生有一女，名唤小娥，生八岁，母亲早丧。小娥虽小，身体壮硕如男子形。父亲把他许了历阳一个侠士，姓段名居贞。那人负气仗义，交游豪俊，却也在江湖上做大贾。谢翁慕其声名，虽是女儿尚小，却把来许下

了他。两姓合为一家，同舟载货，往来吴楚之间。两家弟兄、子侄、僮仆等众，约有数十余人，尽在船内。贸易顺济，辎重充盈。如是几年，江湖上多晓得是谢家船，昭耀耳目。

此时小娥年已十四岁，方才与段居贞成婚。未及一月，忽然一日，舟行至鄱阳湖口，遇着几只江洋大盗的船，各执器械，团团围住。为头的两人，当先跳过船来，先把谢翁与段居贞一刀一个，结果了性命。以后众人一齐动手，排头杀去。总是一个船中，躲得在哪里？间有个把慌忙奔出舱外，又被盗船上人拿去杀了。或有得跳在水中，只好图得个全尸，湖水溜急，总无生理。谢小娥还亏得溜撒（行动迅速），乘众盗杀人之时，忙自去掉在舵上，一个失脚，跌下水去了。众盗席卷舟中财宝金帛一空，将死尸尽抛在湖中，弃船而去。

小娥在水中漂流，恍惚之间，似有神明护持，流到一只渔船边。渔人夫妻两个，捞救起来，见是一个女人，心头尚暖，知是未死，拿几件破衣破袄替他换下湿衣，放在舱中眠着。小娥口中泛出无数清水，不多几时，醒将转来。见身在渔船中，想着父与夫被杀光景，放声大哭。渔翁夫妇问其缘故，小娥把湖中遇盗。父夫两家人口尽被杀害情由，说了一遍。原来谢翁与段侠士之名著闻江湖上，渔翁也多曾受他小惠过的，听说罢，不胜惊异，就权留他在船中。调理了几日，小娥觉得身子好了。他是个点头会意的人，晓得渔船上生意淡薄，便想道："我怎好搅扰得他？不免辞谢了他，我自上岸，一路乞食，再图安身立命之处。"

小娥从此别了渔翁夫妇，沿途抄化（求乞）。到建业上元县，有个妙果寺，内是尼僧。有个住持叫净悟，见小娥言语俗俐，说着遭难因由，好生哀怜，就留他在寺中，心里要留他做个徒弟。小娥也情愿出家，道："一身无归，毕竟是皈依佛门，可了终身。但父夫被杀之仇未复，不敢便自落发，且随缘度日，以待他年再处。"小娥自此日间在外乞化，晚间便归寺中安宿。晨昏随着净悟做功果，稽首佛前，心里就默祷，祈求报应。

只见一个夜间，梦见父亲谢翁来对他道："你要晓得杀我的人姓名，有两句谜语，你牢牢记着：'车中猴，门东草'。"说罢，正要再问，父亲撒手而去。大哭一声，飒然惊觉。梦中这语，明明记得，只是不解。隔得几日，又梦见丈夫段居贞来对他说："杀我的人姓名，也是两句谜语：'禾中走，一日夫'。"小娥连得了两梦，便道："此是亡灵未漏，故来显应。只是如何不竟把真姓名说了，却用此谜语？想是冥冥之中，天机不可轻泄，所以如此。如今既有这十二字谜语，必有一个解说。虽然我自家不省得，天下岂少聪明的人？不问好歹，求他解说出来。"

遂走到净悟房中，说了梦中之言。就将一张纸，写着十二字，藏在身边了。对净悟道："我出外乞食，逢人便拜求去。"净悟道："此间瓦官寺有个高僧，法名齐物，极好学问，多与官员士大夫往来。你将此十二字到彼求他一辨，他必能参透。"小娥依言，径到瓦官寺求见齐公。稽首毕，便道："弟子有冤在身，梦中得十二字谜语，暗藏人姓名，自家愚懵，参解不出，拜求老师父解一解。"就将袖中所书一纸，双手递与齐公。齐公看了，想着一会儿，摇首道："解不得，解不得。但老僧此处来往人多，当记着在此，逢人问去。倘遇有高明之人解得，当以相告。"小娥又稽首道："若得老师父如此留心，感谢不尽。"自此谢小娥沿街乞化，逢人便把这几句请问。齐公有客来到，便举此谜相商；小娥也时时到寺中问齐公消耗（音信）。如此多年，再没一个人解得出。说话的，若只是这样解不出，那两个梦不是枉做了？看

官，不必性急，凡事自有个机缘。此时谢小娥机缘未到，所以如此。机缘到来，自然遇着巧的。

却说元和八年春，有个洪州判官李公佐，在江西解任，扁舟东下，停泊建业，到瓦官寺游要。僧齐公一向与他相厚，出来接陪了，登阁眺远，谈说古今。语话之次，齐公道："檀越（施主）博闻闳览（见闻广博。闳，hóng），今有一谜语，请檀越一猜！"李公佐笑道："吾师好学，何至及此稚子戏？"齐公道："非是作戏，有个缘故。此间孀妇谢小娥示我十二字谜语，每来寺中求解，说道中间藏着仇人名姓。老僧不能辨，遍示来往游客，也多懵然，已多年矣。故此求明公一商之。"李公佐道："是何十二字？且写出来，我试猜看。"齐公就取笔把十二字写出来，李公佐看了一遍道："此定可解，何至无人识得？"遂将十二字念了又念，把头点了又点，靠在窗槛上，把手在空中画了又画。默然凝想了一会儿，拍手道："是了，是了！万无一差。"齐公速要请教，李公佐道："且未可说破，快去召那个孀妇来，我解与他。"齐公即叫行童到妙果寺寻将谢小娥来。齐公对他道："可拜见了此间官人。此官人能解谜语。"小娥依言，上前拜见了毕。公佐开口问道："你且说你的根由来。"小娥呜呜咽咽哭将起来，好一会儿说话不出。良久，才说道："小妇人父及夫，俱为江洋大盗所杀。以后梦见父亲来说道：'杀我者，车中猴，门东草。'又梦见夫来说道：'杀我者，禾中走，一日夫。'自家愚昧，解说不出。遍问旁人，再无能省悟。历年已久，不识姓名，报冤无路，衔恨无穷！"说罢又哭。李公佐笑道："不须烦恼。依你所言，下官俱已审详在此了。"小娥住了哭，求明示。李公佐道："杀汝父者，是申兰；杀汝夫者，是申春。"小娥道："尊官何以解之？"李公佐道："'车中猴'，'车'中去上下各一画，是'申'字；申属猴，故曰'车中猴'。'草'下有'门'，'门'中有'东'，乃'蘭'字也。又'禾中走'是穿田过；'田'出两头，亦是'申'字也。'一日夫'者，'夫'上更一画，下一'日'，是'春'字也。杀汝父，是申兰；杀汝夫，是申春，足可明矣。何必更疑？"

齐公在旁听解罢，抚掌称快道："数年之疑，一旦豁然，非明公聪鉴盖世，何能及此？"小娥愈加恸哭道："若非尊官，到底不晓仇人名姓，冥冥之中，负了父夫。"再拜叩谢。就向齐公借笔来，将"申兰、申春"四字写在内襟一条带子上了，拆开里面，反将转来，仍旧缝好。李公佐道："写此做甚？"小娥道："既有了主名，身虽女子，不问哪里，誓将访杀此二贼，以复其冤！"李公佐向齐公叹道："壮哉！壮哉！然此事却非容易。"齐公道："'天下无难事，只怕有心人。'此妇坚忍之性，数年以来，老僧颇识之，彼是不肯作浪语的。"小娥因问齐公道："此间尊官姓氏宦族，愿乞示知，以识不忘。"齐公道："此官人是江西洪州判官李二十三郎也。"小娥再三顶礼念诵，流涕而去。李公佐阁上饮罢了酒，别了齐公，下船解缆，自往家里。

话分两头。却说小娥自得李判官解辨二盗姓名，便立心寻访。自念身是女子，出外不便，心生一计，将累年乞施所得，买了衣服，打扮作男子模样，改名谢保。又买了利刀一把，藏在衣襟底下。想道："在湖里遇的盗，必是原在江湖上走，方可探听消息。"日逐在埠头（码头。埠，bù）伺候，看见船上有雇人的，就随了去，佣工度日。在船上时，操作勤紧，并不懈怠，人都喜欢雇他。他也不拘一个船上，是雇着的便去。商船上下往来之人，看看多熟了。水火之事（旧时用为大小便的隐语），小心谨秘，并不露一毫破绽出来。但是船到之处，不论哪里，上岸挨身察听体访。如此年余，竟无消耗。

一日，随着一个商船到浔阳郡，上岸行走，见一家人家竹户上有纸榜一张，上写道："雇人使用，愿者来投。"小娥问邻居之人："此是谁家要雇用人？"邻人答应"此是申家，家主叫作申兰，是申大官人。时常要到江湖上做生意，家里只是些女人，无个得力男子看守，所以雇唤"。小娥听得"申兰"二字，触动其心，心里便道："果然有这个姓名！莫非正是此贼？"随对邻人说道："小人情愿投赁佣工，烦劳引进则个。"邻人道："申家急缺人用，一说便成的；只是要做个东道谢我。"小娥道："这个自然。"

邻人问了小娥姓名地方，就引了他，一径走进申家。只见里边踱出一个人来，你道生得如何？但见：伛（yǔ）兜怪脸，尖下颏，生几茎黄须；突兀高颧，浓眉毛，压一双赤眼。出言如虎啸，声撼半天风雨寒；行步似狼奔，影摇千尺龙蛇动。远观是丧船上方相，近觑乃山门外金刚。小娥见了吃了一惊，心里道："这个人岂不是杀人强盗么？"便自十分上心。只见邻人道："大官人要雇人，这个人姓谢名保，也是我们江西人，他情愿投在大官人门下使唤。"申兰道："平日作何生理的？"小娥答应道："平日专在船上趁工度日，埠头船上多有认得小人的。大官人去问问看就是。"申兰家离埠头不多远，三人一同走到埠头来。问问各船上，多说着谢保勤紧小心、志诚老实许多好处。申兰大喜。小娥就在埠头一个认得的经纪家里，借着纸墨笔砚，自写了佣工文契，写邻人做了媒人，交与申兰收着。申兰就领了他，同邻人到家里来，取酒出来请媒，就叫他陪待。小娥就走到厨下，掇长掇短，送酒送肴，且是熟分。申兰取出二两工银，先交与他了。又取二钱银子，做了媒钱。小娥也自梯己（私人的积蓄）称出二钱来，送那邻人。邻人千欢万喜，作谢自去了。申兰又领小娥去见了妻子蔺氏。自此小娥只在申兰家里佣工。

小娥心里看见申兰动静，明知是不良之人，想着梦中姓名，必然有据，大分是仇人。然要哄得他喜欢亲近，方好探其真确，乘机取事。故此千唤千应，万使万当，毫不逆着他一些事故。也是申兰冤业所在，自见小娥，便自分外喜欢。又见他得用，日加亲爱，时刻不离左右，没一句说话不与谢保商量，没一件事体不叫谢保营干，没一件东西不托谢保收拾，已做了申兰贴心贴腹之人。因此，金帛财宝之类，尽在小娥手中出入。看见旧时船中掠去锦绣衣服、宝玩器具等物，都在申兰家里。正是：见鞍思马，睹物思人。每遇一件，常自暗中哭泣多时。方才晓得梦中之言有准，时刻不忘仇恨。却又怕他看出，愈加小心。

又听得他说有个堂兄弟叫作二官人，在隔江独树浦居住。小娥心里想道："这个不知可是申春否？父梦既应，夫梦必也不差。只是不好问得姓名，怕惹疑心。如何得他到来，便好探听。”却是小娥自到申兰家里，只见申兰口说要到二官人家去，便吩咐经月方回，回来必然带好些财帛归家，便吩咐交与谢保收拾，却不曾见二官人到这里来。也有时口说要带谢保同去走走，小娥晓得是做私商勾当，只推家里脱不得身；申兰也放家里不下，要留谢保看家，再不提起了。但是出外去，只留小娥与妻蔺氏，与同一两个丫鬟看守，小娥自在外厢歇宿照管。若是蔺氏有甚差遣，无不遭依停当。合家都喜欢他，是个万全可托得力的人了。说话的，你差了。小娥既是男扮了，申兰如何肯留他一个寡汉伴着妻子在家？岂不疑他生出不伶俐（正当）事来？看官，又有一说，申兰是个强盗中人，财物为重，他们心上有甚么闺门礼法？况且小娥有心机，申兰平日毕竟试得他老实头，小心不过的，不消虑得到此。所以放心出去，再无别说。

且说小娥在家多闲，乘空便去交结那邻近左右之人，时时买酒买肉，破费钱钞在他们身上。这些人见了小娥，无不喜欢契厚（交往密切）的。若看见有个把豪气的，能事了得的，更自十分倾心结纳，或周济他贫乏，或结拜做弟兄，总是做申兰这些不义之财不着。申兰财物来得容易，又且信托他的，哪里来查他细账？落得做人情。小娥又报仇心重，故此先下功夫，结识这些党羽在那里。只为未得申春消耗，恐怕走了风，脱了仇人。故此申兰在家时，几番好下得手，小娥忍住不动，且待时至而行。

如此过了两年有多。忽然一日，有人来说：“江北二官人来了。”只见一个大汉同了一伙拳长臂大之人，走将进来，问道：“大哥何在？”小娥应道：“大官人在里面，等谢保去请出来。”小娥便去对申兰说了。申兰走出堂前来道：“二弟多时不来了，甚风吹得到此？况且又同众兄弟来到，有何话说？”二官人道：“小弟申春，今日江上获得两个二十斤来重的大鲤鱼，不敢自吃，买了一坛酒，来与大哥同享。”申兰道：“多承二弟厚意。如此大鱼，也是罕物！我辈托神道福佑多年，我意欲将此鱼此酒再加些鸡肉果品之类，赛一赛神，以谢覆庇，然后我们同散福受用方是；不然只一味也不好下酒。况列位

在此，无有我不破钞，反吃白食的。二弟意下如何？”众人都拍手道：“有理，有理。”申兰就叫谢保过来见了二官人，道：“这是我家雇工，极是老实勤紧可托的。”就吩咐他，叫去买办食物。小娥领命走出，一霎时就办得齐齐整整，摆列起来。申春道：“此人果是能事，怪道大哥出外，放得家里下，原来有这样得力人在这里。”众人都赞叹一番。申兰叫谢保把福物摆在一个养家神道前了。申春道：“须得写众人姓名，通诚一番。我们几个都识字不透，这事却来不得。”申兰道：“谢保写得好字。”申春道：“又会写字，难得，难得。”小娥就走去，将了纸笔，排头写来，少不得申兰、申春为首，其余各报将名来，一个个写。小娥一头写着，一头记着，方晓得果然这个叫得申春。

献神已毕，就将福物收去整理一整理，重新摆出来。大家欢哄饮啖，却不提防小娥是有心的，急把其余名字一个个都记将出来，写在纸上，藏好了。私自叹道：“好个李判官！精悟玄鉴，与梦语符合如此！此乃我父夫精灵不漏，天启其心。今日仇人都在，我志将就了。”急急走来伏侍，只拣大碗频频斟与兰、春二人。二人都是酒徒，见他如此殷勤，一发喜欢，大碗价只顾吃了，那里猜他有甚别意？天色将晚，众贼俱已酣醉。各自散去。只有申春留在这里过夜，未散。小娥又满满斟了热酒，奉与申春道：“小人谢保，到此两年，不曾服侍二官人，今日小人借花献佛，多敬一杯。”又斟一杯与申兰道：“大官人情陪一陪。”申春道：“好个谢保，会说会劝！”申兰道：“我们不要辜负他孝敬之意，尽量多饮一杯才是。”又与申春说谢保许多好处。小娥谦称一句，就献一杯，不干不住。两个被他灌得十分酩酊。原来江边苦无好酒，群盗只吃的是烧刀子；这一坛是他们因要尽兴，买那真正滴花烧酒，是极狠的。况吃得多了，岂有不醉之理？

申兰醉极苦热，又走不动了，就在庭中袒了衣服眠倒了。申春也要睡，还走得动，小娥就扶他到一个房里，床上眠好了。走到里面看时，原来蔺氏在厨下整酒时，闻得酒香扑鼻，因吃夜饭，也自吃了碗把。两个丫头递酒出来，各各偷些尝尝。女人家经得多少浓味？一个个伸腰打盹，却像着了孙行者磕睡虫的。小娥见如此光景，想道：“此时不下手，更待何时？”又想道：“女人不打紧，只怕申春这厮未睡得稳，却是利害。”就拿把锁，把申春睡的房门锁好了。走到庭中，衣襟内拔出佩刀，把申兰一刀断了他头。欲待再杀申春，终究是女人家，见申春起初走得动，只怕还未甚醉，不敢轻惹他。忙走出来邻里间，叫道：“有烦诸位与我出力，拿贼则个！”邻人多是平日与他相好的，听得他的声音，多走将拢来，问道：“贼在哪里？我们帮你拿去。”小娥道：“非是小可的贼，乃是江洋杀人的大强盗，赃物都在。今被我灌醉，锁住在房中，须赖人力擒他。”小娥平日结识的好些好事的人在内，见说是强盗，都摩拳擦掌道：“是甚么人？”小娥道：“就是小人的主人与他兄弟，惯做强盗。家中货财千万，都是赃物。”内中也有的道：“你在他家中，自然知他备细不差；只是没有被害失主，不好鲁莽得。”小娥道：“小人就是被害失主。小人父亲与一个亲眷，两家数十口，都被这伙人杀了。而今家中金银器皿上还有我家名字记号，须认得出。”一个老成的道：“此话是真。那申家踪迹可疑，身子常不在家，又不做生理，却如此暴富。我们只是不查得他的实迹，又怕他凶暴，所以不敢发觉。今既有谢小哥做证，我们助他一臂，擒他兄弟两个送官，等他当官追究为是。”小娥道：“我已手杀一人，只须列位

助擒得一个。”

众人见说已杀了一人，晓得事体必要经官，又且与小娥相好的多，恨申兰的也不少，一齐点了火把，望申家门里进来，只见申兰已挺尸在血泊里。开了房门，申春鼾声如雷，还在睡梦。众人把索子捆住，申春还挣扎道：“大哥不要取笑。”众人骂他：“强盗！”他兀自未醒。众人捆好了，一齐闯进内房来。那蔺氏饮酒不多，醒得快。惊起身来，见了众人火把，只道是强盗来了，口里道：“终日去打动人，今日却有人来打劫了。”众人听得，一发道是谢保之言为实。喝道：“胡说！谁来打劫你家？你家强盗事发了。”也把蔺氏与两个丫鬟拴将起来。蔺氏道：“多是丈夫与叔叔做的事，须与奴家无干。”众人道：“说不得，自到当官去对。”此时小娥恐人多抢散了赃物，先已把平日收贮之处安顿好了，锁闭着。明请地方加封，告官起发。

闹了一夜，明日押进浔阳郡来。浔阳太守张公开堂，地方人等解到一干人犯；小娥手执首词，首告人命强盗重情。此时申春宿酒已醒，明知事发，见对理的却是谢保，晓得哥哥平日有海底眼在他手里，却不知其中就里，乱喊道：“此是雇工人背主，假捏出来的事。”小娥对张太守指着申春道：“他兄弟两个为首，十年前杀了豫章客谢、段二家数十人，如何还要抵赖？”太守道：“你敢在他家佣工，同做此事，而今待你有些不是处，你先出首了么？”小娥道：“小人在他家佣工，止得二年。此是他十年前事。”太守道：“这等，你如何晓得？有甚凭据？”小娥道：“他家中所有物件，还有好些是谢、段二家之物，即此便是凭据。”太守道：“你是谢家何人？却认得是？”小娥道：“谢是小人父家，段是小人夫家。”太守道：“你是男子，如何说是夫家？”小娥道：“爷爷听禀：小妇人实是女人，不是男子。只因两家都被二盗所杀，小妇人窜入水中，遇救得活。后来父、夫托梦，说杀人姓名乃是十二个字谜，解说不出。遍问识者，无人参破。幸有洪州李判官，解得是申兰、申春。小妇人就改妆作男子，遍历江湖，寻访此二人。到得此郡，有出榜雇工者，问是申兰，小妇人有心，就投了他家。看见他出没踪迹，又认识

旧物，明知他是大盗，杀父的仇人。未见申春，不敢动手。昨日方才同来饮酒，故此小妇人手刃了申兰，叫破地方同擒了申春。只此是实。”太守见说得稀奇，就问道：“那十二字谜语如何的？”小娥把十二字念了一遍。太守道：“如何就是申兰、申春？”小娥又把李公佐所解之言，照前述了一遍。太守连连点头道：“是，是，是。快哉李君，明悟若此！他也与我有交，这事是真无疑。但你既是女人扮作男子，非止一日，如何得不被人看破？”小娥道：“小妇人冤仇在身，日夜提心吊胆，岂有破绽露出在人眼里？若稍有泄露，冤仇怎报得成？”太守心中叹道：“有志哉，此妇人也！”

又唤地方人等起来，问着事由。地方把申家向来踪迹可疑，及谢保两年前雇工，昨夜杀了申兰，协同擒了申春并他家属，今日解府的话，备细述了一遍。太守道：“赃物何在？”小娥道：“赃物向托小妇人掌管，昨夜跟同地方，封好在那里。”太守即命公人押了小娥，与同地方到申兰家起赃。金银财货，何止千万！小娥俱一一登有簿藉，分毫不爽，即时送到府堂。太守见金帛满庭，知盗情是实，把申春严刑拷打，蔺氏亦加拶指（用拶子夹手指。拶，zǎn），都抵赖不得，一一招了。太守又究余党，申春还不肯说，只见小娥袖中取出所抄的名姓，呈上太守道：“这便是群盗的名了。”太守道：“你如何知得恁细？”小娥道：“是昨日叫小妇人写了连名赛神的。小妇人暗自抄记，一人也不差。”太守一发叹赏他能事。便唤申春研问着这些人住址，逐名注明了。先把申春下在牢里，蔺氏、丫鬟讨保官卖。然后点起兵快，登时往各处擒拿。正似瓮中捉鳖，没有一个走得脱的。齐齐擒到，俱各无词。太守尽问成重罪，同申春

下在死牢里。乃对小娥道："盗情已真，不必说了。只是你不待报官，擅行杀戮，也该一死。"小娥道："大仇已报，立死无恨。"太守道："法上虽是如此，但你孝行可靠，志节堪敬，不可以常律相拘。待我申请朝廷，讨个明降（皇帝的诏旨），免你死罪。"小娥叩首称谢。太守叫押出讨保。小娥禀道："小妇人而今事迹已明，不可复与男子混处，只求发在尼庵，听候发落为便。"太守道："一发说得是。"就叫押在附近尼庵，讨个收管，一面听候圣旨发落。

太守就将备细情节奏上。内云："谢小娥立志报仇，梦寐感通，历年乃得。明系父仇，又属真盗。不惟擅杀之条，原情可免；又且矢志之事，核行可旌（jīng，表扬）！云云。元和十二年四月。"明旨批下："谢小娥节行异人，准奏免死，有司旌表其庐。申春即行处斩。"不一日，到浔阳郡府堂开读了毕。太守命牢中取出申春等死囚来，读了犯由牌，押付市曹处斩。小娥此时已复了女装，穿了一身素服，法场上看斩了申春，再到府中拜谢张公。张公命花红鼓乐，送他归本里。小娥道："父死夫亡，虽蒙相公奏请朝廷恩典，花红鼓乐之类，决非孀妇敢领。"太守越敬他知礼，点一官媪，伴送他到家，另自差人旌表。

此时哄动了豫章一郡，小娥父夫之族，还有亲属在家的，多来与小娥相见问讯。说起事由，无不悲叹惊异。里中豪族慕小娥之名，央媒求聘的殆无虚日（几乎天天如此）。小娥誓心不嫁，道："我混迹多年，已非得已；若今日嫁人，女贞何在？宁死不可！"争奈来缠的人越多了，小娥不耐烦分诉，心里想道："昔年妙果寺中，已愿为尼，只因冤仇未报，不敢落发。今吾事已毕，少不得皈依三宝，以了终身。不如趁此落发，绝了众人之愿。"小娥遂将剪子先将髻子剪下，然后用剃刀剃净了，穿了褐衣，做个行脚僧打扮，辞了亲属出家访道，竟自飘然离了本里。里中人越加叹诵。不题。

且说元和十三年六月，李公佐在家被召，将上长安，道经泗滨，有善义寺尼师大德，戒律精严，多曾会过，信步往谒。大德师接入客座，只见新来受戒的弟子数十人，俱净发鲜披，威仪雍容，列侍师之左右。内中一尼，仔细看了李公佐一回，问师道："此官人岂非是洪州判官李二十三郎？"师点头道："正是。你如何认得？"此尼即位下数行道："使我得报家仇，雪冤耻，皆此判官恩德也！"即含泪上前，稽首拜谢。李公佐却不认得，惊起答拜，道："素非相识，有何恩德可谢？"此尼道："某名小娥，即向年瓦官寺中乞食孀妇也。尊官其时以十二字谜语辨出申兰、申春二贼名姓，尊官岂忘之乎？"李公佐想了一回，方才依稀记起，却记不全。又问起是何十二字，小娥再念了一遍，李公佐豁然省悟道："一向已不记了，今见说来，始悟前事。后来果访得有此二人否？"小娥因把扮男子，投申兰，擒申春并余党，数年经营艰苦之事，从前至后，备细告诉了毕。又道："尊官恩德，无可以报，从今惟有朝夕诵经保佑而已。"李公佐问道："今如何恰得在此处相会？"小娥道："复仇已毕，其时即剪发披褐，访道于牛头山，师事大士庵尼将律师。苦行一年，今年四月始受其戒于泗州开元寺，所以到此。岂知得遇恩人，莫非天也！"李公佐道："既已受戒，是何法号？"小娥道："不敢忘本，只仍旧名。"李公佐叹息道："天下有如此至心女子！我偶然辨出二盗姓名，岂知誓志不舍，毕竟访出其人，复了冤仇。又且佣保杂处，无人识得是个女人，岂非天下难事！我当作传以旌其美。"小娥感泣，别了李公佐，仍归牛头山。扁舟泛谁，云游南国，不知所终。李公佐为撰《谢小娥传》，流传后世，载入《太平广记》。

匕首如霜铁作心，精灵万载不销沉。
西山木石填东海，女子衔仇分外深。
又云：
梦寐能通造化机，天教达识剖玄微。
姓名一解终能报，方信双魂不浪归。

李克让竟达空函 刘元普双生贵子

善有善报，善人还未享受到长寿、富贵、子孙绕膝的善报，也只是时机未到而已，时间一到，福报俱来。

刘元普广善积德，善名远播，只有一个遗憾，年过六十却无子嗣。所谓“种善因，得善果”，刘元普坚持行善，收留不熟识的落难李家母子，不愿纳官家落魄小姐裴兰孙为妾毁人幸福，便收为义女，并促成李、裴一桩亲事，还为李、裴两家亡人修葺坟茔，终于感动神明，赐官、赐寿、赐双子，百岁无憾无疾而终。

此篇旨在劝人为善，人的一言一行，上天皆看在眼里，这是因果循环之理，若是世人不信，看那刘元普的故事，自有一番感触。

诗曰：

全婚昔日称裴相，助殡千秋慕范君。

慷慨奇人难屡见，休将仗义望朝绅！

这一首诗，单道世间人周急者少，继富者多。为此，达者便说："只有锦上添花，那得雪中送炭？"只这两句话，道尽世人情态。比如一边有财有势，那趋财慕势的多只向一边去。这便是俗语叫作"一帆风"，又叫作"鹁鸽子旺边飞"。若是财利交关，自不必说。至于婚姻大事，儿女亲情，有贪得富的，便是王公贵戚，自甘与团头（地保）作对；有嫌着贫的，便是世家巨族，不得与甲长（十户为甲，其头目称甲长）联亲。自道有了一分势要，两贯浮财，便不把人看在眼里。况有那身在青云之上，拔人于淤泥之中，重捐己资，曲全婚配。恁般样人，实是从前寡见，近世罕闻。冥冥之中，天公自然照察。原来那"夫妻"二字，极是郑重，极宜斟酌，报应极是昭彰，世人绝不可戏而不戏，胡作乱为。或者因一句话上成就了一家儿夫妇，或者因一纸字中拆散了一世的姻缘。就是陷于不知，因果到底不爽。

且说南直长洲有一村农，姓孙，年五十岁，娶下一个后生继妻。前妻留下个儿子，一房媳妇，且是孝顺。但是爹娘的说话，不论好歹真假，多应在骨里的信从。那老儿和儿子，每日只是锄田耙地，出去养家过活。婆媳两个在家绩麻拈苎，自做生理。却有一件奇怪：原来那婆子虽数上了三十多个年头，十分的不长进，又道是"妇人家入土方休"，见那老子是个养家经纪之人，不恁地理会这些勾当，所以闲常也与人做了些不伶俐的身份，几番几次，漏在媳妇眼里。那媳妇自是个老实勤谨的，只以孝情为上，小心奉事翁姑，哪里有甚心去捉他破绽？谁知道无心人对着有心人，那婆子自做了这些话把，被媳妇每每冲着，虚心病了，自没意思；却恐怕有甚风声吹在老子和儿子耳朵里，颠倒在老子面前搬斗。又道是："枕边告状，一说便准。"那

老子信了婆子的言语，带水带浆的羞辱毁骂了儿子几次。那儿子是个孝心的人，听了这些话头，没个来历，直摆布得夫妻两口终日合嘴合舌，甚不相安。

看官听说：世上只有一夫一妻，一竹竿到底的，始终有些正气，自不甘学那小家腔派。独有最狠毒、最狡猾、最短见的是那晚婆，大概不是一婚两婚人，便是那低门小户、减剩货与那不学好为夫所弃的这几项人，极是“老唧溜”（老油滑），也会得使人喜，也会得使人怒，弄得人死心塌地，不敢不从。原来世上妇人除了那十分贞烈的，说着那话儿，无不着紧。男子汉到中年筋力渐衰，那娶晚婆的大半是中年人做的事，往往男大女小，假如一个老苍男子娶了水也似一个娇嫩妇人，纵是千箱万斛（hú）尽你受用，却是那话儿有些支吾不过，自觉得过意不去。随你有万分不是处，也只得依顺了他。所以那家庭间，每每被这等人炒得十清九浊。

这闲话且放过，如今再接前因。话说吴江有个秀才萧王宾，胸藏锦绣，

笔走龙蛇，因家贫，在近处人家处馆，早出晚归。主家间壁（隔壁）是一座酒肆，店主唤作熊敬溪，店前一个小小堂子，供着五显灵官。那王宾因在主家出入，与熊店主厮熟。忽一夜，熊店主得其一梦，梦见那五位尊神对他说道："萧状元终日在此来往，吾等见了坐立不安，可为吾等筑一堵短壁儿，在堂子前遮蔽遮蔽。"店主醒来，想道："这梦甚是蹊跷。说甚么萧状元，难道便是在间壁处馆的那个萧秀才？我想恁般一个寒酸措大（贫寒失意的读书人），如何便得做状元？"心下疑惑，却又道："除了那个姓萧的，却又不曾与第二个姓萧的识熟。'凡人不可貌相，海水不可斗量。'况是神道的言语，宁可信其有，不可信其无。"次日起来，当真在堂子前而堆起一堵短墙，遮了神圣，却自放在心里不题。

隔了几日，萧秀才往长洲探亲。经过一个村落人家，只见一伙人聚在一块，在那里喧嚷。萧秀才挨在人丛里看一看，只见众人指着道："这不是一位官人？来得凑巧，是必央及这官人则个。省得我们村里人去寻门馆先生。"连忙请萧秀才坐着，将过纸笔道："有烦官人写一写，自当相谢。"萧秀才道："写个甚么？且说个缘故。"只见一个老儿与一个小后生走过来道："官人听说：我们是这村里人，姓孙。爷儿两个，一个阿婆，一房媳妇。叵耐（无奈。叵，pǒ）媳妇十分不学好，到终日与阿婆斗气，我两个又是养家经纪人，一年到头，没几时住在家里。这样妇人，若留着他，到底是个是非堆。为此，今日将他发还娘家，任从别嫁。他每众位多是地方中见。为是要写一纸休书，这村里人没一个通得文墨。见官人经过，想必是个有才学的，因此相烦官人替写一写。"萧秀才道："原来如此，有甚难处？"便逞着一时见识，举笔一挥，写了一纸休书交与他两个。他两个便将五钱银子送秀才作润笔之资。秀才笑道："这几行字值得甚么？我却受你银子！"再三不接，拂着袖子，撇开众人，径自去了。

这里自将休书付与妇人。那妇人可怜勤勤谨谨，做了三四年媳妇，没缘没故的休了他，咽着这一口怨气，扯住了丈夫，哭了又哭，号天拍地的不肯

放手。口里说道："我委实不曾有甚歹心负了你，你听着一面之词，离异了我。我生前无分辨处，做鬼也要明白此事！今世不能和你相见了，便死也不忘记你。"这几句话，说得旁人俱各掩泪。他丈夫也觉得伤心，忍不住哭起来。却只有那婆子看着，恐怕儿子有甚变卦，流水（立即）和老儿两个拆开了手，推出门外。那妇人只得含泪去了，不题。

再说那熊店主，重梦见五显灵官对他说道："快与我等拆了面前短壁，拦着十分郁闷。"店主梦中道："神圣前日吩咐小人起造，如何又要拆毁？"灵官道："前日为萧秀才时常此间来往，他后日当中状元，我等见了他坐立不便，所以教你筑墙遮蔽。今他于某月某日，替某人写了一纸休书，拆散了一家夫妇，上天鉴知，减其爵禄。今职在吾等之下，相见无碍，以此可拆。"那店主正要再问时，一跳惊醒。想道："好生奇异！难道有这等事？明日待我问萧秀才，果有写休书一事否，便知端的。"

明日当真先拆去了壁，却好那萧秀才踱将来，店主邀住道："官人，有句说话。请店里坐地。"入到里面坐定吃茶，店主动问道："官人曾于某月某日与别人代写休书么？"秀才想了一会儿道："是曾写来，你怎地晓得？"店主遂将前后梦中灵官的说话，一一告诉了一遍。秀才听罢目瞪口呆，懊悔不迭。后来果然举了孝廉，只做到一个知州地位。那萧秀才因一时无心失误上，白送了一个状元。世人做事，绝不可不检点！曾有诗道得好：

人生常好事，作着不自知。
起念埋根际，须思决局时。
动止虽微渺，千连已弥滋。
昏昏罹天网，方知悔是迟。

试看那拆人夫妇的，受祸不浅，便晓得那完人夫妇的，获福非轻。如今牵说前代一个公卿，把几个他州外族之人，认作至亲骨肉，撮合了才子佳

人，保全了孤儿寡妇，又安葬了朽骨枯骸。如此阴德，又不止是完人夫妇了。所以后来受天之报，非同小可。

这话文出在宋真宗时，西京洛阳县有一官人，姓刘，名弘敬，字元普，曾任过青州刺史，六十岁上告老还乡。继娶夫人王氏，年尚未满四十。广有家财，并无子女。一应田园、典铺，俱托内侄王文用管理。自己只是在家中广行善事，仗义疏财，挥金如土。从前至后，已不知济过多少人了，四方无人不闻其名。只是并无子息，日夜忧心。

时遇清明节届，刘元普吩咐王文用整备了牲牷（quán）酒醴（lǐ），往坟茔祭扫。与夫人各乘小轿，仆从在后相随。不逾时，到了坟上，浇奠已毕，元普拜伏坟前，口中说着几句道："堪怜弘敬年垂迈，不孝有三无后大。七十人称自古稀，残生不久留尘界。今朝夫妇拜坟茔，他年谁向坟茔拜？膝下萧条未足悲，从前血食（用于祭祀的食品）何容艾（终止）？天高听远实难凭，一脉宗亲须悯爱。诉罢中心泪欲枯，先灵英爽知何在？"当下刘元普说到此处，放声大哭。旁人俱各悲凄。那王夫人极是贤德的，拭着泪上前劝道："相公请免愁烦，虽是年纪将暮，筋力未衰，妾身纵不能生育，当别娶少年为妾，子嗣尚有可望，徒悲无益。"刘元普见说，只得勉强收泪，吩咐家人送夫人乘轿先回，自己留一个家相随，闲行散闷，徐步回来。

将及到家之际，遇见一个全真先生，手执招牌，上写着"风鉴通神"。元普见是相士，正要卜问子嗣，便延他到家中来坐。吃茶已毕，元普端坐，求先生细相。先生仔细相了一回，略无忌讳，说道："观使君气色，非但无嗣，寿亦在旦夕矣。"元普道："学生年近古稀，死亦非夭。子嗣之事，至此暮年，亦是水中捞月了。但学生自想，生平虽无大德；济弱扶倾，矢心已久。不知如何罪业，遂至殄绝（灭绝）祖宗之祀？"先生微笑道："使君差矣！自古道：'富着怨之丛。'使君广有家私，岂能一一综理？彼任事者只顾肥家，不存公道，大斗小秤，侵剥百端，以致小民愁怨。使君纵然行善，只好功过相酬耳，恐不能获福也。使君但当悉杜其弊，益广仁慈；多福多寿多

男，特易易耳。”无普闻言，默然听受。先生起身作别，不受谢金，飘然去了。元普知是异人，深信其言，遂取田园、典铺账目一一稽查，又潜往街市、乡间，各处探听，尽知其实。遂将众管事人一一申饬，并妻侄王文用也受了一番呵斥。自此益修善事，不题。

却说汴京有个举子李逊，字克让，年三十六岁。亲妻张氏，生子李彦青，小字春郎，年方十六。本是西粤人氏，只为与京师窎远（遥远。窎，diào），十分孤贫，不便赴试。数年前挈妻携子流寓京师，却喜中了新科进士，除授钱塘县尹，择个吉日，一同到了任所。李克让看见湖山佳胜，宛然神仙境界，不觉心中爽然。谁想贫儒命薄，到任未及一月，犯了个不起之症。正是：浓霜偏打无根草，祸来只奔福轻人。那张氏与春郎请医调治，百般无效，看看待死。

一日李克让唤妻子到床前，说道：“我苦志一生，得登黄甲，死亦无恨。但只是无家可奔，无族可依，撇下寡妇孤儿，如何是了？可痛！可怜！”说罢，泪如雨下。张氏与春郎在旁劝住。克让想道：“久闻洛阳刘元普仗义疏财，名传天下，不论识认不识认，但是以情相求，无有不应。除是此人，可以托妻寄子。”便叫：“娘子，扶我起来坐了。”又叫儿子春郎取过文房四宝，正待举笔，忽又停止。心中好生踌躇道：“我与他从来无交，难叙寒温。这书如何写得？”疾忙心生一计，吩咐妻儿取汤取水，把两个人都遣开了。及至取得汤水来时，已自把书重重封固，上面写十五字，乃是“辱弟李逊书呈洛阳恩兄刘元普亲拆”。把来递与妻儿收好，说道：“我有个八拜为交的故人，乃青州刺史刘元普，本籍洛阳人氏。此人义气干霄，必能济汝母子。将我书前去投他，料无阻拒。可多多拜上刘伯父，说我生前不及相见了。”随吩咐张氏道：“二十载恩情，今长别矣。倘蒙伯父收留，全赖小心相处。必须教子成名，补我未逮之志。你已有遗腹两月，倘得生子，使其仍读父书；若生女时，将来许配良人。我虽死亦瞑目。”又吩咐春郎道：“汝当事刘伯父如父，事刘伯母如母。又当孝敬母亲，励精学业，以图荣显，我死犹生。如违我言，九泉之下，亦不安也！”两人垂泪受教。又嘱咐道：“身死之后，权寄棺木浮丘寺中，俟（sì，等）投过刘伯父，徐图殡葬。但得安土埋藏，不须重到西粤。”说罢，心中硬咽，大叫道：“老天！老天！我李逊如此清贫，难道要做满一个县令，也不能够！”当时蓦然倒在床上，已自叫唤不醒了。正是：君恩新荷喜相随，谁料天年已莫追！休为李君伤夭逝，四龄已可做颜回。

张氏、春郎各各哭得死而复苏。张氏道：“撇得我孤孀二人好苦！倘刘君不肯相容，如何处置？”春郎道：“如今无计可施，只得依从遗命。我爹爹最是识人，或者果是好人也不见得。”张氏即将囊橐检点，哪曾还剩得分文？原来李克让本是极孤极贫的，做人甚是清方。到任又不上一月，虽有些少，已为医药废尽了。还亏得同僚相助，将来买具棺木盛殓，停在衙中。母子二人朝夕哭奠，过了七七之期，依着遗言寄柩浮丘寺内。收拾些小行李盘缠，带了遗书，饥餐渴饮，夜宿晓行，取路投洛阳县来。

却说刘元普一日正在书斋闲玩古典，只见门上人报道：“外有母子二人，口称西粤人氏，是老爷至交亲戚，有书拜谒。”元普心下着疑，想道：“我哪里来这样远亲？”便且叫请进。母子二人，走到跟前，施礼已毕。元普道：“老夫与贤母子在何处识

面？实有遗忘，伏乞详示。”李春郎笑道：“家母、小侄，其实不曾得会。先君却是伯父至交。”元普便请姓名。春郎道：“先君李逊，字克让，母亲张氏。小侄名彦青，字春郎。本贯西粤人氏。先君因赴试，流落京师，以后得第，除授钱塘县尹。一月身亡，临终时怜我母子无依，说有洛阳刘伯父，是幼年八拜至交，特命亡后赍了手书，自任所前来拜恳。故此母子造宅，多有惊动。”元普闻言，茫然不知就里。春郎便将书呈上，元普看了封签上面十五字，好生诧异。及至拆封看时，却是一张白纸。吃了一惊，默然不语，左右想了一回，猛可里（忽然间）心中省悟道：“必是这个缘故无疑，我如今不要说破，只教他母子得所便了。”张氏母子见他沉吟，只道不肯容纳，岂知他却是天大一场美意！

元普收过了书，便对二人说道：“李兄果是我八拜至交，指望再得相会，谁知已作古人？可怜！可怜！今你母子就是我自家骨肉，在此居住便了。”便叫请出王夫人来说知来历，认为妯娌。春郎以子侄之礼自居，当时摆设筵席款待二人。酒间说起李君灵柩在任所寺中，元普一力应承殡葬之事。王夫人又与张氏细谈，已知他有遗腹两月了。酒散后，送他母子到南楼安歇。家伙器皿无一不备，又拨几对仆服侍。每日三餐，十分丰美。张氏母子得他收留，已自过望，谁知如此殷勤，心中感激不尽。过了几时，元普见张氏德性温存，春郎才华英敏，更兼谦谨老成，愈加敬重。又一面打发人往钱塘扶柩（护送灵柩）了。

忽一日，正与王夫人闲坐，不觉掉下泪来。夫人忙问其故，元普道：“我观李氏子，仪容志气，后来必然大成。我若得这般一个儿子，真可死而无恨。今年华已去，子息杳然，为此不觉伤感。”夫人道：“我屡次劝相公娶妾，只是不允。如今定为相公觅一侧室，管取宜男。”元普道：“夫人休说这话，我虽垂暮，你却尚是中年。若是天不绝我刘门，难道你不能生育？若是命中该绝，纵使姬妾盈前，也是无干。”说罢，自出去了。夫人这番却主意要与丈夫娶妾，晓得与他商量，定然推阻。便私下叫家人唤将做媒的薛婆来，说知就里，又嘱咐道："直待事成之后，方可与老爷得知。必用心访个德容兼备的，或者老爷才肯相爱。"薛婆一一应诺而去。过不多日，薛婆寻了几头来说，领来看了，没一个中夫人的意。薛婆道："此间女子，只好恁样。除非汴梁帝京五方杂聚去处，才有出色女子。"恰好王文用有别事要进京，夫人把百金密托了他，央薛婆与他同去寻觅。薛婆也有一头媒事要进京，两得其便，就此起程不题。

如今再表一段原因，话说汴京开封府祥符县有一进士，姓裴名习，字安卿，年登五十，夫人郑氏早亡。单生一女，名唤兰孙，年方二八，仪客绝世。裴安卿做了郎官几年，升任襄阳刺史。有人对他说道："官人向来清苦，今得此美任，此后只愁富贵不愁贫了。"安卿笑道："富自何来？每见贪酷小人，唯利是图，不过使这几家治下百姓卖儿贴妇，充其囊橐，此真狼心狗行之徒！天子教我为民父母，岂是教我残害子民？我今此去，唯吃襄阳一杯淡水而已。贫者人之常，叨朝廷之禄，不至冻馁足矣，何求富为！"裴安卿立心要做个好官，选了吉日，带了女儿起程赴任。不则一日，到了襄阳。莅任半年，治得那一府物阜民安，词清讼简。民间造成几句谣词，说道：襄阳府前一条街，一朝到了裴天台。六房吏书去打盹，门子皂隶去砍柴。

光阴荏苒，又是六月炎天。一日，裴安卿与兰孙吃过午饭，暴暑难当。安卿命汲井水解热，霎时井水将到。安卿吃了两盅，随后叫女儿吃。兰孙饮了数口，说道："爹爹，恁样淡水，亏爹爹怎生吃下诺多！"安卿道："休说这般折福的话！你我有得这水吃时，也便是神仙了，岂可嫌淡！"兰孙道："爹爹，如何便见得折福？这样时候，多少王孙公子雪藕调冰，浮瓜沉李，也不为过。爹爹身为郡侯，饮此一杯淡水，还道受用，也太迂阔了！"安卿道："我儿不谙事务，听我道来。假如那王孙公子，倚傍着祖宗的势耀，顶戴着先人积攒下的钱财，不知稼穑，又无甚事业，只图快乐，落得受用。却不知乐极悲生，也终有马死黄金尽的时节；纵不然，也是他生来有这些福气。你爹爹贫寒出身，又叨朝廷民社之责，须不能够比他。还有那一等人，

假如当此天道，为将边庭，身披重铠，手执戈矛，日夜不能安息，又且死生朝不保暮。更有那荷锸（chā，铁锹）农夫，经商工役，辛勤陇陌，奔走泥涂，雨汗通流，还禁不住那当空日晒。你爹爹比他不已是神仙了？又有那下一等人，一时过误，问成罪案，困在囹固，受尽鞭棰，还要肘手镣足，这般时节，拘于那不见天日之处，休说冷水，便是泥汁也不能够。求生不得生，求死不得死，父娘皮肉，痛痒一般，难道偏他们受得苦起？你爹爹比他岂不是神仙？今司狱司中见有一二百名罪人，吾意欲散禁他每在狱，日给冷水一次，待交秋再作理会。"兰孙道："爹爹未可造次。狱中罪人，皆不良之辈，若轻松了他，倘有不测，受累不浅。"安卿道："我以好心待人，人岂负我？我但吩咐牢子紧守监门便了。"也是合当有事。只因这一节，有分教：应死囚徒俱脱网，施仁郡守反遭殃。

次日，安卿升堂，吩咐狱吏将囚人散禁在牢，日给凉水与他，须要小心看守。狱卒应诺了。当日便去牢里，松放了众囚，各给凉水。牢子们紧紧看守，不致疏虞（疏忽）。过了十来日，牢子们就懈怠了。忽又是七月初一日，狱中旧例：每逢月朔便献一番利市。那日烧过了纸，众牢子们都去吃酒散福。从下午吃起，直吃到黄昏时候，一个个酩酊烂醉。那一干囚犯，初时见狱中宽纵，已自起心越牢。内中有几个有见识的，密地教对付些利器暗藏在身边。当日见众人已醉，就便乘机发作。约莫到二更时分，狱中一片声喊起，一二百罪人，一齐动手。先将那当牢的禁子杀了，打出车门，将那狱吏牢子一个个砍翻，撞见的，多是一刀一个。有的躲在黑暗里听时，只听得喊道："太爷平时仁德，我每不要杀他！"直反到各衙门，杀了几个佐贰官。那时正是清平时节，城门还未曾闭，众人呐声喊，一哄逃走出城。正是：鳌鱼脱却金钩去，摆尾摇头再不来。

那时裴安卿听得喧嚷，在睡梦中惊觉，连忙起来，早已有人报知。裴安卿听说，却正似顶门上失了三魂，脚底下荡了七魄，连声只叫得苦，悔道："不听兰孙之言，以至于此！谁知道将仁待人，被人不仁！"一面点起民壮，分头追捕。多应是海底捞针，哪寻一个？

次日这桩事，早报与上司知道，少不得动了一本。不上半月已到汴京，奏章早达天听，天子与群臣议处。若是裴安卿是个贪赃刻剥、阿谀谄佞的，朝中也还有人喜他。只为平素心性刚直，不肯趋奉权贵，况且一清如水，俸资之外，毫不苟取，那有钱财夤缘（向上巴结。夤，yín）势要？所以无一人与他辩冤。多道："纵囚越狱，典守者不得辞其责。又且杀了佐贰，独留刺史，事属可疑，合当拿问。"天子准奏，即便批下本来，着法司差官扭解到京。那时裴安卿便是重出世的召父，再生来的杜母，也只得低头受缚。却也道自己素有政声，还有辩白之处，叫兰孙收拾了行李，父女两个同了押解人起程。

不则一日，来到东京。那裴安卿旧日住居，已奉圣旨抄没了。童仆数人，分头逃散，无地可以安身。还亏得郑夫人在时，与清真观女道往来，只得借他一间房子与兰孙住下了。次日，青衣小帽，同押解人到朝候旨。奉圣旨：下大理狱鞫审（审问。鞫，jū）。即刻便自进牢。兰孙只得将了些钱钞，买上告下，去狱中传言寄语，担茶送饭。原来裴安卿年衰力迈，受了惊惶，又受了苦楚，日夜忧虞，饮食不进。兰孙设处送饭，枉自费了银子。

一日，见兰孙正到狱门首来，便唤住女儿说道："我气塞难当，今日大分必死。只为为人慈善，以致招祸，累了我儿。虽然罪不及孥（nú，妻子和儿女），只是我死之后，无路可投；作婢为奴，定然不免！"那安卿说到此处，好如万箭钻心，长号数声而绝。还喜未及会审，不受那三木囊头之苦。兰孙跌脚捶胸，哭得个发昏章第十一（昏天黑地）。欲要领取父亲尸首，又道是"朝廷罪人，不得擅便"，当时兰孙不顾死生利害，闯进大理寺衙门，哭诉越狱根由，哀感旁人。幸得那大理寺卿，还是个有公道的人，见了这般情状，恻然不忍。随即进一道表章，上写着："大理寺卿臣某，勘得襄阳刺史裴习，抚字心劳，提防政拙。虽法禁多疏，自干天谴，而反情无据，可表臣心。今已毙囹圄，宜从宽贷。伏乞速降天恩，赦其遗尸归葬，以彰朝廷优待臣下之心。臣某惶恐上言。”那真宗也是个仁君，见裴习已死，便自不欲苛求，即批准了表章。

兰孙得了这个消息，算是黄连树下弹琴——苦中取乐了。将身边所剩余银，买口棺木，雇人抬出尸首，盛殓好了，停在清真观中，做些羹饭浇奠了一番，又哭得一佛出世。那裴安卿所带盘费，原无几何，到此已用得干干净净了。虽是已有棺木，殡葬之资，毫无所出。兰孙左思右想，道：“只有个舅舅郑公见任西川节度使，带了家眷在彼，却是路途险远，万万不能搭救。真正无计可施。”

事到头来不自由，只得手中拿个草标，将一张纸写着“卖身葬父”四字，到灵柩前拜了四拜，祷告道：“爹爹阴灵不远，保奴前去得遇好人。”拜罢起身，噙着一把眼泪，抱着一腔冤恨，忍着一身羞耻，沿街喊叫。可怜裴兰孙是个娇滴滴的闺中处子，见了一个蓦生人，也要面红耳热的，不想今日出头露面！思念父亲临死言辞，不觉寸肠俱裂。正是：天有不测风云，人有旦夕祸福。生来运蹇时乖，只得含羞忍辱。父兮桎梏亡身，女兮街衢（qú）痛哭。纵教血染鹃红，彼苍不念茕（qiòng）独！

又道是天无绝人之路，正在街上卖身，只见一个老妈妈走近前来，欠身施礼，问道："小娘子为着甚事卖身？又恁般愁容可掬？"仔细认认，吃了一惊道："这不是裴小姐？如何到此地位？"原来那妈妈，正是洛阳的薛婆。郑夫人在时，薛婆有事到京，常在裴家往来的，故此认得。兰孙抬头见是薛婆，就同他走到一个僻静所在，含泪把上项事说了一遍。那婆子家最易眼泪出的，听到伤心之处，不觉也哭起来道："原来尊府老爷遭此大难！你是个宦家之女，如何做得以下之人？若要卖身，虽然如此娇姿，不到得便为奴作婢，也免不得是个偏房了。"兰孙道："今日为了父亲，就是杀身，也说不得，何惜其他？"薛婆道："既如此，小姐请免愁烦。洛阳县刘刺史老爷，年老无儿，夫人王氏要与他娶个偏房，前日曾嘱咐我，在本处寻了多时，并无一个中意的，如今因为洛阳一个大姓央我到京中相府求一头亲事，夫人乘便嘱咐亲侄王文用带了身价，同我前来遍访。也是有缘，遇着小姐。王夫人原说要个德容两全的，今小姐之貌，绝世无双，卖身葬父，又是大孝之事。这事十有九分了。那刘刺史仗义疏财，王夫人大贤大德，小姐到彼虽则权时（暂时）落后，尽可快活终身。未知尊意何如？"兰孙道："但凭妈妈主张，只是卖身为妾，玷辱门庭，千万莫说出真情，只认做民家之女罢了。"薛婆点头道是，随引了兰孙小姐一同到王文用寓所来。薛婆就对他说知备细。王文用远远地瞟去，看那小姐已觉得倾国倾城，便道："有如此绝色佳人，何怕不中姑娘之意！"正是：踏破铁鞋无觅处，得来全不费工夫。

当下一边是落难之际，一边是富厚之家，并不消争短论长，已自一说一中。整整兑足了一百两雪花银子，递与兰孙小姐收了，就要接他起程。兰孙道："我本为葬父，故此卖身，须是完葬事过，才好去得。"薛婆道："小娘子，你孑然一身，如何完得葬事？何不到洛阳成亲之后，那时请刘老爷差人埋葬，何等容易！"兰孙只得依从。

那王文用是个老成才干的人，见是要与姑夫为妾的，不敢怠慢。教薛婆与他做伴同行，自己常在前后。东京到洛阳只有四百里之程，不上数日，早已到了刘家。王文用自往解库中去了。薛婆便悄悄地领他进去，叩见了王夫人。夫人抬头看兰孙时，果然是：脂粉不施，有天然姿格；梳妆略试，无半点尘纷。举止处，态度从容；语言时，声音凄婉。双娥颦蹙，浑如西子入吴时；两颊含愁，正似王嫱辞汉日。可怜妩媚清闺女，权作追随宦室人！当时王夫人满心欢喜，问了姓名，便收拾一间房子，安顿兰孙，拨一个养娘服侍他。

次日，便请刘元普来，从容说道："老身今有一言，相公幸勿嗔怪！"刘元普道："夫人有话即说，何必讳言？"夫人道："相公，你岂不闻人生七十古来稀？今你寿近七十，前路几何？并无子息。常言道：'无病一身轻，有子万事足。'久欲与相公纳一侧室，一来为相公持正，不好妄言；二来未得其人，姑且隐忍。今娶得汴京裴氏之女，正在妙龄，抑且才色两绝，愿相公立他做个偏房，或者生得一男半女，也是刘门后代。"刘元普道："老夫只恐命里无嗣，不欲耽误人家幼女。谁知夫人如此用心，而今且唤他出来见我。"当下兰孙小姐移步出房，倒身拜了。刘元普看见，心中想道："我观此女仪容动止，决不是个以下之人。"便开口问道："你姓甚名谁？是何等样人家之女？为甚事卖身？"兰孙道："贱妾乃汴京小民之女，姓裴，小名兰孙。父死无资，故此卖身殡葬。"口中如此说，不觉暗地里偷弹泪珠。刘元普相了又相道："你定不是民家之女，不要哄我！我看你愁容可掬，必有隐情。可对我一一直言，与你做主分忧便了。"兰孙初时隐讳，怎当得刘元普再三盘问，只得将那放囚得罪缘由，从前至后，细细说了一遍，不觉泪如涌泉。刘元普大惊失色，也不觉泪下道："我说不像民家之女，夫人几乎误了老夫！可惜一个好官，遭此屈祸！"忙向兰孙小姐连称："得罪！"又道："小姐身既无依，便住在我这里，待老夫选择地基，殡葬尊翁便了。"兰孙道："若得如此周全，此恩惟天可表！相公先受贱妾一拜。"刘元普慌忙扶起，吩咐养娘：

“好生服事裴家小姐，不得有违！”当时走到厅堂，即刻差人往汴京迎裴使君灵柩。不多日，扶柩到来，却好钱塘李县令灵柩一齐到了。刘元普将来共停在一个庄厅之上，备了两个祭筵拜奠。张氏自领了儿子，拜了亡夫；元普也领兰孙拜了亡父。又延一个有名的地理师，拣寻了两块好地基，等待腊月吉日安葬。

一日，王夫人又对元普说道：“那裴氏女虽然贵家出身，却是落难之中，得相公救拔他的。若是流落他方，不知如何下贱去了。相公又与他择地葬亲，此恩非小，他必甘心与相公为妾的。既是名门之女，或者有些福气，诞育子嗣，也不见得。若得如此，非但相公有后，他也终身有靠，未为不可。望相公思之。”夫人不说犹可，说罢，只见刘元普勃然作色道：“夫人说那里话！天下多美妇人，我欲娶妾，自可别图，岂敢污裴使君之女！刘弘敬若有此心，神天鉴察！”夫人听说，自道失言，顿口不语。刘元普心里不乐，想了一回道：“我也太呆了。我既无子嗣，何不索性认他为女，断了夫人这点念头？”便叫丫鬟请出裴小姐来，道：“我叨长尊翁多年，又同为刺史之职。年华高迈，子息全无，小姐若不弃嫌，欲待螟蛉（养女）为女。意下何如？”兰孙道：“妾蒙相公、夫人收养，愿为奴婢，早晚服事。如此厚待，如何敢当？”刘元普道：“岂有此理！你乃宦家之女，偶遭挫折，焉可贱居下流？老夫自有主意，不必过谦。”兰孙道：“相公、夫人正是重生父母，虽粉骨碎身，无可报答。既蒙不鄙微贱，认为亲女，焉敢有违！今日就拜了爹妈。”刘元普欢喜不胜，便对夫人道：“今日我以兰孙为女，可受他全礼。”当下兰孙插烛也似的拜了八拜。自此便叫刘相公、夫人

为爹爹、母亲，十分孝敬，倍加亲热。夫人又说与刘元普道："相公既认兰孙为女，须当与他择婿。侄儿王文用青年丧偶，管理多年，才干精敏，也不辱没了女儿。相公何不与他成就了这头亲事？"刘元普微微笑道："内侄继娶之事，少不得在老夫身上。今日自有主意，你只管打点妆奁便了。"夫人依言。元普当时便拣下了一个成亲吉日，到期宰杀猪羊，大排筵会，遍请乡绅亲友，并李氏母子，内侄王文用一同来赴庆喜华筵。众人还只道是刘公纳宠，王夫人也还只道是与侄儿成婚。正是：方丈广寒难得到，嫦娥今夜落谁家？

看看吉时将及，只见刘元普教人棒出一套新郎衣饰，摆在堂中。刘元普拱手向众人说道："列位高亲在此，听弘敬一言：敬闻'利人之色不仁，乘人之危不义'。襄阳裴使君以在事系狱身死，有女兰孙，年方及笄。荆妻欲纳为妾，弘敬宁乏子嗣，决不敢污使君之清德。内侄王文用虽有综理之才，却非仕宦中人，亦难以配公侯之女。惟我故人李县令之子彦育者，既出望族，又值青年，貌比潘安，才过子建，诚所谓'窈窕淑女，君子好逑'者也，今日特为两人成其佳偶。诸公以为何如？"众人异口同声，赞叹刘公盛德。李春郎出其不意，却待推逊，刘元普哪里肯从？便亲手将新郎衣中与他穿带了。次后笙歌鼎沸，灯火辉煌，远远听得环佩之声，却是薛婆做喜娘，几个丫鬟一同簇拥着兰孙小姐出来。二位新人，立在花毡之上，交拜成礼。真是说不尽那奢华富贵，但见："粉孩儿"对对挑灯，"七娘子"双双执扇。观看的是"风检才""麻婆子"，夸称道"鹊桥仙"并进"小蓬莱"；服侍的是"好姐姐""柳青娘"，帮衬道"贺新郎"同入"销金帐"。做娇客的磨枪备箭，岂宜重问"后庭花"？做新妇的，半喜还忧，此夜定然"川拨棹"。"脱布衫"时欢未艾，"花心动"处喜非常。

当时张氏和春郎魂梦之中，也不想得到此，真正喜自天来。兰孙小姐灯烛之下，觑见新郎容貌不凡，也自暗暗地欢喜。只道嫁个老人星，谁知却嫁了个文曲星！行礼已毕，便服侍新人上轿。刘元普亲自送到南楼，结烛合奁，又把那千金壮奁，一齐送将过来。刘元普自回去陪宾，大吹大擂，直饮至五更而散。这里洞房中一对新人，真正佳人遇着才子，那一宵欢爱，端的是如胶似漆，似水如鱼。枕边说到刘公大德，两下里感激深入骨髓。

次日天明起来，见了张氏。张氏又同他夫妇拜见刘公，十万分称谢。随后张氏就办些祭物，到灵柩前，叫媳妇拜了公公，儿子拜了岳父。张氏抚棺哭道："丈夫生前为人正直，死后必有英灵。刘伯父周济了寡妇孤儿，又把名门贵女做你媳妇，恩德如天，非同小可！幽冥之中，乞保佑刘伯父早生贵子，寿过百龄！"春郎夫妻也各自默默地祷祝，自此上和下睦，夫唱妇随，日夜焚香保刘公冥福。

不觉光阴荏苒，又是腊月中旬，茔葬吉期到了。刘元普便自聚起匠役人工，在庄厅上抬取一对灵柩，到坟茔上来。张氏与春郎夫妻，各各带了重孝相送。当下埋棺封土已毕，各立一个神道碑：一书"宋故襄阳刺史安卿裴公之墓"；一书"宋故钱塘县尹克让李公之墓"。只见松柏参差，山水环绕，宛然二冢相连。刘元普设三牲礼仪，亲自举哀拜奠。张氏三人放声大哭，哭罢，一齐望着刘元普拜倒在荒草地上不起。刘元普连忙答拜，只是谦让无能，略无一毫自矜之色。随即回来，各自散讫。

是夜，刘元普睡到三更，只见两个人幞头象简，金带紫袍，向刘元普扑地倒身拜下，口称"大恩人"。刘元普吃了一惊，慌忙起身扶住道："二位尊神何故降临？折杀老夫也！"那左手的一位，说道："某乃襄阳刺史裴习，此位即钱塘县令李克让也。上帝怜我两人清忠，封某为天下都城隍，李公为天曹府判官之职。某系狱身死之后，幼女无投，承公大恩，赐之佳婿，又赐佳城，使我两人冥冥之中，遂为儿女姻眷。恩同天地，难效涓埃。已曾合表上奏天庭，上帝鉴公盛德，特为官加一品，寿益三旬，子生双贵，幽明虽隔，敢不报知？"那右手的一位，又说道："某只为与公无交，难诉衷曲。故此空函寓意，不想公一见即明，慨然认义，养生送死，已出殊恩。淑女承祧（承继为后嗣。祧，tiāo），尤为望外。虽益寿添嗣，未足报洪恩之万一。今有

遗腹小女凤鸣，明早已当出世，敢以此女奉长郎君箕帚。公与我媳，我亦与公媳，略尽报效之私。”言讫，拱手而别。刘元普慌忙出送，被两人用手一推，瞥然（忽然）惊觉。却正与王夫人睡在床上，便将梦中所见所闻，一一说了。夫人道：“妾身亦慕相公大德，古今罕有，自然得福非轻，神明之言，谅非虚谬。”刘元普道：“裴、李二公，生前正直，死后为神。他感我嫁女婚男，故来托梦，理之所有。但说我‘寿增三十’，世间那有百岁之人？又说赐我二子，我今年已七十，虽然精力不减少时，那七十岁生子，却也难得，恐未必然。”

次日早晨，刘元普思忆梦中言语，整了衣冠，步到南楼。正要说与他三人知道，只见李春郎夫妇出来相迎，春郎道：“母亲生下小妹，方在坐草之际。昨夜我母子三人各有异梦，正要到伯父处报知贺喜，岂知伯父已先来了。”刘元普见说张氏生女，思想梦中李君之言，好生有验，只是自己不曾有子，不好说得。当下问了张氏平安，就问：“梦中所见如何？”李春郎道：“梦见父亲岳父俱已为神，口称伯父大德，感动天庭，已为延寿添子。”三人所梦，总是一样。刘元普暗暗称奇，便将自己梦中光景，一一对两人说了。春郎道：“此皆伯父积德所致，天理自然，非虚幻也。”刘元普随即回家，与

夫人说知，各各骇叹，又差人到李家贺喜。不逾时，又及满月。张氏抱了幼女来见伯父伯母。元普便问："令爱何名？"张氏道："小名凤鸣，是亡夫梦中所嘱。"刘元普见与己梦相符，愈加惊异。

话休絮烦。且说王夫人当时年已四十岁了，只觉得喜食咸酸，时常作呕。刘元普只道中年人病发，延医看脉，没一个解说得出。就有个把有手段的忖道："像是有喜的脉气。"却晓得刘元普年已七十，王夫人年已四十，从不曾生育的，为此都不敢下药。只说道："夫人此病不消服药，不久自瘳。"刘元普也道这样小病，料是不妨，自此也不延医，放下了心。只见王夫人又过了几时，当真病好。但觉得腰肢日重，裙带渐短，眉低眼慢，乳胀腹高。刘元普半信半疑道："梦中之言，果然不虚么？"日月易过，不觉已及产期。刘元普此时不由你不信是有孕，提防分娩，一面唤了收生婆进来，又雇了一个奶子。忽一夜，夫人方睡，只闻得异香扑鼻，仙音嘹亮。夫人便觉腹痛，众人齐来服侍分娩。不上半个时辰，生下一个孩儿。香汤沐浴过了，看时，只见眉清目秀，鼻直口方，十分魁伟。夫妻两人欢喜无限。元普对夫人道："一梦之灵验如此，若如裴、李二公之言，皆上天之赐也。"就取名刘天佑，字梦祯。此事便传遍洛阳一城，把做新闻传说。百姓们编出四句口号道：刺史生来有奇骨，为人专好积阴骘（阴德。骘，zhì）。嫁了裴女换刘儿，养得头生做七十。

转眼间，又是满月，少不得做汤饼会。众乡绅亲友，齐来庆贺，真是宾客填门。吃了三五日筵席。春郎与兰孙，自梯已设宴贺喜，自不必说。

且说李春郎自从成婚葬父之后，一发潜心经史，希图上进，以报大恩。又得刘元普扶持，入了国子学，正与伯父、母、妻商量到京赴学，以待试期。只见汴京有个公差到来，说是郑枢密府中所差，前来接取裴小姐一家的。原来那兰孙的舅舅郑公，数月之内，已自西川节度内召为枢密院副使。还京之日，已知姊夫被难而亡。遂到清真观问取甥女消息。说是卖在洛阳。又遣人到洛阳探问，晓得刘公仗义全婚，称叹不尽。因为思念甥女，故此欲

接取他姑嫜（丈夫的母亲与父亲。嫜，zhāng）、夫婿，一同赴京相会。春郎得知此信，正是两便。兰孙见说舅舅回京，也自十分欢喜。当下禀过刘公夫妇，就要择个吉日，同张氏和凤鸣起程。到期刘元普治酒饯别，中间说起梦中之事，刘元普便对张氏说道："旧岁，老夫梦中得见令先君，说令爱与小儿有婚姻之分。前日小儿未生，不敢启齿。如今倘蒙不鄙，愿结葭莩（新戚）。"张氏欠身答应"先夫梦中曾言，又蒙伯伯不弃，大恩未报，敢惜一女？只是母子孤寒如故，未敢仰攀。倘得犬子成名，当以小女奉郎君箕帚。"当下酒散，刘公又嘱付兰孙道："你丈夫此去，前程万里。我两人在家安乐，孩儿不必挂怀。"诸人各各流涕，恋恋不舍。临行，又自再三下拜，感谢刘公夫妇盛德。然后垂泪登程去了。洛阳与京师却不甚远，不时常有音信往来，不必细说。

再表公子刘天佑，自从生育，日往月来，又早周岁过头。一日，奶子抱了小官人，同了养娘朝云，往外边耍子。那朝云年十八岁，颇有姿色。随了奶子出来玩耍了一晌，奶子道："姐姐，你与我略抱一抱，怕风大，我去将衣服来与他穿。"朝云接过抱了，奶子进去了一回出来，只听得公子啼哭之声；着了忙，两步当一步，走到面前，只见朝云一手抱了，一手伸在公子头上揉着。奶子疾忙近前看时，只见跌起老大一个疙瘩。便大怒发话道："我略转得一转背，便把他跌了。你岂不晓得他是老爷、

夫人的性命？若是知道，须连累我吃苦！我便去告诉老爷、夫人，看你这小贱人逃得过这一顿责罚也不！”说罢，抱了公子，气愤愤的便走。朝云见他势头不好，一时性发，也接应道：“你这样老猪狗！倚仗公子势利，便欺负人，破口骂我！不要使尽了英雄！莫说你是奶子，便是公子，我也从不曾见有七十岁的养头生。知他是拖来也是抱来的人？却为这一跌便凌辱我！”朝云虽是口强，却也心慌，不敢便走进来。不想那奶子一五一十竟将朝云说话对刘元普说了。元普听罢，忻然（愉快。忻，xīn）说道：“这也怪他不得。七十生子，原是罕有，他一时妄言，何足计较？”当时奶子只道搬斗朝云一场，少也敲个半死，不想元普如此宽客，把一片火性化作半杯冰水，抱了公子自进去了。

却说元普当夜与夫人吃夜饭罢，自到书房里去安歇。吩咐女婢道：“唤朝云到我书房里来！”众女婢只道为日里事发，要难为他，倒替他担着一把干系，疾忙鹰拿燕雀的把朝云拿到。可怜朝云怀着鬼胎，战兢兢的立在刘元普面前，只打点领责。元普吩咐众人道：“你们多退去，只留朝云在此。”众人领命，一齐都散，不留一人。元普便叫朝云闭上了门，朝云正不知刘元普葫芦里卖出甚么药来。只见刘元普叫他近前，说道：“人之不能生育，多因交会之际，精力衰徽，浮而不实，故艰于种子。若精力健旺，虽老犹少。你却道老年人不能生产，便把那抱别姓、借异种这样邪说疑我。我今夜留你在此，正要与你试试精力，消你这点疑心。”原来刘元普初时只道自己不能生儿，所以不肯轻纳少年女子。如今已得过头生，便自放胆大了。又见梦中说“尚有一子”，一时间不觉通融起来。那朝云也是偶然失言，不想到此分际，却也不敢违拗，只得服侍元普解衣同寝。但见：一个似八百年彭祖的长兄，一个似三十岁颜回的少女。尤云殢（tì）雨，宓妃倾洛水，浇着寿星头；似水如鱼，吕望持钓竿，拨动杨妃舌。乘牛老君，搂住捧珠盘的龙女；骑驴果老，搭着执笊篱的仙姑。胥靡藤缠定牡丹花，绿毛龟采取芙蕖蕊。太白金星淫性发，上青玉女欲情来。 刘元普虽则年老，精神强悍。朝云只得忍着痛苦

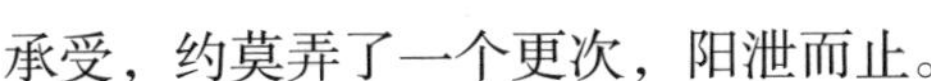

承受，约莫弄了一个更次，阳泄而止。

是夜刘元普便与朝云同睡，天明，朝云自进去了。刘元普起身对夫人说知此事，夫人只是笑。众女婢和奶子多道：“老爷一向极有正经，而今到恁般老没志气。”谁想刘元普和朝云只此一宵，便受了娠。刘元普也是一时要他不疑，卖弄本事，也不道如此快杀。夫人便铺个下房，劝相公册立朝云为妾。刘元普应允了，便与朝云戴笄，纳为后房，不时往朝云处歇宿。朝云想起当初一时失言，到得这个好地位。那刘元普与朝云戏语道：“你如今方信公子不是拖来抱来的了么？”朝云耳红面赤，不敢言语。转眼之间，又已十月满了。一日，朝云腹痛难禁，也觉得异香满室，生下一个儿子，方才落地，只听得外面喧嚷。刘元普出来看时，却是报李春郎状元及第的。刘元普见侄儿登第，不辜负了从前认义之心，又且正值生子之时，也是个大大吉儿。心下不胜快乐。当时报喜人就呈上李状元家书。刘元普拆开看道：“侄子母孤孀，得延残息足矣。赖伯父保全终始，遂得成名，皆伯父之赐也。迩来二尊人起居，想当佳胜。本欲给假，一侯尊颜，缘侍讲东宫，不离朝夕，未得如心。姑寄御酒二瓶，为伯父颐老之资；宫花二朵，为贤郎鼎元之兆。临风神往，不尽鄙枕。”

刘元普看毕，收了御酒宫花，正进来与夫人说知。只见公子天佑走将过来，刘元普唤住，递宫花与他道：“哥哥在京得第，特寄宫花与你，愿我儿他年琼林赐宴，与哥哥今日一般。”公子欣然接了，向头上乱插，望着爹娘唱了两个深诺，引得那两个老人家欢喜无限。刘元普随即修书贺喜，并说生次子之事。打发京中人去讫，便把皇封御酒祭献裴、李二公，然后与夫人同饮，从此又将次子取名天赐，表字梦符。兄弟日渐长成，十分乖觉。刘元普延师训诲，以待成人。又感上天佑庇，一发修桥砌路，广行阴德。裴、李二墓每年春秋祭扫不题。

再表这李状元在京之事。那郑枢密院夫人魏氏，止生一幼女，名曰素娟，尚在襁褓。他只为姐姐、姐夫早亡，甚是爱重甥女，故此李氏一门在他府中，十分相得。李状元自成名之后，授了东宫侍讲之职，深得皇太子之心。彼此十年有余，真宗皇帝崩了，仁宗皇帝登极，优礼师傅，便超升李彦青为礼部尚书，进阶一品。刘元普仗义之事，自仁宗为太子时，已自几次奏知。当日便进上一本，恳赐还乡祭扫，并乞褒封。仁宗颁下诏旨："钱塘县尹李逊追赠礼部尚书；襄阳刺史裴习追复原官，各赐御祭一筵；青州刺史刘弘敬以原官加升三级；礼部尚书李彦青给假半年，还朝复职。"

李尚书得了圣旨，便同张老夫人、裴夫人、凤鸣小姐，谢别了郑枢密，驰驿回洛阳来。一路上车马旌旗，炫耀数里，府县官员出郭迎接。那李尚书去时尚是弱冠，来时已做大臣，却又年止三十。洛阳父老，观者如堵，都称叹刘公不但有德，抑且能识好人。当下李尚书家眷，先到刘家下马。刘元普夫妇闻知，忙排香案迎接圣旨。三呼已毕，张老夫人、李尚书、裴夫人俱各红袍玉带，率了凤鸣小姐，齐齐拜倒在地，称谢洪恩。刘

元普扶起尚书，王夫人扶起夫人、小姐，就唤两位公子出来相见婶婶、兄嫂。众人看见兄弟二人，相貌魁梧，又酷似刘元普模样，无不欢喜。都称叹道："大恩人生此双壁，无非积德所招。"随即排着御祭，到裴、李二公坟茔，焚黄奠酒。张氏等四人，各各痛哭一场，撤祭而回。刘元普开筵贺喜。食供三套，酒行数巡。刘元普起身对尚书母子说道："老夫有一衷肠之话，含藏十余年矣，今日不敢不说。令先君与老夫，生平实无一面之交。当贤母子来投，老夫茫然不知就里。及至拆书看时，并无半字。初时不解其意，仔细想将起来，必是闻得老夫虚名，欲待托妻寄子，却是从无一面，难叙衷情，故把空书藏着哑谜。老夫当日认假为真，虽妻子跟前不敢说破。其实所称八拜为交，皆虚言耳。今日喜得贤侄功成名遂，耀祖荣宗。老夫若再不言，是埋没令先君一段苦心也。"言毕，即将原书递与尚书母子展看。尚书母子号恸感谢。众人直至今日，才晓得空函认义之事，十分称叹不止。正是：故旧托孤天下有，虚空认义古来无。世人尽效刘元普，何必相交在始初？

当下刘元普又说起长公子求亲之事，张老夫人欣然允诺。裴夫人起身说道："奴受爹爹厚恩，未报万一。今舅舅郑枢密生一表妹，名曰素娟，正与次弟同庚，奴家愿为作伐（做媒），成其配偶。"刘元普称谢了，当日无话。刘元普随后就与天佑聘了李凤鸣小姐。李尚书一面写表转达朝廷，奏闻空函认义之事；一面修书与郑公说合。不逾时，仁宗看了表章，龙颜大喜，惊叹刘弘敬盛德，随颁恩诏，除建坊旌表外，特以李彦青之官封之，以彰殊典。那郑公素慕刘公高义，求婚之事，无有不从。李尚书既做了天佑舅舅，又做了天赐中表联襟，亲上加亲，十分美满。以后天佑状元及第，天赐进士出身，兄弟两人，青年同榜。刘元普直看二子成婚，各各生子。然后忽一夜梦见裴使君来拜道："某任都城隍已满，乞公早赴瓜期，上帝已有旨矣。"次日无疾而终，恰好百岁。王夫人也自寿过八十。李尚书夫妇痛哭倍常，认作亲生父母，心丧六年。虽然刘氏自有子孙，李尚书却自年年致祭，这教做知恩报恩。唯有裴公无后，也是李氏子孙世世拜扫。自此世居洛阳，看守先茔，

不回西粤。裴夫人生子，后来也出仕贵显。那刘天佑直做到同平章事，刘天赐直做到御史大夫。刘元普屡受褒封，子孙蕃衍不绝。此阴德之报也。

这本话文，出在《空缄记》，如今依传编成演义一回，所以奉劝世人为善。有诗为证：

阴阳总一理，祸福唯自求。
莫道天公远，须看刺史刘。

袁尚宝相术动名卿
郑舍人阴功叨世爵

这篇又是一个善行得善报的正能量故事，大力颂扬的美德为“拾金不昧”。

相士袁尚宝算出王部郎的小厮郑兴儿妨主，郑兴儿便离开了王家，后在茅厕拾得一包银子，一直等到失主来认领，没想到就是他的这一小小善举，得到失物主人郑指挥的赏识，收为义子，慢慢平步青云，做了武将。发迹了的郑兴儿不忘旧主旧情，前去拜会，袁尚宝才道出预言的全部实情，郑兴儿的子孙代代享受世袭爵禄，可谓“一朝德，几世报”。

人一辈子中的祸福多少难以确定，做一件好事或许并不能看到回报，但日行一善，长此以往，就算不能大富大贵，也可塑造高尚人格，得到别人的敬重，其回报可能体现在日后，也可能福及到子孙。

诗曰：

燕门壮士吴门豪，筑中注铅鱼隐刀。

感君恩重与君死，泰山一掷若鸿毛。

话说唐德宗朝有个秀才，南剑州人，姓林名积，字善甫。为人聪俊，广览诗书，九经三史，无不通晓。更兼存心梗直，在京师大学读书，给假回家，侍奉母亲之病。母病愈，不免再往学中。免不得暂别母亲，相辞亲戚邻里，教当直（仆人）王吉挑着行李，迤逦前进。在路但见：或过山林，听樵歌于云岭；又经别浦，闻渔唱于烟波。或抵乡村，却遇市井。才见绿杨垂柳，影迷几处之楼台；那堪啼鸟落花，知是谁家之院宇？看处有无穷之景致，行时有不尽之驱驰。饥餐渴饮，夜住晓行，无路登舟。

不只一日至蔡州，到个去处，天色已晚。但见：十里俄惊雾暗，九天倏睹星明。八方商旅卸行装，六级浮屠燃夜火。六翮（hé）飞鸟，争投栖于树杪（树梢。杪，miǎo）；五花画舫，尽返棹于洲边。四野牛车皆入栈，三江渔钓悉归家。两下招商，俱说此间可宿；一声画角，应知前路难行。两个投宿于旅邸，小二哥接引，拣了一间宽洁房子，当直的安顿了担杖。善甫稍歇，讨了汤，洗了脚，随分吃了些晚食，无事闲坐则个。不觉早点灯，交当直安排宿歇，来日早行，当直王吉在床前打铺自睡。且说林善甫脱了衣裳也去睡，但觉有物痛其背，不能睡着。壁上有灯，尚犹未灭。遂起身揭起荐席看时，见一布囊，囊中有一锦囊，中有大珠百颗，遂收于箱箧中。当夜不在话下。

到来朝，天色已晓，但见：晓雾妆成野外，残霞染就荒郊。耕夫陇上，朦胧月色将沉；织女机边，幌荡金乌欲出。牧牛儿尚睡，养蚕女未兴。樵舍外已闻犬吠，招提内尚见僧眠。天色将晓，起来洗漱罢，系裹（穿戴衣帽）毕，教当直的，一面安排了行李，林善甫出房中来，问店主人："前夕恁人在此房内宿？”店主人说道：“昨夕乃是一巨商。”林善甫见说：“此乃吾之故友也，因俟（sì，等待）我失期。”看着那店主人道：“此人若回来寻时，可使他来京师上庠（古代的大学）贯道斋，寻问林上舍名积字善甫，千万！千万！不可误事！”说罢，还了房钱，相揖作别去了。王吉前面挑着行李什物，林善甫后面行，迤逦前进。林善甫放心不下，恐店主人忘了，遂于沿赂上令王吉于墙壁粘手榜云：“某年月某日有剑浦林积，假馆上痒，有故人‘元珠’，可相访于贯道斋。”不止一日，到了学中，参了假，仍旧归斋读书。

且说这囊珠子乃是富商张客遗下了去的。及至到于市中取珠欲货，方知失去，唬得魂不附体，道：“苦也！我生受数年，只选得这包珠子。今已失了，归家妻子孩儿如何肯信？”再三思量，不知失于何处，只得再回，沿路店中寻讨。直寻到林上舍所歇之处，问店小二时，店小二道：“我却不知你失去物事。”张客道：“我歇之后，有恁人在此房中安歇？”店主人道：“我便忘了。从你去后，有个官人来歇一夜了，绝早便去。临行时吩咐道：‘有人来寻时，可千万使他来京师上痒贯道斋，问林上舍，名积。’”张客见说，言语

跷蹊，口中不道，心下思量："莫是此人收得我之物？"当日只得离了店中，迤逦再取京师路上来。见沿路贴着手榜，中有"元珠"之句，略略放心。不止一日，直到上庠，未去歇泊，便来寻问。学对门有个茶坊，但见：木匾高悬，纸屏横挂。壁间名画，皆唐朝吴道子丹青；瓯内新茶，尽山居玉川子佳茗。张客人茶坊吃茶。茶罢，问茶博士道："此间有个林上舍否？"博士道："上舍姓林的极多，不知是那个林上舍？"张客说："贯道斋，名积字善甫。"茶博士见说："这个，便是个好人。"张客见说道是好人，心下又放下二三分。张客说："上舍多年个远亲，不相见，怕忘了。若来时，相指引则个。"正说不了，茶博士道："兀的出斋来的官人便是。他在我家寄衫帽。"张客见了，不敢造次。林善甫入茶坊，脱了衫帽。张客方才向前，看着林上舍，唱个喏便拜。林上舍道："男儿膝下有黄金，如何拜人？"那时林上舍不识他有甚事，但见张客簌簌地泪下，哽咽了说不得。歇定，便把这上件事一一细说一遍。林善甫见说，便道："不要慌。物事在我处。我且问你则个，里面有甚么？"张客道："布囊中有锦囊，内有大珠百颗。"林上舍道："多说得是。"带他到安歇处，取物交还。张客看见了道："这个便是，不愿都得，但只觅得一半，归家养赡老小，感戴恩德不浅。"林善甫道："岂有此说！我若要你一半时，须不沿路粘贴手榜，交你来寻。"张客再三不肯都领，情愿只领一半。林善南坚执不受。如此数次相推，张客见林上舍再三再四不受，感戴洪恩不已，拜谢而去，将珠子一半于市货卖。卖得银来，舍在有名佛寺斋僧，就与林上舍建立生祠供养，报答还珠之恩。善甫后来一举及第。诗云：林积还珠古未闻，利心不动道心存。暗施阴德天神助，一举登科耀姓名。善甫后来位至三公，二子历任显宦。古人云："积善有善报，积恶有恶报。积善之家必有余庆，作恶之家必有余殃。"正是：

黑白分明造化机，谁人会解劫中危？
分明指与长生路，争奈人心着处迷！

此本话文，叫做《积善阴骘》，乃是京师老郎传留至今。小子为何重宣这一遍？只为世人贪财好利，见了别人钱钞，昧着心就要起发了，何况是失下的？一发是应得的了，谁肯轻还本主？不知冥冥之中，阴功极重。所以裴令公相该饿死，只因还了玉带，后来出将入相；窦谏议命主绝嗣，只为还了遗金，后来五子登科。其余小小报应，说不尽许多。而今再说一个一点善念，直到得脱了穷胎，变成贵骨，就与看官们一听，方知小子劝人做好事的说话，不是没来历的。

你道这件事出在何处？国朝永乐爷爷未登帝位，还为燕王。其时有个相士叫袁柳庄，名珙，在长安酒肆，遇见一伙军官打扮的在里头吃酒。柳庄把内中一人看了一看，大惊下拜道："此公乃真命天子也！"其人摇手道："休得胡说！"却问了他姓名去了。明日只见燕府中有懿旨，召这相士。相士朝见，抬头起来，正是昨日酒馆中所遇之人。原来燕王装作了军官，与同护卫数人出来微行的。就密教他仔细再相，柳庄相罢称贺，从此燕王决了大计。后来靖了内难，乃登大宝，酬他一个三品京职。其子忠彻，亦得荫为尚宝司丞。人多晓得柳庄神相，却不知其子忠彻传了父术，也是一个百灵百验的。京师显贵公卿，没一个不与他往来，求他风鉴的。

其时有一个姓王的部郎，家中人眷不时有病。一日，袁尚宝来拜，见他面有忧色，问道："老先生尊容滞气，应主人眷不宁。然不是生成的，恰似有外来妨碍，原可趋避。"部郎道："如何趋避？望请见教。"正说话间，一个小厮捧了茶盘出来送茶。尚宝看了一看，大惊道："原来如此！"须臾吃罢茶，小厮接了茶钟进去了。尚宝密对部郎道："适来送茶小童，是何名字？"部郎道："问他怎的？"尚宝道："使宅上人眷不宁者，此子也。"部郎道："小厮姓郑，名兴儿，就是此间收的，未上一年，老实勤紧，颇称得用。他如何能使家下不宁？"尚宝道："此小厮相能妨主，若留过一年之外，便要损人口，岂止不宁而已！"部郎意犹不信道："怎便到此？"尚宝道："老先生岂不闻马有的卢能妨主、手版能忤人君的故事么？"部郎省悟道："如此，只得遣了他罢了。”部郎送了尚宝出门，进去与夫人说了适间之言。女眷们见说了这等说话，极易听信的。又且袁尚宝相术有名，那一个不晓得？部郎是读书之人，还有些倔强未服，怎当得夫人一点疑心之根，再拔不出了。部郎就唤兴儿到跟前，打发他出去。兴儿大惊道：“小的并不曾坏老爷事体，如何打发小的？”部郎道：“不为你坏事，只因家中人口不安，袁尚宝爷相道：‘都是你的缘故。’没奈何打发你在外去过几时，看光景再处。”兴儿也晓得袁尚宝相术神通，如此说了，毕竟难留；却又舍不得家主，大哭一场，拜倒在地。部郎也有好些不忍，没奈何强遣了他。果然兴儿出去了，家中人口从此平安。部郎合家越信尚宝之言不为虚谬。

话分两头，且说兴儿含悲离了王家，未曾寻得投主，权在古庙栖身。一日，走到坑厕上屙屎，只见壁上挂着一个包裹，他提下来一看，乃是布线密扎，且是沉重。解开看，乃是二十多包银子。看见了，伸着舌头缩不进来道：“造化！造化！我有此银子，不忧贫了。就是家主赶了出来，也不妨。”又

想一想道："我命本该穷苦，投靠了人家，尚且道是相法妨碍家主，平白无事赶了出来，怎得有福气受用这些物事？此必有人家干甚紧事，带了来用，因为登东司（上厕所），挂在壁间，失下了的，未必不关着几条性命。我拿了去，虽无人知道，却不做了阴骘事体？毕竟等人来寻，还他为是。"左思有想，带了这个包裹，不敢走离坑厕，沉吟到将晚，不见人来。放心不下，取了一条草荐，竟在坑版上铺了，把包裹塞在头底下，睡了一夜。

明日绝早，只见一个人头蓬眼肿，走到坑中来，见有人在里头。看一看壁间，吃了一惊道："东西已不见了，如何回去得？"将头去坑墙上乱撞。兴儿慌忙止他道："不要性急！有甚话，且与我说个明白。"那个人道："主人托俺将着银子到京中做事，昨日偶因登厕，寻个竹钉，挂在壁上。已后登厕已完，竟自去了，忘记取了包裹。而今主人的事，既做不得，银子又无了，怎好白手回去见他？要这性命做甚？"兴儿道："老兄不必着忙，银子是小弟拾得在此，自当奉璧。"那个人听见了，笑还颜开道："小哥若肯见还，当以一半奉谢。"兴儿道："若要谢时，我昨夜连包拿了去不得？何苦在坑版上忍了臭气睡这一夜！不要昧了我的心。"把包裹一撩，竟还了他。

那个人见是个小厮，又且说话的确，做事慷慨，便问他道："小哥高姓？"兴儿道："我姓郑。"那个人道："俺的主人，也姓郑，河间府人，是个世袭指挥。只因进京来讨职事做，叫俺拿银子来使用。不知是昨日失了，今日却得小哥还俺。俺明日做事停当了，同小哥去见俺家主，说小哥这等好意，必然有个好处。"两个欢欢喜喜，同到一个饭店中，殷殷勤勤，买酒请他，问他本身来历。他把投靠王家，因相被逐，一身无归，上项苦情，各细述了一遍。那个人道："小哥，患难之中，见财不取，一发难得。而今不必别寻道路，只在我下处同住了，待我干成了这事，带小哥到河间府罢了。"兴儿就问那个人姓名。那个人道："俺姓张，在郑家做都管，人只叫我做张都管。不要说俺家主人，就是俺自家，也盘缠得小哥一两个月起的。"兴儿正无投奔，听见如此说，也自喜欢。从此只在饭店中安歇，与张都管看守行李，张都管自去兵部做事。有银子得用了，自然无不停当，取郑指挥做了巡抚标下旗鼓官。张都管欣然走到下处，对兴儿道："承小哥厚德，主人已得了职事。这分明是小哥作成的。俺与你只索同到家去报喜罢了，不必在此停留。"即忙收拾行李，雇了两个牲口，做一路回来。

到了家门口，张都管留兴儿在外边住了，先进去报与家主郑指挥。郑指挥见有了衙门，不胜之喜，对张都管道："这事全亏你能干得来。"张都管说道："这事全非小人之能，一来主人福荫，二来遇个恩星，得有今日。若非那个恩星，不要说主人官职，连小人性命也不能勾回来见主人了。"郑指挥道："是何恩星？"张都管把登厕失了银子，遇着兴儿厕版上守了一夜，原封还他，从头至尾，说了一遍。郑指挥大惊道："天下有这样义气的人！而今这人在那里？"张都管道："小人不敢忘他之恩，邀他同到此间拜见主人，见在外面。"郑指挥道："正该如此，快请进来。"

张都管走出门外，叫了兴儿一同进去见郑指挥。兴儿是做小厮过的，见了官人，不免磕个头下去。郑指挥自家也跪将下去，扶住了，

说道："你是俺恩人，如何行此礼！"兴儿站将起来，郑指挥仔细看了一看道："此非下贱之相，况且气量宽洪，立心忠厚，他日必有好处。"讨坐来与他坐了。兴儿那里肯坐？推逊了一回，只得依命坐了。指挥问道："足下何姓？"兴儿道："小人姓郑。"指挥道："忝（tiǎn，荣幸）为同姓，一发妙了。老夫年已望六，尚无子嗣，今遇大恩，无可相报。不是老夫要讨便宜，情愿认义足下做个养子，恩礼相待，上报万一。不知足下心不如何？"兴儿道："小人是执鞭坠镫（服侍别人乘骑）之人，怎敢当此？"郑指挥道："不如此说，足下高谊，实在古人之上。今欲酬以金帛，足下既轻财重义，岂有重资不取，反受薄物之理？若便恝然（冷淡。恝，jiá）无关，视老夫为何等负义之徒？幸叨同姓，实是天缘，只恐有屈了足下，于心不安。足下何反见外如此？"指挥执意既坚，张都管又在旁边一力撺掇，兴儿只得应承。当下拜了四拜，认义了。此后，内外人多叫他是郑大舍人，名字叫做郑兴邦，连张都管也让他做小家主了。

那舍人北边出身，从小晓得些弓马；今在指挥家，带了同往蓟（jì）州任所，广有了得的教师，日日教习，一发熟娴，指挥愈加喜欢；况且做人和气，又凡事老成谨慎，合家之人，无不相投。指挥已把他名字报去，做了个应袭舍人。那指挥在巡抚标下，甚得巡抚之心。年终累荐，调入京营，做了游击将军，连家眷进京，郑舍人也同往。到了京中，骑在高头骏马上，看见街道，想起旧日之事，不觉凄然泪下。有诗为证：昔年在此拾遗金，褴褛身躯乞丐心。怒马鲜衣今日过，泪痕还似旧时深。

且说郑游击又与舍人用了些银子，得了应袭冠带，以指挥职衔听用。在京中往来拜客，好不气概！他自离京中，到这个地位，还不上三年。此时王部郎也还在京中，舍人想道："人不可忘本，我当时虽被王家赶了出来，却是主人原待得我好的。只因袁尚宝有妨碍主人之说，故此听信了他，原非本意。今我自到义父家中，何曾见妨了谁来？此乃尚宝之妄言，不关旧主之事。今得了这个地步，还该去见他一见，才是忠厚。只怕义父怪道翻出旧底本，人知不雅，未必相许。”即把此事，从头至尾，来与养父郑游击商量。游击称赞道：“贵不忘贱，新不忘旧，都是人生实受用好处。有何妨碍？古来多少王公大人，天子宰相，在尘埃中屠沽下贱起的，大丈夫正不可以此芥蒂。”

舍人得了养父之言，即便去穿了素衣服，腰奈金镶角带，竟到王部郎寓所来。手本上写着“门下走卒应袭听用指挥郑兴邦叩见”。王部郎接了手本，想了一回道：“此是何人，却来见我？又且写‘门下走卒’，是必曾在那里相会过来。”心下疑惑。原来京里部官清淡，见是武官来见，想是有些油水的，不到得作难，就叫“请进”。郑舍人一见了王部郎，连忙磕头下去。王部郎虽是旧主人，今见如此冠带换扮了，一时那里遂认得，慌忙扶住道：“非是统属，如何行此礼？”舍人道：“主人岂不记那年的兴儿么？”部郎仔细一看，骨格虽然不同，体态还认得出，吃了一惊道：“足下何自能致身如此？”舍人把认了义父，讨得应袭指挥，今义父见在京营做游击的话，说了一遍，道：“因不忘昔日看待之恩，敢来叩见。”王部郎见说罢，只得看坐。舍人再三不肯道：“分该侍立。”部

郎道："今足下已是朝廷之官，如何拘得旧事？"舍人不得已，旁坐了。部郎道："足下有如此后步，自非家下所能留。只可惜袁尚宝妄言误我，致得罪于足下，以此无颜。"舍人道："凡事有数，若当时只在主人处，也不能得认义父，以有今日。"部郎道："事虽如此，只是袁尚宝相术可笑，可见向来浪得虚名耳。"

正要摆饭款待，只见门上递上一帖进来道："尚宝袁爷要来面拜。"部郎抚掌大笑道："这个相不着的又来了。正好取笑他一回。"便对舍人道："足下且到里面去，只做旧妆扮了，停一会待我与他坐了，竟出来照旧送茶，看他认得出认不出？"舍人依言，进去卸了冠带，与旧日同伴，取了一件青长衣披了。听得外边尚宝坐定讨茶，双手捧一个茶盘，恭恭敬敬出来送茶。袁尚宝注目一看，忽地站了起来道："此位何人？乃在此送茶！"部郎道："此前日所逐出童子兴儿便是。今无所归，仍来家下服役耳。"尚宝道："何太欺我？此人不论后日，只据目下，乃是一金带武职官，岂宅上服役之人哉？"部郎大笑道："老先生不记得前日相他妨碍主人，累家下人口不安的说话了？"尚宝方才省起向来之言，再把他端相了一回，笑道："怪哉！怪哉！前日果有此言，却是前日之言，也不差。今日之相，也不差。"部郎道："何解？"尚宝道："此君满面阴德纹起，若非救人之命，必是还人之物，骨相已变。看来有德于人，人亦报之。今日之贵，实由于此。非学生有误也。"舍人不觉失声道："袁爷真神人也！"遂把厕中拾金还人，与挚到河间认义父亲，应袭冠带前后事，各细说了一遍，道："今日念旧主人，所以到此。"部郎起初只晓得认义之事，不晓得还金之事。听得说罢，肃然起敬道："郑君德行，袁公神术，俱足不朽！快教取郑爷冠带来。"穿着了，重新与尚宝施礼。部郎连尚宝多留了筵席，三人尽欢而散。

次日王部郎去拜了郑游击，就当答拜了舍人。遂认为通家，往来不绝。后日郑舍人也做到游击将军而终，子孙竟得世荫，只因一点善念，脱胎换骨，享此爵禄。所以奉劝世人，只宜行好事，天并不曾亏了人。有古风一首

为证：

袁公相术真奇绝，唐举许负无差别。
片言甫出鬼神惊，双眸略展荣枯决。
儿童妨主运何乖？流落街头实可哀。
还金一举堪夸羡，善念方萌已脱胎。
郑公生平原倜傥，百计思酬恩谊广。
螟蛉同姓是天缘，冠带加身报不爽。
京华重忆主人情，一见袁公便起惊。
阴功获福从来有，始信时名不浪称。

卷十五

赵司户千里遗音　苏小娟一诗正果

人品与身份无关，自古不乏恶毒狠辣的尼姑僧人，也自然不乏有情有义的娼女歌伎。每朝每代都有出淤泥而不染的风尘奇女子，她们不恋财不媚势，或忠义爱国，或痴情一片，着实令人敬佩。

此篇前面先写苏小娟姐姐苏盼奴和赵不敏的爱情故事。盼奴资助赵不敏读书，盼他成就之日接自己脱乐籍，成就婚事，谁知赵不敏官做了，为爱人脱籍却是难事，且二人分居两地，不久便双双相思成病而死。赵不敏曾答应盼奴为其妹小娟觅夫婿，临死之际将小娟托于兄弟赵院判，便促成了赵院判和苏小娟的婚事。姐妹二人同为官妓，却是如此命运不同，一个香消玉殒，只得与情郎死后相会，一个遇着了真命天子，幸福一生。读罢实在让人慨叹不已。

诗曰：

青楼原有掌书仙，未可全归露水缘。

多少风尘能自拔，淤泥本解出青莲。

这四句诗，头一句“掌书仙”，你道是甚么出处？列位听小子说来：唐朝时长安有一个倡女，姓曹名文姬，生四五岁，便好文字之戏。及到笄年，丰姿艳丽，俨然神仙中人。家人教以丝竹宫商，他笑道：“此贱事岂吾所为？惟墨池笔冢，使吾老于此间，足矣。”他出口落笔，吟诗作赋，清新俊雅。任是才人，见他钦伏。至于字法，上逼钟、王，下欺颜、柳，真是重出世的卫夫人。得其片纸只字者，重如拱璧（大璧，泛指珍贵的物品），一时称他为“书仙”，他等闲也不肯轻与人写。长安中富贵之家，豪杰之士，辇输金帛，求聘他为偶的，不记其数。文姬对人道：“此辈岂我之偶？如欲偶吾者，必先投诗，吾当目择。”此言一传出去，不要说吟坛才子，争奇斗异，各献所长，人人自以为得“大将”，就是张打油、胡钉铰，也来做首把，撮个空。至于那强斯文、老脸皮，虽不成诗，叶韵（押韵。叶，xié）而已的，也偏不识廉耻，诌他娘两句出丑一番。谁知投去的，好歹多选不中。这些人还指望出张续案，放遭告考，把一个长安的子弟，弄得如醉如狂的。文姬只是冷笑。最后有个岷江任生，客于长安，闻得此事，喜道：“吾得配矣。”旁人问之，他道：“凤栖梧，鱼跃渊，物有所归，岂妄想乎？”遂投一诗云：玉皇殿上掌书仙，一染尘心谪九天。莫怪浓香熏骨腻，霞衣曾惹御炉烟。

文姬看待毕，大喜道：“此真吾夫也！不然，怎晓得我的来处？吾愿与之为妻。”即以此诗为聘定，留为夫妇。自此，春朝秋夕，夫妇相携，小酌微吟，此唱彼和，真如比翼之鸟，并头之花，欢爱不尽。

如此五年后，因三月终旬，正是九十日春光已满，夫妻二人设酒送春。对饮间，文姬忽取笔砚题诗云：仙家无复亦无秋，红日清风满翠楼。况有碧

霄归路稳，可能同驾五云虬？ 题毕，把与任生看。任生不解其意，尚在沉吟，文姬笑道："你向日投诗，已知吾来历，今日何反生疑？吾本天上司书仙人，偶以一念情爱，谪居人间二纪（十二年为一纪）。今限已满，吾欲归，子可偕行（一起走）。天上之乐，胜于人间多矣。"说罢，只闻得仙乐飘空，异香满室。家人惊异间，只见一个朱衣吏，持一玉版，朱书篆文，向文姬前稽首道："李长吉新撰《白玉楼记》成，天帝召汝写碑。"文姬拜命毕，携了任生的手，举步腾空而去。云霞闪烁，鸾鹤缭绕，于时观者万计，以其所居地，为书仙里。这是"掌书仙"的故事，乃是倡家第一个好门面话柄。

看官，你道倡家这派起于何时？原来起于春秋时节。齐大夫管仲设女闾（宫中的淫乐场所。闾，lǘ）七百，征其合夜之钱，以为军需。传至于后，此风大盛。然不过是侍酒陪歌，追欢买笑，遣兴陶情，解闷破寂，实是少不得的。岂至遂为人害？争奈"酒不醉人人自醉，色不迷人人自迷"，才有欢爱之事，便有迷恋之人；才有迷恋之人，便有坑陷之局。做姊妹的，飞絮飘花，原无定主；做子弟的，失魂落魄，不惜余生。怎当得做鸨儿、龟子的，吮血磨牙，不管天理，又且转眼无情，回头是计。所以弄得人倾家荡产，败名失德，丧躯殒命，尽道这娼妓一家是陷入无底之坑，填雪不满之井了。总由子弟少年浮浪没主意的多，有主意的少；娼家习惯风尘，有圈套的多，没圈套的少。至于那雏儿们，一发随波逐浪，哪晓得叶落归根？所以百十个妹妹里头，讨不出几个要立妇名、从良到底的。就是从了良，非男负女，

即女负男，有结果的也少。却是人非木石，那鸨儿只以钱为事，愚弄子弟，是他本等，自不必说。那些做妓女的，也一样娘生父养，有情有窍，日陪欢笑，夜伴枕席，难道一些心也不动？一些情也没有？只合着鸨儿，做局骗人过日不成？这却不然。其中原有真心的，一意绸缪，生死不变；原有肯立至的，亟思（急切的渴望）超脱，时刻不忘。从古以来，不止一人。而今小子说一个妓女，为一情人相思而死，又周全所爱妹子，也得从良，与看官们听，见得妓女也百好的。有诗为证，诗云：

有心已解相思死，况复留心念连理。
似此多情世所稀，请君听我歌天水。
天水才华席上珍，苏娘相向转相亲
一官各阻三年约，两地同归一日魂。
遗言弱妹曾相托，敢谓冥途忘旧诺？
爱推同气了良缘，赓歌（酬唱和诗，赓，gēng）一绝于飞乐。

话说宋朝钱塘有个名妓苏盼奴，与妹苏小娟，两人俱俊丽工诗，一时齐名。富豪子弟到临安者，无不愿识其面。真个车马盈门，络绎不绝。他两人没有嬷嬷，只是盼儿当门抵户，却是姊妹两个多自家为主的。自道品格胜人，不耐烦随波逐浪，虽在繁华绮丽所在，心中常怀不足。只愿得遇个知音之人，随他终身，方为了局（长久之计）的。姊妹两人意见相同，极是过得好。

盼奴心上有一个人，乃是皇家宗人叫作赵不敏，是个太学生。原来宋时宗室自有本等禄食，本等职衔，若是情愿读书应举，就不在此例了。所以赵不敏有个房分兄弟赵不器，就自去做了个院判；惟有赵不敏自恃才高，务要登第，通籍在太学。他才思敏捷，人物风流。风流之中，又带些忠诚真实，所以盼奴与他相好。盼奴不见了他，饭也是吃不下的。赵太学是个书生，不

会经管家务，家事日渐萧条，盼奴不但不嫌他贫，凡是他一应灯火酒食之资，还多是盼奴周给他，恐怕他因贫废学，常对他道："妾看君决非庸下之人，妾也不甘久处风尘。但得君一举成名，提掇（提携。掇，duō）了妾身出去，相随终身，虽布素亦所甘心。切须专心读书，不可懈怠，又不可分心他务。衣食之需，只在妾的身上，管你不缺便了。"

小娟见姐姐真心待赵太学，自也时常存一个拣人的念头，只是未曾有个中意的。盼奴体着小娟意思，也时常替他留心，对太学道："我这妹子性格极好，终久也是良家的货。他日你若得成名，完了我的事，你也替他寻个好主，不在了我姊妹一对儿。"太学也自爱着小娟，把盼奴的话牢牢记在心里了。太学虽在盼奴家往来情厚，不曾破费一个钱，反得他资助读书，感激他情意，极力发愤。应过科试，果然高捷南宫。盼奴心中不胜欢喜，正是：银釭（gāng）斜背解鸣珰，小语低声唤玉郎。从此不知兰麝贵，夜来新惹桂枝香。太学榜下未授职，只在盼奴家里，两情愈浓，只要图个终身之事。却有一件：名妓要落籍，最是一件难事。官府恐怕缺了会承应的人，上司过往嗔怪，许多不便，十个倒有九个不肯。所以有的批从良牒上道："慕《周南》之化，此意良可矜；空冀北之群，所请宜不允。"官司每每如此。不是得个极大的情分，或是撞个极帮衬的人，方肯周全。而今苏盼奴是个有名的能诗妓女，正要插趣（打趣取乐），谁肯轻轻便放了他？前日与太学往来虽厚，太学既无钱财，也无力量，不曾替他营脱得乐籍。此时太学固然得第，盼奴还是个官身，却就娶他不得。

正在计较间，却选下官来了，除授了襄阳司户之职。初授官的人，碍了体面，怎好就与妓家讨分上脱籍？况就是自家要取的，一发要惹出议论来。欲待别寻婉转，争奈凭上日子有限，一时等不出个机会。没奈何只得相约到了襄阳，差人再来营干。当下司户与盼奴两个抱头大哭，小娟在旁也陪了好些眼泪，当时作别了。盼奴自掩着泪眼归房，不题。

司户自此赴任襄阳，一路上鸟啼花落，触景伤情，只是想着盼奴。自道

一到任所，便托能干之人进京做这件事。谁知到任事忙，匆匆过了几时，急切里没个得力心腹之人，可以相托。虽是寄了一两番信，又差了一两次人，多是不尴不尬，要能不够的。也曾写书相托在京友人，替他脱籍了当，然后图谋接到任所。争奈路途既远，亦且寄信做事，所托之人，不过道是娼妓的事，有紧没要，谁肯知痛着热，替你十分认真做的？不过讨得封把书信儿，传来传去，动不动便是半年多。司户得一番信，只添得悲哭一番，当得些甚么？

如此三年，司户不遂其愿，成了相思之病。自古说得好："心病还须心上医。"眼见得不是盼奴来，医药怎得见效？看看不起。只见门上传进来道："外边有个赵院判，称是司户兄弟，在此候见。"司户闻得，忙叫"请进"。相见了，道："兄弟，你便早些个来，你哥哥不见得如此！"院判道："哥哥，为何病得这等了？你要兄弟早来，便怎么？"司户道："我在京时，有个教坊妓女苏盼奴，与我最厚。他赍助我读书成名，得有今日。因为一时匆匆，不替他落得籍，同他到此不得。原约一到任所，差人进京图干此事，谁知所托去的，多不得力。我这里好不盼望，不甫能（好容易）够回个信来，定是东差西误的。三年以来，我心如火，事冷如冰，一气一个死。兄弟，你若早来几时，把这个事托你，替哥哥干去，此时盼奴也可来，你哥哥也不死。如今却已迟了！"言罢，泪如雨下。院判道："哥哥，且请宽心！哥哥千金之躯，还宜调养，望个好日。如何为此

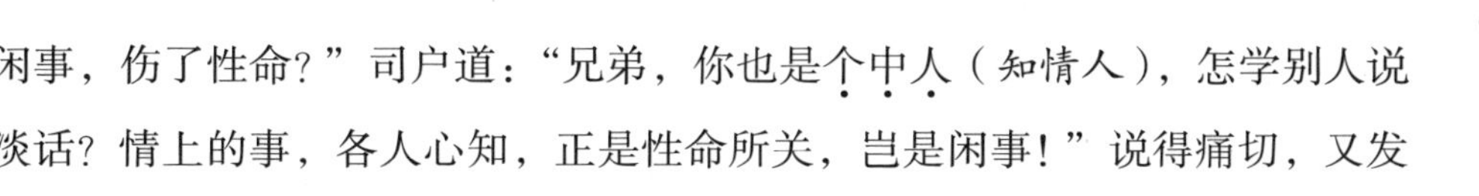

闲事，伤了性命？”司户道：“兄弟，你也是个中人（知情人），怎学别人说淡话？情上的事，各人心知，正是性命所关，岂是闲事！”说得痛切，又发昏上来。

隔不多两日，恍惚见盼奴在眼前，愈加沉重，自知不起。呼院判到床前，嘱咐道：“我与盼奴，不比寻常，真是生死交情。今日我为彼而死，死后也还不忘的。我三年以来，共有俸禄余资若干，你与我均匀，分作两分。一分是你收了，一分你替我送与盼奴去。盼奴知我既死，必为我守。他有妹小娟，俊雅能吟，盼奴曾托我替他寻人。我想兄弟风流才俊，能了小娟之事。你到京时，可将我言传与他家，他家必然喜纳。你若得了小娟，诚是佳配，不可错过了！一则完了我的念头，一则接了我的瓜葛。此临终之托，千万记取！”院判涕泣领命，司户言毕而逝。院判勾当（处理）丧事了毕，带了灵柩归葬临安。一面收拾东西，竟望钱塘进发不题。

却说苏盼奴自从赵司户去后，足不出门，一客不见，只等襄阳来音。岂知来的信，虽有两次，却不曾见干着了当的实事。他又是个女流，急得乱跳也无用，终日盼望纳闷而已。一日，忽有个于潜商人，带着几箱官绢到钱塘来，闻着盼奴之名，定要一见，缠了几番，盼奴只是推病不见，以后果然病得重了，商人只认作推托，心怀愤恨。小娟虽是接待两番，晓得是个不在行的蠢物，也不把眼稍带着他。几番要砑（yà，强使对方接受）在小娟处宿歇，小娟推道：“姐姐病重，晚间要相伴，伏侍汤药，留客不得。”毕竟缠不上，商人自到别家嫖宿去了。

以后盼奴相思之极，恍恍惚惚。一日忽对小娟道：“妹子好住，我如今要去会赵郎了。”小娟只道他要出门，便道：“好不远的途程！你如此病体，怎好去得？可不是痴话么？”盼奴道：“不是痴话，相会只在霎时间了。”看看声丝气咽，连呼赵郎而死。小娟哭了一回，买棺盛贮，设个灵位，还望乘便捎信赵家去。只见门外两个公人，大剌剌地走将进来，说道府判衙里唤他姊妹去对甚么官绢词讼。小娟不知事由，对公人道：“姐姐亡逝已过，见有棺柩灵位在此，我却随上下去回复就是。”免不得赔酒赔饭，又把使用钱送了公人，吩咐丫头看家，锁了房门，随着公人到了府前，才晓得于潜客人被同伙首发，将官绢费用宿娼，拿他到官。怀着旧恨，却把盼奴、小娟攀着。小娟好生负屈，只待当官分诉，带到时，府判正赴堂上公宴，没工夫审理。知是钱粮事务，喝令“权且寄监！”可怜：粉黛丛中艳质，囹圄队里愁形。吉凶全然未保，青龙白虎同行。

不说小娟在牢中受苦，却说赵院判扶了兄柩来到钱塘，安厝（因待葬或要改葬而暂将灵柩停放某处）已了。奉着遗言，要去寻那苏家。却想道：“我又不曾认得他一个，突然走去，哪里晓得真情？虽是吾兄为盼奴而死，知他盼奴心事如何？近日行径如何？却便孟浪（轻率）去打破了？”猛然想道：“此间府判，是我宗人，何不托他去唤他到官来，当堂问他明白，自见下落。”一直径到临安府来，与府判相见了，叙寒温毕，即将兄长亡逝已过，所托盼奴、小娟之事，说了一遍，要府判差人去唤他姊妹二人到来。府判道：“果然好两个妓女，小可着人去唤来，宗丈自与他说端的罢了。”随即差个祗候人（旧时官府的小吏）拿根签去唤他姊妹。

祗候领命去了。须臾来回话道：“小人到苏家去，苏盼奴一月前已死，苏小娟见系府狱。”院判、府判俱惊道：“何事系狱？”祗候回答道：“他家里说为于潜客人诬攀官绢的事。”府判点头道：“此事在我案下。”院判道：“看亡兄分上，宗丈看顾他一分则个。”府判道：“宗丈且到敝衙一坐，小可叫来问个明白，自有区处。”院判道：“亡兄有书札与盼奴，谁知盼奴已死了。亡兄却又把小娟托在小可，要小可图他终身，却是小可未曾与他一面，不知他心下如何。而今小弟且把一封书打动他，做个媒儿，烦宗丈与小可婉转则个。”府判笑道：“这个当得，只是日后不要忘了媒人！”大家笑了一回，请院判到衙中坐了，自己升堂。

叫人狱中取出小娟来，问道：“于潜商人，缺了官绢百匹，招道‘在你家花费’，将何补偿？”小娟道：“亡姊盼奴在日，曾有个于潜客人来了两番。

盼奴因病不曾留他，何曾受他官绢？今姊已亡故无证，所以客人落得诬攀。府判若赐周全开豁，非唯小娟感荷，盼奴泉下也得蒙恩了。”府判见他出语婉顺，心下喜他，便问道：“你可认得襄阳赵司户么？”小娟道：“赵司户未第时，与姊盼奴交好，有婚姻之约，小娟故此相识。以后中了科第，做官去了，屡有书信，未完前愿。盼奴相思，得病而亡，已一月多了。”府判道：“可伤！可伤！你不晓得赵司户也去世了？”小娟见说，想着姊妹，不觉凄然掉下泪来道：“不敢拜问，不知此信何来？”府判道：“司户临死之时，不忘你家盼奴，遣人寄一封书，一罨（yǎn）礼物与他。此外又有司户兄弟赵院判，有一封书与你，你可自开看。”小娟道：“自来不认得院判是何人，如何有书？”府判道：“你只管拆开看，是甚话就知分晓。”

小娟领下书来，当堂拆开读着。原来不是什么书，却是首七言绝句。诗云：当时名妓镇东吴，不好黄金只好书。借问钱塘苏小小，风流还似大苏无？ 小娟读罢诗，想道：“此诗情意，甚是有情于我。若得他提挈，官事易解。但不知赵院判何等人品？看他诗句清俊，且是赵司户的兄弟，多应也是风流人物，多情种子。”心下踌躇，默然不语。府判见他沉吟，便道：“你何不依韵和他一首？”小娟对道：“从来不会做诗。”府判道：“说哪里话？有名的苏家姊妹能诗，你如何推托？若不和待，就要断赔官绢了。”小娟谦词道：“只好押韵献丑，请给纸笔。”府判叫取文房四宝与他，小娟心下道：“正好借此打动他官绢之事。”提起笔来，毫不思索，一挥而就，双手呈上府判。府判读之。诗云：君住襄江妾在吴，无情人寄有情书。当年若也来相访，还有于潜绢也无？ 府判读罢，道：“既有风致，又带诙谐玩世的意思，如此女子，岂可使溷（hùn，混）于风尘之中？”遂取司户所寄盼奴之物，尽数交与了他，就准了他脱了乐籍，官绢着商人自还。小娟无干，释放宁家。小娟既得辩白了官绢一事，又领了若干物件，更兼脱了籍。自想姊妹如此烦难，自身却如此容易，感激无尽，流涕拜谢而去。

府判进衙，会了院判，把适才的说话与和韵的诗，对院判说了，道：

"如此女子，真是罕有！小可体贴宗丈之意，不但免他偿绢，已把他脱籍了。"院判大喜，称谢万千，告辞了府判，竟到小娟家来。

小娟方才到得家里，见了姊妹灵位，感伤其事，把司户寄来的东西，一件件摆在灵位前。看过了，哭了一场，收拾了。只听得外面叩门响，叫丫头问明白了开门。"丫头问："是哪个？"外边答道："是适来寄书赵院判。"小娟听得"赵院判"三字，两步移做了一步，叫丫头急开门迎接。院判进了门，抬眼看那小娟时，但见：脸际蓉掩映，眉间杨柳停匀。若教梦里去行云，管取襄王错认。殊丽全由带韵，多情正在含颦。司空见惯也销魂，何况风流少俊？ 说那院判一见了小娟，真个眼迷心荡，暗道："吾兄所言佳配，诚不虚也！"小娟接入堂中，相见毕，院判笑道："适来和得好诗。"小娟道："若不是院判的大情分，妾身官事何由得解？况且乘此又得脱籍，真莫大之恩，杀身难报。"院判道："自是佳作打动，故此府判十分垂情。况又有亡兄所嘱，非小可一人之力。"小娟垂泪道："可惜令兄这样好人，与妾亡姊真个如胶似漆的。生生的阻隔两处，俱谢世去了。"院判道："令姊是几时没有的？"小娟道："方才一月前某日。"院判吃惊道："家兄也是此日，可见两情不舍，同日归天，也是奇事！"小娟道："怪道姊妹临死，口口说去会赵郎，他两个而今必定做一处了。"院判道："家兄也曾累次打发人进京，当初为何不脱籍，以致阻隔如此？"小娟道："起初令兄未第，他与亡姊恩爱，已同夫妻一般。未及虑到此地，匆匆过了日子。及到中第，来不及了。虽然打发几次人来，只因姊妹名重，官府不肯放脱。这些人见略有些难处，丢了就走，哪管你死活？白白里把两个人的性命误杀了。岂知今日妾身托赖着院判，脱籍如此容易！若是令兄未死，院判早到这里一年半年，连姊妹也超脱去了。"院判道："前日家兄也如此说，可惜小可浪游薄宦，到家兄衙里迟了，故此无及。这都是他两人数定，不必题了。前日家兄说，令姊曾把娟娘终身的事，托与家兄寻人，这话有的么？"小娟道："不愿迎新送旧，我姊妹两人同心。故此姊妹以妾身托令兄守人，实有此话的。"院判道："亡兄临终把此言

对小可说了，又说娟娘许多好处，撺掇（cuān duo，在一旁鼓动人做某事）小可来会令姊与娟娘，就与娟娘料理其事，故此不远千里到此寻问。不想盼娘过世，娟娘被陷，而今幸得保全了出来，脱了乐籍，已不负亡兄与令姊了。但只是亡兄所言娟娘终身之事，不知小可当得起否？凭娟娘意下裁夺。”小娟道：“院判是贵人，又是恩人，只怕妾身风尘贱质，不敢仰攀，赖得令兄与亡姊一脉，亲上之亲，前日家赐佳篇，已知属意；若蒙不弃，敢辞箕帚？”

院判见说得入港（意气相投），就把行李什物都搬到小娟家来。是夜即与小娟同宿。赵院判在行之人，况且一个念着亡兄，一个念着亡姊，两个只恨相见之晚，分外亲热。此时小娟既已脱籍，便可自由。他见院判风流蕴藉，一心待嫁他了。只是亡姊灵柩未殡，有此牵带，与院判商量。院判道：“小可也为扶亡兄灵柩至此，殡事未完。而今择个日子，将令姊之柩与亡兄合葬于先茔之侧，完他两人生前之愿，有何不可！”小娟道：“若得如此，亡魂俱称心快意了。”院判一面拣日，如言殡葬已毕，就央府判做个主婚，将小娟娶到家里，成其夫妇。

是夜小娟梦见司户、盼奴如同平日，坐在一处，对小娟道：“你的终身有托，我两人死亦瞑目。又谢得

你夫妻将我两人合葬，今得同栖一处，感恩非浅。我在冥中保佑你两人后福，以报成全之德。”言毕小娟惊醒。把梦中言语对院判说了。院判明日设祭，到司户坟上致奠。两人感念他生前相托，指引成就之意，俱各恸哭一番而回。此后院判同小娟花朝月夕，赓酬唱和，诗咏成帙（zhì）。后来生二子，接了书香。小娟直与院判齐白而终。

看官，你道此一事，苏盼奴助了赵司户功名，又为司户而死，这是他自己多情，已不必说。又念着妹子终身之事，毕竟所托得人，成就了他从良。那小娟见赵院判出力救了他，他一心遂不改变，从他到了底。岂非多是好心的妓女？而今人自没主见，不识得人，乱迷乱撞，着了道儿，不要冤枉了这一家人，一概多似蛇蝎一般的，所以有编成《青泥莲花记》，单说的是好姊妹出处，请有情的自去看。有诗为证：

血躯总属有情伦，字有章台独异人？
试看死生心似石，反令交道愧沉沦。

顾阿秀喜舍檀 崔俊臣巧会芙蓉屏

夫妻本是同林鸟，大限来时各自飞。鉴定一份爱情是否忠贞不渝，就要看危难之际，二人是否共患难。若只能同享富贵，无法同受辛苦，这样的爱情迟早要散。

本篇讲一对恩爱夫妻船上遭了强盗，两人一个落水，一个被掳，落水的丈夫流落在街头以卖字为生，被掳的妻子逃至尼姑庵落发出家。然而二人缘分未尽，凭借一芙蓉屏再次相遇，再续夫妻之情。

遭难、巧合、团圆，这三个关键词构成了本故事的线索，故事中表现的高公之德、崔尉之谊、王氏之节皆遵循社会主流价值观，而崔尉王氏的动人爱情故事则是夫妻们应当学习效仿的典范。

诗曰：

夫妻本是同林鸟，大限来时各自飞。

若是遗珠还合浦，却教拂拭更生辉。

话说宋朝汴梁有个王从事，同了夫人到临安调官，赁一民房。居住数日，嫌他窄小不便。王公自到大街坊上寻得一所宅子，宽敞洁净，甚是象意，当把房钱赁下了。归来与夫人说："房子甚是好住，我明日先搬东西去了，临完，我雇轿来接你。"次日并叠箱笼，结束（收拾）齐备，王公押了行李先去收拾。临出门，又对夫人道："我先去，你在此等等，轿到便来就是。"王公吩咐罢，到新居安顿了。就叫一乘轿到旧寓接夫人。轿已去久，竟不见到。王公等得心焦，重到旧寓来问。旧寓人道："官人去不多时，就有一乘轿来接夫人，夫人已上轿去了。后边又是一乘轿来接，我回他：'夫人已有轿去了。'那两个就打了空轿回去，怎么还未到？"王公大惊，转到新寓来看。只见两个轿夫来讨钱道："我等打轿去接夫人，夫人已先来了。我等虽不抬得，却要赁轿钱与脚步钱。"王公道："我叫的是你们的轿，如何又有甚人的轿先去接着？而今竟不知抬向哪里去了。"轿夫道："这个我们却不知道。"王公将就拿几十钱打发了去，心下好生无主，暴躁如雷，没个出豁处。

次日到临安府进了状，拿得旧主人来，只如昨说，并无异词。问他邻舍，多见是上轿去的。又拿后边两个轿夫来问，说道："只打得空轿往回一番，地方街上人多看见的，并不知余情。"临安府也没奈何，只得行个缉捕文书，访拿先前的两个轿夫。却又不知姓名住址，有影无踪，海中捞月，眼见得一个夫人送在别处去了。王公凄凄惶惶，苦痛不已。自此失了夫人，也不再娶。

五年之后，选了衢州教授。衢州首县是西安县附郭的，那县宰与王教授

时相往来。县宰请王教授衙中饮酒，吃到中间，嗄饭中拿出鳖来。王教授吃了两箸，便停了箸，哽哽咽咽眼泪如珠，落将下来。县宰惊问缘故。王教授道："此味颇似亡妻所烹调，故此伤感。"县宰道："尊阃（kǔn，内室）夫人，几时亡故？"王教授道："索性亡故，也是天命。只因在临安移寓，相约命轿相接，不知是甚奸人，先把轿来骗，拙妻错认是家里轿，上的去了。当时告了状，至今未有下落。"县宰色变了道："小弟的小妾，正是在临安用三十万钱娶的外方人。适才叫他治庖，这鳖是他烹煮的。其中有些怪异了。"登时起身，进来问妾道："你是外方人，如何却在临安嫁得在此？"妾垂泪道："妾身自有丈夫，被奸人赚来卖了，恐怕出丈夫的丑，故此不敢声言。"县宰问道："丈夫何姓？"妾道："姓王名某，是临安听调的从事官。"县宰大惊失色，走出对王教授道："略请先生移步到里边，有一个人要奉见。"王教授随了进去。县宰声唤处，只见一个妇人走将出来。教授一认，正是失去的夫人。两下抱头大哭。王教授问道："你何得在此？"夫人道："你那夜晚间说话时，民居浅陋，想当夜就有人听得把轿相接的说话。只见你去不多时，就有轿来接。我只道是你差来的，即便收拾上轿去。却不知把我抬到一个甚

么去处，乃是一个空房。有三两个妇女在内，一同锁闭了一夜。明日把我卖在官船上了。明知被赚，我恐怕你是调官的人，说出真情，添你羞耻，只得含羞忍耐，直至今日。不期在此相会。”那县官好生过意不去，传出外厢，忙唤值日轿夫将夫人送到王教授衙里。王教授要赔还三十万原身钱，县宰道：“以同官之妻为妾，不曾察听得备细。恕不罪责，够了。还敢说原钱耶？”教授称谢而归，夫妻欢会，感激县宰不尽。

原来临安的光棍，欺王公远方人，是夜听得了说话，即起谋心，拐他卖到官船上。又是到任去的，他州外府，道是再无有撞着的事了。谁知恰恰选在衢州，以致夫妻两个失散了五年，重得在他方相会。也是天缘未断，故得如此。却有一件：破镜重圆，离而复合，固是好事，这美中有不足处。那王夫人虽是所遭不幸，却与人为妾，已失了身，又不曾查得奸人跟脚（底细）出，报得冤仇。不如《崔俊臣芙蓉屏》故事，又全了节操，又报了冤仇，又重会了夫妻，这个话本好听。看官，容小子慢慢敷演（陈述并加以发挥），先听《芙蓉屏歌》一篇，略见大意。歌云：

画芙蓉，妾忍题屏风，屏间血泪如花红。败叶枯梢两萧索，断缣（jiān，双丝的细绢）遗墨俱零落。去水奔流隔死生，孤身只影成漂泊。成漂泊，残骸向谁托？泉下游魂竟不归，图中艳姿浑似昨。浑似昨，妾心伤，那禁秋雨复秋霜！宁肯江湖逐舟子，甘从宝地礼医王。医王本慈悯，慈悯超群品。逝魄愿提撕（提携），茕嫠（qiòng lí，寡妇）赖将引。芙蓉颜色娇，夫婿手亲描。花萎因折蒂，干死为伤苗。蕊干心尚苦，根朽恨难消！但道章台泣韩翃（hòng），岂期甲帐遇文萧？芙蓉良有意，芙蓉不可弃。享得宝月再团圆，相亲相爱莫相捐（相离）！谁能听我芙蓉篇？人间夫妇休反目，看此芙蓉真可怜！

这篇歌，是元朝至正年间真州才士陆仲旸（yáng）所作。你道他为何作此歌？只因当时本州有个官人，姓崔名英，字俊臣，家道富厚，自幼聪明，写字作画，工绝一时。娶妻王氏，少年美貌，读书识字，写染皆通。夫妻两

个真是才子佳人，一双两好，无不断称，恩爱异常。是年辛卯，俊臣以父荫得官，补浙江温州永嘉县尉，同妻赴任。就在真州闸边，有一只苏州大船，惯走杭州路的，船家姓顾。赁定了，下了行李，带了家奴使婢，由长江一路进发，包送到杭州交卸。行到苏州地方，船家道："告官人得知，来此已是家门首了。求官人赏赐些，并买些福物纸钱，赛赛江湖之神。"俊臣依言，拿出些钱钞，教如法置办。完事毕，船家送一桌牲酒到舱里来。俊臣叫人家接了，摆在桌上同王氏暖酒少酌。俊臣是宦家子弟，不懂得江湖上的禁忌。吃酒高兴，把箱中带来的金银杯觥之类，拿出与王氏欢酌。却被船家后舱头张见了，就起不良之心。

此时七月天气，船家对官舱里道："官人，娘子在此闹处歇船，恐怕热闷。我们移船到清凉些的所在泊去，何如？"俊臣对王氏道："我们船中闷躁得不耐烦，如此最好。"王氏道："不知晚间谨慎否？"俊臣道："此处须是内地，不比外江。况船家是此间人，必知利害，何妨得呢？"就依船家之言，凭他移船。那苏州左近太湖，有的是大河大洋，官塘路上，还有不测。若是傍港中去，多是贼的家里。俊臣是江北人，只晓得扬子江有强盗，道是内地港道小了，境界不同，岂知这些就里？是夜船家直把船放到芦苇之中，泊定了。黄昏左侧，提了刀，竟奔舱里来。先把一个家人杀了，俊臣夫妻见不是头，磕头讨饶道："是有的东西，都拿了去，只求饶命！"船家道："东西也要，命也要。"两个只是磕头，船家把刀指着王氏道："你不必慌，我不杀你，其余都饶不得。"俊臣自知不免，再三哀求道："可怜我是个书生，只教我全尸而死罢。"船家道："这等饶你一刀，快跳在水中去！"也不等俊臣从容，提着腰胯，扑通的撩下水去。其余家童、使女尽行杀尽，只留得王氏一个。对王氏道："你晓得免死的缘故么？我第二个儿子，未曾娶得媳妇，今替人撑船到杭州去了。再是一两个月，才得归来，就与你成亲。你是吾一家人了，你只安心住着，自有好处，不要惊怕。"一头说，一头就把船中所有，尽检点收拾过了。

王氏起初怕他来相逼，也拼一死。听见他说了这些话，心中略放宽些道："且到日后再处。"果然此船家只叫王氏做媳妇，王氏假意也就应承。凡是船家教他做些什么，他千依百顺，替他收拾零碎，料理事务，真像个掌家的媳妇服侍公公一般，无不任在身上，是件停当。船家道："是寻得个好媳妇。"真心相待，看看熟分，并不提防他有外心了。

如此一月有余，乃是八月十五日中秋节令。船家会聚了合船亲属、水手人等，叫王氏治办酒肴，盛设在舱中饮酒看月。个个吃得酩酊大醉，东倒西歪，船家也在船里宿了。王氏自在船尾，听得鼾睡之声彻耳，于时月光明亮如昼，仔细看看舱里，没有一个不睡沉了。王氏想道："此时不走，更待何时？"喜得船尾贴岸泊着，略摆动一些些就好上岸。王氏轻身跳了起来，趁着月色，一气走了二三里路。走到一个去处，比旧路绝然不同。四望尽是水乡，只有芦苇菰（gū）蒲，一望无际。仔细认去，芦苇中间有一条小小路径，草深泥滑，且又双弯纤细，鞋弓袜小，一步一跌，吃了万千苦楚。又恐怕后边追来，不敢停脚，尽力奔走。

渐渐东方亮了，略略胆大了些。遥望林木之中，有屋宇露出来。王氏道："好了，有人家了。"急急走去，到得面前，抬头一看，却是一个庵院的模样，门还关着。王氏欲待叩门，心里想道："这里头

不知是男僧女僧，万一敲开门来，是男僧，撞着不学好的，非礼相犯，不是才脱天罗，又罹地网？且不可造次。总是天已大明，就是船上有人追着，此处有了地方，可以叫喊求救，须不怕他了。只在门首坐坐，等他开出来的是。”须臾之间，只听得里头托的门栓响处，开将出来，乃是一个女童，出门担水。王氏心中喜道：“原来是个尼庵。”一径的走将进去。院主出来见了，问道：“女娘是何处来的？大清早到小院中。”王氏对蓦生人，未知好歹，不敢把真话说出来，哄他道：“妾是真州人，乃是永嘉崔县尉次妻，大娘子凶悍异常，万般打骂。近日家主离任归家，泊舟在此。昨夜中秋赏月，叫妾取金杯饮酒，不料偶然失手，落到河里去了。大娘子大怒，发愿必要置妾死地。妾自想料无活理，乘他睡熟，逃出至此。”院主道：“如此说来，娘子不敢归舟去了。家乡又远，若要别求匹偶，一时也未有其人。孤苦一身，何处安顿是好？”王氏只是哭泣不止。

院主见他举止端重，情状凄惨，好生慈悯，有心要收留他。便道：“老尼有一言相劝，未知尊意若何？”王氏道：“妾身患难之中，若是师父有甚么处法，妾身敢不依随？”院主道：“此间小院，僻在荒滨，人迹不到，茭葑（fēng）为邻，鸥鹭为友，最是个幽静之处。幸得一二同伴，都是五十以上之人。侍者几个，又皆淳谨。老身在此住迹（栖身），甚觉清修味长。娘子虽然年芳貌美，争奈命蹇时乖，何不舍离爱欲，披缁削发，就此出家？禅榻佛灯，晨飧（sūn，饭食）暮粥，且随缘度其日月，岂不强如做人婢妾，受今世的苦恼，结来世的冤家么？”王氏听说罢，拜谢道：“师父若肯收留做弟子，便是妾身的有结果了。还要怎的？就请师父替弟子落了发，不必迟疑。”果然院主装起香，敲起磬来，拜了佛，就替他落了发：可怜县尉孺人，忽作如来弟子。落发后，院主起个法名，叫作慧圆，参拜了三宝。就拜院主做了师父，与同伴都相见已毕，从此在尼院中住下了。

王氏是大家出身，性地聪明。一月之内，把经典之类，一一历过，尽皆通晓。院主大相敬重，又见他知识事体，凡院中大小事务，悉凭他主张。不问过他，一件事也不敢轻做。且是宽和柔善，一院中的人没一个不替他相好，说得来的。每日早晨，在白衣大士前礼拜百来拜，密诉心事。任是大寒大暑，再不间断。拜完，只在自己静室中清坐。自怕貌美，惹出事来，再不轻易露形，外人也难得见他面的。

如是一年有余。忽一日，有两个人到院随喜，乃是院主认识的近地施主，留他吃了些斋。这两个人是偶然闲步来的，身边不曾带得甚么东西来回答。明日将一幅纸画的芙蓉来，施在院中张挂，以答谢昨日之斋。院主受了，便把来裱在一格素屏上面。王氏见了，仔细认了一认，问院主道："此幅画是哪里来的？"院主道："方才檀越（施主）布施的。"王氏道。"这檀越是何姓名？住居何处？"院土道："就是同县顾阿秀兄弟两个。"王氏道："做甚么生理的？"院主道："他两个原是个船户，在江湖上赁载营生。近年忽然家事从容了，有人道他劫掠了客商，以致如此。未知真否如何。"王氏道："长到这里来的么？"院主道："偶然来来，也不长到。"

王氏问得明白，记了顾阿秀的姓名，就提笔来写一首词在屏上。词云：少日风流张敞笔，写生不数今黄筌。芙蓉画出最鲜妍。岂知娇艳色，翻抱死生缘？粉绘凄凉馀幻质，只今流落有谁怜？素屏寂寞伴枯禅。今生缘已断，愿结再生缘！——右调《临江仙》。院中之尼，虽是识得经典上的字，文义不十分精通。看见此词，只道是王氏卖弄才情，偶然题咏，不晓中间缘故。谁知这回来历，却是崔县尉自己手笔画的，也是船中劫去之物。王氏看见物在人亡，心内暗暗伤悲。又晓得强盗踪迹，已有影响，只可惜是个女身，又已做了出家人，一时无处申理。忍在心中，再看机会。却是冤仇当雪，姻缘未断，自然生出事体来。

姑苏城里有一个人，名唤郭庆春，家道殷富，最肯结识官员士夫。心中喜好的是文房清玩。一日游到院中来，见了这幅芙蓉画得好，又见上有题咏，字法俊逸可观，心里喜欢不胜。问院主要买，院主与王氏商量，王氏自忖道："此是丈夫遗迹，本不忍舍；却有我的题词在上，中含冤仇意思在里面，遇着有心人玩着词句，究问根由，未必不查出踪迹来。若只留在院中，有何益处？”就叫：“师父卖与他罢。”庆春买得，千欢万喜去了。

其时有个御史大夫高公，名纳麟，退居姑苏，最喜欢书画。郭庆春想要奉承他，故此出价钱买了这幅纸屏去献与他。高公看见画得精致，收了他的，忙忙里也未看着题词，也不查着款字，交与书，吩咐且张在内书房中，送庆春出门来别了。只见外面一个人，手里拿着草书四幅，插个标儿要卖。高公心性既爱这行物事，眼里看见，就不肯便放过了，叫取过来看。那人双手捧递，高公接上手一看：字格类怀素，清劲不染俗。若列法书中，可载《金石录》。

高公看毕，道：“字法颇佳，是谁所写？”那人答道：“是某自己学写的。”高公抬起头来看他，只见一表非俗，不觉失惊。问道：“你姓甚名谁？何处人氏？”那个人掉下泪来道：“某姓崔名英，字俊臣，世居真州。以父荫补永嘉县尉，带了家眷同往赴任，自不小心，为船人所算，将英沉于水中。家财妻小，都不知怎么样了？幸得生长江边，幼时学得泅水（游水）之法，伏在水底下多时，量他去得远了，然后爬上岸来，投一民家。浑身沾湿，并无一钱在身。赖得这家主人良善，将干衣出来换了，待了酒饭，过了一夜。明日又赠盘缠少许，打发道：'既遭盗劫，理合告官。恐怕连累，不敢奉留。'英便问路进城，陈告在平江路案下了。只为无钱使用，缉捕人役不十分上紧。今听候一年，杳无消耗。无计可奈，只得写两幅字卖来度日。乃是不得已之计，非敢自道善书，不意恶札，上达钧览。"

高公见他说罢，晓得是衣冠中人，遭盗流落，深相怜悯。又见他字法精好，仪度雍容，便有心看顾他。对他道："足下既然如此，目下只索付之无奈，且留吾西塾，教我诸孙写字，再作道理。意下如何？"崔俊臣欣然道："患难之中，无门可投。得明公提携，万千之幸！"高公大喜，延入内书房中，即治酒榼（kē）相待。正欢饮间，忽然抬起头来，恰好前日所受芙蓉屏，正张在那里。俊臣一眼睃（suō，斜着眼睛看）去见了，不觉泫然垂泪。高公惊问道："足下见此芙蓉，何故伤心？"俊臣道："不敢欺明公，此画亦是舟中所失物件之一，即是英自己手笔。只不知何得在此。"站起身来再看看，只见有一词。俊臣读罢，又叹息道："一发古怪！此词又即是英妻王氏所作。"高公道："怎么晓得？"俊臣道："那笔迹从来认得，且词中意思有在，真是拙妻所作无疑。但此词是遭变后所题，拙妇想是未曾伤命，还在贼处。明公推究此画来自何方，便有个根据了。"高公笑道："此画来处有因，当为足下任捕盗之责，且不可泄露！"是日酒散，叫两个孙子出来拜了先生，就留在书房中住下了。自此俊臣只在高公门馆，不题。

却说高公明日密地叫当直的请将郭庆春来，问道："前日所惠芙蓉屏，是哪里得来的？"庆春道："卖自城外尼院。"高公问了去处，别了庆春，就差当直的到尼院中仔细盘问："这芙蓉屏是哪里来的？又是哪个题咏的？"王氏见来问得蹊跷，就叫院主转问道："来问的是何处人？为何问起这些缘

故？”当直的回言：“这画而今已在高府中，差来问取来历。”王氏晓得是官府门中来问，或者有些机会在内，叫院主把真话答他道：“此画是同县顾阿秀舍的，就是院中小尼慧圆题的。”当直的把此言回复高公。高公心下道：“只须赚得慧圆到来，此事便有着落。”进去与夫人商议定了。

隔了两日，又差一个当直的，吩咐两个轿夫抬了一乘轿到尼院中来。当直的对院主道：“在下是高府的管家。本府夫人喜诵佛经，无人作伴。闻知贵院中小师慧圆了悟，愿礼请拜为师父，供养在府中。不可推却！”院主迟疑道：“院中事务大小都要他主张，如何接去得？”王氏闻得高府中接他，他心中怀着复仇之意，正要到官府门中走走，寻出机会来。亦且前日来盘问芙蓉屏的，说是高府，一发有些疑心。便对院主道：“贵宅门中礼请，岂可不去？万一推托了，惹出事端来，怎生当抵？”院主晓得王氏是有见识的，不敢违他，但只是道：“去便去，只不知几时可来。院中有事怎么处？”王氏道：“等见夫人过，住了几日，觑个空便，可以来得就来。想院中也没甚事，倘有疑难的，高府在城不远，可以来问信商量得的。”院主道：“既如此，只索就去。”当直的叫轿夫打轿进院，王氏上了轿，一直的抬到高府中来。

高公未与他相见，只叫他到夫人处见了，就叫夫人留他在卧房中同寝，高公自到别房宿歇。夫人与他讲些经典，说些因果，王氏问一答十，说得夫人十分喜欢敬重。闲中问道：“听小师父一谈，不是这里本处人。还是自幼出家的？还是有过丈夫，半路出家的？”王氏听说罢，泪如雨下道：“复夫

人：小尼果然不是此间，是真州人。丈夫是永嘉县尉，姓崔名英，一向不曾敢把实话对人说，而今在夫人面前，只索实告，想自无妨。”随把赴任到此，舟人盗劫财物，害了丈夫全家，自己留得性命，脱身逃走，幸遇尼僧留住，落发出家的说话，从头至尾，说了一遍，哭泣不止。

夫人听他说得伤心，恨恨地道：“这些强盗，害得人如此！天理昭彰，怎不报应？”王氏道：“小尼躲在院中一年，不见外边有些消耗（消息）。前日忽然有个人拿一幅画芙蓉到院中来施。小尼看来，却是丈夫船中之物。即向院主问施人的姓名，道是同县顾阿秀兄弟。小尼记起丈夫赁的船正是船户顾姓的。而今真赃已露，这强盗不是顾阿秀是谁？小尼当时就把舟中失散的意思，作一首词，题在上面。后来被人买去了。贵府有人来院，查问题咏芙蓉下落。其实即是小尼所题，有此冤情在内。”即拜夫人一拜道：“强盗只在左近，不在远处了。只求夫人转告相公，替小尼一查。若是得了罪人，雪了冤仇，以下报亡夫，相公、夫人恩同天地了！”夫人道：“既有了这些影迹，事不难查，且自宽心！等我与相公说就是。”

夫人果然把这些备细，一一与高公说了。又道：“这人且是读书识字，心性贞淑，决不是小家之女。”高公道：“听他这些说话与崔县尉所说正同。又且芙蓉屏是他所题，崔县尉又认得是妻子笔迹。此是崔县尉之妻，无可疑心。夫人只是好好看待他，且不要说破。”高公出来见崔俊臣时，俊臣也屡屡催高公替他查查芙蓉屏的踪迹。高公只推未得其详，略不提起慧圆的事。

高公又密密差人问出顾阿秀兄弟居址所在，平日出没行径，晓得强盗是真。却是居乡的官，未敢轻自动手。私下对夫人道：“崔县尉事，查得十有七八了，不久当使他夫妻团圆。但只是慧圆还是个削发尼僧，他日如何相见，好去做孺人（大夫的妻子）？你须慢慢劝他长发改妆才好。”夫人道：“这是正理。只是他心里不知道丈夫还在，如何肯长发改妆？”高公道：“你自去劝他，或者肯依固好。毕竟不肯时节，我另自有说话。”夫人依言，来对王氏道：“吾已把你所言尽与相公说知，相公道：‘捕盗的事，多在他身

上，管取与你报冤。'”王氏稽首称谢。夫人道：“只有一件：相公道，你是名门出身，仕宦之妻，岂可留在空门没个下落？叫我劝你长发改妆。你若依得，一力与你擒盗便是。”王氏道：“小尼是个未亡之人，长发改妆何用？只为冤恨未申，故此上求相公做主。若得强盗歼灭，只此空门静守，便了终身。还要甚么下落？”夫人道：“你如此妆饰，在我府中也不为便。不若你留了发，认义我老夫妇两个，做个孀居寡女，相伴终身。未为不可。”王氏道：“承蒙相公，夫人抬举，人非木石，岂不知感？但重整云鬟，再施铅粉，丈夫已亡，有何心绪？况老尼相救深恩，一旦弃之，亦非厚道。所以不敢从命。”

夫人见他说话坚决，一一回报了高公。高公称叹道：“难得这样立志的女人！”又叫夫人对他说道：“不是相公苦苦要你留头，其间有个缘故。前日因去查问此事，有平江路官吏相见，说：‘旧年曾有人告理，也说是永嘉县尉，只怕崔生还未必死。’若是不长得发，他日一时擒住此盗，查得崔生出来，此时僧俗各异，不得团圆，悔之何及！何不权且留了头发？等事体尽完，崔生终无下落，那时任凭再净了发，还归尼院，有何妨碍？”王氏见说是有人还在此告状，心里也疑道：“丈夫从小会没水，是夜眼见得囫囵抛在水中的，或者天幸留得性命也不可知。”遂依了夫人的话，虽不就改妆，却从此不剃发，权扮作道姑模样了。

又过了半年，朝廷差个进士薛溥化为监察御史，来按（考查）平江路。这个薛御史乃是高公旧日属官，他吏才精敏，是个有手段的。到了任所，先来拜谒高公。高公把这件事密密托他，连顾阿秀姓名、住址、去处，都细细说明白了。薛御史谨记在心，自去行事，不在话下。

且说顾阿秀兄弟，自从那年八月十五夜一觉直睡到天明，醒来不见了王氏，明知逃去，恐怕形迹败露，不敢明明追寻。虽在左近打听两番，并无踪影，这是不好告诉人的事，只得隐忍罢了。此后一年之中，也曾做个十来番道路，虽不能如崔家之多，侥幸再不败露，甚是得意。一日正在家欢呼饮酒间，只见平江路捕盗官带者一哨官兵，将宅居围住，拿出监察御史发下的访单来。顾阿秀是头一名强盗，其余许多名字，逐名查去，不曾走了一个。又拿出崔县尉告的赃单来，连他家里箱笼，悉行搜卷，并盗船一只，即停泊门外港内，尽数起到了官，解送御史衙门。

薛御史当堂一问，初时抵赖；及查物件，见了永幕县尉的敕牒尚在箱中，赃物一一对款，薛御史把崔县尉旧日所告失盗状，念与他听，方各俯首无词。薛御史问道："当日还有孺人王氏，今在何处？"顾阿秀等相顾不出一语。御史喝令严刑拷讯。顾阿秀招道："初意实要留他配小的次男，故此不杀。因他一口应承，愿做新妇，所以再不防备。不期当年八月中秋，乘睡熟逃去，不知所向。只此是实情。"御史录了口词，取了供案，凡是在船之人，无分首从，尽问成枭斩死罪，决不待时。原赃照单给还失主。御史差人回复高公，就把赃物送到高公家来，交与崔县尉。俊臣出来，一一收了。晓得敕牒还在，家物犹存，只有妻子没查下落处，连强盗肚里也不知去向了，真个是渺茫的

事。俊臣感新思旧，不觉恸哭起来。有诗为证：堪笑聪明崔俊臣，也应落难一时浑。既然因画能追盗，何不寻他题画人？原来高公有心，只将画是顾阿秀施在尼院的说与俊臣知道，并不曾提起题画的人，就在院中为尼，所以俊臣但得知盗情，因画败露，妻子却无查处，竟不知只在画上，可以跟寻出来的。

当时俊臣恸哭已罢，想道："既有敕牒，还可赴任。若再稽迟（迟延），便恐另补有人，到不得地方了。妻子既不见，留连于此无益。"请高公出来拜谢了，他就把要去赴任的意思说了。高公道："赴任是美事，但足下青年无偶，岂可独去？待老夫与足下做个媒人，娶了一房孺人，然后夫妻同往也未为迟。"俊臣含泪答道："糟糠之妻，同居贫贱多时，今遭此大难，流落他方，存亡未卜。然据者芙蓉屏上尚及题词，料然还在此方。今欲留此寻访，恐事体渺茫，稽迟岁月，到任不得了。愚意且单身到彼，差人来高揭榜文，四处追探，拙妇是认得字的。传将开去，他闻得了，必能自出。除非忧疑惊恐，不在世上了。万一天地垂怜，尚然留在，还指望伉俪重谐。英感明公恩德，虽死不忘，若别娶之言，非所愿闻。"高公听他说得可怜，晓得他别无异心，也自凄然道："足下高谊如此，天意必然相佑，终有完全之日。吾安敢强逼？只是相与这几时，容老夫少尽薄设奉饯，然后起程。"

次日开宴饯行，邀请郡中门生、故吏、各官与一时名士毕集，俱来奉陪崔县尉。酒过数巡，高公举杯告众人道："老夫今日为崔县尉了今生缘。"众人都不晓其意，连崔俊臣也一时未解，只见高公命传呼后堂："请夫人打发慧圆出来！"俊臣惊得目呆，只道高公要把甚么女人强他纳娶，故设此宴，说此话，也有些着急了。梦里也不晓得他妻子叫得甚么慧圆！当时夫人已知高公意思，把崔县尉在馆内多时，昨已获了强盗，问了罪名，追出敕牒，今日饯行赴任，特请你到堂厮认团圆，逐项逐节的事情，说了一遍。王氏如梦方醒，不胜感激。先谢了夫人，走出堂前来，此时王氏发已半长，照旧妆饰。崔县尉一见，乃是自家妻子，惊得如醉里梦里。高公笑道："老夫原说道与足下为媒，这可做得着么？”崔县尉与王氏相持大恸，说道：“自料今生死别了，谁知在此，却得相见？”

座客见此光景，尽有不晓得详悉的，向高公请问根由。高公便叫书童去书房里取出芙蓉屏来，对众人道：“列位要知此事，须看此屏。”众人争先来看，却是一国一题。看的看，念的念，却不明白这个缘故。高公道：“好教列位得知，只这幅画，便是崔县尉夫妻一段大姻缘。这回即是崔县尉所画，这词即是崔孺人所题。他夫妻赴任到此，为船上所劫。崔孺人脱逃于尼院出家，遇人来施此画，认出是船中之物，故题此词。后来此画却入老夫之手。遇着崔县尉到来，又认出是孺人之笔。老夫暗地着人细细问出根由，乃知孺人在尼院，叫老妻接将家来住着。密行访缉，备得大盗踪迹。托了薛御史究出此事，强盗俱已伏罪。崔县尉与孺人在家下，各有半年多，只道失散在那里，竟不知同在一处多时了。老夫一向隐忍，不通他两人知道，只为崔孺人头发未长，崔县尉敕牒未获，不知事体如何，两人心事如何？不欲造次漏泄。今罪人既得，试他义夫节妇，两下心坚，今日特地与他团圆这段因缘，故此方才说替他了今生缘，即是崔孺人词中之句，方才说。‘请慧圆’，乃是崔孺人尼院中所改之字，特地使崔君与诸公不解，为今日酒间一笑耳。”崔俊臣与王氏听罢，两个哭拜高公，连在坐之人无不下泪，称叹高公盛德，古今罕有。王氏自到里面去拜谢夫人了。高公重入座席，与众客尽欢而散。是夜特开别院，叫两个养娘付侍王氏与崔县尉在内安歇。

明日，高公晓得崔俊臣没人服侍，赠他一奴一婢，又赠他好些盘缠，当日就道（动身）。他夫妻两个感念厚恩，不忍分别，大哭而行。王氏又同丈夫到尼院中来，院主及一院之人，见他许久不来，忽又改妆，个个惊异。王氏备细说了遇合缘故，并谢院主看待厚意。院主方才晓得顾阿秀劫掠是真，前日王氏所言妻妾不相容，乃是一时掩饰之词。院中人个个与他相好的，多不舍得他去。事出无奈，各各含泪而别。夫妻两个同到永嘉去了。

在永嘉任满回来，重过苏州，差人问侯高公，要进来拜谒。谁知高公与夫人俱已薨（hōng）逝，殡葬已毕了。崔俊臣同王氏大哭，如丧了亲生父母一般。问到他墓下，拜奠了，就请旧日尼院中各众，在墓前建起水陆道场，三昼夜，以报大恩。王氏还不忘经典，自家也在里头持诵。事毕，同众尼再到院中。崔俊臣出宦资，厚赠了院主。王氏又念昔日朝夜祷祈观世音暗中保佑，幸得如愿，夫妇重谐，出白金十两，留在院主处，为烧香点烛之费。不忍忘院中光景，立心自此长斋念观音不辍，以终其身。当下别过众尼，自到真州宁家，另日赴京补官，这是后事，不必再题。

此本话文，高公之德，崔尉之谊，王氏之节，皆是难得的事。各人存了好心，所以天意周全，好人相逢。毕竟冤仇尽报，夫妇重完，此可为世人之劝。诗云：

王氏藏身有远图，间关到底得逢夫。
舟人妄想能同志，一月空将新妇呼。

又诗云：

芙蓉本似美人妆，何意飘零在路旁？
画笔词锋能巧合，相逢犹自墨痕香。

又有一首赞叹御史大夫高公云：

高公德谊薄云天，能结今生未了缘。
不便初时轻逗漏，致令到底得团圆。
芙蓉画出原双蒂，萍藻浮来亦共联。
可惜白杨堪作柱，空教洒泪及黄泉。

张员外义抚螟蛉子 包龙图智赚合同文

都说钱财乃身外之物，却又是生存之本，免不得世人为了它六亲不认、丧尽天良。亲人之间争夺钱财家产更是让人心寒，因为一时贪欲，弄得亲不亲、家不家，何苦如此呢?

灾荒年间，刘天瑞夫妇带着儿子刘安住外出逃荒，十五年后，刘安住带着父母遗骨回乡安葬，怎料伯母杨氏为了争家产故意不认侄儿，并骗取侄儿手中合同文书，致使刘安住走投无路，只好将此事告到开封府包龙图那里。包龙图明察秋毫，轻而易举便诱使杨氏将真相和盘托出，刘安住一家得以回归刘家。

世间诸多恶事恶行都是由贪念引发，若那杨氏一类的人被人揭穿后悔过自新当是好的，只怕他日再起贪念，屡教不改，世上不乏这类人。

诗曰：

得失枯荣忠在天，机关用尽也徒然。

人心不足蛇吞象，世事到头螳捕蝉。

无药可自延卿寿，有钱难买子孙贤。

甘贫守分随缘过，便是逍遥自在仙。

话说大梁有个富翁姓张，妻房已丧，没有孩儿，只生一女，招得个女婿。那张老年纪已过六十，因把田产家缘尽交女婿，并做了一家，赖其奉养，以为终身之计。女儿女婿也自假意奉承，承颜顺旨，他也不作生儿之望了。不想已后，渐渐疏懒，老大不堪。忽一日在门首闲立，只见外孙走出来寻公公吃饭。张老便道："你寻我吃饭么？"外孙答道："我寻自己的公公，不来寻你。"张老闻得此言，满怀不乐。自想道："'女儿落地便是别家的人'，果非虚话。我年纪虽老，精力未衰，何不娶个偏房？倘或生得一个男儿，也是张门后代。"随把自己留下余财，央媒娶了鲁氏之女。成婚未久，果然身怀六甲，方及周年，生下一子。张老十分欢喜，亲戚之间，都来庆贺。唯有女儿女婿，暗暗地烦恼。张老随将儿子取名一飞，众人皆称他为张一郎。

又过了一二年，张老患病，沉重不起，将及危急之际，写下遗书二纸，将一纸付与鲁氏道："我只为女婿、外孙不幸，故此娶你做个偏房。天可怜见，生得此子，本待把家私尽付与他，争奈他年纪幼小，你又是个女人，不能支持门户，不得不与女婿管理。我若明明说破他年要归我儿，又恐怕他每暗生毒计。而今我这遗书中暗藏哑谜，你可紧紧收藏。且待我儿成人之日，从公告理。倘遇着廉明官府，自有主张。"鲁氏依言，收藏过了。张老便叫人请女儿女婿来，嘱咐了几句，就把一纸遗书与他，女婿接过看道："张一非我子也，家财尽与我婿。外人不得争占。"女婿看过大喜，就交付浑家收

讫。张老又私把自己余资与鲁氏母子，为日用之费，赁间房子与他居住。数日之内，病重而死。那女婿殡葬丈人已毕，道是家缘尽是他的，夫妻两口，扬扬得意，自不消说。

却说鲁氏抚养儿子，渐渐长成。因忆遗言，带了遗书，领了儿子，当官告诉。争奈官府都道是亲笔遗书，既如此说，自应是女婿得的。又且那女婿有钱买嘱，谁肯与他分剖？亲威都为张一不平，齐道："张老病中乱命，如此可笑！却是没做理会处。"又过了几时，换了个新知县，大有能声。鲁氏又领了儿子到官告诉，说道："临死之时，说书中暗藏哑谜。"那知县把书看了又看，忽然会意，便叫人唤将张老的女儿、女婿众亲眷们及地方父老都来。知县对那女婿说道："你妇翁真是个聪明的人，若不是遗书，家私险被你占了。待我读与你听：'张一非，我子也，家财尽与。我婿外人，不得争占！'你道怎么把'飞'字写作'非'字？只恐怕舅子年幼，你见了此书，生心谋害，故此用这机关。如今被我识出，家财自然是你舅子的，再有何说？"当下举笔把遗书圈断，家财悉判还张一飞，众人拱服而散。才晓得张老取名之时，就有心机了。正是：

异姓如何拥厚资？应归亲子不须疑。
书中哑谜谁能识？大尹神明果足奇。

只这个故事，可见亲疏分定，纵然一时朦胧，久后自有廉明官府剖断出来，用不着你的瞒心昧己。如今待小子再宣一段话本，叫作《包尤图智赚合同文》。你道这话本出在哪里？乃是宋朝汴梁西夫外义定坊有个居民刘大，名天祥，娶妻杨氏；兄弟刘二，名天瑞，娶妻张氏。嫡亲数口儿，同家过活，不曾分另。天祥没有儿女，杨氏是个二婚头，初嫁时带个女儿来，俗名叫作"拖油瓶"。天瑞生个孩儿，叫作刘安住。本处有个李社长，生一女儿，名唤定奴，与刘安住同年。因为李社长与刘家交厚，从未生时指腹为婚，刘安住二岁时节，天瑞已与他聘定李家之女了。那杨氏甚不贤惠，又私心要等女儿长大，招个女婿，把家私多分与他。因此妯娌间，时常有些说话的。亏得天祥兄弟和睦，张氏也自顺气，不致生隙。

不想遇着荒歉（农作物收成坏或没有收成）之岁，六料不收，上司发下明文，着居民分房减口，往他乡外府趁熟（赶往有收成的地方谋生）。天祥与兄弟商议，便要远行。天瑞道："哥哥年老，不可他出。待兄弟带领妻儿去走一遭。"天祥依言，便请将李社长来，对他说道："亲家在此：只因年岁凶歉，难以度日。上司旨意着居民减口，往他乡趁熟。如今我兄弟三口儿，择日远行。我家自来不曾分另，意欲写下两纸合同文书，把应有的庄田物件，房廊屋舍，都写在这文书上。我每各收留下一纸，兄弟一二年回来便罢，若兄弟十年五年不来，其间万一有些好歹，这纸文书便是个老大的证见。特请亲家到来，做个见人，与我每画个字儿。"李社长应承道："当得，当得。"天祥便取出两张素纸，举笔写道："东京西关义定坊住人刘天祥，弟刘天瑞，幼侄安住，只为六料不收，奉上司文书分房减口，各处趁熟。弟天瑞挈妻带子，他乡趁熟。一应家私房产，不曾分另。今立合同文书二纸，各收一纸为照。 年 月 日。立文书人刘天祥。亲弟刘天瑞。见人李社长。"当下各人画个花押，兄弟二人，每人收了一纸，管待了李社长自别去了。天瑞拣个吉日，收拾行李，辞别兄嫂而行。弟兄两个，皆各流泪。唯有杨氏巴不得他三口出门，甚是得意。有一只《仙吕赏花时》，单道着这事：两纸合同各自收，一日分离无限忧。辞故里，往他州，只为这黄苗不救，可兀的心去意难留。

且说天瑞带了妻子，一路餐风宿水，无非是逢桥下马，过渡登舟。不则一日，到了山西潞州高平县下马村。那边正是丰稔（丰熟。稔，rěn）年时，诸般买卖好做，就租个富户人家的房子住下了。那个富户张员外，双名秉彝，浑家郭氏。夫妻两口，为人疏财仗义，好善乐施。广有田庄地宅，只是寸男尺女并无，以此心中不满。见了刘家夫妻，为人和气，十分相得。那刘安住年方三岁，张员外见他生得眉清目秀，乖觉聪明，满心欢喜。与浑家商议，要过继他做个螟蛉之子。郭氏心里也正要如此。便央人与天瑞和张氏说道："张员外看见你家小官人，十二分得意，有心要把他做个过房儿子，通家往来。未知二位意下何如？"天瑞和张氏见富家要过继他的儿子，有甚不象意处？便回答道："只恐贫寒，不敢仰攀。若蒙员外如此美情，我夫妻两口住在这里，可也增好些光彩哩。"那人便将此话回复了张员外。张员外夫妻甚是快话，便拣个吉日，过继刘安住来，就叫他做张安住。那张氏与员外，为是同姓，又拜他做了哥哥。自此与天瑞认为郎舅，往来交厚，房钱衣食，都不要他出了。彼此将及半年，谁想欢喜未来，烦恼又到，刘家夫妻二口，各各染了疫症，一卧不起。正是：浓霜偏打无根草，祸来只奔福轻人。

张员外见他夫妻病了，视同骨肉，延医调理，只是有增无减。不上数日，张氏先自死了。天瑞大哭一场，又得张员外买棺殡殓。过了儿日，天瑞看看病重，自知不痊，便央人请将张员外来，对他说道："大恩人在上，小生有句心腹话儿，敢说得么？"员外道："姐夫，我与你义同骨肉，有甚吩咐，都在不才身上。决然不负所托，但说何妨。"天瑞道："小生嫡亲的兄弟两口，当日离家时节，哥哥立了两纸合同文书。哥哥收一纸，小生收一纸。怕有些好歹，以此为证。今日多蒙大恩人另眼相看，谁知命蹇时乖，果然做了他乡之鬼。安住孩儿幼小无知，既承大恩人过继，只望大恩人广修阴德，将孩儿抚养成人长大。把这纸合同文书，吩咐与他，将我夫妻俩把骨殖（遗骨。殖，shi）埋入祖坟。小生今生不能补报，来生来世情愿做驴做马，报答大恩。是必休迷了孩儿的本姓。"说罢，泪如雨下。张员外也自下泪，满口应承，又将好言安慰他。天瑞就取出文书，与张员外收了。挨至晚间，瞑目而死。张员外又备棺木衣衾，盛殓已毕，将他夫妻两口棺木权埋在祖茔之侧。自此抚养安住，恩同己子。安住渐渐长成，也不与他说知就里，就送他到学堂里读书。安住伶俐聪明，过目成诵。年十余岁，五经子史，无不通晓。又且为人和顺，孝敬二亲。张员外夫妻珍宝也似的待他。每年春秋节令，带他上坟，就叫他拜自己的父母，但不与他说明缘故。

真是光阴似箭，日月如梭。捻指之间，又是一十五年，安住已长成十八岁了。张员外正与郭氏商量要与他说知前事，着他归宗葬父。时遇清明节令，夫妻两口，又带安住上坟。只见安住指着旁边的土堆问员外道："爹爹年年叫我拜这坟茔，一向不曾问得，不知是我甚么亲眷？乞与孩儿说知。"张员外道："我儿，我正待要对你说，着你还乡，只恐怕晓得了自己爹爹妈妈，便把我们抚养之恩，都看得冷淡了。你本不姓张，也不是这里人氏。你本姓刘，东京西关义定坊居民刘天瑞之子，你伯父是刘天祥。因为你那里六料不收，分房减口，你父亲母亲带你到这里趁熟。不想你父母双亡，埋葬于此。你父亲临终时节，遗留与我一纸合同文书，应有家私田产，都在这文书上。叫待你成人长大与你说知就里，着你带这文书去认伯父伯母，就带骨殖去祖坟安葬。儿呀，今日不得不说与你知道。我虽无三年养育之苦，也有十五年抬举之恩，却休忘我夫妻两口儿。"安住闻言，哭倒在地，员外和郭氏叫唤苏醒，安住又对父母的坟茔，哭拜了一场道："今日方晓得生身的父母。"就对员外、郭氏道："禀过爹爹母亲，孩儿既知此事，时刻也迟不得了，乞爹爹把文书付我，须索带了骨殖往东京走一遭去。埋葬已毕，重来侍奉二亲，未知二亲意下何如？"员外道："这是行孝的事，我怎好阻当得你？但只愿你早去早回，免使我两口儿悬望。"

当下一同回到家中，安住收拾起行装，次日拜别了爹妈。员外就拿出合同文书与安住收了，又叫人启出骨殖来，与他带去。临行，员外又吩咐道："休要久恋家乡，忘了我认义父母。"安住道："孩儿怎肯做知恩不报恩！大

事已完，仍到膝下侍养。”三人各各洒泪而别。

安住一路上不敢迟延，早来到东京西关义定坊了。一路问到刘家门首，只见一个老婆婆站在门前。安住上前唱了个喏道：“有烦妈妈与我通报一声，我姓刘名安住，是刘天瑞的儿子。问得此间是伯父伯母的家里，特来拜认归宗。”只见那婆子一闻此言，便有些变色，就问安住道：“如今二哥二嫂在哪里？你既是刘安住，须有合同文字为照。不然，一面不相识的人，如何信得是真？”安住道：“我父母十五年前，死在潞州了。我亏得义父抚养到今，文书自在我行李中。”那婆子道：“则我就是刘大的浑家，既有文书便是真的了。可把与我，你且站在门外，待我将进去与你伯伯看了，接你进去。”安住道：“不知就是我伯娘，多有得罪。”就打开行李，把文书双手递将送去。杨氏接得，望着里边去了。安住等了半晌不见出来。原来杨氏的女儿已赘过女婿，满心只要把家缘尽数与他，日夜防的是叔、婶、侄儿回来。今见说叔婶俱死，伯侄两个又从不曾识认，可以欺骗得的。当时赚得文书到手，把来紧紧藏在身边暗处，却待等他再来缠时，与他白赖。也是刘安住悔气，合当有事，撞见了他。若是先见了刘天祥，须不到得有此。

再说刘安住等得气叹口渴，鬼影也不见一个，又不好走得进去。正在疑心之际，只见前面定将一个老年的人来，问道：“小哥，你是哪里人？为甚事在我门首呆呆站着？”安住道：“你莫非就是我伯伯么？则我便是十五年前父母带了潞州去趁熟的刘安住。”那人道：“如此说起来，你正是我的侄儿。你那合同文书安在？”安住道：“适才伯娘已拿将进去了。”刘天祥满面堆下笑来，携了他的手，来到前厅。安住倒身下拜，天祥道：“孩儿行路劳顿，不须如此。我两口儿年纪老了，真是风中之烛。自你三口儿去后，一十五年，杳无音信。我们兄弟两个，只看你一个人。偌大家私，无人承受，烦恼得我眼也花、耳也聋了。如今幸得孩儿归来，可喜可喜。但不知父母安否？如何不与你同归来看我们一看？”安住扑簌簌泪下，就把父母双亡、义父抚养的事休，从头至尾说一遍。刘天祥也哭了一场，就唤出杨氏来道：“大嫂

（丈夫称妻子），侄儿在此见你哩。”杨氏道：“那个侄儿？”天祥道：“就是十五年前去趁熟的刘安住。”杨氏道：“哪个是刘安住？这里哨子每极多，大分（大概）是见我每有些家私，假装做刘安住来冒认的。他爹娘去时，有合同文书。若有便是真的，如无便是假的。有甚么难见处？”天祥道：“适才孩儿说道已交付与你了。”杨氏道：“我不曾见。”安住道：“是孩儿亲手交与伯娘的。怎如此说？”天祥道：“大嫂休斗我耍，孩儿说你拿了他的。”杨氏只是摇头，不肯承认。天祥又问安住道：“这文书委实在哪里？你可实说。”安住道：“孩儿怎敢有欺？委实是伯娘拿了。人心天理，怎好赖得？”杨氏骂道：“这个说谎的小弟子孩儿，我几曾见那文书来？”天祥道：“大嫂休要斗气，你果然拿了，与我一看何妨？”杨氏大怒道：“这老子也好糊涂！我与你夫妻之情，倒信不过；一个铁蓦生的人，倒并不疑心。这纸文书我要他糊窗儿？有何用处？若果侄儿来，我也欢喜，如何肯揹留（扣留。揹，kèn）他的？这花子故意来捏舌，哄骗我们的家私哩。”安住道：“伯伯，你孩儿情愿不要家财，只要傍着祖坟上埋葬了我父母这两把骨殖，我便仍到潞州去了。你孩儿须自有安身立命之处。”杨氏道：“谁听你这花言巧语？”当下提起一条杆棒，望着安住劈头劈脸打将过来，早把他头儿打破了，鲜血迸流。天祥虽在旁边解劝，喊道：“且问个明白！”却是自己又不认得侄儿，见浑家抵死不认，不知是假是真，好生委决不下，只得由他。那杨氏将安住又出前门，把门闭了。正是：黑蟒口中舌，黄峰尾上针。两般犹未毒，最毒妇人心。

刘安住气倒在地多时，渐渐苏醒转来，对着父母的遗骸，放声大哭。又道：“伯娘你直下得如此狠毒！”正哭之时，只见前面又走过一个人来，问道：“小哥，你哪里人？为甚事在此啼哭？”安住道：“我便是十五年前随父母去趁熟的刘安住。”那人见说，吃了一惊，仔细相了一相，问道：“谁人打破你的头来？”安住道：“这不干我伯父事，是伯娘不肯认我，拿了我的合同文书，抵死赖了，又打破了我的头。”那人道：“我非别人，就是李社长。这等说起来，你是我的女婿。你且把十五年来的事情，细细与我说一遍，待我

与你做主。”安住见说是丈人，恭恭敬敬，唱了个喏，哭告道：“岳父听禀：当初父母同安住趁熟，到山西潞州高平县下马村张秉彝员外家店房中安下，父母染病双亡。张员外认我为义子，抬举的成人长大。我如今十八岁了，义父才与我说知就里，因此担着我父母两把骨殖来认伯伯，谁想伯娘将合同文书赚的去了，又打破了我的头，这等冤枉哪里去告诉？”说罢，泪如涌泉。

李社长气得面皮紫涨，又问安住道：“那纸合同文书，既被赚去，你可记得么？”安住道：“记得。”李社长道：“你且背来我听。”安住从头念了一遍，一字无差。李社长道：“果是我的女婿，再不消说，这虔婆（骂妇人的话）好生无理！我如今敲进刘家去，说得他转便罢，说不转时，现今开封府府尹是包龙图相公，十分聪察。我与你同告状去，不怕不断还你的家私。”安住道：“全凭岳父主张。”李社长当时敲进刘天祥的门，对他夫妻两个道：“亲翁亲母，什么道理，亲侄儿回来，如何不肯认他，反把他头儿都打破了？”杨氏道：“这个，社长你不知他是诈骗人的，故来我家里打浑。他既是我家侄儿，当初曾有合同文书，有你画的字。若有那文书时，便是刘安住。”

李社长道："他说是你赚来藏过了，如何白赖？"杨氏道："这社长也好笑，我何曾见他的？却是指贼的一般。别人家的事情，谁要你多管！"当下又举起杆棒要打安住。李社长恐怕打坏了女婿，挺身拦住，领了他出来道："这虔婆使这般的狠毒见识！难道不认就罢了？不到得和你干休！贤婿不要烦恼，且带了父母的骨殖，和这行囊到我家中将息一晚。明日到开封府进状。"安住从命随了岳丈一路到李家来。李社长又引他拜见了丈母，安排酒饭管待他，又与他包了头，用药敷治。

次日侵晨，李社长写了状词，同女婿到开封府来。等了一会儿，龙图已升堂了，但见：冬冬衙鼓响，公吏两边排。阎王生死殿，东岳吓魂台。

李社长和刘安住当堂叫屈，包龙图接了状词。看毕，先叫李社长上去，问了情由。李社长从头说了。包龙图道："莫非是你包揽官司，唆教他的？"李社长道："他是小人的女婿，文书上元有小人花押，怜他幼稚含冤，故此与他申诉。怎敢欺得青天爷爷！"包龙图道："你曾认得女婿么？"李社长道："他自三岁离乡，今日方归，不曾认得。"包龙图道："既不认得，又失了合同文书，你如何信得他是真？"李社长道："这文书除了刘家兄弟和小人，并无一人看见。他如今从前至后背来，不差一字，岂不是个老大的证见？"包龙图又唤刘安住起来，问其情由。安住也一一说了。又验了他的伤。问道："莫非你果不是刘家之子，借此来行拐骗的么？"安住道："老爷，天下事是假难真，如何做得这没影的事体？况且小人的义父张秉彝，广有田宅，也够小人一生受用了。小人原说过情愿不分伯父的家私，只要把父母的骨殖葬在祖坟，便仍到潞州义父处去居住。望爷爷青天详察。"包龙图见他两人说得有理，就批准了状词，随即拘唤刘天祥夫妇同来。

包龙图叫刘天祥上前，问道："你是个一家之主，如何没些生意，全听妻言？你且说那小厮，果是你的侄儿不是？"天祥道："爷爷，小人自来不曾认得侄儿，全凭着合同为证，如今这小厮抵死说是有的，妻子又抵死说没有，小人又没有背后眼睛，为此委决不下。"包龙图又叫杨氏起来，再三盘

问，只是推说不曾看见。包龙图就对安住道："你伯父伯娘如此无情我如今听凭你着实打他，且消你这口怨气！"安住恻然下泪道："这个使不得！我父亲尚是他的兄弟，岂有侄儿打伯父之理？小人本为认亲葬父行幸而来，又非是争财竞产，若是要小人做此逆伦之事，至死不敢。"包龙图听了这一遍说话，心下已有几分明白。有诗为证：包老神明称绝伦，就中曲直岂难分？当堂不肯施刑罚，亲者原来只是亲。 当下又问了杨氏儿句，假意道："那小厮果是个拐骗的，情理难容。你夫妻们和李某且各回家去，把这厮下在牢中，改日严刑审问。"刘天祥等三人，叩头而出。安住自到狱中去了。杨氏暗暗地欢喜，李社长和安住俱各怀着鬼胎，疑心道："包爷向称神明，如何今日到把原告监禁？"

却说包龙图密地吩咐牢子每不许难为刘安住；又吩咐衙门中人张扬出去，只说安住破伤风发，不久待死；又着人往潞州取将张秉彝来。不则一日，张秉彝到了。包龙图问了他备细，心下大明。就叫他牢门首见了安住，用好言安慰他。次日，签了听审的牌，又密嘱咐牢子每临审时如此如此。随即将一行人拘到。包龙图叫张秉彝与杨氏对辩。杨氏只是硬争，不肯放松一句。包龙图便叫监中取出刘安往来，只见牢子回说道："病重垂死，行动不得。"当下李社长见了张秉彝问明缘故不差，又忿气与杨氏争辩了一会儿。又见牢子们来报道："刘安住病重死了。"那杨氏不知利害，听见说是"死了"，便道："真死了，却谢天地，到免了我家一累！"包爷吩咐道："刘安住得何病而死？快叫仵作人相视了回话。"仵作人相了，回说："相得死尸，约年十八岁，大阳穴为他物所伤致死，四周有青紫痕可验。"包龙图道："如今却怎么处？到弄做个人命事，一发重大了！兀那杨氏！那小厮是你甚么人？可与你关甚亲么？"杨氏道："爷爷，其实不关甚亲。"包爷道："若是关亲时节，你是大，他是小，纵然打伤身死，不过是误杀子孙，不致偿命，只罚些铜纳赎。既是不关亲，你岂不闻得'杀人偿命，欠债还钱'？他是各白世人（互不相干的人），你不认他罢了，拿甚么器仗打破他头，做了破伤风身死。律上说：‘殴打平人，因而致死者抵命。’左右，可将枷来，枷了这婆子！下在死囚牢里，交秋处决，偿这小厮的命。”只见两边如狼似虎的公人暴雷也似答应一声，就抬过一面枷来，唬得杨氏面如士色，只得喊道：“爷爷，他是小妇人的侄儿。”包龙图道：“既是你侄儿，有何凭据？”杨氏道：“现有合同文书为证。”当下身边摸出文书，递与包公看了。正是：本说的丁一卯二（一丝不差），生扭做差三错四。略用些小小机关，早赚出合同文字。

包龙图看毕，又对杨氏道：“刘安住既是你的侄儿，我如今着人抬他的尸首出来，你须领去埋葬，不可推却。”杨氏道：“小妇人情愿殡葬侄儿。”包龙图便叫监中取出刘安往来，对他说道：“刘安住，早被我赚出合同文字来也！”安住叩头谢道：“若非青天老爷，真是屈杀小人！”杨氏抬头看时，只见容颜如旧，连打破的头都好了。满面羞惭，无言抵对。包龙图遂提笔判曰：“刘安住行孝，张秉彝施仁，都是罕有，俱各旌表门闾（lǘ）。李社长着女夫择日成婚。其刘天瑞夫妻骨殖准葬祖茔之侧。刘天祥朦胧不明，念其年老免罪。妻杨氏本当重罪，罚铜准赎。杨氏赘婿，原非刘门瓜葛，即时逐出，不得侵占家私！”判毕，发放一干人犯，各自还家。众人叩头而出。

张员外写了通家名帖，拜了刘天祥，李社长先回潞州去了。刘天祥到家，将杨氏埋怨一场，就同侄儿将兄弟骨殖埋在祖茔已毕。李社长择个吉日，赘女婿过门成婚。一月之后，夫妻两口，同到潞州拜了张员外和郭氏。已后刘安住出仕贵显，刘天祥、张员外俱各无嗣，两姓的家私，都是刘安住一人承当。可见荣枯分定，不可强求。况且骨肉之间，如此昧己瞒心，最伤元气。所以宣这个话本，奉戒世人，切不可为着区区财产，伤了天性之恩。有诗为证：

螟蛉义父犹施德，骨肉天亲反弄奸。
日后方知前数定，何如休要用机关。

卷十八

诉穷汉暂掌别人钱 看财奴刁买冤家主

世事皆在因果循环之中，钱财也不例外。周秀才本有家财万贯，带着妻儿上京赴考，将金银埋在土墙下，阴错阳差被穷汉贾仁寻得，贾仁发了横财，成了财主。周秀才落榜回乡，发现钱财一空，从此潦倒，落得个卖子的境地。谁知无巧不巧，儿子竟被无儿无女的贾仁买去，两方皆不知内情，等到儿子长大成人，贾仁死了，周秀才终与儿子相认，这才知道那贾家家产竟是自家钱财。

周家为何有此一劫，只因拆了佛地，受此责罚；贾仁为何有此财缘，只因一点孝德，神明借他这福。孽是自己种下的，福也是自己攒下的，能遭遇多少，享用多少，全看个人命数。不过切不可学那贾仁，不出力气妄想富贵，还需奋发图强，不求神，但求己。

诗云：

从来欠债要还钱，冥府于斯倍灼然。

若使得来非分内，终须有日复还原。

却说人生财物，皆有分定。若不是你的东西，纵然勉强哄得到手，原要一分一毫填还别人的。从来因果报应的说话，其事非一，难以尽述。在下先拣一个稀罕些的，说来做个得胜头回（在开讲前，先说一段小故事做引子）。

晋州古城县有一个人，名唤张善友。平日看经念佛，是个好善的长者。浑家李氏却有些短见薄识，要做些小便宜勾当。夫妻两个过活，不曾生男育女，家道尽从容好过。其时本县有个赵廷玉，是个贫难的人，平日也守本分。只因一时母亲亡故，无钱葬埋，晓得张善友家事有余，起心要去偷他些来用。算计了两日，果然被他挖个墙洞，偷了他五六十两银子去，将母亲殡葬讫。自想道："我本不是没行止（品行）的，只因家贫无钱葬母，做出这个短头的事来，扰了这一家人家，今生今世还不的他，来生来世是必填还他则个。"

张善友次日起来，见了壁洞，晓得失了贼，查点家财，箱笼里没了五六十两银子。张善友是个富家，也不十分放在心上，道是命该失脱，叹口气罢了。唯有李氏切切于心道："有此一项银子，做许多事，生许多利息，怎舍得白白被盗了去？"正在纳闷间，忽然外边有一个和尚来寻张善友。张善支出去相见了，问道："师傅何来？"和尚道："老僧是五台山僧人，为因佛殿坍损，下山来抄化修造。抄化了多时，积得有两百来两银子，还少些个。又有那上了疏未曾勾销的，今要往别处去走走，讨这些布施。身边所有银子，不便携带，恐有失所，要寻个寄放的去处，一时无有。一路访来，闻知长者好善，是个有名的檀越，特来寄放这一项银子。待别处讨足了，就来取回本山去也。"张善友道："这是胜事，师父只管寄放在舍下，万无一误。

只等师父事毕来取便是。”当下把银子看验明白，点计件数，拿进去交付与浑家了。出来留和尚吃斋。和尚道：“不劳檀越费斋，老僧心忙要去募化。”善友道：“师父银子，弟子交付浑家收好在里面。倘若师父来取时，弟子出外，必预先吩咐停当，交还师父便了。”和尚别了自去抄化。那李氏接得和尚银子在手，满心欢喜，想道：“我才失得五六十两，这和尚倒送将一百两来，岂不是补还了我的缺？还有得多哩！”就起一点心，打账要赖他的。

一日，张善友要到东岳庙里烧香求子去，对浑家道：“我去则去，有那五台山的僧所寄银两，前日是你收着，若他来取时，不论我在不在，你便与他去。他若要斋吃，你便整理些蔬菜斋他一斋，也是你的功德。”李氏道：“我晓得。”张善友自烧香去了。

去后，那五台山和尚抄化完却来问张善友取这项银子。李氏便白赖道："张善友也不在家，我家也没有人寄甚么银子。师父敢是错认了人家了？"和尚道："我前日亲自交付与张长者，长者收拾进来交付孺人的，怎么说此话？"李氏便赌咒道："我若见你的，我眼里出血。"和尚道："这等说，要赖我的了。"李氏又道："我赖了你的，我堕十八层地狱。"和尚见他赌咒，明知白赖了。争奈他是个女人家，又不好与他争论得。和尚没计奈何，合着掌，念声佛道："阿弥陀佛！我是十方抄化来的布施，要修理佛殿的，寄放在你这里。你怎么要赖我的？你今生今世赖了我这银子，到那生那世上不得要填还我。"带着悲恨而去。过了几时，张善友回来，问起和尚银子。李氏哄丈夫道："刚你去了，那和尚就来取，我双手还他去了。"张善友道："好，好，也完了一宗事。"

过得两年李氏生下一子。自生此子之后，家私火焰也似长将起来。再过了五年，又生一个，共是两个儿子了。大的小名叫作乞僧；次的小名叫作福僧。那乞僧大来极会做人家，披星戴月，早起晚眠，又且生性悭吝，一文不使，两文不用，不肯轻费着一个钱，把家私挣得偌大。可又作怪，一般两个弟兄，同胞共乳，生性绝是相反。那福僧每日只是吃酒赌钱，养婆娘，做子弟，把钱钞不着疼热的使用。乞僧旁看了，是他辛苦挣来的，老大的心疼。福僧每日有人来讨债，多是瞒着家里外边借来花费的。张善友要做好汉的人，怎肯叫儿子被人逼迫门户不清的？只得一主一主填还了。那乞僧只叫得苦。张善友疼着大孩儿苦挣，恨着小孩儿荡费，偏吃亏了。立个主意，把家私匀做三分分开。他弟兄们各一分，老夫妻留一分。等做家的自做家，破败的自破败，省得歹的累了好的，一总凋零了。那福僧是个不成器的肚肠，倒要分了，自由自在，别无拘束，正中下怀，家私到手，正如汤泼瑞雪，风卷残云。不上一年，使得光光荡荡了。又要分了爹妈的这半分。也白没有了，便去打搅哥哥，不由他不应手。连哥哥的，也布摆不来。他是个做家的人，

怎生受得过？气得成病，一卧不起。求医无效，看看至死。张善友道：“成家的倒有病，败家的倒无病。五行中如何这样颠倒？”恨不得把小的替了大的，苦在心头，说不出来。

那乞僧气蛊已成，毕竟不痊，死了。张善友夫妻大痛无声。那福僧见哥哥死了，还有剩下家私，落得是他受用，一毫不在心上。李氏妈妈见如此光景，一发舍不得大的，终日啼哭，哭得眼中出血而死。福僧也没有一些苦楚，带者母丧，只在花街柳陌，逐日混账，淘虚了身子，害了痨瘵（肺结核。瘵，zhài）之病，又看看死来。张善友此时急得无法可施。便是败家的，留得个种也好，论不得成器不成器了。正是：前生注定今生案，天数难逃大限催。福僧是个一丝两气的病，时节到来，如三更油尽的灯，不觉的息了。

张善友虽是平日不象意他的，而今自念两儿皆死，妈妈亦亡，单单剩得老身，怎由得不苦痛哀切？自道：“不知做了什么罪业，今朝如此果报得没下稍！”一头愤恨，一头想道：“我这两个业种，是东岳求来的，不争被你阎君勾去了。东岳敢不知道？我如今到东岳大帝面前，告苦一番。大帝有灵，勾将阎神来，或者还了我个把儿子，也不见得。”也是他苦痛无聊，痴心想到此，果然到东岳跟前哭诉道：“老汉张善友一生修善，便是俺那两个孩儿和妈妈，也不曾做甚么罪过，却被阎神勾将去，单剩得老夫。只望神明将阎神追来，与老汉折证一个明白。若果然该受这业报，老汉死也得瞑目。”诉罢，哭倒在地，一阵昏沉晕了去。朦胧之间，见个鬼使来对他道：“阎君有勾。”张善友道：“我正要见阎君，问他去。”随了鬼使竟到阎君面前。阎君道：“张善友，你如何在东岳告我？”张善友道：“只为我妈妈和两个孩儿，不曾犯下甚么罪过，一时都勾了去。有此苦痛，故此哀告大帝做主。”阎王道：“你要见你两个孩儿么？”张善友道：“怎不要见？”阎王命鬼使：“召将来！”只见乞僧、福僧两个齐到。张善友喜之不胜，先对乞僧道：“大哥，我与你家去来！”乞僧道：“我不是你什么大哥，我当初是赵廷玉，不合偷了你家五十多两银子，如今加上几百倍利钱，还了你家。俺和你不亲了。”张善友见大的如此说了，只得对福僧说："既如此，二哥随我家去了也罢。"福僧道："我不是你家甚么二哥，我前生是五台山和尚。你少了我的，如今也加百倍还得我够了，与你没相干了。"张善友吃了一惊道："如何我少五台山和尚的？怎生得妈妈来一问便好？"阎王已知其意，说道："张善友，你要见浑家不难。"叫鬼卒："与我开了酆（fēng）都城，拿出张善友妻李氏来！"鬼卒应声去了。只见押了李氏，披枷戴锁到殿前来，张善友道："妈妈，你为何事，如此受罪？"李氏哭道："我生前不合混赖了五台山和尚百两银子，死后叫我历遍十八层地狱，我好苦也！"张善友道："那银子我只道还他去了，怎知赖了他的？这是自作自受！"李氏道："你怎生救我？"扯着张善友大哭，阎王震怒，拍案大喝。张善友不觉惊醒，乃是睡倒在神案前，做的梦，明明白白，才省悟多是宿世的冤家债主。住了悲哭，出家修行去了。

方信道暗室亏心，难逃他神目如电。
今日个显报无私，怎倒把阎君埋怨？

在下为何先说此一段因果，只因有个贫人，把富人的银子借了去，替他看守了几多年，一钱不破。后来不知不觉，双手交还了本主。这事更奇，听在下表白一遍。

宋时汴梁曹州曹南村周家庄上有个秀才，姓周名荣祖，字伯成，浑家张氏。那周家先世，广有家财，祖公公周奉，敬重释门，起盖一所佛院。每日看经念佛，到他父亲手里，一心只做人家。为因修理宅舍，不舍得另办木石砖瓦，就将那所佛院尽拆毁来用了。比及宅舍功完，得病不起。人皆道是不信佛之报。父亲既死，家私里外，通是荣祖一个掌把。那荣祖学成满腹文章，要上朝应举。他与张氏生得一子，尚在襁褓，乳名叫作长寿。只因妻娇子幼，不舍得抛撇，商量三口儿同去。他把祖上遗下那些金银成锭的做一窖儿埋在后面墙下。怕路上不好携带，只把零碎的细软的，带些随身。房廓屋舍，着个当直的看守，他自去了。

话分两头。曹州有一个穷汉，叫作贾仁，真是衣不遮身，食不充口，吃了早起的，无那晚夕的。又不会做什么营生，则是与人家挑土筑墙，和泥托坯，担水运柴，做坌工（粗活。坌，bèn）生活度日。晚间在破窑中安身。外人见他十分过的艰难，都唤他做穷贾儿。却是这个人禀性古怪拗别，常道："总是一般的人，别人那等富贵奢华，偏我这般穷苦！"心中恨毒。有诗为证：又无房舍又无田，每日城南窑内眠。一般带眼安眉汉，何事囊中偏没钱？

说那贾仁心中不服气，每日得闲空，便走到东岳庙中苦诉神灵道："小人贾仁特来祷告。小人想，有那等骑鞍压马，穿罗着锦，吃好的，用好的，他也是一世人。我贾仁也是一世人，偏我衣不遮身，食不充口，烧地眠，炙地卧，兀的不穷杀了小人！小人但有些小富贵，也为斋僧布施，盖寺建塔，修桥补路，惜孤念寡，敬老怜贫，上圣可怜见咱！"日日如此。真是精诚之极，有感必通，果然被他哀告不过，感动起来。一日祷告毕，睡倒在廊檐下，一灵儿被殿前灵派侯摄去，问他终日埋天怨地的缘故。贾仁把前言再述一遍，哀求不已。灵派侯也有些怜他，唤那增福神查他衣禄食禄，有无多寡

之数。增福神查了回复道："此人前生不敬天地，不孝父母，毁僧谤佛，杀生害命，抛撇净水，作贱五谷，今世当受冻饿而死。"贾仁听说，慌了，一发哀求不止道："上圣，可怜见！但与我些小衣禄食禄，我是必做个好人。我爹娘在时，也是尽力奉养的。亡化之后，不知甚么缘故，颠倒一日穷一日了。我也在爹娘坟上烧钱裂纸，浇茶奠酒，泪珠儿至今不曾干。我也是个行孝的人。"灵派侯道："吾神试点检他平日所为，虽是不见别的善事，却是穷养父母，也是有的。今日据着他埋天怨地，正当冻饿，念他一点小孝。可又道：天不生无禄之人，地不长无名之草。吾等体上帝好生之德，权且看有别家无碍的福力，借与他些。与他一个假子，奉养至死，偿他这一点孝心罢。"增福神道："小圣查得有曹州曹南周家庄上，他家福力所积，阴功三辈，为他拆毁佛地，一念差池，合受一时折罚。如今把那家的福力，权借与他二十年，待到限期已足，着他双手交还本主，这个可不两便？"灵派侯道："这个使得。"唤过贾仁，把前话吩咐他明白，叫他牢牢记取："比及你做财主时，索还的早在那里等了。"贾仁叩头，谢了上圣济拔之恩，心里道："已是财主了！"出得门来，骑了高头骏马，放个辔头。那马见了鞭影，飞也似的跑，把他一交颠翻，大喊一声，却是南柯一梦，身子还睡在庙檐下。想一想道："恰才上圣分明的对我说，那一家的福力，借与我二十年，我如今该做财主。一觉醒来，财主在哪里？梦是心头想，信他则甚？昨日大户人家要打墙，叫我寻泥坯，我不免去寻问一家则个。"

出了庙门去，真是时来福凑，恰好周秀才家里看家当直的，因家主出外未归，正缺少盘缠，又晚间睡着，被贼偷得精光。家里别无可卖的，只有后园中这一垛旧坍墙。想道："要他没用，不如把泥坯卖了，且将就做盘缠度日。"走到街上，正撞着贾仁，晓得他是惯与人家打墙的，就把这话央他去卖。贾仁道："我这家正要泥坯，讲倒价钱，吾自来挑也。"果然走去说定了价，挑得一担算一担。开了后园，一凭贾仁自掘自挑。贾仁带了铁锹，锄头，土萝之类来动手。刚扒倒得一堵，只见墙脚之下，拱开石头，那泥簌簌

地落将下去，恰像底下是空的。把泥拔开，泥下一片石板。撬起石板，乃是盖下一个石槽，满槽多是土砖块一般大的金银，不计其数。旁边又有小块零星楔（xiē）着。吃了一惊道："神明如此有灵！已应着昨梦。惭愧！今日有分做财主了。"心生一计，就把金银放些在土萝中，上边覆着泥土，装了一担。且把在地中挑未尽的，仍用泥土遮盖，以待再挑。挑着担竟往栖身破窑中，权且埋着，神鬼不知。运了一两日，都运完了。

他是极穷人，有了这许多银子，也是他时运到来，且会摆拔，先把些零碎小锞（kè，小块的金锭或银锭），买了一所房子，住下了。逐渐把窑里埋的，又搬将过去，安顿好了。先假做些小买卖，慢慢衍将大来，不上几年，盖起房廊屋舍，开了解典库、粉房、磨房、油房、酒房，做的生意，就如水也似长将起来。旱路上有田，水路上有船，人头上有钱，平日叫他做穷贾儿的，多改口叫他是员外了。又娶了一房浑家，却是寸男尺女皆无，空有那鸦飞不过的田宅，也没一个承领。又有一件作怪：虽有这样大家私，生性悭（qiān）吝苦克，一文也不使，半文也不用，要他一贯钞，就如挑他一条筋。别人的恨不得劈手夺将来；若要他把与人，就心疼的了不得。所以又有人叫他做"悭贾儿"。请着一个老学究，叫作陈德甫，在家里处馆。那馆不是教学的馆，无过在解铺里上账目，管些收钱举债的勾当。贾员外日常与陈德甫说："我在有家私，无个后人承，自己生不出，街市上但遇着卖的，或是肯过继的，是男是女，寻一个来与我两口儿喂眼（让眼睛看着感到舒服）也好。"说了不则一日，陈德甫又转吩咐了开酒务的店小二："倘有相应的，可来先对我说。"这里一面寻螟蛉之子，不在话下。

却说那周荣祖秀才，自从同了浑家张氏、孩儿长寿，三口儿应举去后，怎奈命运未通，功名不达。这也罢了，岂知到得家里，家私一空，只留下一所房子。去寻寻墙下所埋祖遗之物，但见墙倒泥开，刚剩得一个空石槽。从此衣食艰难，索性把这所房子卖了，复是三口儿去洛阳探亲。偏生这等时运，正是：时来风送滕王阁，运退雷轰荐福碑。

那亲眷久已出外，弄做个满船空载月明归，身边盘缠用尽。到得曹南地方，正是暮冬天道，下着连日大雪。三口儿身上俱各单寒，好生行走不得。

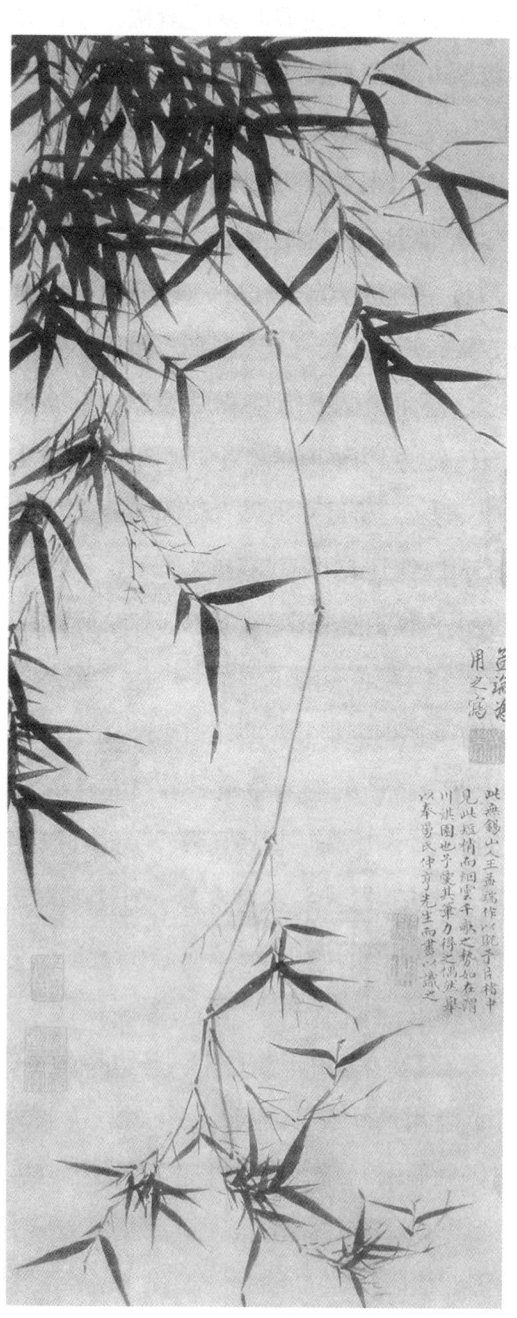

有一篇《正宫调·滚绣球》为证：是谁人碾就琼瑶往下筛？是谁人剪冰花迷眼界？恰便似玉琢成六街三陌。恰便似粉妆就殿阁楼台。便有那韩退之（韩愈）蓝关前冷怎当？便有那孟浩然驴背上也跌下来。便有那剡（shàn）溪中禁回他子猷（王徽之，王羲之第五子。猷，yòu）访戴，则这三口儿，兀的不冻倒尘埃！眼见得一家受尽千般苦，可怎么十谒朱门九不开，委实难挨。当下张氏道：“似这般风又大，雪又紧，怎生行去？且在那里避一避也好。”周秀才道：“我们到酒务里避雪去。”

两口儿带了小孩子，踅（xué）到一个店里来。店小二接着，道：“可是要买酒吃的？”周秀才道：“可怜，我哪得钱来买酒吃？”店小二道：“不吃酒，到我店里做甚？”秀才道：“小生是个穷秀才，三口儿探亲回来，不想遇着一天大雪。身上无衣，肚里无食，来这里避一避。”店小

二道："避避不妨。那一个顶着房子走哩！"秀才道："多谢哥哥。"叫浑家领了孩儿同进店来。身子扢抖抖（抖动貌。扢，gǔ）的寒战不住。店小二道："秀才官人，你每受了寒了。吃杯酒不好？"秀才叹道："我才说没钱在身边。"小二道："可怜，可怜！哪里不是积福处？我舍与你一杯烧酒吃，不要你钱。"就在招财利市面前那供养的三杯酒内，取一杯递过来。周秀才吃了，觉道和暖了好些。浑家在旁，闻得酒香也要杯儿敌寒，不好开得口，正与周秀才说话。店小二晓得意思，想道："有心做人情，便再与他一杯。"又取那第二杯递过来道："娘子也吃一杯。"秀才谢了，接过与浑家吃。那小孩子长寿，不知好歹，也嚷道要吃。秀才簌簌地掉下泪来道："我两个也是这哥哥好意与我每吃的，怎生又有得到你？"小孩子便哭将起来。小二问知缘故，一发把那第三杯与他吃了。就问秀才道："看你这样艰难，你把这小的儿与了人家可不好？"秀才道："一时撞不着人家要。"小二道："有个人要，你与娘子商量去。"秀才对浑家道："娘子你听么，卖酒的哥哥说，你们这等饥寒，何不把小孩子与了人？他有个人家要。"浑家道："若与了人家，倒也强似冻饿死了，只要那人养的活，便与他去罢。"秀才把浑家的话对小二说。小二道："好教你们喜欢。这里有个大财主，不曾生得一个儿女，正要一个小的。我如今领你去，你且在此坐一坐，我寻将一个人来。"

小二三脚两步走到对门，与陈德甫说了这个缘故。陈德甫踱到店里，问小二道："在哪里？"小二叫周秀才与他相见了。陈德甫一眼看去，见了小孩子长寿，便道："好个有福相的孩儿！"就问周秀才道："先生，哪里人氏？姓甚名谁？因何就肯卖了这孩儿？"周秀才道："小生本处人氏，姓周名荣祖，因家业凋零，无钱使用，将自己亲儿情愿过房与人为子。先生你敢是要么？"陈德南道："我不要！这里有个贾老员外，他有泼天也似家私，寸男尺女皆无。若是要了这孩儿，久后家缘家计都是你这孩儿的。"秀才道："既如此，先生作成小生则个。"陈德甫道："你跟着我来！"周秀才叫浑家领了孩儿一同跟了陈德甫到这家门首。

陈德甫先进去见了贾员外。员外问道："一向所托寻孩子的，怎么了？"陈德甫道："员外，且喜有一个小的了。"员外道："在哪里？"陈德甫道："现在门首。"员外道："是个什么人的？"陈德甫道："是个穷秀才。"员外道："秀才倒好，可惜是穷的。"陈德甫道："员外说得好笑，哪有富的来卖儿女？"员外道："叫他进来我看看。"陈德甫出来与周秀才说了，领他同儿子进去。秀才先与员外叙了礼，然后叫儿子过来与他看。员外看了一看，见他生得青头白脸，心上喜欢道："果然好个孩子！"就问了周秀才姓名，转对陈德甫道："我要他这个小的，须要他立纸文书。"陈德甫道："员外要怎么样写？"员外道："无过写道：'立文书人某人，因口食不敷，情原将自己亲儿某过继与财主贾老员外为儿。'"陈德甫道："只叫'员外'够了，又要那'财主'两字做甚？"员外道："我不是财主，难道叫我穷汉？"陈德甫晓得是有钱的心性，只顾着道："是，是。只依着写'财主'罢。"员外道："还有一件要紧，后面须写道：'立约之后，两边不许翻悔。若有翻悔之人，罚钞一千贯与不悔之人用。'"陈德甫大笑道："这等，那正钱可是多少？"员外道："你莫管我，只依我写着。他要得我多少！我财主家心性，指甲里弹出来的，可也吃不了。"

陈德甫把这话一一与周秀才说了。周秀才只得依着口里念的写去，写到"罚一千贯"，周秀才停了笔道："这等，我正钱可是多少？"陈德甫道："知他是多少？我恰才也是这等说，他道：'我是个巨富的财主。他要的多少？他指甲里弹出来的，着你吃不了哩。'"周秀才也道："说得是。"依他写了，却把正经的卖价竟不曾填得明白。他与陈德甫也都是迂儒，不晓得这些圈套，只道口里说得好听，料必不轻的。岂知做财主的专一苦克（刻薄）算人，讨着小便宜，口里便甜如蜜，也听不得的。当下周秀才写了文书，陈德甫递与员外收了。

员外就领了进去与妈妈看了，妈妈也喜欢。此时长寿已有六岁，心里晓得了。员外教他道："此后有人问你姓甚么，你便道我姓贾。"长寿道："我自姓周。”那贾妈妈道：“好儿子，明日与你做花花袄子穿，有人问你姓，只说姓贾。”长寿道：“便做大红袍与我穿，我也只是姓周。”员外心里不快，竟不来打发周秀才。秀才催促陈德甫，德甫转催员外。员外道：“他把儿子留在我家，他自去罢了。”陈德甫道：“他怎么肯去？还不曾与他恩养钱哩。”员外就起个赖皮心，只做不省得道：“甚么恩养钱？随他与我些罢。”陈德甫道：“这个，员外休要人！他为无钱，才卖这个小的，怎个倒要他恩养钱？”员外道：“他因为无饭养活儿子，才过继与我。如今要在我家吃饭，我不问他要恩养钱，他倒问我要恩养钱？”陈德甫道：“他辛辛苦苦养这小的与了员外为儿，专等员外与他些恩养钱回家做盘缠，怎这等要他？”员外道：“立过文书，不怕他不肯了。他若有说话，便是翻悔之人，教他罚一千贯还我，领了这儿子去。”陈德甫道：“员外怎如此斗人要，你只是与他些恩养钱去，是正理。”员外道：“看你面上，与他一贯钞。”陈德甫道：“这等一个孩儿，与他一贯钞忒少。”员外道：“一贯钞许

多宝字哩。我富人使一贯钞，似挑着一条筋。你是穷人，怎倒看得这样容易？你且与他去，他是读书人，见儿子落了好处，敢不要钱也不见得。”陈德甫道：“哪有这事？不要钱，不卖儿子了。”再三说不听，只得拿了一贯钞与周秀才。秀才正走在门外与浑家说话，安慰他道：“且喜这家果然富厚，已立了文书，这事多分可成。长寿儿也落了好地。”浑家正要问道：“讲到多少钱钞？”只见陈德甫拿得一贯出来。浑家道：“我几杯儿水洗的孩儿偌大！怎生只与我贯钞？便买个泥娃娃，也买不得。”陈德甫把这话又进去与员外说。员外道：“那泥娃娃须不会吃饭。常言道有钱不买张口货，因他养活不过才卖与人，等我肯要，就够了，如何还要我钱？既是陈德甫再三说，我再添他一贯，如今再不添了。他若不肯，白纸上写着黑字，教他拿一千贯来，领了孩子去。”陈德甫道：“他有得这一千贯时，倒不卖儿子了。”员外发作道：“你有得添添他，我却没有。”陈德甫叹口气道：“是我领来的不是了。员外又不肯添，那秀才又怎肯两贯钱就住？我中间做人也难。也是我在门下多年，今日得过继儿子，是个美事。做我不着，成全他两家罢。”就对员外道：“在我馆钱内支两贯，凑成四贯，打发那秀才罢。”员外道：“大家两贯，孩子是谁的？”陈德甫道：“孩子是员外的。”员外笑还颜开道：“你出了一半钞，孩子还是我的，这等，你是个好人。”依他又去了两贯钞，账簿上要他亲笔注明白了，共成四贯，拿出来与周秀才道：“这员外是这样悭吝苦克的，出了两贯，再不肯添了。小生只得自支两月的馆钱，凑成四贯送与先生。先生，你只要儿子落了好处，不要计论多少罢。”周秀才道：“甚道理？倒难为着先生。”陈德甫道：“只要久后记得我陈德甫。”周秀才道：“贾员外则是两贯，先生替他出了一半，这倒是先生赍发了小生，这恩德怎敢有忘？唤孩儿出来叮嘱他两句，我每去罢。”陈德甫叫出长寿来，三个抱头哭个不住。吩咐道：“爹娘无奈，卖了你。你在此可也免了些饥寒冻馁，只要晓得些人事，敢这家不亏你，我们得便来看你就是。”小孩子不舍得爹娘，吊住了，只是哭。陈德甫只得去买些果子哄住了他，骗了进去。周秀才夫妻自去了。

那贾员外过继了个儿子，又且放着刁勒买的，不费大钱，自得其乐，就叫他做了贾长寿。晓得他已有知觉，不许人在他面前提起一句旧话，也不许他周秀才通消息往来，古古怪怪，防得水泄不通。岂知暗地移花接木，已自双手把人家交还他。那长寿大来也看看把小时的事忘怀了，只认贾员外是自己的父亲。可又作怪，他父亲一文不使，半文不用，他却心性阔大，看那钱钞便是土块般相似。人道是他有钱，多顺口叫他为“钱舍”。那时妈妈亡故，贾员外得病不起。长寿要到东岳烧香，保佑父亲，与父亲讨得一贯钞，他便背地与家童兴儿开了库，带了好些金银宝钞去了。到得庙上来，此时正是三月二十七日。明日是东岳圣帝诞辰，那庙上的人，好不来的多！天色已晚，拣着廊下一个干净处所歇息。可先有一对儿老夫妻在那里。但见：仪容黄瘦，衣服单寒。男人头上儒巾，大半是尘埃堆积；女子脚跟罗袜，两边泥土粘连。定然终日道途间，不似安居闺阁内。你道这两个是甚人？原来正是卖儿子的周荣祖秀才夫妻两个。只因儿子卖了，家事已空。又往各处投人不着，流落在他方十来年。乞化回家，思量要来贾家探取儿子消息。路经泰安州，恰遇圣帝生日，晓得有人要写疏头（旧时向鬼神祈福的祝文），思量赚他几文，来央庙官。庙官此时也用得他着，留他在这廊下的。因他也是个穷秀才，庙官好意拣这搭干净地与他，岂知贾长寿见这带地好，叫兴儿赶他开去。兴儿狐假虎威，喝道：“穷弟子快走开！让我们。”周秀才道：“你们是什么人？”兴儿就打他一下道：“‘钱舍’也不认得！问是什么人？”周秀才道：“我须是问了庙官，在这里住的。什么‘钱舍’来赶得我？”长寿见他不肯让，喝教打他。兴儿正在厮扭，周秀才大喊，惊动了庙官，走来道：“甚么人如此无礼？”兴儿道：“贾家‘钱舍’要这搭儿安歇。”庙官道：“家有家主，庙有庙主，是我留在这里的秀才，你如何用强，夺他的宿处？”兴儿道：“俺家‘钱舍’有的是钱，与你一贯钱，借这埚（guō）儿田地歇息。”庙官见有了钱，就改了口道：“我便叫他让你罢。”劝他两个另换个所在。周秀才好生不伏气，没奈他何，只依了。明日烧香罢，各自散去。长寿到得家里，贾员外已死了，他就做了小员外，掌把了偌大家私，不在话下。

且说周秀才自东岳下来，到了曹南村，正要去查问贾家消息。一向不回家，把巷陌多生疏了。在街上一路慢访问，忽然浑家害起急心疼来，望去一个药铺，牌上写着“施药”，急走去求得些来，吃下好了。夫妻两口走到铺中，谢那先生。先生道：“不劳谢得，只要与我扬名。”指着招牌上字道：“须记我是陈德甫。”周秀才点点头，念了两声“陈德甫”。对浑家道：“这陈德甫名儿好熟，我哪里曾会过来，你记得么？”浑家道：“俺卖孩儿时，做保人的，不是陈德甫？”周秀才道：“是，是。我正好问他。”又走去叫道：“陈德甫先生，可认得学生么？”德甫想了一想道：“有些面熟。”周秀才道：“先生也这般老了！则我便是卖儿子的周秀才。”陈德甫道：“还记我赍发你两贯钱？”周秀才道：“此恩无日敢忘，只不知而今我那儿子好么？”陈德甫道：“好教你欢喜，你孩儿贾长寿，如今长立成人了。”周秀才道：“老员外呢？”陈德甫道：“近日死了。”周秀才道：“好一个悭刻的人！”陈德甫道：“如今你孩儿做了小员外，不比当初老的了。且是仗义疏财，我这施药的本钱，也是他的。”周秀才道：“陈先生，怎生着我见他一面？”陈德甫道：“先生，你同嫂子在铺中坐一坐，我去寻将他来。”

陈德甫走来寻着贾长寿，把前话一五一十对他说了。那贾长寿虽是多年没人题破，见说了，转想幼年间事，还自隐隐记得，急忙跑到铺中来要认爹娘。陈德甫领他拜见，长寿看了模样，吃了一惊道：“泰安州打的就是他，怎么了？”周秀才道：“这不是泰安州夺我两口儿宿处的么？”浑家道：“正是。叫甚么‘钱舍’？”秀才道：“我那时受他的气不过，那知即是我儿子。”长寿道：“孩儿其实不认得爹娘，一时冲撞，望爹娘恕罪。”两口儿见了儿子，心里老大喜欢，终久乍会之间，有些生煞煞。长寿过意不去，道是“莫非还记着泰安州的气来？”忙叫兴儿到家取了一匣金银来，对陈德甫道：“小侄在庙中不认得父母，冲撞了些个。今将此一匣金银赔个不是。”陈德甫对周秀才说了。周秀才道：“自家儿子如何好受他金银赔礼？”长寿跪下道：

“若爹娘不受，儿子心里不安，望爹娘将就包容。”

周秀才见他如此说，只得收了。开来一看，吃了一惊，原来这银子上凿着“周奉记”。周秀才道：“可不原是我家的？”陈德甫道：“怎生是你家的？”周秀才道：“我祖公叫作周奉，是他凿字记下的。先生你看那字便明白。”陈德甫接过手，看了道：“是倒是了，既是你家的，如何却在贾家？”周秀才道：“学生二十年前，带了家小上朝取应去，把家里祖上之物，藏埋在地下。已后归来，尽数都不见了，以致赤贫（极其贫穷），卖了儿子。”陈德甫道：“贾老员外原系穷鬼，与人脱土坯的。以后忽然暴富起来，想是你家原物，被他挖着了，所以如此。他不生儿女，就过继着你家儿子，承领了这家私。物归旧主，岂非天意！怪道他平日一文不使，两文不用，不舍得浪费一些，原来不是他的东西，只当在此替你家看守罢了。”周秀才夫妻感叹不已，长寿也自惊异。周秀才就在匣中取出两锭银子，送与陈德甫，答他昔年两贯之费。陈德甫推辞了两番，只得受了。周秀才又念着店小二三杯酒，就在对门叫他过来，也赏了他一锭。那店小二因是小事，也忘记多时了。谁知出于不意，得此重赏，欢天喜地去了。

长寿就接了父母到家去住。周秀才把适才匣中所剩的，交还儿子，叫他明日把来散与那贫难无倚的，须念着贫时二十年中苦楚。又叫儿子照依祖公公时节，盖所佛堂，夫妻两个在内双修。贾长寿仍旧复了周姓。贾仁空做了二十年财主，只落得一文不使，仍旧与他没账。可见物有定主如此，世间人

枉使坏了心机。有口号四句为证：

想为人禀命生于世，但做事不可瞒天地。
贫与富一定不可移，笑愚民枉使欺心计。

屈突仲任酷杀众生
郓州司令冥全内侄

杀人之债需以命相抵，而今有一故事，杀动物之债也需以命来偿。作为万物灵长，人这一辈子难免要杀生，幼时不懂事，捉了虫蝶胡闹一番，成年宰鸡宰羊，只为果腹，这都是避免不得的。此篇批判的是肆意杀生，没有限度毫无人性，只为满足味觉，种种行径不为生存必需，只是残忍。

屈突仲任好吃，什么牛马鸡鸭，飞禽走兽，他统统捉来吃，还变着法地烹调，手段着实令人发指。因杀戮太多，终于遭了报应，被捆到地府，受万千牲畜饮血的酷刑，得做判官的姑父说情，才逃过一死。复活之后他痛改前非，以己血抄写经书，一心向善。

此篇体现出作者对生命的关怀，保护动物的意识从中渗透，由此可以看出古人的生态观。

诗云：

众生皆是命，畏死有同心。

何以贪饕（tāo，喻贪吃的人）者，冤仇结必深！

话说世间一切生命之物，总是天地所生，一样有声有气有知有觉，但与人各自为类。其贪生畏死之心，总只一般；衔恩记仇之报，总只一理。只是人比他灵慧机巧些，便能以术相制，弄得驾牛络马，牵苍走黄（打猎），还道不足，为着一副口舌，不知伤残多少性命。这些众生，只为力不能抗拒，所以任凭刀俎。然到临死之时，也会乱飞乱叫，各处逃藏，岂是蠢蠢不知死活任你食用的？乃世间贪嘴好杀之人与迂儒小生之论，道："天生万物以养人，食之不为过。"这句说话，不知还是天帝亲口对他说的，还是自家说出来的？若但道"是人能食物，便是天意养人"，那虎豹能食人，难道也是天生人以养虎豹的不成？蚊虻能嘬（chuài，叮）人，难道也是天生人以养蚊虻不成？若是虎豹蚊虻也一般会说、会话、会写、会做，想来也要是这样讲了，不知人肯服不肯服？从来古德长者劝人戒杀放生，其话尽多，小子不能尽述，只趁口说这几句直捷痛快的与看官们笑一笑，看说的可有理没有理？至于佛家果报说六道众生，尽是眷属冤冤相报，杀杀相寻，就说他几年也说不了。小子而今说一个怕死的众生与人性无异的，随你铁石做心肠，也要慈悲起来。

宋时大平府有个黄池镇，十里间有聚落，多是些无赖之徒，不逞宗室、屠牛杀狗所在。淳熙十年间，王叔端与表兄盛子东同往宁国府，过其处，少憩闲览，见野园内系水牛五头。盛子东指其中第二牛，对王叔端道："此牛明日当死。"叔端道："怎见得？"子东道："四牛皆食草，独此牛不食草，只是眼中泪下，必有其故。"因到茶肆中吃茶，就问茶主人："此第二牛是谁家的？"茶主人道："此牛乃是赵三使所买，明早要屠宰了。"子东对叔端道：

"如何？"明日再往，只剩得四头在了。仔细看时，那第四牛也像昨日的一样不吃草，眼中泪出。看见他两个踱来，把双蹄跪地，如拜诉的一般。复问，茶肆中人说道："有一个客人，今早至此，一时买了三头，只剩下这头，早晚也要杀了。"子东叹息道："畜类有知如此！"劝叔端访他主人，与他重价买了，置在近庄，做了长生的牛。

只看这一件事起来，可见畜生一样灵性，自知死期；一样悲哀，祈求施主。如何而今人歪着肚肠，只要广伤性命，暂侈口腹，是甚缘故？敢道是阴间无对证么？不知阴间最重杀生，对证明明白白。只为人死去，既遭了冤对，自去一一偿报，回生的少。所以人多不及知道，对人说也不信了。小子如今说个回生转来，明白可信的话。正是：

一命还将一命填，世人难解许多冤。

闻声不食吾儒法，君子期将不忍全。

唐朝开元年间，温县有个人，复姓屈突，名仲任。父亲曾典郡事，止生得仲任一子，怜念其少，恣（放纵）其所为。仲任性不好书，终日只是樗蒲（chū pú，赌博）、射猎为事。父死时，家童数十人，家资数百万，庄第甚多。仲任纵情好色，荒饮博戏，如汤泼雪。不数年间，把家产变卖已尽；家童仆妾之类也多养口不活，各自散去。只剩得温县这一个庄，又渐渐把四围咐近田畴（chòu）多卖去了。过了几时，连庄上零星屋宇及楼房内室也拆来卖了，只是中间一正堂岿然独存，连庄子也不成模样了。家贫无计可以为生。

仲任多力，有个家童叫作莫贺咄，是个蕃夷出身，也力敌百人。主仆两个好生说得着（言语投机），大家各恃膂力（力气），便商量要做些不本分的事体来。却也不爱去打家劫舍，也不爱去杀人放火。他爱吃的是牛马肉，又无钱可买，思量要与莫贺咄外边偷盗去。每夜黄昏后，便两人合伴，直走去五十里外，遇着牛，即执其两角，翻负在背上，背了家来；遇马骡，将绳束其颈，也负在背。到得家中，投在地上，都是死的。又于堂中掘地，埋几个大瓮在内，安贮牛马之肉，皮骨剥剔下来，纳在堂后大坑，或时把火焚了。初时只图自己口腹畅快，后来偷得多起来，便叫莫贺咄拿出城市换米来吃，卖钱来用，做得手滑，日以为常，当作了是他两人的生计了。亦且来路甚远，脱膊又快，自然无人疑心，再也不弄出来。

仲任性又好杀，日里没事得做，所居堂中，弓箭、罗网、叉弹满屋，多是千方百计思量杀生害命。出去走了一番，再没有空手回来的，不论獐鹿兽兔、乌鸢鸟雀之类，但经目中一见，毕竟要算计弄来吃他。但是一番回来，肩担背负，手提足系，无非是些飞禽走兽，就堆了一堂屋角。两人又去舞弄摆布，思量巧样吃法。就是带活的，不肯便杀一刀、打一下死了罢吧。毕竟多设调和（烹调）妙法：或生割其肝，或生抽其筋，或生断其舌，或生取其血。道是一死，便不脆嫩。假如取得生鳖，便将绳缚其四足，绷住在烈日中晒着，鳖口中渴甚，即将盐酒放在他头边，鳖只得吃了，然后将他烹起来。鳖是里边醉出来的，分外好吃。取驴缚于堂中，面前放下一缸灰水，驴四围多用火逼着，驴口干即饮灰水，须臾，屎溺齐来，把他肠胃中污秽多荡尽了。然后取酒调了椒盐各味，再复与他，他火逼不过，见了只是吃，性命未绝，外边皮肉已熟，里头调和也有了。一日拿得一刺猬，他浑身是硬刺，不便烹宰。仲任与莫贺咄商量道："难道便是这样罢了不成？"想起一法来，把泥着些盐在内，跌成熟团，把刺猬团团泥裹起来，火里煨着。烧得熟透了，除去外边的泥，只见猥皮与刺皆随泥脱了下来，剩的是一团熟肉。加了盐酱，且是好吃。凡所作为，多是如此。有诗为证：捕飞逐走不曾停，身上时常带血腥。且是烹炮（烧煮熏炙）多有术，想来手段会调羹。

且说仲任有个姑失，曾做郓（yùn）州司马，姓张名安。起初看见仲任家事渐渐零落，也要等他晓得些苦辣，收留他去，劝化他回头做人家（勤俭持家）。及到后来，看见他所作所为，越无人气，时常规讽，只是不听。张司马怜他是妻兄独子，每每挂在心上，怎当他气类异常，不是好言可以谕解，只得罢了。后来司马已死，一发再无好言到他耳中，只是逞性胡为，如此十多年。

忽一日，家童莫贺咄病死，仲任没了个帮手，只得去寻了个小时节乳他的老婆婆来守着堂屋，自家仍去独自个做那些营生。过得月余，一日晚，正在堂屋里吃牛肉，忽见两个青衣人，直闯将入来，将仲任套了绳子便走。仲任自恃力气，欲待打挣，不知这时力气多在那里去了，只得软软随了他走。

正是：有指爪劈开地面，会腾云飞上青霄。若无入地升天术，自下灾殃怎地消？仲任口里问青衣人道："拿我到何处去？"青衣人道："有你家家奴扳下你来，须去对理。"仲任茫然不知何事。

随了青衣人，来到一个大院。厅事十余间，有判官六人，每人据二间。仲任所对在最西头二间，判官还不在，青衣人叫他且立堂下。有顷，判官已到。仲任仔细一认，叫声："阿呀！如何却在这里相会？"你道那判官是谁？正是他那姑夫郓州司马张安。那司马也吃了一惊道："你几时来了？"引他登阶，对他道："你此来不好，你年命未尽，想为对事而来。却是在世为恶无比，所杀害生命千千万万，冤家多在。今忽到此，有何计较可以相救？"仲任才晓得是阴府，心里想着平日所为，有些俱怕起来，叩头道："小侄生前，不听好言，不信有阴间地府，妄作妄行。今日来到此处，望姑夫念亲威之情，救拔（解救）则个。"张判官道："且不要忙，待我与众判官商议看。"因对众判官道："仆有妻侄屈突仲任造罪无数，今召来与奴莫贺咄对事，却是其人年命亦未尽，要放他去了，等他寿尽才来。只是既已到了这里，怕被害这些冤魂不肯放他。怎生为仆分上，商量开得一路放他生还么？"众判官道："除非召明法者与他计较。"

张判官叫鬼卒唤明法人来。只见有个碧衣人前来参见，张判官道："要出一个年命未尽的罪人有路否？"明法人请问何事，张判官把仲任的话对他说了一遍。明法人道："仲任须为对莫贺咄事而来，固然阳寿未尽，却是冤家太广，只怕一与相见，群到沓来，不由分说，恣行食啖。此皆宜偿之命，冥府不能禁得，料无再还之理。"张判官道："仲任既系吾亲，又命未合死，故此要开生路救他。若是寿已尽时，自作自受，我这里也管不得了。你有何计可以解得此难？"明法人想了一会儿道："唯有一路可以出得，却也要这些被杀冤家肯便好。若不肯也没干。"张判官道："却待怎么？"明法人道："此诸物类，被仲任所杀者，必须偿其身命，然后各去托生。今召他每出来，须诱哄他每道：'屈突仲任今为对莫贺咄事，已到此间，汝辈食啖了毕，即去

托生。汝辈余业未尽，还受畜生身，是这件仍做这件，牛更为牛，马更为马。使仲任转生为人，还依旧吃着汝辈，汝辈业报，无有了时。今查仲任未合（不应该）即死，须令略还，叫他替汝辈追造福因，使汝辈各舍畜生业，尽得人身，再不为人杀害，岂不至妙？'诸畜类闻得人身，必然喜欢从命，然后小小偿他些夙债，乃可放去。若说与这番说话，不肯依时，就再无别路了。"张判官道："便可依此而行。"

明法人将仲任锁在厅事前房中了，然后召仲任所杀生类到判官庭中来，庭中地可有百亩，仲任所杀生命闻召都来，一时填塞皆满。但见：牛马成群，鸡鹅作队。百般怪兽，尽皆舞爪张牙；千种奇禽，类各舒毛鼓翼。谁道赋灵独蠢，记冤仇且是分明；谩言禀质偏殊，图报复更为紧急。飞的飞，走的走，早难道天子上林；叫的叫，嗥的嗥，须不是人间乐土。说这些被害众生，如牛马驴骡猪羊獐鹿雉兔以至刺猬飞鸟之类，不可悉数，凡数万头，共

作人言道："召我何为？"判官道："屈突仲任已到。"说声未了，物类皆咆哮大怒，腾振蹴（cù，踢）踏，大喊道："逆贼，还我债来！还我债来！"这些物类愤怒起来，个个身体比常倍大：猪羊等马牛，马牛等犀象。只待仲任出来，大家吞噬。判官乃使明法人一如前话，晓谕一番，物类闻说替他追福，可得人身，尽皆喜欢，仍旧复了本形。判官吩咐诸畜且出，都依命退出庭外来了。

明法人方在房里放出仲任来，对判官道："而今须用小小偿他些债。"说罢，即有狱卒二人手执皮袋一个、秘木二根到来，明法人把仲任袋将进去，狱卒将秘木秘下去，仲任在袋苦痛难禁，身上血簌簌的出来，多在袋孔中流下，好似浇花的喷筒一般。狱卒去了秘木，只提着袋，满庭前走转洒去。须臾，血深至阶，可有三尺了。然后连袋投仲任在房中，又牢牢锁住了。复召诸畜等至，吩咐道："已取出仲任生血，听汝辈食啖。"诸畜等皆做恼怒之状，身复长大数倍，骂道："逆贼，你杀吾身，今吃你血。"于是竟来争食，飞的走的，乱嚷乱叫，一头吃一头骂，只听得呼呼噏（xī）噏之声，三尺来血一霎时吃尽，还像不足的意，共舐地上。直等庭中土见，方才住口。

明法人等诸畜吃罢，吩咐道："汝辈已得偿了些债。莫贺咄身命已尽，一听汝辈取偿。今放屈突仲任回家为汝辈追福，令汝辈多得人身。"诸畜等皆欢喜，各复了本形而散。判官方才在袋内放出仲任来，仲任出了袋，站立起来，只觉浑身疼痛。张判官对他说道："冤报暂解，可以回生。既已见了报应，便可穷力修福。"仲任道："多蒙姑夫竭力周全调护，得解此难。今若回生，自当痛改前非，不敢再增恶业。但宿罪尚重，不知何法修福可以尽消？"判官道："汝罪业太重，非等闲作福可以免得，除非刺血写一切经，此罪当尽。不然，他日更来，无可再救了。"仲任称谢领诺。张判官道："还须遍语世间之人，使他每闻着报应，能生悔悟的，也多是你的功德。"说罢，就叫两个青衣人送归来路。又吩咐道："路中若有所见，切不可擅动念头，不依我戒，须要吃亏。"叮嘱青衣人道："可好伴他到家，他余业尽多，怕路中还有失处。”青衣人道：“本官吩咐，敢不小心？”

仲任遂同了青衣前走。行了数里，到了一个热闹去处，光景似阳间酒店一般。但见：村前茅舍，庄后竹篱。村醪（láo）香透磁缸，浊酒满盛瓦瓮。架上麻衣，昨日村郎留下当；酒帘大字，乡中学究醉时书。刘伶知味且停舟，李白闻香须驻马。尽道黄泉无客店，谁知冥路有沽家？仲任正走得饥又饥，渴又渴，眼望去，是个酒店，他已自口角流涎了。走到面前看时，只见：店鱼头吹的吹，唱的唱；猜拳豁指，呼红喝六；在里头畅快饮酒。满前嗄饭，多是些，肥肉鲜鱼，壮鸡大鸭。仲任不觉旧性复发，思量要进去坐一坐，吃他一餐，早把他姑夫所戒已忘记了，反来拉两个青衣进去同坐。青衣道：“进去不得的，错走去了，必有后悔。”仲任那里肯信？青衣阻当不住，道：“既要进去，我们只在此间等你。”

仲任大踏步跨将进来，拣个座头坐下了。店小二忙摆着案酒，仲任一看，吃了一惊。原来一碗是死人的眼睛，一碗是粪坑里大蛆，晓得不是好去处，抽身待走。小二斟了一碗酒来道：“吃了酒去。”仲任不识气，伸手来接，拿到鼻边一闻，臭秽难当。原来是一碗腐尸肉，正待撇下不吃，忽然灶下抢出一个牛头鬼来，手执钢叉喊道：“还不快吃！”店小二把来一灌，仲任只得忍着臭秽强吞了下去，望外便走。牛头又领了好些奇形异状的鬼赶来，口里嚷道："不要放走了他！"仲任急得无措，只见两个青衣原站在旧处，忙来遮蔽着，喝道："是判院放回的，不得无礼。"搀着仲任便走。后边人听见青衣人说了，然后散去。青衣人埋怨道："叫你不要进去，你不肯听，致有此惊恐。起初判院如何吩咐来？只道是我们不了事。"仲任道："我只道是好酒店，如何里边这样光景？"青衣人道："这也原是你业障现此眼花。"仲任道："如何是我业障？"青衣人道："你吃这一瓯（ōu，古代酒器），还抵不得醉鳖醉驴的债哩。"仲任愈加悔悟，随着青衣再走。看看茫茫荡荡，不辨东西南北，身子如在云雾里一般。须臾，重见天日，已似是阳间世上，俨然是温县地方。同着青衣走入自己庄上草堂中，只见自己身子直挺挺地躺在那里，乳婆坐在旁边守着。青衣用手将仲任的魂向身上一推，仲任苏醒转来，眼中不见了青衣。却见乳婆叫道："官人苏醒着，几乎急死我也！"仲任道："我死去几时了？"乳婆道："官人正在此吃食，忽然暴死，已是一昼夜。只为心头尚暖，故此不敢移动，谁知果然活转来，好了，好了！"仲任道："此一昼夜，非同小可。见了好些阴间地府光景。"那老婆子喜听的是这些说话，便问道："官人见的是甚么光景？"仲任道："原来我未该死，只为莫贺咄死去，撞着平日杀戮这些冤家，要我去对证，故勾我去。我也为冤家多，几乎不放转来了，亏得撞着对案的判官就是我张家姑夫，道我阳寿未绝，在里头曲意处分，才得放还。"就把这些说话光景，如此如此，这般这般，尽情告诉了乳婆，那乳婆只是合掌念"阿弥陀佛"不住口。

仲任说罢，乳婆又问道："这等，而今莫贺咄毕竟怎么样？"仲任道："他阳寿已尽，冤债又多。我自来了，他在地府中毕竟要一一偿命，不知怎地受苦哩。"乳婆道："官人可曾见他否？"仲任道："只因判官周全我，不教对案，故此不见他，只听得说。"乳婆道："一昼夜了，怕官人已饥，还有剩下的牛肉，将来吃了罢。"仲任道："而今要依我姑夫吩咐，正待刺血写经罚咒，再不吃这些东西了。"乳婆道："这个却好。"乳婆只去做些粥汤与仲任吃了。仲任起来梳洗一番，把镜子将脸一照，只叫得苦。原来阴间把秘木取去他血，与畜生吃过，故此面色腊查也似黄了。

仲任从此雇一个人把堂中扫除干净，先请几部经来，焚香持诵，将养了两个月，身子渐渐复旧，有了血色。然后刺着臂血，逐部逐卷写将来。有人经过，问起他写经根由的，便把这些事还一告诉将来。人听了无不毛骨悚然，多有助盘费供他书写之用的，所以越写得多了。况且面黄肌瘦，是个老大证见。又指着堂中的瓮、堂后的穴，每对人道："这是当时作业（作孽）的遗迹，留下为戒的。"来往人晓得是真话，发了好些放生戒杀的念头。

开元二十三年春，有个同官令虞咸道经温县，见路旁草堂中有人年近六十，如此刺血书写不倦，请出经来看，已写过了五六百卷。怪道："他怎能如此发心得猛？"仲任把前后的话，一一告诉出来。虞县令叹以为奇，留俸钱助写而去。各处把此话传示于人，故此人多知道。后来仲任得善果而终，所谓"放下屠刀立地成佛"者也。偈曰：

物命在世间，微分此灵蠢。
一切有知觉，皆已具佛性。
取彼痛苦身，供我口食用。
我饱已觉膻，彼死痛犹在。
一点喧狠心，岂能尽消灭！
所以六道中，转转相残杀。
愿葆此慈心，触处可施用。

起意便多刑，减味即省命。
无过转念间，生死已各判。
及到偿业时，还恨种福少。
何不当生日，随意作方便？
度他即自度，应作如是观。

乔势天师禳旱魃 秉诚县令台甘霖

巫术的历史非常久远，古代多用巫术来解决人力无法做到之事，譬如祛病、求雨一类。若是用它来寻求心理安慰、做做善事，倒也没什么关系，可若是用它来害人骗人，那便不能饶恕。奈何在那愚昧无知的年代，巫术坑骗自是十分猖獗。

晋阳大旱，狄县令请人称“天师”的一男一女两巫师前来求雨，可那两个巫师却是来骗钱的，还诬陷狄县令无德导致旱灾，被狄县令一怒之下捆了，就地正法。狄县令自行暴晒于烈日中求雨，终于感动上天，降下雨来，百姓对其更加爱戴。

作者多写神鬼异事，可对于利用鬼怪巫术害人之流也是持反对态度的，更批判了无知百姓对封建迷信的盲从。

诗云：

自古有神巫，其术能役鬼。

祸福如烛照，妙解阴阳理。

不独倾公卿，时亦动天子。

岂似后世者，其人总村鄙。

语言甚不伦，偏能惑闾里。

淫祀无虚日，在杀供牲醴（lǐ）。

安得西门豹，投畀（bì，给予）邺河水。

话说男巫女觋（xí），自古有之，汉时谓之“下神”，唐世呼为“见鬼人”。尽能役使鬼神，晓得人家祸福休咎（吉凶，善恶），令人趋避，颇有灵验。所以公卿大夫都有信着他的，甚至朝廷宫闱之中有时召用。此皆有个真传授，可以行得去做得来的，不是荒唐。却是世间的事，有了真的，便有假的。那无知男女，妄称神鬼，假说阴阳，一些影响没有的，也一般会哄动乡民，做张做势的，从古来就有了。

直到如今，真有术的巫觋已失其传，无过是些乡里村夫游嘴老妪，男称太保，女称师娘，假说降神召鬼，哄骗愚人。口里说汉话，便道神道来了。却是脱不得乡气，信口胡柴的，多是不囫囵的官话，杜撰出来的字眼。正经人听了，浑身麻木忍笑不住的；乡里人信是活灵活现的神道，匾匾的信伏，不知天下曾有那不会讲官话的神道么！又还一件可恨处：见人家有病人来求他，他先前只说：救不得！直到拜求恳切了，口里说出许多牛羊猪狗的愿心来，要这家脱衣典当，杀生害命，还恐怕神道不肯救，啼啼哭哭的。及至病已犯拙，烧献无效，再不怨怅他、疑心他，只说不曾尽得心，神道不喜欢，见得如此，越烧献得紧了。不知弄人家费多少钱钞，伤多少性命！不过供得他一时乱话，吃得些、骗得些罢了。律上禁止师巫邪术，其法甚严，也还加他“邪术”二字，要见还成一家说话。而今并那邪不成邪，术不成术，一味胡弄，愚民信伏，习以成风，真是痼疾（积久难以治愈的病）不可解，只好做有识之人的笑柄而已。

苏州有个小民姓夏，见这些师巫兴头也去投着师父，指望传些真术。岂知费了拜见钱，并无甚术法得传，只教得些游嘴门面的话头，就是祖传来辈辈相授的秘诀，习熟了打点开场施行。其邻有个范春元，名汝舆，最好戏耍。晓得他是头番初试，原没甚本领的，设意要弄他一场笑话，来哄他道：“你初次降神，必须露些灵异出来，人才信服。我忝（tiǎn）为你邻人，与你商量个计较帮村着你，等别人惊骇方妙。”夏巫道：“相公有何妙计？”范春元道：“明日等你上场时节，吾手里拿着糖糕叫你猜，你一猜就着。我就赞叹起来，这些人自然信服了。”夏巫道：“相公肯如此帮村小人，小人万幸。”

到得明日，远近多传道新太保降神，来观看的甚众。夏巫登场，正在捏神捣鬼，妆憨打痴之际，范春元手中捏

着一把物事来问道："你猜得我掌中何物，便是真神道。"夏巫笑道："手中是糖糕。"范春元假意拜下去道："猜得着，果是神明。"即拿手中之物，塞在他口里去。夏巫只道是糖糕，一口接了，谁知不是糖糕滋味，又臭又硬，甚不好吃，欲待吐出，先前猜错了，恐怕露出马脚，只得攒眉忍苦咽了下去。范春元见吃完了，发一噲（wēi，喊声）道："好神明！吃了干狗屎了！"众人起初看见他吃法烦难（复杂困难），也有些疑心，及见范春元说破，晓得被他做作，尽皆哄然大笑，一时散去。夏巫吃了这场羞，传将开去，此后再弄不兴了。似此等虚妄之人该是这样处置他才妙，怎当得愚民要信他骗哄，亏范春元是个读书之人，弄他这些破绽出来。若不然时又被他胡行了。

范春元不足奇，宋时还有个小人也会不信师巫，弄他一场笑话。华亭金山庙临海边，乃是汉霍将军祠。地方人相传，道是钱王霸吴越时，他曾起阴兵相助，故此崇建灵宫。淳熙末年，庙中有个巫者，因时节边聚集县人，捏神捣鬼，说将军附体，宣言祈祝他的广有福利。县人信了，纷竞前来。独有钱寺正家一个干仆沈晖，倔强不信，出语谑侮。有与他一班相好的，恐怕他触犯了神明，尽以好言相劝，叫他不可如此戏弄。那庙巫宣言道："将军甚是恼怒，要来降祸。"沈晖偏与他争辩道："人生祸福天做定的，哪里什么将军来摆布得我？就是将军有灵，决不咐着你这等村蠢之夫，来说祸说福的。"正在争辩之时，沈晖一交跌倒，口流涎沫，登时晕去。内中有同来的，奔告他家里。妻子多来看视，见了这个光景，分明认是得罪神道了，拜着庙巫讨饶。庙巫越妆起腔来道："悔谢不早，将军盛怒，已执录了精魄，押赴酆都，死在顷刻，救不得了。"庙巫看见晕去不醒，正中下怀，落得大言恐吓。妻子惊惶无计，对着神像只是叩头，又苦苦哀求庙巫，庙巫越把话来说得狠了。妻子只得拊（fǔ，拍）尸恸哭。看的人越多了，相戒道："神明利害如此，戏谑不得的。"庙巫一发做着天气，十分得意。

只见沈晖在地下扑地跳将起来，众人尽道是强魂所使，俱各惊开。沈晖在人丛中跃出，扭住庙巫，连打数掌道："我打你这在口嚼舌的，不要慌！

哪曾见我酆都去了？”妻子道：“你适才却怎么来？”沈晖大笑道：“我见这些人信他，故意做这个光景耍他一耍，有甚么神道来？”庙巫一场没趣，私下走出庙去躲了。合庙之人尽皆散去，从此也再弄不兴了。

看官只看这两件事，你道巫师该信不该信？所以聪明正直之人，再不被那一干人所惑，只好哄愚夫愚妇一窍不通的。小子而今说一个极做天气的巫师，撞着个极不下气（恭顺）的官人，弄出一场极畅快的事来，比着西门豹投巫还觉稀罕。正是：

奸欺妄欲言生死，宁知受欺正于此？
世人认做活神明，只合同尝干狗屎。

话说唐武宗会昌年间，有个晋阳县令姓狄，名维谦，乃反周为唐的名臣狄梁公仁杰之后。守官清恪（廉洁恭谨），立心刚正，凡事只从直道上做去。随你强横的他不怕，就上官也多谦让他一分，治得个晋阳户不夜闭，道不拾遗，百姓家家感德衔恩，无不赞叹的。谁知天灾流行，也是晋阳地方一个悔气，虽有这等好官在上，天道一时亢旱（大旱）起来，自春至夏，四五个月内并无半点雨泽。但见：田中纹坼（chè，裂开），井底尘生。滚滚烟飞，尽是晴光浮动；微微风撼，原来暖气熏蒸。辘轳（lù lu，安在井上绞起汲水斗的器具）不绝声，止得泥浆半杓（sháo，勺）；车戽（hù，灌田汲水用的旧式农具）无虚刻，何来活水一泓？供养着五湖四海行雨龙王，急迫煞八口一家喝风狗命。只有一轮红日炎炎照，哪见四野阴云欻欻（chuā，动貌）兴？旱得那晋阳数百里之地，土燥山焦，港枯泉涸，草木不生，禾苗尽槁。急得那狄县令屏去侍从仪卫，在城隍庙中跌足步祷，不见一些微应。一面减膳羞（美味的食品），禁屠宰，日日行香，夜夜露祷。凡是那救旱之政，没一件不做过了。

话分两头。本州有个无赖邪民，姓郭名赛璞，自幼好习符咒，投着一个并州来的女巫，结为伙伴。名称师兄师妹，其实暗地里当作夫妻，两个一正一副，花嘴骗舌，哄动乡民不消说。亦且男人外边招摇，女人内边蛊惑。连那官宦大户人家也有要祷除灾祸的，也有要祛除疾病的，也有夫妻不睦要他魇样（用符咒或其他迷信手法消解灾殃）和好的，也有妻妾相妒要他各使魇魅的，种种不一。弄得大原州界内七颠八倒。本州监军使，乃是内监出身。这些太监心性，一发敬信的了不得。监军使适要朝京，因为那时朝廷也重这些左道异术，郭赛璞与女巫便思量随着监军使之便，到京师走走，图些侥幸。那监军使也要作兴（器重）他们，主张带了他们去。

到得京师，真是五方杂聚之所，奸宄（guǐ，奸邪）易藏，邪言易播。他们施符设咒，救病除妖，偶然撞着小小有些应验，便一传两，两传三，各处传将开去，道是异人异术，分明是一对活神仙在京里了。及至来见他的，他们习着这些大言不惭的话头，见神见鬼，说得活灵活现；又且两个一鼓一板，你强我赛，除非是正人君子不为所惑，随你啅嗻（chē zhē，厉害）伶俐的好汉，但是一分信着鬼神的，没一个不着他道儿。外边既已哄传其名，又

因监军使到北司各监赞扬，弄得这些太监往来的多了，女巫遂得出入宫掖，时有恩赍；又得太监们帮村之力，夤缘（攀附。夤 yín）圣旨，男女巫俱得赐号“天师”。原来唐时崇尚道术，道号天师，僧赐紫衣，多是不以为意的事。却也没个什么职掌衙门，也不是什么正经品职，不过取得名声好听，恐动乡里而已。郭赛璞既得此号，便思荣归故乡，同了这女巫仍旧到太原州来。此时无大无小无贵无贱，尽称他每为天师。他也装模作样，一发与未进京的时节气势大小同了。

正植晋阳大旱之际，无计可施，狄县令出着告示道：“不拘官吏军民人等，如有能兴云致雨，本县不惜重礼酬谢。”告示既出，有县里一班父老率领着若干百姓，来禀县令道：“本州郭天师符术高妙，名满京都，天子尚然加礼，若得他一至本县祠中，那祈求雨泽如反掌之易。只恐他尊贵，不能勾得他来。须得相公虔诚敦请，必求其至，以救百姓，百姓便有再生之望了。”狄县令道：“若果然其术有灵，我岂不能为着百姓屈己求他？只恐此辈是大奸猾，煽起浮名，未必有真本事。亦且假窃声号，妄自尊大，请得他来，徒增尔辈一番骚扰，不能有益。不如就近访那真正好道、潜修得力的，未必无人，或者有得出来应募，定胜此辈虚嚣（虚假）的一倍。本县所以未敢幕名开此妄端耳。”父老道：“相公所见固是。但天下有其名必有其实，见放着那朝野闻名啧啧的天师不求，还哪里去另访得道的？这是‘现钟不打，又去炼铜’了。若相公恐怕供给烦难，百姓们情愿照里递人丁派出做公费，只要相公做主，求得天师来，便莫大之恩了。”县令道：“你们所见既定，有何所惜？”

于是，县令备着花红表里，写着恳请书启，差个知事的吏典代县令亲身行礼，备述来意已毕。天师意态甚是倨傲，听了一回，慢然答道：“要祈雨么？”众人叩头道：“正是。”天师笑道：“亢旱乃是天意，必是本方百姓罪业深重，又且本县官吏贪污不道，上天降罚，见得如此。我等奉天行道，怎肯违了天心替你们祈雨？”众人又叩头道：“若说本县县官，甚是清正有余，因为小民作业，上天降灾。县官心生不忍，特慕天师大名，敢来礼聘。屈尊到县，祈请一坛甘雨，万勿推却。万民感戴。”天师又笑道：“我等岂肯轻易赴汝小县之请？”再三不肯。

吏典等回来回复了狄县令。父老同百姓等多哭道：“天师不肯来，我辈眼见得不能存活了。还是县宰相公再行敦请，是必要他一来便好。”县令没奈何，只得又加礼物，添差了人，另写了恳切书启。又申个文书到州里，央州将分上，恳请必来。州将见县间如此勤恳，只得自去拜望天师，求他一行。天师见州将自来，不得已，方才许诺。众人见天师肯行，欢声动地，恨不得连身子都许下他来。天师叫备男女轿各一乘，同着女师前往。这边吏典父老人等，唯命是从，敢不齐整？备着男女二轿，多结束得分外鲜明，一路上秉香燃烛，幢幡宝盖，真似迎着一双活佛来了。到得晋阳界上，狄县令当先迎着，他两人出了轿，与县令见礼毕。县令把着盏，替他两个上了花红彩缎，备过马来换了轿，县令亲替他笼着马，鼓乐前导，迎至祠中，先摆着下马酒筵，极其丰盛，就把铺陈行李之类收拾在祠后洁净房内，县令道了安置，别了自去，专候明日作用，不题。

却说天师到房中对女巫道：“此县中要我每祈雨，意思虔诚，礼仪丰厚，只好这等了。满县官吏人民，个个仰望着下雨，假若我们做张做势，造化撞着了下雨便好；倘不遇巧，怎生打发得这些人？”女巫道：“枉叫你弄了若干年代把戏，这样小事就费计较。明日我每只把雨期约得远些，天气晴得久了，好歹多少下些；有一两点洒洒便算是我们功德了。万一到底不下，只是寻他们事故，左也是他不是，右也是他不是，弄得他们不耐烦，我们做个天气，只是撇着要去，不肯再留，那时只道恼了我们性子，扳留不住，自家只好忙乱，哪个还来议我们的背后不成？”天师道：“有理，有理。他既十分敬重我们，料不敢拿我们破绽，只是老着脸皮做便了。”商量已定。

次日，县令到祠请祈雨。天师传命：就于祠前设立小坛停当。天师同女巫在城隍神前，口里胡言乱语的说了好些鬼话，一同上坛来。天师登位，敲动令牌；女巫将着九坏单皮鼓打的厮琅琅（象声词）价响，烧了好几道符。天师站在高处，四下一望，看见东北上微微有些云气，思量道："夏雨北风生，莫不是数日内有雨？落得先说破了，做个人情。"下坛来对县令道："我为你飞符上界请雨，已奉上帝命下了，只要你们至诚，三日后雨当沾足。"这句说话传开去，万民无不踊跃喜欢。四郊士庶多来团集了，只等下雨。悬悬望到三日期满，只见天气越晴得正路了：烈日当空，浮云扫净。蝗蝻得意，乘热气以飞扬；鱼鳖潜踪，在汤池而踧踖（cù jí，躁动不安）。轻风罕见，直挺挺不动五方旗；点雨无征，苦哀哀只闻一路哭。

县令同了若干百姓来问天师道："三日期已满，怎不见一些影响？"天师道："灾沴（自然灾害。沴，lì）必非虚生，实由县令无德，故此上天不应。我今为你虔诚再告。"狄县令见说他无德，自己引罪道："下官不职，灾祸自当，怎忍贻累于百姓！万望天师曲为周庇，宁使折尽下官福算，换得一场雨泽，救取万民，不胜感戴。"天师道："亢旱必有旱魃（传说中引起旱灾的怪物），我今为你一面祈求雨泽，一面搜寻旱魃，保你七日之期自然有雨。"县令道："旱魃之说，《诗》，《书》有之，只是如何搜寻？”天师道：“此不过在民间，你不要管我。”县令道：“果然搜寻得出，致得雨来，但凭天师行事。”天师就令女巫到民间各处寻旱魃，但见民间有怀胎十月将足者，便道是旱魃在腹内，要将药堕下他来。民间多慌了。他又自恃是女人，没一家内室不走进去。但是有娠孕的多瞒他不过。富家恐怕出丑，只得将钱财买嘱他，所得贿赂无算。只把一两家贫妇带到官来，只说是旱魃之母，将水浇他。县令明知无干，敢怒而不敢言，只是尽意奉承他。到了七日，天色仍复如旧，毫无效验。有诗为证：旱魃如何在妇胎？奸徒设计诈人财。虽然不是祈禳（祈祷以求福除灾。禳，ráng）法，只合雷声头上来。如此作为，十日有多。天不凑趣（使人高兴），假如肯轻轻松松洒下几点，也要算他功劳，满场卖弄本事，受酬谢去了。怎当得干阵也不打一个？两人自觉没趣，推道是：“此方未该有雨，担阁在此无用。”一面收拾，立刻要还本州。这些愚騃（愚笨。騃，ái）百姓，一发慌了，嚷道：“天师在此尚然不能下雨；若天师去了，这雨再下不成了。岂非一方百姓该死？”多来苦告县令，定要扳留。

县令极是爱百姓的，顺着民情，只得去拜告苦留，道：“天师既然肯为万姓，特地来此，还求至心祈祷，必求个应验救此一方，如何做个劳而无功去了？”天师被县令礼求，百姓苦告，无言可答。自想道：“若不放下个脸来，怎生缠得过？”勃然变色，骂县令道：“庸琐（才能平庸，遇事不识大体的人）官人，不知天道！你做官不才，本方该灭。天时不肯下雨，留我在此何干？”县令不敢回言与辩，但称谢道：“本方有罪，自干天谴，非敢更烦天师，但特地劳渎天师到此一番，明日须要治酒奉饯，所以屈留一宿。”天师方才和颜道：“明日必不可迟了。”

县令别去，自到衙门里来。召集衙门中人，对他道：“此辈猾徒，我明知矫诬（假借名义以行诬罔）无益，只因愚民轻信，只道我做官的不肯屈意，以致不能得雨。而今我奉事之礼，祈恳之诚，已无所不尽，只好这等了。他不说自己邪妄没力量，反将恶语詈我。我忝（tiǎn，有愧于）居人上，今为

巫者所辱，岂可复言为官耶！明日我若有所指挥，你等须要一一依我而行，不管有甚好歹是非，我身自当之，你们不可迟疑落后了。”这个狄县令一向威严，又且德政在人，个个信服。他的吩咐哪一个不依从的？当日衙门人等，俱各领命而散。

次早县门未开，已报天师严饬归骑，一面催促起身了。管办吏来问道：“今日相公与天师饯行，酒席还是设在县里，还是设在祠里，也要预先整备才好，怕一时来不迭。”县令冷笑道：“有甚来不迭？”竟叫打头踏到祠中来，与天师送行。随从的人多疑心道：“酒席未曾见备，如何送行？”那边祠中天师也道：“县官既然送行，不知设在县中还是祠中？如何不见一些动静？”等得心焦，正在祠中发作道：“这样怠慢的县官，怎得天肯下雨？”须臾间，县令已到。天师还带着怒色同女巫一齐嚷道：“我们要回去的，如何没些事故耽搁我们？甚么道理？既要饯行，何不快些？”县令改容大喝道：“大胆的奸徒！你左道女巫，妖惑日久，撞在我手，当须死在今日。还敢说归去么？”喝一声：“左右，拿下！”官长吩咐，从人怎敢不从？一伙公人暴雷也似答应一声，提了铁链，如鹰拿燕雀，把两人扣脰（dóu，脖子）颈锁了，扭将下来。县令先告城隍道：“龌龊妖徒，哄骗愚民，诬妄神道，今日请为神明除之。”喝令按倒在城隍面前道：“我今与你二人饯行。”各鞭背二十，打得皮开肉绽，血溅庭阶。鞭罢，捆缚起来，投在祠前漂水之内。可笑郭赛璞与并州女巫做了一世邪人，今日死于非命。强项官人不受挫，妄作妖巫干托大。神前杖背神不灵，瓦罐不离井上破。

狄县令立刻之间除了两个天师，左右尽皆失色。有老成的来禀道：“欺妄之徒，相公除了甚当。只是天师之号，朝廷所赐，万一上司嗔怪，朝廷罪责，如之奈何？”县令道：“此辈人无根绊有权术，留下他冤仇不解，必受他中伤。既死之后，如飞蓬断梗，还有什么亲识故旧来党护他的？即使朝廷责我擅杀，我拼着一官便了，没甚大事。”众皆唯唯服其胆量。县令又自想道：“我除了天师，若雨泽仍旧不降，无知愚民越要归咎于我，道是得罪神明之

故了。我想神明在上，有感必通，妄诞庸奴，原非感格之辈。若堂堂县宰为民请命，岂有一念至诚不蒙鉴察之理？”遂叩首神前虔祷道：“诬妄奸徒，身行秽事，口出诬言，玷污神德，谨已诛讫。上天雨泽，既不轻徇妖妄，必当鉴念正直。再无感应，是神明不灵，善恶无别矣。若果系县令不德，罪止一身，不宜重害百姓。今叩首神前，维谦发心，从此在祠后高冈烈日之中，立曝其身；不得雨情愿槁死，誓不休息。”言毕再拜而出。那祠后有山，高可十丈，县令即命设席焚香，簪冠执笏朝服独立于上。吩咐从吏俱各散去听候。

阖（全）城士民听知县令如此行事，大家骇愕起来道：“天师如何打死得的？天师决定不死。邑长惹了他，必有奇祸，如何是好？”又见说道：“县令在祠后高冈上，烈日中自行暴晒，祈祷上天去了。”于是奔走纷纭，尽来观看，搅作了人山人海城墙也似砌将拢来。可煞怪异！真是来意至诚，无不感应。起初县令步到口上之时，炎威正炽，砂石流铄，待等县令站得脚定了，忽然一片黑云推将起来，大如车盖，恰恰把县令所立之处遮得无一点日

光，四周日色尽晒他不着。自此一片起来，四下里慢慢黑云团圈接着，与起初这覆顶的混做一块生成了，雷震数声，甘雨大注。但见：千山叆叇（ài dài，云盛貌），万境昏霾。溅沫飞流，空中宛转群龙舞；怒号狂啸，野外奔腾万骑来。闪烁烁曳两道流光，闹轰轰鸣几声连鼓。淋漓无已，只教农子心欢；震叠不停，最是恶人胆怯。

这场雨足足下了一个多时辰，直下得沟盈浍（kuài，田间水沟）满，原野滂流。士民拍手欢呼，感激县令相公为民辛苦，论万数千的跑上冈来，簇拥着狄公自山而下。脱下长衣当了伞子遮着雨点，老幼妇女拖泥带水，连路只是叩头赞诵。狄公反有好些不过意道："快不要如此。此天意救民，本县何德？"怎当得众人愚迷的多，不晓得精诚所感，但见县官打杀了天师，又会得祈雨，毕竟神通广大，手段又比天师高强，把先前崇奉天师这些虏诚多移在县令身上了。县令到厅，吩咐百姓各散。随取了各乡各堡雨数尺寸文书，申报上司去。

那时州将在州，先闻得县官杖杀巫者，也有些怪他轻举妄动，道是礼请去的，纵不得雨，何至于死？若毕竟请雨不得，岂不在杀无辜？乃见文书上来，报着四郊雨足，又见百姓雪片也似投状来，称赞县令曝身致雨许多好处，州将才晓得县令正人君子，政绩殊常，深加叹异。有心要表扬他，又恐朝廷怪他杖杀巫者，只得上表一道，明列其事。内中大略云：郭巫等猥琐细民，妖诬惑众，虽窃名号，总属夤缘；及在乡里，渎神害下，凌轹（欺凌毁损。轹，lì）邑长。守土之官，为民诛之，亦不为过。狄某力足除奸，诚能动物，曝躯致雨，具见异绩。圣世能臣，礼宜优异。云云。其时藩镇有权，州将表上，朝廷不敢有异，亦且郭巫等原系无籍棍徒，一时在京冒滥宠幸，到得出外多时，京中原无羽翼心腹记他在心上的。就打死了，没人仇恨，名虽天师，只当杀个平民罢了。果然不出狄县令所料。

那晋阳是彼时北京，一时狄县令政声朝野喧传，尽皆钦服其人品。不一日，诏书下来褒异。诏云："维谦剧邑良才，忠臣华胄。睹兹天厉，将

瘅（dàn，劳苦）下民。当请祷于晋祠，类投巫于邺县。曝山椒之畏景，事等焚躯；起天际之油云，情同剪爪。遂使旱风潜息，甘泽旋流。昊天犹鉴克诚，予意岂忘褒善？特颁朱绂（古代系佩玉或印章的红色丝带。绂，fú），俾（使）耀铜章。勿替令名，更昭殊绩。”当下赐钱五十万，以赏其功。

从此，狄县令遂为唐朝名臣，后来升任去后，本县百姓感他，建造生祠，香火不绝。祈晴祷雨，无不应验。只是一念刚正，见得如此。可见邪不能胜正。那些乔装做势的巫师，做了水中淹死鬼，不知几时得超升哩。世人酷信巫师的，当熟看此段话文。有诗为证：

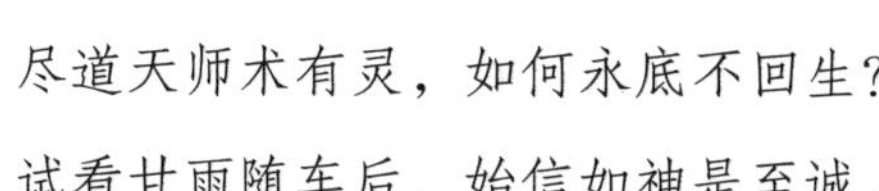

尽道天师术有灵，如何永底不回生？

试看甘雨随车后，始信如神是至诚。

华阴道独逢异客
江陵郡三拆仙书

此部的最后一篇，作者将自身科举不如意的愤懑倾注其中，凌濛初年少时屡试不中，遂转向文学著述，他将功名一事归结到个人命运之上，其实也是无奈。有才华的士子不得志，原因或许有很多，或科场徇私舞弊，或自身发挥不佳。作者列举了数个因鬼怪道人帮助或作祟而高中或落榜的士子故事，只为了说明自己的功名命运一说，尽是些虚无的事例，不可当真。虽然“成事在天”，可我们切不可忘了“谋事在人”，如果只是一味叹命运不公，而自己根本不去努力，那又怨得谁?

诗云：

人生凡事有前期，尤是功名难强为。

多少英雄埋没杀，只因莫与指途迷。

话说人生只有科第一事，最是黑暗，没有甚定准的。自古道“文齐福不齐”，随你胸中锦绣，笔下龙蛇，若是命运不对，到不如乳臭小儿、卖菜佣早登科甲去了。就如唐时以诗取士，那李、杜、王、孟不是万世推尊的诗祖？却是李杜俱不得成进士，孟浩然连官多没有，只有王摩诘一人有科第，又还亏得岐王帮村，把《郁轮袍》打了九公主关节，才夺得解头。若不会夤缘钻刺，也是不稳的。只这四大家尚且如此，何况他人？及至诗不成诗，而今世上不传一首的，当时登第的元不少。看官，你道有什么清头在哪里？所以说：文章自古无凭据，唯愿朱衣一点头。

说话的，依你这样说起来，人多不消得读书勤学，只靠着命中福分罢了。看官，不是这话。又道是：“尽其在我，听其在天。”只这些福分又赶着兴头走的，那奋发不过的人终久容易得些，也是常理。故此说：“皇天不负苦心人。”毕竟水到渠成，应得的多。但是科场中鬼神弄人，只有那该侥幸的时来辐辏（fú còu，形容人或物聚集像车辐集中于车毂一样）、该迍邅（zhūn zhān，处境不利）的七颠八倒这两项吓死人！先听小子说几件科场中事体做个起头。

有个该中了，撞着人来帮村的。湖广有个举人姓何，在京师中会试，偶入酒肆，见一伙青衣大帽人在肆中饮酒。听他说话半文半俗，看他气质假斯文带些光棍腔。何举人另在一座，自斟自酌。这些人见他独自一个寂寞，便来邀他同坐。何举人不辞，就便随和欢畅。这些人道是不做腔，肯入队，且又好相与，尽多快活。吃罢散去。隔了几日，何举人在长安街过，只见一人醉卧路旁，衣帽多被尘土染污。仔细一看，却认得是前日酒肆里同吃酒的内

中一人，也是何举人忠厚处，见他醉后狼藉不像样，走近身扶起他来。其人也有些醒了，张目一看，见是何举人扶他，把手拍一拍臂膊，哈哈笑道："相公造化到了。"就伸手袖中解出一条汗巾来，汗巾结里裹着一个两指大的小封儿，对何举人道："可拿到下处自看。"何举人不知其意，袖了到下处去。下处有好几位同会试的在那里，何举人也不道是什么机密勾当，不以为意，竟在众人面前拆开看时，乃是六个《四书》题目，八个经题目，共十四个。同寓人见了，问道："此自何来？"何举人把前日酒肆同饮，今日跌倒街上的话，说了一遍，道："是这个人与我的，我也不知何来。"同寓人道："这是光棍们假作此等哄人的，不要信他。"独有一个姓安的心里道："便是假的何妨？我们落得做做熟也好。"就与何举人约了，每题各做一篇，又在书坊中寻刻的好文，参酌改定。后来入场，六个题目都在这里面的，二人多是预先做下的文字，皆得登第。原来这个醉卧的人乃是大主考的书办，在他书房中抄得这张题目，乃是一正一副在内。朦胧醉中，见了何举人扶他，喜

欢，与了他。也是他机缘辐辏，又挈带了一个姓安的。这些同寓不信的人，可不是命里不该，当面错过？醉卧者人，吐露者神。信与不信，命从此分。

有个该中了，撞着鬼来帮衬的。扬州兴化县举子，应应天乡试，头场日齁睡（鼾睡），一日不醒，号军叫他起来，日已晚了，正自心慌，且到号底厕上走走。只见厕中已有一个举子在里头，问兴化举子道："兄文成未？"答道："正因睡了失觉，一字未成，了不得在这里。"厕中举子道："吾文皆成，写在王讳纸上，今疾作誊不得了，兄文既未有，吾当赠兄罢。他日中了，可谢我百金。"兴化举子不胜之喜。厕中举子就把一张王讳纸递过来，果然七篇多明明白白写完在上面，说道："小弟姓某名某，是应天府学。家在僻乡，城中有卖柴牙人某人，是我侄，可一访之，便可寻我家了。"兴化举子领诺，拿到号房照他写的誊了，得以完卷。进过三场，揭晓果中。急持百金，往寻卖柴牙人，问他叔子家里。那牙人道："有个叔子，上科正患痢疾进场，死在场中了。今科哪得还有一个叔子？"举子大骇，晓得是鬼来帮他中的，同了牙人直到他家，将百金为谢。其家甚贫，梦里也不料有此百金之得，阖家大喜。这举子只当百金买了一个春元。一点文心，至死不磨。上科之鬼，能助今科。

有个该中了，撞着神借人来帮衬的。宁波有两生，同在鉴湖育王寺读书。一生儇巧（慧黠刁巧。儇，xuān），一生拙诚。那拙的信佛，每早晚必焚香在大士座前祷告：愿求明示场中七题。那巧的见他匍匐不休，心中笑他痴呆。思量要耍他一耍，遂将一张大纸自拟了七题，把佛香烧成字，放在香几下。拙的明日早起拜神，看见了，大信，道是大士有灵，果然密授秘妙。依题遍采坊刻佳文。名友窗课，模拟成七篇好文，熟记不忘。巧的见他信以为实，如此举动，道是被作弄着了，背地暗笑他着鬼。岂知进到场中，七题一个也不差，一挥而出，竟得中式。这不是大士借那儇巧的手，明把题目与他的？拙以诚求，巧者为用。鬼神机权，妙于簸弄。

有个该中了，自己精灵现出帮衬的。湖广乡试日，某公在场阅卷倦了，

蒙眬打盹。只听得耳畔叹息道："穷死穷死！救穷救穷！"惊醒来想一想道："此必是有士子要中的作怪了。"仔细听听，声在一箱中出，伸手取卷，每拾起一卷，耳边低低道："不是。"如此屡屡，落后一卷，听得耳边道："正是。"某公看看，文字果好，取中之，其声就止。出榜后，本生来见。某公问道："场后有何异境？"本生道："没有。"某公道："场中甚有影响，生平好讲什么话？"本生道："门生家寒不堪，在窗下每作一文成，只呼'穷死救穷'，以此为常，别无他话。"某公乃言闻卷时耳中所闻如此，说了共相叹异，连本生也不知道怎地起的。这不是自己一念坚切，精灵活现么！精诚所至，金石为开。果然勇猛，自有神来。

有个该中了，人与鬼神两相凑巧帮衬的。浙场有个士子，原是少年饱学，走过了好几科，多不得中。落后一科，年纪已长，也不做指望了。幸得有了科举，图进场完故事而已。进场之夜，忽梦见有人对他道："你今年必中，但不可写一个字在卷上，若写了，就不中了，只可交白卷。"士子醒来道："这样梦也做得奇，天下有这事么？"不以为意。进场领卷，正要构思下笔，只听得耳边厢又如此说道："决写不得的。"他心里疑道："好不作怪？"把题目想了一想，头红面热，一字也忖不来，就暴躁起来道："都管（大概）是又不该中了，所以如此。"闷闷睡去。只见祖、父俱来吩咐道："你万万不可写一字，包你得中便了。"醒来叹道："这怎么解？如此梦魂缠扰，料无佳思，吃苦做什么？落得不做，投了白卷出去罢！"出了场来。自道头一个就是他贴出，不许进二场了。只见试院开门，贴出许多不合式的来：有不完篇的，有脱了稿的，有差写题目的，纷纷不计其数。正拣他一字没有的，不在其内，倒哈哈大笑道："这些弥封对读的，多失了魂了！"隔了两日不见动静，随众又进二场，也只是见不贴出，瞒生人眼，进去戏耍罢了。才捏得笔，耳边又如此说。他自笑道："不劳吩咐，头场白卷，二场写他则甚？世间也没这样呆子。"游衍了半日，交卷而出道："这番决难逃了！"只见第二场又贴出许多，仍复没有己名，自家也好生咤异。又随众进了三场，又交了白卷，自不必说。朋友们见他进过三场，多来请教文字，他只好背地暗笑，不好说得。到得榜发，公然榜上有名高中了。他只当是个梦，全不知是哪里起的。随着赴鹿鸣宴风骚，真是十分侥幸。领出卷来看，三场俱完好，且是锦绣满纸，惊得目瞪口呆，不知其故？原来弥封所两个进士知县，多是少年科第，有意思的，道是不进得内廉，心中不服气。见了题目，有些技痒，要做一卷，试试手段，看还中得与否？只苦没个用印卷子，虽有个把不完卷的，递将上来，却也有一篇半篇，先写在上了，用不着的。已后得了此白卷，心中大喜，他两个记着姓名，便你一篇我一篇，共相斟酌改订，凑成好卷，弥封了发去誊录。三场皆如此，果然中了出来。两个进士暗地得意，道是"这人有天生造化"。反着人寻将他来，问其白卷之故。此生把梦寐叮嘱之事，场中耳畔之言，一一说了。两个进士道："我两人偶然之兴，皆是天教代足下执笔的。"此生感激无尽，认做了相知门生。张公吃酒，李公却醉。

命若该时，一字不费。

这多是该中的话了。若是不该中，也会千奇万怪起来。

有一个不该中，鬼神反来耍他的。万历癸未年，有个举人管九皋赴会试。场前梦见神人传示七个题目，醒来个个记得，第二日寻坊间文，拣好的熟记了。入场，七题皆合，喜不自胜。信笔将所熟文字写完，不劳思索，自道是得了神助，必中无疑。谁知是年主考厌薄时文，尽搜括坊间同题文字入内磨对，有试卷相同的，便涂坏了。管君为此竟不得中，只得选了官去。若非先梦七题，自家出手去做，还未见得不好，这不是鬼神明明耍他？梦是先机，番成悔气。鬼善揶揄（戏弄），直同儿戏。

有一个不该中强中了，鬼神来摆布他的。浙江山阴士人诸葛一鸣，在本处山中发愤读书，不回过岁。隆庆庚午年元旦未晓，起身梳洗，将往神祠中祷祈，途间遇一群人喝道而来。心里疑道："山中安得有此？"伫立在旁细看，只见鼓吹前导，马上簇拥着一件东西。落后贵人到，乃一金甲神也。一鸣明知是阴间神道，迎上前来拜问道："尊神前驱所迎何物？"神道："今科举子榜。"一鸣道："小生某人，正是秀才，榜上有名否？"神道："没有。君名在下科榜上。"一鸣道："小生家贫等不得，尊神可移早一科否？"神道："事甚难。然与君相遇，亦有缘。试为君图之。若得中，须多焚楮钱（祭祀时焚化的纸钱。楮，chǔ），我要去使用，才安稳。不然，我亦有罪犯。"一鸣许诺。及后边榜发，一鸣名在末行，上有丹印。缘是数已填满，一个教官将着一鸣卷竭力来荐，至见诸声色。主者不得已，割去榜末一名，将一鸣填补。此是鬼神在暗中作用。一鸣得中，甚喜，匆匆忘了烧楮钱。赴宴归寓，见一鬼披发在马前哭道："我为你受祸了。"一鸣认看，正是先前金甲神，甚不过意道："不知还可焚钱相救否？"鬼道："事已迟了，还可相助。"一鸣买些楮钱烧了。及到会试，鬼复来道："我能助公登第，预报七题。"一鸣打点了进去，果然不差。一鸣大喜。到第二场，将到进去了，鬼才来报题。一鸣道："来不及了。"鬼道："将文字放在头巾内带了进去，我遮护你便了。"一

呜依了他。到得监试面前，不消搜得，巾中文早已坠下，算个怀挟作弊，当时打了枷号示众，前程削夺。此乃鬼来报前怨作弄他的，可见命未该中，只早一科也是强不得的。躁于求售（希图考中，取得功名），并丧厥有。人耶鬼耶？各任其咎。

看官只看小子说这几端，可见功高定数，毫不可强。所以道："窗下莫言命，场中不论文。"世间人总在这定数内被他哄得昏头昏脑的。小子而今说一段指破功高定数的故事，来完这回正话。

唐时有个江陵副使李君，他少年未第时，自洛阳赴长安进士举，经过华阴道中，下店歇宿。只见先有一个白衣人在店，虽然浑身布素，却是骨秀神清，丰格（风度格调）出众。店中人甚多，也不把他放在心上。李君是个聪明有才思的人，便瞧科在眼里道："此人决然非凡。"就把坐来移近了，把两句话来请问他。只见谈吐如流，百叩百应。李君愈加敬重，与他围炉同饮，款洽（亲密）倍常。明日一路同行，至昭应，李君道："小弟慕足下尘外高踪，意欲结为兄弟，倘蒙不弃，伏乞（向尊者恳求）见教姓名年岁，以便称呼。"白衣人道："我无姓名，亦无年岁，你以兄称我，以兄礼事我可也。"李君依言，当下结拜为兄。至晚对李君道："我隐居西岳，偶出游行，甚荷郎君相厚之意，我有事故，明旦先要往城，不得奉陪，如何？"李君道："邂逅幸与高贤结契，今遽（jù，就）相别，不识有甚言语指教小弟否？"白衣人道："郎君莫不要知后来事否？"李君再拜，恳请道："若得预知后来事，足可趋避，省得在黑暗中行，不胜至愿。"白衣人道："仙机不可泄露，吾当缄封三书与郎君，日后自有应验。"李君道："所以奉恳，专贵在先知后事，若直待事后有验，要晓得他怎的？"白衣人道："不如此说。凡人功名富贵，虽自有定数，但吾能前知，便可为郎君指引。若到其间开他，自身用处，可以周全郎君富贵。"李君见说，欣然请教。白衣人乃取纸笔，在月下不知写些什么，摺（zhé，叠）做三个柬，外用三个封封了，拿来交与李君，道："此三封，郎君一生要紧事体在内，封有次第，内中有秘语，直到至急

时方可依次而开，开后自有应验。依着做去，当得便宜。若无急事，漫自开他，一毫无益的。切记，切记。”李君再拜领受，珍藏箧中。次日，各相别去。李君到了长安，应过进士举，不得中第。

李君父亲在时，是松滋令，家事颇饶，只因带了宦囊（因做官而得到的财物），到京营求升迁，病死客邸，宦囊一空。李君痛父沦丧，门户萧条，意欲中第才归，重整门阀。家中多带盘缠，拼住京师，不中不休。自恃才高，道是举手可得，如拾芥之易。怎知命运不对，连应过五六举，只是下第，盘缠多用尽了。欲待归去，无有路费；欲待住下，以俟（sì，等待）再举，没了赁房之资，求容足之地也无。左难右难，没个是处。正在焦急头上，猛然想道：“仙兄有书，吩咐道：‘有急方开。’今日已是穷极无聊（光景穷困，精神无所寄托），此不为急，还要急到哪里去？不免开他头一封，看是如何？”然是仙书，不可造次。是夜沐浴斋素，到第二日清旦，焚香一炉，再拜祷告道：“弟子只因穷困，敢开仙兄第一封书，只望明指迷途则个。”告罢，拆开外封，里面又有一小封，面上写着道：“某年月日，以因迫无资用，开第一封。”李君大惊道：“真神仙也！如何就晓得今日目前光景？且开封的月日俱不差一毫，可见正该开的，内中必有奇处。”就拆开小封来看，封内另有一纸，写着不多几个字：“可青龙寺门前坐。”看罢，晓得有些奇怪，怎敢不依？只是疑心道：“到哪里去何干？”问问青龙寺远近，原来离住处有五十多里路。李君只得骑了一头蹇驴，迍迍（zhūn，行动迟缓貌）走到寺前，日色已将晚了。果然依着书中言语，在门槛上呆呆地坐了一回，不见什么动静。天昏黑下来，心里有些着急，又想了仙书，自家好笑道：“好痴子，这里坐，可是有得钱来的么？不相望钱，今夜且没讨宿处了。怎么处？”

正迟疑间，只见寺中有人行走响，看看至近，却是寺中主僧和个行者来关前门，见了李君问道：“客是何人，坐在此间？”李君道：“驴弱居远，天色已晚，前去不得，将寄宿于此。”主僧道：“门外风寒，岂是宿处？且请到院中来。”李君推托道：“造次不敢惊动。”主僧再三邀进，只得牵了蹇驴，随着进来。主僧见是士人，具馔（zhuàn，饮食）烹茶，不敢怠慢。饮间，主僧熟视李君，上上下下估着，看了一回，就转头去与行童说一番，笑一番。李君不解其意，又不好问得。只见主僧耐了一回，突然问道：“郎君何姓？”李君道：“姓李。”主僧惊道：“果然姓李！”李君道：“见说贱姓，如此着惊，何故？”主僧道：“松滋李长官是郎君盛族，相识否？”李君站起身，颦蹙（皱眉皱额）道：“正是某先人也。”主僧不觉垂泪不已，说道：“老僧与令先翁长官久托故旧，往还不薄。适见郎君丰仪酷似长官，所以惊疑。不料果是。老僧奉求已多日，今日得遇，实为万幸。”

李君见说着父亲，心下感伤，涕流被面道：“不晓得老师与先人旧识，顷间造次失礼。然适闻相求弟子已久，不解何故？”主僧道：“长官昔年将钱物到此求官，得疾狼狈，有钱二千贯，寄在老僧常住库中。后来一病不起，此钱无处发付（发落）。老僧自是以来，心中常如有重负，不能释然。今得郎君到此，完此公案，老僧此生无事矣。”李君道：“向来但知先人客死，宦囊无迹，不知却寄在老师这里。然此事无个证见，非老师高谊在古人之上，怎肯不昧其事，反加意寻访？重劳记念，此德难忘。”主僧道：“老僧世外之人，要钱何用？何况他人之财，岂可没为己有，自增罪业？老僧只怕受托不终，致负夙债，贻累（连累）来生，今幸得了此心事，魂梦皆安。老僧看郎君行况萧条，明日但留下文书一纸，做个执照（证据），尽数辇去为旅邸（旅馆）之资，尽可营生，尊翁长官之目也瞑了。”李君悲喜交集，悲则悲着父亲遗念，喜则喜着顿得多钱。称谢主僧不尽，又自念仙书之验如此，真希有事也。青龙寺主古人徒，受托钱财谊不诬。贫子衣珠虽故在，若非仙诀可能符。是晚主僧留住安宿，殷勤相待。次日尽将原镪（qiǎng，成串的钱）二千贯发出，交明与李君。李君写个收领文字，遂雇骡驮载，珍重而别。

李君从此买宅长安，顿成富家。李君一向门阀清贵，只因生计无定，连妻子也不娶得。今长安中大家见他富盛起来，又是旧家门望，就有媒人来说亲与他。他娶下成婚，作久住之计。又应过两次举，只是不第，年纪看看长了。亲威朋友仆从等多劝他："且图一官，以为终身之计，如何被科名骗老了？"李君自恃才高，且家有余资，不愁衣食，自道："只争得此一步，差好多光景，怎肯甘心就住，让那才不如我的得意了，做尽天气？且索再守他次把做处。"本年又应一举，仍复不第，连前却满十次了。心里虽是不服气，却是递年"打毷氉"（mào sào），也觉得不耐烦了。说话的，如何叫得"打毷氉"？看官听说：唐时榜发后，与不第的举子吃解闷酒，浑名"打毷氉"。此样酒席，可是吃得十来番起的。李君要往住手，又割舍不得；要宽心再等，不但撺掇（煽动）的人多，自家也觉争气不出了。况且妻子又未免图他一官半职荣贵，耳边日常把些不入机的话来激聒（絮语），一发不知怎地好，竟自没了生意，含着一眶眼泪道："一歇了手，终身是个不第举子。就饶幸官职高贵，也说不响了。"踌躇不定几时，猛然想道："我仙兄有书道'急时可开'，此时虽无非常急事，却是住与不住，是我一生了当的事，关头所差不小，何不开

他第二封一看，以为行止？”主意定了，又斋戒沐浴。次日清旦，启开外封，只见里面写道：“某年月日，以将罢举，开第二封。”李君大喜道：“原来原该是今日开的，既然开得不差，里面必有决断，吾终身可定了。”忙又开了小封看时，也不多几个字，写着：“可西市鞦辔行（专门为马配制装具的店肆。鞦，qiū）头坐。”李君看了道：“这又怎么解？我只道明明说个还该应举不应举，却又是哑谜。当日青龙寺，须有个寺僧欠钱；这个西市靴辔行头，难道有人欠我及第的债不成？但是仙兄说话不曾差了一些，只索依他走去，看是甚么缘故。却其实有些好笑。”自言自语了一回，只得依言一直走去。

走到那里，自想道：“可在那处坐好？”一眼望去一个去处，但见：望子（幌子，表明商店所售物品或服务项目的标志）高挑，埕（chéng，酒瓮）头广架。门前对子，强斯文带醉歪题；壁上诗篇，村过客乘忙诌下。入门一阵腥膻气，案上原少佳肴；到坐儿番吆喝声，面前未来供馔。谩说闻香须下马，枉夸知味且停骖。无非行路救饥，或是邀人议事。

原来是一个大酒店。李君独坐无聊，想道：“我且沽一壶，吃着坐看。”步进店来。店主人见是个士人，便拱道：“楼上有洁净坐头，请官人上楼去。”李君上楼坐定，看那楼上的东首尽处，有间洁净小阁子，门儿掩着，像有人在里边坐下的，寂寂默默在里头。李君这付座底下，却是店主人的房，楼板上有个穿眼，眼里偷窥下去，是直见的。李君一个在楼上，还未见小二送酒莱上来，独坐着闲不过，听得脚底下房里头低低说话，他却在地板眼里张看。只见一个人将要走动身，一个拍着肩叮嘱，听得落尾两句说道：“教他家郎君明日平明必要到此相会。若是苦没有钱，即说原是且未要钱的，不要挫过。迟一日就无及了。”去的那人道：“他还疑心不的确，未肯就来怎好？”李君听得这儿句话，有些古怪，便想道：“仙兄之言莫非应着此间人的事体么？”即忙奔下楼来，却好与那两个人撞个劈面，乃是店主人与一个蓦生人。李君扯住店主人间道：“你们适才讲的是什么话？”店主人道：“侍郎的郎君有件紧要事于，要一千贯钱来用，托某等寻觅，故此商量寻个

头主。”李君道：“一千贯钱不是小事，哪里来这个大财主好借用？”店主道：“不是借用，说得事成时，竟要了他这一千贯钱也还算是相应的。”李君再三要问其事备细。店主人道：“与你何干！何必定要说破？”只见那要去的人，立定了脚，看他问得急切，回身来道：“何不把实话对他说？总是那边未见得成，或者另绊得头主，大家商量商量也好。”店主人方才附着李君耳朵说道：“是营谋来岁及第的事。”李君正斗着肚子里事，又合着仙兄之机，吃了一惊，忙问道：“此事虚实何如？”店主人道：“侍郎郎君见在楼上房内，怎的不实？”李君道：“方才听见你们说话，还是要去寻那个的是？”店主人道：“有个举人要做此事，约定昨日来成的，直等到晚，竟不见来。不知为凑钱不起，不知为疑心不真？却是郎君原未要钱，直等及第了才交足，只怕他为无钱不来，故此又要这位做事的朋友去约他。若明日不来，郎君便自去了，只可惜了这好机会。”李君道：“好教两位得知，某也是举人。要钱时某也有，便就等某见一见郎君，做了此事，可使得否？”店主人道：“官人是实话么？”李君道：“怎么不实？”店主人道：“这事原不拣人的。若实实要做，有何不可！”那个人道：“从古道‘有奶便为娘’，我们见钟不打，倒去敛铜？官人若果要做，我也不到那边去，再走坏这样闲步了。”店主人道：“既如此，可就请上楼与郎君相见面议，何如？”

两个人拉了李君一同走到楼上来。那个人走去东首阁子里，说了一会儿话，只见一个人踱将出来，看他怎生模样：白胖面庞，痴肥身体。行动许多珍重，周旋颇少谦恭。抬眼看人，常带几分蒙昧；出言对众，时牵数字含糊。顶着祖父现成家，享这儿孙自在福。

这人走出阁来，店主人忙引李君上前，指与李君道：“此侍郎郎君也，可小心拜见。”李君施礼已毕，叙坐了。郎君举手道：“公是举子么？”李君通了姓名，道：“适才店主人所说来岁之事，万望扶持。”郎君点头未答，且目视店主人与那个人，做个手势道：“此话如何？”店主人道：“数目已经讲过，昨有个人约着不来，推道无钱。今此间李官人有钱，情愿成约。故此，

特地引他谒见郎君。”郎君道：“咱要钱不多，如何今日才有主？”店主人道：“举子多贫，一时间斗不着。”郎君道：“拣那富的拉一个来罢了。”店主人道：“富的要是要，又撞不见这样方便。”郎君又拱着李君问店主人道：“此间如何？”李君不等店主人回话，便道：“某寄籍长安，家业多在此，只求事成，千贯易处，不敢相负。”郎君道：“甚妙，甚妙！明年主司侍郎乃吾亲叔父也，也不误先辈之事。今日也未就要交钱，只立一约，待及第之后，即命这边主人走领，料也不怕少了的。”李君见说得有根因，又且是应着仙书，晓得其事必成，放胆做着，再无疑虑。即袖中取出两贯钱来，央店主人备酒来吃。一面饮酒，一面立约，只等来年成事交银。当下李君又将两贯钱谢了店主人与那一个人，各各欢喜而别。到明年应举，李君果得这个关节之力，榜下及第。及第后，将着一千贯完那前约，自不必说。眼见得仙兄第二封书，指点成了他一生之事。真才屡挫误前程，不若黄金立可成。今看仙书能指引，方知铜臭亦天生。

李君得第授官，自念富贵功名皆出仙兄秘授谜诀之力，思欲会见一面以谢恩德，又要细问终身之事。差人到了华阴西岳，各处探访，并无一个晓得这白衣人的下落。只得罢了。以后仕宦得意，并无什么急事可问，这第三封书无因得开。官至江陵副使，在任时，一日忽患心痛，少顷之间晕绝了数次，危迫特甚，方转念起第三封书来，对妻子道：“今日性命俄顷，可谓至急。仙兄第三封书可以开看，必然有救法在内了。”自己起床不得，就叫妻子灌洗了，虔诚代开。开了外封，也是与前两番一样的家数，写在里面道：“某年月日，江陵副使忽患心痛，开第三封。”妻子也喜道：“不要说时日相合，连病多晓得在先了，毕竟有解救之法。”连忙开了小封，急急看时，只叫得苦。原来比先前两封的字越少了，刚刚只得五字道：“可处置家事。”妻子看罢，晓得不济事了，放声大哭。李君笑道：“仙兄数已定矣，哭他何干？吾贫，仙兄能指点富吾；吾贱，仙兄能指点贵吾；今吾死，仙兄岂不能指点活吾？盖因是数去不得了。就是当初富吾、贵吾，也元是吾命中所有之物。

前数分明，止是仙兄前知，费得一番引路。我今思之：一生应举，真才却不能一第，直待时节到来，还要遇巧，假手于人，方得成名，可不是数已前定？天下事大约强求不得的。而今官位至此，仙兄判断已决，我岂复不知止足，尚怀遗恨哉？”遂将家事一面处置了当，隔两日，含笑而卒。

这回书叫做《三拆仙书》，奉劝世人看取：数皆前定如此，不必多生妄想。那有才不遇时之人，也只索引命自安，不必抑郁不快了。

人生自合有穷时，纵是仙家讵（jù，怎）得私？
富贵只缘承巧凑，应知难改盖棺期。